Nadine Kerger
Malibu Love

W0199949

GOLDMANN

Buch

Isy ist glücklich. Zurück in ihrer Heimatstadt L. A. will sie ihre Anwaltskarriere vorantreiben, und mit Emma und Nick hat sie dort die besten Freunde, die man sich wünschen kann. Die beiden wollen heiraten, und das ist gut so. Isy wusste ja von Anfang an, dass sie zusammengehören. Sie selbst gehört niemandem, und auch das ist gut so. Isy ist Realistin – die große Liebe gibt es nur im Film. Doch dann begegnet sie auf einer Party dem Mann, der ihr zum ersten und einzigen Mal im Leben das Herz gebrochen hat: Hotelerbe Lucas Mortimer. Um ihm etwas zu beweisen, lässt sie sich ausgerechnet mit dem Trauzeugen von Nick ein – Surfprofi, Frauenschwarm und Bad Boy Connor Knightley. Ihre wilde Knutscherei wird prompt von der Klatschpresse abgelichtet, und als die Fotos am nächsten Tag überall online zu finden sind, schlägt der Surf-Star Isy einen Deal vor. Sie spielen für ein paar Monate ein Paar, denn Connor muss sein angeschlagenes Image aufbessern. Im Gegenzug willigt er ein, Isy auf die Geburtstagsfeier von Lucas zu begleiten. Der Deal hat nur eine Regel: Echte Gefühle dürfen nicht ins Spiel kommen …

Weitere Informationen zu Nadine Kerger
sowie zu lieferbaren Titeln der Autorin
finden Sie am Ende des Buches.

Nadine Kerger

Malibu Love

Roman

GOLDMANN

Sollte diese Publikation Links auf Webseiten Dritter enthalten, so übernehmen wir für deren Inhalte keine Haftung, da wir uns diese nicht zu eigen machen, sondern lediglich auf deren Stand zum Zeitpunkt der Erstveröffentlichung verweisen.

MIX
Papier | Fördert gute Waldnutzung
FSC® C083411

Penguin Random House Verlagsgruppe FSC® N001967

1. Auflage
Originalausgabe August 2022

Umschlaggestaltung: UNO Werbeagentur, München
Umschlagmotiv: FinePic®, München
Redaktion: Beate DeSalve
MR · Herstellung: ik
Satz: Mediengestaltung Vornehm GmbH, München
Druck und Bindung: CPI books GmbH, Leck
Printed in Germany
ISBN: 978-3-442-49220-6

www.goldmann-verlag.de

Für Mama und Papa.
Weil ihr immer für mich da seid.

1.

Die Sonne stand schon tief und tauchte die Hügel von Malibu links und rechts der Straße in ein wunderschönes orangerotes Licht. Der Himmel über mir war von Wolkenschleiern durchzogen und wirkte fast pink. Ich musste mich zwingen, mich auf den kurvenreichen, einspurigen Highway zu konzentrieren, der sich von Thousand Oaks nach Western Malibu hinabschlängelte, und nicht die ganze Zeit nach dem Meer Ausschau zu halten, das immer wieder hinter den Hügelkuppen hervorblitzte. Ich war diese Straße eine halbe Ewigkeit nicht gefahren, konnte mich aber noch genau an die Kurve erinnern, hinter der das Meer ins Blickfeld geriet und dann bis zum Pacific Coast Highway nicht mehr verschwand. Und richtig: eine langgezogene Linkskurve, dann rechts, zwischen mehreren windschiefen Zypressen hindurch, und plötzlich tat sich der Pazifik vor mir auf, unendlich, tiefblau und glitzernd in der Abendsonne.

Der Anblick löste ein freudiges Kribbeln in mir aus, und ich drehte die Musik lauter. Der warme Fahrtwind, der durch die offenen Fenster hereinströmte, zerzauste mir die Haare, während ich den neuesten Song von Coldplay mitsang, der gerade im Radio gespielt wurde.

Von der Abzweigung auf den Highway 1, der von L.A. bis nach Nordkalifornien immer an der Küste entlangführte, war es nur noch eine Meile bis zum El Matador State Beach, wo ich an diesem Abend mit meinen besten Freunden Emma und

Nick verabredet war. Auf dem kleinen Parkplatz oberhalb des Strandes fand ich, mit etwas Glück, schnell eine Parklücke für den klapperigen Mazda, den ich mir von meiner Mom geliehen hatte. Schnell zog ich die Chucks aus, mit denen ich gefahren war, und nahm meine nicht wirklich strandtauglichen 14-Zentimeter-Stilettos in die Hand, um barfuß zu der Holztreppe zu laufen, die zum Strand hinunterführte. Auf der obersten Stufe blieb ich einen Moment stehen, den Blick auf das Meer und die untergehende Sonne gerichtet, eine Hand auf dem verwitterten Holzgeländer. Es war nichts zu hören als das Rauschen des anbrandenden Ozeans und das Kreischen der Möwen, die über mir ihre Kreise zogen.

»Willkommen zu Hause, Isy«, murmelte ich und atmete die frische, salzige Meeresluft ein.

Ich spürte, wie sich mein Herz zusammenzog, und es dauerte einen Moment, bis mir klar wurde, was es war. Ich hatte all das in New York vermisst: den Strand, das Meer, die Sonne, die Palmen, die Farben, die Geräusche, die Gerüche. Offenbar, ohne dass ich es selbst gemerkt hatte. Vielleicht war ich einfach zu beschäftigt gewesen? Studieren, lernen, arbeiten, Leute kennenlernen, Partys … Die Stadt New York zog einen in ihren Bann und ließ einen nicht mehr los.

Aber jetzt spürte ich es ganz genau, das warme Glücksgefühl, das mich durchströmte. Es war schön, wieder in Kalifornien zu sein. Nach drei Jahren Studium an der NYU war ich zurück. Und ich würde meine beste Freundin Emma wiedersehen, nach viel zu langer Zeit.

Plötzlich konnte ich es nicht mehr abwarten und lief, so schnell ich konnte, die Stufen hinunter. Unten angekommen streckte ich meine nackten Füße in den warmen Sand und seufzte wohlig. Zu meiner Linken lag Malibu mit seinen – wie an einer Perlenkette aufgereihten – weißen Strandhäusern, und zu meiner Rechten war nichts als Sand und schroffe rote Felsen, überwuchert von blassblauem Kalifornischen Salbei und violetten Astern.

»Isy! Isy!« Emmas begeisterter Ruf riss mich aus meinen Gedanken. »Da bist du ja endlich!«

Einige der Spaziergänger und späten Strandbesucher drehten überrascht ihre Köpfe, und ich musste lachen. Wie schön, dass jetzt alle Anwesenden wussten, dass ich da war. Wahrscheinlich hatte man Emma bis Santa Barbara gehört. Auch übersehen konnte man sie nicht, denn sie stand etwa fünfzig Meter von mir entfernt mit den Füßen im Wasser und fuchtelte mit den Armen wie ein wild gewordener Fluglotse. Neben ihr stand ihr Freund Nick, der ebenfalls grinste und winkte.

Emma und ich rannten gleichzeitig los. Als wir beieinander angekommen waren, schlang sie die Arme so fest um mich, dass ich befürchtete, keine Luft mehr zu bekommen.

»Emma, du verrücktes Huhn!«, japste ich. »Du zerquetschst mich!«

»Ich bin so froh, dass du endlich da bist«, murmelte sie in meine Haare, ohne ihre Umarmung auch nur ein bisschen zu lockern. »Ich habe dich so schrecklich vermisst.«

»Ich dich auch, Em«, sagte ich, und ein warmes Gefühl breitete sich in meinem Bauch aus.

Emma war meine beste Freundin, seit wir uns in New York kennengelernt und zusammen in einer WG gewohnt hatten. Sie war Deutsche und hatte eigentlich nur ein Studienjahr an der NYU verbringen wollen, um dann in Frankfurt die Kanzlei ihres Vaters zu übernehmen. Doch am Ende war alles anders gekommen. Nick und Emma hatten sich verliebt, und sie war ihm nach ihrem Abschluss nach Malibu gefolgt, wo er einen Job angenommen hatte. Um ganz ehrlich zu sein: Ohne Nick und Emma war das Leben in New York nicht mehr dasselbe gewesen.

»Emma und Isy endlich wieder vereint«, sagte Nick schmunzelnd, als er bei uns angekommen war. »Gott sei Dank. Ich habe keine Ahnung, wie sich die Erde weiterdrehen konnte, während ihr in verschiedenen Städten an anderen Enden des Kontinents gelebt habt.«

Emma und ich grinsten uns an, doch kaum hatten wir uns voneinander gelöst, zog auch Nick mich in seine Arme und drückte mich nicht weniger fest als Emma zuvor.

»Ein Glück, dass du endlich da bist. Emma war so ungeduldig, dass es kaum auszuhalten war. Sie hat wortwörtlich die Stunden gezählt.« Er hielt mich auf Armeslänge von sich und grinste ebenfalls. »Na ja. Vielleicht habe ich dich auch ein klitzekleines bisschen vermisst. Wie war dein Flug?«

»Anstrengend«, sagte ich. »Neben einem schreienden Kleinkind und seinen streitenden Eltern.«

»Oh nein, wie grässlich«, sagte Emma mitfühlend. »Der absolute Albtraum auf einem Sechseinhalb-Stunden-Flug.«

»Es war okay«, erwiderte ich und hakte mich bei Emma unter. »Irgendwann hatte ich genug von dem Gezeter und habe den kleinen Schreihals auf meinen Schoß genommen. Nach einer halben Stunde Fingerspiele und ›Hoppe, hoppe, Reiter‹ ist er auf meinem Arm eingeschlafen. Genauso wie die erschöpften Eltern neben mir. Und dann war Ruhe. Keine Schreierei und kein Gestreite.«

Emma lachte auf. »Ach Isy. Du bist einfach zu gut für diese Welt …« Sie ließ ihren Blick einmal an mir hoch- und runterwandern. »Und von deiner Gutherzigkeit mal abgesehen: Du siehst absolut heiß aus. Sag mir bitte, dass du nicht in diesem Outfit von New York hierher geflogen bist. Die Sauerstoffmasken müssen aus der Kabinendecke gefallen sein, als du eingestiegen bist.«

Ich trug ein schwarzes, weit geschnittenes Off-Shoulder-Minikleid, dessen Stoff meinen linken Arm ganz bedeckte, den rechten aber gar nicht. Zugegebenermaßen endete es irgendwo kurz unter dem Po. Ich hatte es für ein Drittel des Originalpreises beim Sample-Sale in New York ergattert.

»Wahrscheinlich sind nicht nur die Sauerstoffmasken aus der Decke gefallen, sondern auch allen anwesenden Männern die Augen aus dem Kopf«, kommentierte Nick lachend und zupfte spielerisch an meinem Ärmel.

Ich schlug seine Hand weg. »So skandalös ist mein Outfit nun auch wieder nicht. Und um euch zu beruhigen: Ich bin vom Flughafen schnell noch zu meiner Mom gefahren, habe meine Koffer abgestellt und mich umgezogen. Und nachdem wir die Outfit-Frage hoffentlich geklärt haben, will ich endlich wissen, wo nun die Party des Jahrhunderts steigt, auf die ihr mich an meinem ersten Abend in L. A. unbedingt schleifen wolltet?«

Emma klatschte aufgeregt in die Hände und zeigte dann in Richtung der Klippen. Ich drehte mich um, und mein Blick folgte ihrem ausgestreckten Finger zu einer zweistöckigen Villa, die etwas zurückgesetzt zwischen den Felsen lag. Eine eigene, private Holztreppe führte nach oben und endete auf der Terrasse mit Glasbrüstung, in der sich die untergehende Sonne spiegelte. Ich konnte erkennen, dass das Haus von einem üppigen Garten und mehreren hohen kalifornischen Palmen umgeben war, deren Blätter sich sacht im Wind bewegten. Leise Lounge-Musik drang zu uns herunter, genauso wie das Gelächter der Gäste, die sich bereits auf der Terrasse tummelten und sich unterhielten.

»Beeindruckend«, sagte ich anerkennend. »Ich wusste ja, dass ihr schicke Nachbarn habt. Aber dass die euch auch auf ihre Partys einladen …«

Das Haus der beiden lag einige Hundert Meter den Strand hinunter, Richtung Central Malibu. Es war zwar klein und nicht zu vergleichen mit einigen der Luxusvillen, die sich zwischen Meer und Pacific Coast Highway aneinanderreihten. Doch das machte nichts, denn wer brauchte schon einen Palast, wenn man den Strand und das Meer nur ein paar Schritte entfernt vor dem Wohnzimmerfenster hatte?

»Das Geburtstagskind ist mein bester Freund. Wir kennen uns noch von der UCLA«, erklärte Nick. »Wir hatten zwischenzeitlich weniger Kontakt, weil die Entfernung so groß war, aber seit ich wieder in Kalifornien bin, sehen wir uns fast öfter als früher. Ich stelle euch später vor.«

»Darauf bestehe ich«, sagte ich und fügte hinzu: »Vor allem, wenn er heiß ist.«

Erwartungsvoll sah ich Emma an, die mir hinter Nicks Rücken ein begeistertes Daumen-hoch-Zeichen gab und dann schnell versuchte, ein unbeteiligtes Gesicht zu machen, als Nick sich umdrehte und sie stirnrunzelnd ansah.

Ich grinste, hakte mich auch bei Nick unter und zog beide in Richtung der Holztreppe, die vom Strand zur Villa hinaufführte. »Dann stürzen wir uns ins Getümmel! Ich kann's gar nicht erwarten, auf unser Wiedersehen anzustoßen.«

Nachdem wir unsere Namen genannt hatten, ließen uns die Security-Männer, die den Treppenaufgang bewachten, durch, und wir erklommen gemeinsam die lange Holztreppe. Oben angekommen, schlüpfte ich in meine Stilettos und frischte meinen knallroten Lipgloss auf. Dann ließ ich meinen Blick einmal über die gut gelaunte Gästeschar schweifen, die in Grüppchen um den großen Swimmingpool stand, der den Großteil der Terrasse einnahm. Die Beleuchtung war eingeschaltet, und das Wasser schimmerte einladend türkisblau. Das Styling der Gäste unterschied sich extrem von dem, was ich aus New York gewöhnt war. Dort hatte ein cooles Outfit vor allem zwei Kriterien zu erfüllen: Erstens musste es schlicht und zweitens schwarz sein, idealerweise kombiniert mit extrem hohen High Heels und teuren Accessoires. Hier war das völlig anders. Die Kleider

der Gäste waren viel lässiger, wenn auch nicht weniger sexy. Die bunten Röckchen mancher Frauen endeten direkt unter dem Po und erlaubten den Blick auf zumeist braun gebrannte Beine, aber auch einige lange Spaghettiträger-Kleider und Lederflipflops waren dabei. Verschiedene Muster, Materialien und Stilrichtungen wurden wild miteinander kombiniert. Das war der typische California-Style.

Ich strich mit einer Hand über mein schwarzes Kleid. In der kommenden Woche musste ich dringend shoppen gehen. Vielleicht würde Emma mitkommen, denn in Central Malibu gab es einige Vintage-Läden, in denen ich sicher auch etwas finden würde, was meinen derzeit eher mageren Geldbeutel nicht überstrapazierte.

»O Gott, ich hasse es, auf eine Party mit so vielen fremden Menschen zu kommen«, murmelte Emma neben mir und ergriff Nicks Hand.

Ich lächelte ihr aufmunternd zu. »Halte dich einfach an Nick und mich, Em. Nick kennt wahrscheinlich die Hälfte aller Leute hier, und ich gehe seit zwanzig Jahren alleine auf Partys. Kontaktfreudig ist quasi mein zweiter Vorname.«

Emma musste lachen. »Seit zwanzig Jahren? Du bist doch nicht schon als Kleinkind auf Partys gegangen.«

»Hey«, erwiderte ich gespielt empört. »Du hast ja keine Ahnung! Ich habe schon mit drei Jahren beim Geburtstag von Onkel Bob auf der Bar gestanden und Celine Dion gesungen! Und dazu getanzt. Ich war der Star des Abends.« Ich wackelte mit den Augenbrauen. »Wenn ich nicht Jura studiert hätte, wäre ich auf die Musicalschule gegangen, und ihr könntet mich heute am Broadway bewundern. Oder in Las Vegas.«

»Das kann ich mir sehr lebhaft vorstellen, Isy Kontaktfreudig Summers«, sagte Nick lachend. »Hey, da drüben ist Nate Fielder. Kennst du ihn schon, Emma? Er wohnt drei Häuser weiter.«

Weil ich nicht sonderlich erpicht auf Smalltalk mit Nicks Nachbarn und außerdem ziemlich durstig war, sagte ich schnell: »Wollt ihr ihm Hallo sagen, und ich gehe in der Zeit ein bisschen herum? Wir können uns ja gleich wieder treffen und dann anstoßen.«

Ich drückte Emma noch ein schnelles Küsschen auf die Wange – einfach weil ich mich so sehr freute, sie endlich wiederzuhaben – und schlenderte in Richtung der Bar, die direkt neben einer Treppe lag, die auf eine zweite, höher gelegene Terrasse führte.

Kaum war ich ein paar Schritte gegangen, hörte ich Emma hinter mir meinen Namen rufen. Ich drehte mich um.

»Bitte nicht auf die Bar steigen und Celine Dion singen, okay?«, flüsterte sie gerade so laut, dass ich sie verstehen konnte.

»Und wenn, dann nur, wenn wir dabei sind, um es zu sehen!«, fügte Nick, um einiges lauter als Emma, hinzu. »Und zu filmen.«

Ich lachte und warf ihnen kopfschüttelnd einen Luftkuss zu, bevor ich zur Bar hinüberlief. Die Cocktailkarte hörte sich verlockend an, aber ich begnügte mich erst einmal mit einem Ginger-Ale. Mit dem Glas in der Hand ging ich neugierig die Treppe zum ersten Stock der Villa hinauf.

Das Haus war ein absoluter Traum, schlicht gehalten, mit Flachdach und großen Glastüren, vor denen sich die Vorhänge im lauen Abendwind bauschten und die den Blick in das warm beleuchtete Wohnzimmer mit offener Küche freigaben. Auch auf der oberen Terrasse reichten die großen Glasfenster bis zum Boden, aber die Vorhänge waren zugezogen – wahrscheinlich, weil sich hier die Schlafzimmer befanden. Auf der Terrasse standen mehrere Liegen mit dicken weißen Auflagen. Darauf verstreut lagen einige Kissen, die dazu einluden, es sich bequem zu machen. Am Geländer waren Windlichter aufgereiht, in denen Kerzen flackerten und die alles in ein warmes Licht tauchten.

Hier oben war es etwas weniger voll. Nur ein paar Gäste standen in Grüppchen zusammen, lachten und unterhielten sich.

Während ich mich nach einer Sitzgelegenheit umsah, blieb mein Blick an einem gut aussehenden Mann am Rand der Terrasse hängen. Halb saß, halb lag er auf einer der Liegen, ganz allein, die Beine weit ausgestreckt. Er war groß und sportlich und hatte seine muskulösen Arme vor der Brust verschränkt. Der linke Arm war vom Handgelenk oberhalb seiner Uhr aufwärts mit einem aufwendigen dunklen Tribal-Muster tätowiert, das kaum Haut freiließ. Bis wohin das Tattoo ging, konnte ich nur erahnen, denn es verschwand am Oberarm unter dem weißen T-Shirt, das er trug. Seine langen braunen Haare waren auf dem Hinterkopf zu einem sexy Man-Bun zusammengebunden.

Ziemlich heißer Typ, schoss es mir durch den Kopf. Und die Liege neben ihm war frei …

Als hätte er meine Gedanken gelesen, blickte er in diesem Moment in meine Richtung. Vielleicht hatte er gespürt, dass ich ihn so intensiv gemustert hatte.

Kurz entschlossen lief ich die paar Schritte zu ihm hinüber und deutete auf die Liege neben seiner. »Hi! Ist hier noch frei?«

Ich war mir nicht ganz sicher, aber ich meinte, einen Hauch von Widerwillen zu spüren. Doch vielleicht bildete ich mir das auch nur ein, denn er atmete einmal tief durch und nickte dann.

Ich setzte mich und zupfte mein Kleid zurecht. Meine Beine waren noch ziemlich weiß, aber das war ja auch kein Wunder, wenn man mehrere Jahre in New York gelebt hatte. Doch jetzt war ich zurück in Kalifornien, und mein Teint würde bald sehr viel dunkler werden, so wie früher. Ich war zwar blond, aber im Sommer wurde ich richtig braun und bekam massenhaft Sommersprossen auf Wangen und Nase. Meine große Schwester Kathy behauptete, dass ich mit meinen blauen Augen, den blonden Haaren und dem kurvigen Körper aussehen würde wie Hilary Duff, und mit dem Vergleich konnte ich mehr als gut leben, auch wenn Hilary Duff etwas älter war als ich.

Über mir bewegten sich die Palmenwedel sanft im Wind und erzeugten ein beruhigendes Geräusch, das sich mit dem Rauschen des Ozeans und der leisen Musik aus den Boxen vermischte.

Unwillkürlich seufzte ich. »Schön, oder?«

»Hm?«, machte mein Liegestuhlnachbar, und obwohl es nur ein Laut war, konnte ich seine Irritation heraushören.

Ich machte eine ausladende Handbewegung, die alles um uns herum einschloss, auch den Strand und das Meer, das im Licht der untergehenden Sonne glitzerte. Ich hätte Stunden damit verbringen können zuzusehen, wie die Wellen heranrollten und sich aufbauten, bis sie ihren höchsten Punkt erreicht hatten, und dann in sich zusammenbrachen.

»Es ist schön hier, oder nicht?«, wiederholte ich und schaute ihn von der Seite an.

Aus der Nähe sah er noch besser aus. Er hatte hohe Wangenknochen und ein markantes Kinn, das – ebenso wie seine Wangen – von dem Schatten eines Dreitagebarts bedeckt war. Über seine Unterlippe zog sich eine feine weiße Narbe bis zum Kinn, die nur zu sehen war, weil an dieser Stelle kein Bart wuchs. Und er hatte einen schönen Mund.

Ich hatte eine Schwäche für Männer mit schönen Lippen. Okay, zugegeben – wer hatte das nicht?

»Ich bin übrigens Isy.«

Er zögerte einen winzigen Moment, dann sagte er: »Connor.«

Hm. Sonderlich gesprächig schien er ja nicht zu sein.

Ein Kellner kam mit einem Tablett voller Canapés vorbei. Als mein Magen hörbar knurrte, wurde mir bewusst, dass ich außer einem labberigen Airline-Sandwich und einer Mini-Tüte Chips im Flugzeug heute noch nichts gegessen hatte. Ich schaffte es, einen Garnelensalat im Gläschen sowie ein Bresaola-Avocado-Sandwich zu ergattern, und biss hungrig hinein. Dann trank ich einen Schluck von meinem Ginger-Ale. Ich konnte förmlich spüren, wie mein Blutzuckerspiegel langsam wieder anstieg.

»Kommst du von hier?«, machte ich einen weiteren Versuch, mit Connor ins Gespräch zu kommen.

Er schwenkte sein Glas, sodass die Eiswürfel in der klaren Flüssigkeit klirrten. Auf der Innenseite seines rechten Oberarmes war ein schwarzer Schriftzug zu erkennen, der allerdings nicht groß genug war, als dass ich ihn hätte entziffern können.

»Ja?«, antwortete er, die Augenbrauen so weit hochgezogen, dass sie fast seinen Haaransatz berührten.

Er formulierte es weniger als Antwort und mehr als Frage im Sinne von: Ist das nicht offensichtlich?

Puh, der war aber auch eine harte Nuss. Ob er immer so übel gelaunt war? Oder hatte er vielleicht nur einen schlechten Tag und musste etwas aufgemuntert werden?

»Hast du hier studiert?«, fragte ich freundlich, und als er nicht sofort antwortete, fuhr ich fort: »Ich bin in L. A. geboren und zur Schule gegangen, habe dann aber an der NYU studiert. Ich bin heute erst nach Kalifornien zurückgekommen, um Ende des Sommers meine Zulassungsprüfung zur Anwältin hier zu machen.«

Keinerlei Reaktion.

Ich spürte, wie mein Lächeln etwas verrutschte, da sagte er unvermittelt: »Darf ich ehrlich sein?«

»Wie bitte?«, fragte ich verdattert. Was für eine merkwürdige Frage, wenn man bedachte, dass wir uns keine zehn Minuten kannten und kaum ein paar Worte miteinander gewechselt hatten. »Ja, natürlich.«

Jetzt wandte er sich mir mit dem ganzen Körper zu und blickte mir das erste Mal an diesem Abend direkt in die Augen. Sie wirkten in dem dämmerigen Licht dunkel, fast schwarz. Ich schluckte.

»Ich weiß es wirklich zu schätzen, dass du all deinen Mut zusammengenommen und mich angesprochen hast. Aber die Sache ist die: Ich habe kein Interesse. Ich werde jeden Tag von zehn Frauen angesprochen, die mich kennenlernen und mit mir ins Bett wollen. Und so aufregend das am Anfang vielleicht gewesen sein mag, inzwischen langweilt mich diese Art von Oberflächlichkeit.«

Es dauerte einen Moment, bis seine Worte einsickerten. Dann machte sich eine Mischung aus Scham und Fassungslosigkeit in mir breit. Ich fühlte mich, als hätte er einen Eimer kaltes Wasser über meinem Kopf ausgeschüttet. Unglaublich! Was für ein arroganter Schnösel!

»Entschuldigung«, erwiderte ich kühl. »Aber nicht jeder Mensch, der mit dir redet, will gleich mit dir ins Bett.«

Ich versuchte dabei, die gemeine kleine Stimme in meinem Kopf zu ignorieren, die mir ins Ohr flüsterte, wie anziehend er auf mich gewirkt hatte und dass vielleicht auch etwas hätte laufen können, wenn er sich anders verhalten hätte. Aber jetzt natürlich nicht mehr, da half auch all sein gutes Aussehen nicht. Um bei mir zu landen, musste ein Typ schon ein bisschen mehr zu bieten haben.

Ich stellte das leere Glas etwas zu heftig auf dem Beistelltisch ab und stand auf. Das Gespräch war so was von beendet. Ohne abzuwarten, ob er noch etwas zu sagen hatte, schnappte ich mir meine Clutch und wandte mich zum Gehen, um Emma und Nick zu suchen. Den Rest des Abends würde ich in netterer Gesellschaft verbringen. Ich spürte, wie sich Connors Blicke in meinen Rücken bohrten, drehte mich aber nicht noch einmal zu ihm um.

Als ich die Treppe zur Poolterrasse erreicht hatte, entdeckte ich Emma und Nick, die in dem großzügigen Garten am Ende der Rasenfläche auf einer Bank saßen und aufs Meer blickten, wo gerade die Sonne wie ein roter Feuerball im Meer versank. Einen Moment blieb ich stehen und beobachtete die beiden. Er hatte seinen Arm um ihre Schultern gelegt, und sie schmiegte sich an ihn, eine Hand auf seiner Brust. Es war schön zu sehen, dass sie immer noch genauso verliebt waren wie in New York.

Ich wollte gerade zu ihnen hinunterlaufen, da löste Nick sich von Emma und sank vor ihr auf ein Knie. Mir stockte der Atem, als er ein Schächtelchen aus seiner Hosentasche holte und es öffnete. Zwar konnte ich auf die Entfernung nicht sehen, was es war, und auch nicht hören, was sie sagten, aber das musste ich auch nicht, denn Emma fiel ebenfalls auf die Knie und umarmte Nick stürmisch. Tränen stiegen mir in die Augen, und ich presste beide Hände vor den Mund, um nicht vor Begeisterung laut loszukreischen.

Ich war so in meine Betrachtung versunken, dass ich zusammenzuckte, als eine Stimme hinter mir sagte: »Sieht ganz so aus, als hätten wir jetzt mehr zu feiern als meinen Geburtstag.«

Ich drehte mich um. Connor stand vor mir und nickte mit dem Kinn in Richtung Garten, wo Emma und Nick sich küssten. Ungläubig starrte ich ihn an. Seinen Geburtstag …? Das hieß, er war der Gastgeber? Nicks Freund? Connor war Nicks bester Freund?

Bevor ich weiter darüber nachdenken konnte, begannen die Gäste auf der Terrasse zu klatschen und zu jubeln. Es schien auch den anderen nicht verborgen geblieben zu sein, dass sich gerade jemand verlobt hatte. Nick winkte strahlend und sah aus, als könne er die ganze Welt umarmen, während Emma ihr Gesicht beim Gehen an seinem Arm versteckte. Vermutlich wäre sie lieber in irgendein Loch gekrochen, als so im Zentrum der Aufmerksamkeit zu stehen.

Ich lachte auf, weil diese Reaktion einfach so typisch für meine Freundin war, und stürmte die Treppe hinunter, um ihnen entgegenzurennen. Es gelang mir kaum, mich zu beruhigen, denn mein Herz sprang mir vor Freude fast aus der Brust. Niemand, wirklich niemand, hatte ein Glücklich-bis-an-ihr-Lebensende so sehr verdient wie Emma und Nick. Mit einem breiten Lächeln im Gesicht lief ich den beiden das kurze Stück über den Rasen entgegen. Emma sah mich, quietschte einmal auf, was mich noch mehr zum Lachen brachte, und flog mir dann entgegen. Wir fielen uns in die Arme.

»O mein Gott, Emma!«, rief ich. »Ihr werdet heiraten! Herzlichen Glückwunsch!«

Emma hatte nasse Wangen, als sie ihr Gesicht an meines drückte. »Danke! Ich kann es gar nicht fassen.«

»Zeig mir den Ring!«, drängte ich sie, und Emma streckte die Hand aus.

An ihrem Ringfinger prangte ein schöner Diamant in einer klassischen, schlichten Fassung – es war genau der Ring, den Emma sich selbst ausgesucht hätte.

»Er ist wunderschön«, sagte ich zu Nick und umarmte ihn fest. »Herzlichen Glückwunsch, du Geheimniskrämer. Du hättest ruhig etwas sagen können!«

Nick grinste bis über beide Ohren. Er wirkte, als sei er sehr zufrieden mit sich und der Welt.

»Als ob du vor Emma auch nur eine Sekunde ein Geheimnis bewahren könntest«, erwiderte er trocken.

»Jaja, schon gut«, räumte ich ein und fügte nach einem Moment etwas leiser hinzu: »Das hast du gut gemacht, Nick. Ich freue mich für euch.«

Connor trat neben uns, um den beiden ebenfalls zu gratulieren. Unwillkürlich versteifte ich mich etwas, dann machte ich einen Schritt zurück, damit er Emma umarmen konnte.

»Das ist übrigens Connor Knightley«, sagte sie, als der Gastgeber auch Nick umarmte, was mit viel herzhaftem Klopfen auf den Rücken verbunden war. »Das heutige Geburtstagskind und Nicks bester Freund seit Uni-Tagen.«

»Wir haben uns schon miteinander bekannt gemacht«, bemerkte Connor und sah mich an. »Ivy, richtig?«

Mein Gott, er hatte sich nicht mal meinen Namen gemerkt!

»Mein Name ist *Isy*«, sagte ich spitz. »Schön, dich kennenzulernen. *Corey*.«

In seinen Augen blitzte etwas auf, aber bevor er etwas erwidern konnte, rief ich: »Jetzt lasst uns doch endlich auf das freudige Ereignis anstoßen!«

Denn ja, er hatte mich abblitzen lassen. Und ja, Connor ging mir mit seiner arroganten Art auf den Wecker. Aber das würde mich keinesfalls davon abhalten, den Abend zu genießen und mit meinen beiden besten Freunden ihre Verlobung zu feiern.

2.

Als ich am nächsten Morgen aufwachte, brauchte ich einen Moment, um zu erkennen, wo ich war. Verwirrt setzte ich mich auf. Wo war der New Yorker Straßenlärm? Die Sirenen, die Autos, das Hupen, all die Geräusche der pulsierenden Stadt, die Tag und Nacht durch das schmale Fenster meines WG-Zimmers drangen und an die ich mich so gewöhnt hatte? Jetzt war alles, was ich hörte, Meeresrauschen, Kinderlachen und das Bellen eines Hundes.

Kalifornien. Ich war zurück in Kalifornien.

Und ich lag auf dem Sofa in Emmas und Nicks Wohnzimmer, auf dem ich in der Nacht nach der Party geschlafen hatte. Nachdem wir auf die Verlobung angestoßen hatten, war der DJ von der ruhigen Lounge- zu wilder Dance-Musik gewechselt, und die Party hatte richtig Fahrt aufgenommen. Emma hatte mir angeboten, bei ihnen zu übernachten, damit ich nicht noch die kurvige Straße nach Thousand Oaks fahren musste, und wir hatten das Fest irgendwann im Morgengrauen verlassen.

Ich rieb mir die Augen, stand auf und streckte mich. Dann tapste ich barfuß in die Küche und machte mir einen Kaffee. Mit der dampfenden Tasse in der Hand lief ich zurück ins Wohnzimmer und öffnete die Terrassentür. Warme, frische Luft schlug mir entgegen, und ich kniff die Augen zusammen, weil die Sonne schon so hoch am Himmel stand. Die Holzbohlen unter meinen Füßen waren warm, als ich zu dem Daybed lief, das auch schon in Emmas und Nicks New Yorker Wohnung auf der Dachterrasse gestanden hatte, und mich darauf fallen ließ. Ich streckte die Beine aus und genoss den Ausblick auf den sich endlos vor mir erstreckenden azurblauen Pazifik und die Sonne, die auf meiner Haut kribbelte.

In der Küche hörte ich die Kaffeemaschine ein zweites Mal brummen, und keine Minute später trat Emma auf die Terrasse.

»Guten Morgen«, murmelte sie und setzte sich langsam und vorsichtig neben mich, ganz so, als würde ihr jede Bewegung wehtun. »Ich habe Kopfweh.«

Ich schmunzelte und trank einen Schluck meines Kaffees. »Kein Wunder, du hast gestern auch etwas über die Stränge geschlagen. Was dir natürlich absolut zusteht. Schließlich habt ihr euch verlobt.«

Sie lächelte und betrachtete versonnen den Ring an ihrer Hand. »Unglaublich, oder?«

Ich rutschte zu ihr hinüber und legte meinen Kopf an ihre Schulter.

»So unglaublich finde ich es gar nicht. Ich habe von Anfang an gewusst, dass ihr zusammengehört. Weißt du noch, als ihr euch beim Poetry-Slam das erste Mal gesehen habt? Ich habe direkt gemerkt, dass es bei Nick eingeschlagen hat. Da war einfach diese besondere Chemie zwischen euch. Du hast es nur nicht sehen wollen.« Ich piekte ihr mit einem Finger in die Seite. »Weil du zu sehr mit anderen Dingen – oder sollte ich besser sagen: mit jemand anderem? – beschäftigt warst.«

Sie lachte auf, fasste sich dann aber sofort an den Kopf und stöhnte.

»Bring mich nicht zum Lachen«, flehte sie. »Bitte!«

Schweigend betrachteten wir ein paar spielende Kinder, die am Meer eine riesige Sandburg mit Türmen und Wassergraben bauten. Zwei Väter halfen ihnen dabei und schienen beim Bau fast noch mehr Spaß zu haben als die Kinder.

»Wie spät ist es eigentlich?«, fragte ich nach einer Weile und trank meinen Kaffee aus.

»Es müsste so kurz vor zwölf sein«, erwiderte Emma und begann, ihre Schläfen zu massieren.

»Oh verdammt!«, fluchte ich und sprang auf. »Ich habe meiner Mom versprochen, dass ich zum Mittagessen zu Hause bin. Sie plant eine kleine Willkommensfeier für mich. Meine Schwester und ihre Familie sind auch da.«

Emma folgte mir zurück ins Wohnzimmer und beobachtete kopfschüttelnd, wie ich mir hektisch das Schlafshirt, das sie mir geliehen hatte, über den Kopf zog und wieder in das Kleid von letzter Nacht schlüpfte.

»Gib mir zwei Minuten. Ich ziehe mich an und fahre dich zu deinem Auto«, sagte sie dann und stellte die Kaffeetasse auf dem Tisch ab. »Das geht schneller, als wenn du läufst. Aber vorher brauche ich eine Kopfschmerztablette. Oder vielleicht besser gleich zwei.«

Vierzig Minuten später parkte ich das Auto vor dem Apartmentblock in Thousand Oaks, in dem meine Mutter seit der Scheidung von meinem Vater vor zehn Jahren lebte, mittlerweile gemeinsam mit ihrem Lebensgefährten Trevor. Die Cherry Avenue war gesäumt von Kirschbäumen, die der Straße zu ihrem Namen verholfen hatten, und von Pinien und Zedern, die ihren vertrauten harzig-trockenen Duft verströmten, als ich das Auto abschloss und die Straße überquerte. Obwohl ich es eilig hatte, blieb ich einen Moment stehen und betrachtete die Bank, die auf dem Bürgersteig direkt unter einem alten, knorrigen Eukalyptusbaum stand. Etwas in meinem Magen kribbelte, und wie auf Autopilot machte ich einen Schritt auf sie zu.

Dann noch einen. Und noch einen. Bis ich bei ihr angekommen war. Langsam fuhr ich mit dem Finger über das raue, verwitterte Holz, und es dauerte nicht lange, bis ich fand, wonach ich suchte.

I + L

Die Buchstaben waren immer noch zu erkennen, genauso wie das leicht missglückte, schiefe Herz drumherum. Es war gar nicht so einfach, wie man dachte, mit einem Messer Bilder und Buchstaben in Holz zu ritzen. Fast konnte ich vor mir sehen, wie ich vor vier Jahren dort gesessen hatte, verliebt, lachend, händchenhaltend, küssend. Glücklich.

Ich seufzte. Dumm und naiv.

Schnell schüttelte ich das merkwürdige Gefühl ab, das mich zu überfallen drohte, und lief die schattigen Stufen bis zur Haustür hinauf.

Obwohl das Apartment klein war und Trevor, der Lehrer war, das alte Mädchenkinderzimmer eigentlich als Büro brauchte, hatte meine Mom mir angeboten, für die Anfangszeit bei ihnen einzuziehen, wofür ich ihr sehr dankbar war. Mein Studium in New York war abgeschlossen, aber um als Anwältin arbeiten und mich in Kanzleien in Los Angeles bewerben zu können, brauchte ich die Anwaltszulassung in Kalifornien, für die eine weitere – nicht gerade einfache – Prüfung abgelegt werden musste, die Ende des Sommers anstand. Ich musste mir, so schnell es ging, einen Nebenjob suchen, denn ich wollte meiner Mutter nicht länger als nötig auf der Tasche liegen. Aber im Grunde freute ich mich, eine Zeit lang wieder bei ihr zu wohnen. Wir hatten uns in den letzten Jahren schon selten genug gesehen, und ich hatte sie vermisst – genauso wie meine große Schwester Kathy und meine beiden Nichten.

»Tante Isy! Tante Isy!« Eine kleine Fee und eine noch kleinere Prinzessin rissen die Haustür auf, kaum dass ich den Schlüssel umgedreht hatte. »Tante Isy ist da!«

Ich ging in die Hocke und wurde von der dreijährigen Faith und der fünfjährigen Skylar fast umgeworfen. Als ich die beiden an mich zog, umschlossen vier kleine Ärmchen meinen Hals. Ich versuchte zu ignorieren, dass mir dabei ein Zauberstab in die Schulter stach und eine Krone in die Wange piekte, und atmete ihren zarten Kinderduft ein. Dann drückte ich jeder von ihnen einen Kuss auf die Stirn.

»Hallo, ihr seid ja wunderhübsch. Wer seid ihr denn?«

»Wir sind Elsa und Tinker Bell«, antwortete Skylar stolz.

Ausgiebig, wie es von mir erwartet wurde, bewunderte ich die glitzernden Kostüme, die sie trugen.

»Elsa und Tinker Bell, freut mich sehr, euch kennenzulernen. Und was habt ihr mit meinen süßen kleinen Nichten Skylar und Faith gemacht?«

Faith kicherte. »Aber Tante Isy, wir sind es doch«, wisperte sie aufgeregt. »Wir haben uns nur verkleidet!«

»Ach so, verstehe«, flüsterte ich verschwörerisch zurück. »Ich sage es niemandem weiter. Es bleibt unser Geheimnis.«

Die beiden kicherten wieder.

»Dürfen wir dich nach dem Essen schminken?«, fragte Faith dann. Dabei legte sie den Kopf schief, was besonders süß aussah und bewirkte, dass man ihr keinen Wunsch abschlagen konnte. Das wusste sie natürlich nur allzu gut. »Wir haben unsere Schminksachen dabei.«

Ich öffnete den Mund, um etwas zu sagen, aber Skylar fiel mir ins Wort: »Ich kann dich wie einen Tiger schminken.«

»Oder wie eine Prinzessin!«, fügte Faith hinzu. »Oder wie einen Marienkäfer! Oder wie eine Marienkäfer-Prinzessin!«

Ohne meine Antwort abzuwarten, waren sie schon wieder

losgerannt, um weiterzuspielen. Sie waren zwei unermüdliche und gleichzeitig zuckersüße Energiebündel.

Ich erhob mich und schlüpfte schnell in mein Zimmer, wo ich Shorts und ein T-Shirt aus meinem Koffer kramte und gegen mein Party-Outfit tauschte. Im Badezimmer schminkte ich das Make-up vom Vorabend ab, spritzte mir kaltes Wasser ins Gesicht und band die Haare zu einem Pferdeschwanz zusammen, bevor ich mich auf den Weg in die Küche machte, wo ich den Rest der Familie vermutete.

Als ich an der offenen Wohnzimmertür vorbeikam, blickte mein Schwager John auf, der wie üblich auf dem Sofa saß und fernsah.

»Ah. Die verlorene Tochter.«

Den Spruch brachte er jedes Mal, wenn wir uns sahen. Und das nur, weil ich für ein paar Jahre in New York studiert hatte, anstatt wie Kathy in L. A. zu bleiben!

Kathy war Physiotherapeutin und hatte ihren Job aufgegeben, als sie Skylar bekommen hatte. John arbeitete nicht – zumindest nicht richtig, denn er war zu Geld gekommen, als er vor ein paar Jahren mit einigen Freunden irgendeine schlaue App entwickelt und dann verkauft hatte. Er investierte hier und da in Start-ups und in Aktien, aber die meiste Zeit hing er zu Hause und auf dem Golfplatz herum. Was natürlich nicht bedeutete, dass er auch nur im Entferntesten daran dachte, mal einen Finger krumm zu machen, während meine Schwester herumsprang, die perfekte Hausfrau und Mutter sein wollte und dabei häufig an den Rand eines Nervenzusammenbruchs kam.

Er musterte mich einmal von oben bis unten.

»Hast du zugenommen?«, fragte er dann und verzog seinen Mund zu einem Grinsen.

Es war mir immer schon ein Rätsel gewesen, wie meine fröhliche und lebenslustige Schwester einen Kotzbrocken wie John hatte heiraten können. Ich hatte da so eine Vermutung, dass Kathys erste Schwangerschaft nicht wirklich geplant gewesen war, obwohl sie es damals behauptet hatte, und ihre Hochzeit mit John dem Umstand geschuldet war, dass sie das hatte schaffen wollen, was Kathy als »geordnete Familienverhältnisse« bezeichnete. Aber das würde meine Schwester, die immer sehr darauf bedacht war, nach außen das perfekte Bild zu wahren, natürlich niemals zugeben.

»Du mich auch, John«, murmelte ich und ergriff die Flucht, bevor ich etwas Unüberlegtes sagen konnte.

Auf keinen Fall wollte ich einen Streit vom Zaun brechen, denn meiner Mutter waren die Familienessen heilig. Wir hatten ewig keines mehr gehabt, bei dem alle anwesend waren. Und außerdem hatte ich nicht vor, mir die Stimmung vermiesen zu lassen.

»Hallo zusammen!«, rief ich fröhlich, als ich die Küche betrat.

Meine Mutter, die mit dem Rücken zur Tür an der Spüle stand, drehte sich um und trocknete ihre Hände an einem Küchenhandtuch ab, bevor sie mich in den Arm nahm.

»Isabella! Wie schön, dass du da bist! Wie war es mit deinen Freunden gestern Abend?«

Meine Mutter war so ungefähr der einzige Mensch auf der Welt, der mich Isabella und meine Schwester Katherine nannte.

»Ziemlich ausgelassen. Die beiden haben sich verlobt, da gab es was zu feiern.«

Meine Familie kannte Emma und Nick bislang nur aus meinen Erzählungen, persönlich waren sie sich noch nicht begegnet.

Trevor, den ich am Abend zuvor noch nicht gesehen hatte, nahm mich in den Arm. Er roch nach Minze und den Zigarren, die er heimlich rauchte, genau wie früher. Manche Dinge änderten sich nie.

»Schön, dass du wieder da bist, Isy«, sagte er und zwinkerte mir zu. »Deine Mutter ist überglücklich. Und ich auch, denn niemand außer dir hat Lust, sich mit mir über Football zu unterhalten.«

Kathy, die am Herd stand und hektisch in einem der Töpfe rührte, streckte mir das Gesicht hin, damit ich ihr einen Kuss auf die Wange drücken konnte.

»Hey, Mini«, begrüßte sie mich mit meinem Spitznamen und pustete sich eine Haarsträhne aus dem Gesicht. »Kannst du die Kartoffeln aus dem Ofen nehmen? Das Essen ist gerade fertig.«

»Schön, dich zu sehen, Kittykat«, sagte ich lachend. »Deine Freude darüber, dass ich endlich zurück bin, scheint dich ja fast zu überwältigen.«

Sie verzog das Gesicht, aber ich sah, dass sie ebenfalls grinste, bevor sie sich wieder dem Herd zuwandte.

»Ich tobe innerlich vor Freude, glaub mir«, versicherte sie. »Ich kann es nur gerade nicht so zeigen, weil die Soße überkocht.«

»Man muss Prioritäten setzen«, stimmte ich ihr zu und stellte mich ans Spülbecken, um mir die Hände zu waschen.

Die beiden Mädchen kamen hereingestürmt, umrundeten einmal den Tisch und rannten wieder in den Flur zurück.

»Seid nicht so wild!«, rief meine Schwester so laut, dass mir die Ohren klingelten. »Und passt mit der Vase auf dem Sideboard auf!«

Die Kinder hörten sie gar nicht und rannten einfach weiter. Kathy seufzte resigniert.

Im gleichen Moment betrat John die Küche, ganz so, als hätte er geahnt, dass das Essen so gut wie fertig war, und sagte: »Kannst du bei den Mädchen nicht mal härter durchgreifen? Wir haben uns doch als Kinder auch besser benommen. Damals hat man gehorcht.«

In schwesterlicher Solidarität sah ich Kathy an und verdrehte die Augen. »Kinder sind doch keine Schäferhunde.«

John grinste spöttisch. »Und seit wann bist ausgerechnet du Expertin in Sachen Kindererziehung?«

Ungefähr genauso ein Experte wie du, dachte ich. Aber um die Stimmung nicht zu verderben, behielt ich den Gedanken lieber für mich. Statt ihm zu antworten, nahm ich mir zwei Küchenhandschuhe, holte die Auflaufform aus dem Ofen und stellte sie auf den Tisch. Dann gab ich etwas von den Kartoffeln auf die Teller der Kinder und zerteilte sie, damit sie schon einmal abkühlen konnten.

»Das Essen sieht fantastisch aus, Mom«, sagte ich, als sie eine Platte mit Roastbeef und eine Schüssel mit Caesar Salad auf den Tisch stellte und sich neben Trevor setzte. »Du hättest dir nicht so viel Arbeit machen sollen.«

Sie winkte ab, aber ich merkte, dass sie sich über das Kompliment freute.

»Ach was, das ist doch keine Arbeit«, behauptete sie. »Das mache ich gerne für euch. Wenn du mal Familie hast, wirst du es auch so machen. Nicht wahr, Kathy?«

John begann mit dem Essen, bevor die anderen überhaupt etwas auf dem Teller hatten. Ich konnte die Art, wie er das Roastbeef in sich hineinschaufelte, mit dem Ellenbogen auf dem Tisch und dem Kopf dicht über dem Teller, nicht ausstehen. So viel zum Thema gute Erziehung.

Er sah auf. »Dann ist es vorbei mit der großen Anwaltskarriere. Dann heißt es nur noch: Brei kochen und Windeln wechseln.«

»So ein Quatsch.« Stirnrunzelnd reichte ich meiner Mutter die Soße. »Frauen können sich heute entscheiden, ob sie Karriere machen oder Kinder bekommen wollen. Oder beides. Wir leben doch nicht mehr im Mittelalter.«

Na ja, du vielleicht schon, setzte ich in Gedanken hinzu und konnte ein Schmunzeln nicht unterdrücken, während ich Skylar und Faith Wasser einschenkte.

John schnaubte. »Frauen, die Kinder und Karriere vereinbaren wollen, sind in meinen Augen egoistisch. Dabei bleiben doch zwangsläufig die Kinder auf der Strecke.«

»Ich habe auch aufgehört zu arbeiten, als ich euch bekommen habe«, sagte meine Mutter überflüssigerweise.

Na, und wo hatte sie das hingebracht? Sie hatte mich und meine Schwester bekommen, als sie noch sehr jung gewesen war, und damals ihren Job aufgegeben, weil mein Vater – Oberarzt in demselben Krankenhaus, in dem sie ihre Ausbildung zur Krankenschwester machte – sehr gut verdient hatte. Als ich gerade sechzehn geworden war, hatte er uns über Nacht verlassen. Anscheinend hatte er damals gedacht, dass er – mit fast erwachsenen Töchtern – nun endlich eigene Wege gehen könne. Oder zumindest andere. Gemeinsam mit einer jüngeren Frau, mit der er offenbar schon eine längere Zeit ein Verhältnis gehabt hatte. Mittlerweile lebten er und seine zweite Ehefrau in Washington und hatten einen gemeinsamen Sohn. Unser Verhältnis war freundlich, aber nicht übermäßig herzlich, und das war irgendwie in Ordnung so.

»Willst du damit sagen, dass alle Frauen, die Kinder haben und einem Beruf nachgehen, schlechte Mütter sind?«, fragte ich John fassungslos.

»Genau das will ich sagen. Dann lieber keine Kinder bekommen.«

Was war er nur für ein Steinzeitmensch! Ich sah meine Schwester an, doch sie mied meinen Blick und wischte hochkonzentriert etwas Soße vom Lätzchen ihrer Jüngsten. Ich wusste, dass ihr die Ansichten ihres Mannes peinlich waren, aber Kontra gab sie ihm deswegen noch lange nicht. Gott bewahre, dass es zu einem Streit kam!

Resigniert lehnte ich mich in meinem Stuhl zurück. »Na, dann wird es dich ja beruhigen, dass ich nicht vorhabe, welche zu bekommen.«

Trevor tätschelte meine Hand. »Dir fehlt nur der richtige Mann dazu, glaub mir, Liebes.«

Ich wusste, dass er es gut meinte. Aber: Puh, wie konnten einen Menschen denn in einer so kurzen Zeit so sehr erschöpfen?

»Vielleicht ist der *richtige* Mann ja auch einer, der sich die Kinderbetreuung mit der Frau teilt«, sagte ich und zog eine Augenbraue hoch.

»Warum willst du keine Kinder, Tante Isy?«, fragte Skylar mit ihrer süßen Piepsstimme.

»Weil sie keinen Mann findet, der welche mit ihr kriegen will, Prinzessin«, antwortete John an meiner Stelle.

Ich schielte nach dem Bratenmesser auf der Fleischplatte vor mir und unterdrückte den Impuls, danach zu greifen. Ich wollte die Kinder nicht traumatisieren. Und schreiende Farben standen mir nicht, weswegen ich lieber darauf verzichten wollte, den Rest meines Lebens Orange zu tragen.

Stattdessen küsste ich Skylar auf die Schläfe und sagte lächelnd: »Weil ich niemals so süße Kinder bekommen würde wie euch zwei Engel. Also lasse ich es lieber bleiben und verwöhne meine beiden Nichten nach Strich und Faden.«

Nach dem Essen räumte ich zusammen mit Trevor den Tisch ab und spülte das Geschirr, während er abtrocknete. Dabei unterhielten wir uns über die *Los Angeles Rams*, die dabei waren, ihr Team für die nächste Saison zusammenzustellen. Trevor war ein eher stiller Mann, aber er blühte auf, wenn man mit ihm über Football redete. Als wir in der Küche fertig waren, ging er zu John ins Wohnzimmer, um mit ihm irgendeinen Bericht über Eishockey zu schauen, und ich setzte mich mit einem Kaffee zu Kathy auf die Terrasse. Die Kinder planschten mit Schwimmflügeln im Nichtschwimmerteil des Gemeinschaftspools der Apartmentanlage, die für kalifornische Verhältnisse typisch angelegt war:

zweistöckige Gebäude, die um ein Schwimmbecken und einen schönen Garten mit Palmen und blühendem Oleander herum angeordnet waren. Was wie der absolute Luxus klang und an anderen Orten – wie beispielsweise in New York – unbezahlbar gewesen wäre, war hier in Kalifornien für die Bürger der Mittelschicht fast normal. Die wirklich reichen Menschen hatten ein Haus mit großem Garten und einem eigenen Pool, den sie sich nicht mit anderen teilen mussten.

Kathy und ich hatten als Teenager abends oft in der Dunkelheit Seite an Seite am Pool gesessen, die Beine ins Wasser baumeln lassen und geredet. Wir hatten über unsere Zukunftspläne oder einfach nur über unsere Freunde und die Schule gesprochen, manchmal auch über Jungs. Kathy hatte damals schon Physiotherapeutin werden wollen und davon geträumt, eines Tages mit dem amerikanischen Olympiateam um die Welt zu reisen. Ich wollte studieren – ich wusste nur noch nicht, was –, aber auf jeden Fall auch heiraten und Kinder bekommen. Den Mann dafür hatte ich damals schon gehabt.

Bei der Erinnerung daran wusste ich nicht, ob ich den Kopf schütteln, lachen oder bloß ein kleines bisschen Wehmut empfinden sollte. Wir waren so jung und ahnungslos gewesen! Sowohl für mich als auch für Kathy war letztlich alles anders gekommen, als wir es uns damals vorgestellt hatten.

Ich winkte meiner Mutter zu, die neben dem Schwimmbecken stand und die planschenden Mädchen mit Argusaugen bewachte.

»Und, wie ist es, wieder zu Hause zu sein?«, fragte Kathy, als ich meine Beine auf einen Hocker legte und mich in das gemütliche Polster zurücklehnte.

»Schön und gleichzeitig ungewohnt. Anders als in New York.« Ich wusste nicht genau, wie ich es beschreiben sollte. »Hier ist es auf eine andere Art schön.«

»Erzähl mir was von New York«, bat Kathy sehnsüchtig.

Wir hatten zwar regelmäßig telefoniert und Nachrichten ausgetauscht, aber ich hatte Kathy von meinem New Yorker Leben nie in allen Details erzählt. Ich war dort ein ganz anderer Mensch gewesen, hatte – vor allem, was Männerbekanntschaften anging – ungezwungener und freier gelebt als in meiner Zeit in Kalifornien. Ich war zwar auch ein temperamentvolles Kind und ein wilder Teenager gewesen, aber ich wusste, dass ich mich in New York noch einmal verändert hatte und dass Kathy die New Yorker Isy vielleicht sogar ein wenig fremd sein würde.

»New York steht niemals still, es ist immer hektisch, pulsierend, lebendig«, antwortete ich schließlich. »Das kann einen einerseits ganz schön ermüden, andererseits ist es auch inspirierend. Es spornt einen irgendwie an. Die Menschen, die dort leben, sind so unterschiedlich. Da gibt es zum einen die leistungsorientierten, die nach oben streben und reich werden wollen. Und die, die schon unendlich reich sind und auf der Fifth Avenue am Central Park oder irgendwo anders in ihren Luxuswohnungen in Manhattan leben. Gleichzeitig sind viele so arm, dass sie nicht mal wissen, wie sie ihre nächste Mahlzeit bezahlen sollen. Und natürlich all die Menschen dazwischen: die Familien, die eher in Queens oder Brooklyn wohnen, weil sie sich die Wohnungen in der Stadt nicht leisten können. Und die Künstler, die Musiker, die Freigeister in SoHo oder Williamsburg …« Ich suchte nach Worten. »Die Stadt hat so viele Facetten, dass man sie kaum beschreiben kann. Ich habe fast alle davon geliebt.«

Kathy lächelte schwach. »Du hattest offensichtlich eine aufregende Zeit dort.«

Ich schmunzelte. »Die Arbeit in der Kanzlei *Donovan & Thompson*, wo ich meinen Studentenjob hatte, war anstrengend – und das Studium erst recht. Aber das Nachtleben in New York konnte ich mir unmöglich entgehen lassen. Ich war auf Dachterrassen von luxuriösen Penthousewohnungen, wo der Champagner in Strömen floss, und in irgendwelchen Underground-Clubs, wo Indie-Bands aufgetreten sind, deren Namen keiner kennt. Es gibt Poetry-Slams und Verbindungspartys und Konzerte und Pop-up-Restaurants und Club-Eröffnungen …«

Kathy hing an meinen Lippen, als würde sie versuchen, über meine Erzählungen das pulsierende Leben in sich aufzusaugen, das sie selbst nicht haben konnte.

»Wie bist du da überall reingekommen?«, fragte sie staunend.

Ich wackelte mit den Augenbrauen. »Ich habe meine Mittel und Wege.«

Sie kicherte. »Das glaube ich dir aufs Wort. Und was war mit den Männern? Du hast zwar nie Einzelheiten erzählt, aber den einen oder anderen hast du erwähnt.« Sie runzelte die Stirn. »Ethan? Oder Philipp?«

Ich goss uns beiden ein Glas Eiswasser aus der Karaffe auf dem Tisch ein.

»Es gab schon ein paar besondere Männer. Aber ich war nicht gerade auf der Suche nach einer festen Beziehung«, sagte ich vage und dachte kurz an die vielen interessanten Männer, die ich in den letzten drei Jahren kennengelernt und gedatet hatte. Ich war keine große Freundin von One-Night-Stands, aber gegen eine unverbindliche Beziehung, die beiden Seiten Spaß machte und dann irgendwann ohne Herzschmerz und Liebeskummer endete, hatte ich nichts einzuwenden. Und New York war dafür genau das richtige Pflaster gewesen.

»Und jetzt? Hast du dich ausgetobt und bist wieder auf der Suche nach was Festem?«

»Nein!«, sagte ich und lachte. »Ich brauche keinen Freund. Ich glaube nicht an die große Liebe.«

»Das war aber mal anders«, erwiderte sie.

»Die Zeiten ändern sich eben. Ich bin nicht mehr dieselbe wie früher.«

Kathy schwieg einen Moment.

»Ich glaube, es war genau die richtige Entscheidung, nach New York zu gehen«, sagte sie dann. »Du brauchtest die Ablenkung einfach, nachdem es dir damals so schlecht ging …«

Ich versuchte, das unangenehme Gefühl in meinem Bauch zu ignorieren, das ihre Worte in mir auslösten.

»Ich hatte auf jeden Fall eine tolle Zeit dort«, sagte ich betont fröhlich. »Aber jetzt erzähl mir lieber mal, wie es dir geht.«

»Ziemlich plumper Themenwechsel, Mini. Aber ich lasse ihn dir durchgehen«, sagte sie augenzwinkernd. »Ich habe ein Angebot für einen Job in dem Reha-Zentrum in Santa Clarita bekommen, in dem ich damals meine Ausbildung gemacht habe.« Sie verdrehte die Augen. »Santa Clarita ist nicht gerade New York, ich weiß.«

»Aber das ist doch fantastisch!«, rief ich begeistert. »Herzlichen Glückwunsch! Hast du dich dort beworben?«

Sie schüttelte den Kopf. »Als ich meine alte Chefin zufällig beim Einkaufen getroffen habe, hat sie mich gefragt, ob ich nicht Interesse hätte, dort wieder anzufangen. Ich müsste natürlich noch eine förmliche Bewerbung schreiben und ein paar Auffrischungskurse belegen, schließlich bin ich schon einige Jahre aus dem Job.«

»Und?«, fragte ich aufgeregt. »Wirst du ihr Angebot annehmen?«

»Ich weiß es nicht.« Sie zuckte mit den Schultern und blickte auf ihre Hände. »Du hast ja gehört, was John von arbeitenden Müttern hält.«

Ich schnaubte. »Ich glaube, du solltest lieber darauf hören, was *du* willst, und weniger auf das, was John will.«

Sie begann, an der Kerze, die vor ihr auf dem Tisch stand, herumzuknibbeln.

»Du verstehst das nicht«, behauptete sie. »Es geht ja nicht nur darum, dass ich gerne sein Einverständnis hätte, sondern auch um praktische Dinge. Wenn ich arbeite, müssten wir unser ganzes Leben anders organisieren. Wer holt die Mädchen von der Schule und dem Kindergarten ab? Wer macht mit ihnen Hausaufgaben? Wer fährt sie ins Ballett? Wer kümmert sich um sie, wenn sie krank sind? Glaub mir, Kinder sind häufiger krank, als du dir das vorstellen kannst.«

Sie seufzte.

»Wenn ich in Santa Clarita arbeiten würde, müsste ich pendeln«, fuhr sie dann fort. »Weißt du, wie schrecklich hier die Rushhour ist? Wahrscheinlich wäre ich permanent im Stress und überall zu spät, selbst wenn ich nur in Teilzeit arbeiten würde. Ich will keine Kinder, die nachmittags weinend auf ihre Mom warten und immer die Letzten sind, die abgeholt werden.«

Ich verstand, was sie meinte, aber andererseits musste es auch Mittel und Wege geben, so etwas zu organisieren.

»John arbeitet doch ohnehin nicht und ist die meiste Zeit zu Hause«, sagte ich. »Er könnte sie zum Beispiel morgens fahren und mittags abholen. Oder ihr könntet euch abwechseln.«

Sie rollte ein Wachskügelchen zwischen Daumen und Zeigefinger.

»Womit wir wieder beim Thema ›Johns Einverständnis‹ wären.«

Ich kaute auf der Unterlippe. »Ich würde dich dabei unterstützen, Kittykat.«

Liebevoll sah sie mich an. »Das ist süß von dir, Mini. Aber du wirst auch bald anfangen zu arbeiten, und wir brauchen eine dauerhafte Lösung.«

»Vielleicht könnt ihr euch eine Nanny suchen, die ein Auto hat, die Kinder also auch fahren und abholen kann?«

»John sagt, dann geht ein Großteil meines Gehalts für die Kinderbetreuung drauf. Und das macht doch irgendwie keinen

Sinn, wenn ich mich auch selbst um die Kinder kümmern kann. Kostenlos.«

»Aber …«, fing ich an, aber Kathy unterbrach mich.

»Ist ja auch egal. Wir werden sehen, wie alles kommt. Und was ist mit dir?«, erkundigte sie sich. »Was hast du für Pläne, wenn du die Anwaltszulassung hast? Wirst du bis dahin bei Mom und Trevor wohnen?«

»Und du sagst, meine Themenwechsel seien plump?«, murmelte ich und wich dem Wachskügelchen aus, das sie nach mir warf, statt zu antworten. »Ich möchte mich nach der Zulassung in L. A. bewerben. In irgendeiner Großkanzlei, in der ich viel Geld verdiene, mit dem ich schnell meinen Studienkredit abbezahlen kann. Eigentlich könnte ich bis dahin hier wohnen bleiben, aber ich befürchte, dass es etwas zu eng wird. Trevor braucht sein Büro. Ich denke, ich werde mir einen Job und eine eigene Wohnung suchen.«

Außerdem musste ich mir ein Auto kaufen, was ein großes Loch in mein Erspartes reißen würde. Aber in L. A. und Umgebung war man auf ein eigenes Auto angewiesen, denn öffentliche Verkehrsmittel gab es – anders als in New York, wo man überall mit U-Bahn, Bus oder Taxi hinfuhr – kaum.

»Und wenn du einen Vertrag in einer schicken Kanzlei in L. A. unterschrieben hast, ziehst du in eine exklusive Penthousewohnung in der Innenstadt, Miss Superanwältin?«, zog meine Schwester mich gutmütig auf.

»So ist der Plan«, antwortete ich grinsend. »Du darfst mich jederzeit besuchen kommen und meinen Spa-Bereich nutzen, wenn du möchtest.«

»Ich bin zweifache Mutter, für mich ist es Wellness, wenn ich es schaffe, mir die Beine zu rasieren. Daher trinke ich gerne auf deinen zukünftigen Spa-Bereich«, erwiderte Kathy und hielt mir ihr Wasserglas zum Anstoßen hin. Als ich ihr mit meinem

Glas entgegenkam, fügte sie hinzu: »Aber schau mir dabei bitte nicht in die Augen! Sonst muss ich in den nächsten sieben Jahren Sex haben.«

Ich prustete los, und Kathy lächelte müde.

»Das ist mein voller Ernst«, versicherte sie. »Faith wacht im Moment jede Nacht um drei Uhr auf und kann nicht mehr einschlafen, wenn ich sie nicht zu uns ins Bett hole. Ich liege dann meist bis morgens wach – mit ihren Füßen im Gesicht. Das geht schon seit Wochen so.« Einen Moment schloss sie erschöpft die Augen. Dann gab sie sich einen Ruck und stand auf. »Die Mädchen sollten langsam aus dem Wasser, sonst erkälten sie sich noch.«

Ich griff nach ihrer Hand. »Setz dich wieder. Ich gehe und helfe Mom, die Mädchen abzutrocknen und anzuziehen. Danach hole ich uns einen Kaffee, und wir quatschen noch ein bisschen, okay?«

Dankbar lächelte sie mich an und setzte sich mit einem erleichterten Aufseufzen wieder.

»Du bist die Beste, Isy, weißt du das?«

»Na klar«, antwortete ich augenzwinkernd und schnappte mir die beiden Minnie-Mouse-Handtücher, die ordentlich gefaltet auf einem der Stühle lagen. »Aber für dich würde ich alles tun, Kathy. Ich bin immer für dich da.«

3.

Am nächsten Vormittag saßen Emma und ich auf der Terrasse ihres Strandhauses, die Füße auf der Holzbrüstung der Veranda, und bräunten unsere nackten Beine. Die Sonne fühlte sich herrlich auf meiner Haut an, und glücklich ließ ich meinen Blick über den Strand und das tiefblaue Meer schweifen, das sich vor uns bis zum Horizont erstreckte.

Zahlreiche Surfer saßen auf ihren Brettern im Wasser und warteten auf die perfekte Welle. Ihre Köpfe hoben und senkten sich synchron mit dem regelmäßigen Wogen des Meeres. Hin und wieder löste sich einer von ihnen, paddelte mit kräftigen Armzügen mit der sich auftürmenden Welle mit und schwang sich dann aufs Brett, um sie zu reiten. Den einen gelang das besser, den anderen schlechter, aber offensichtlich hatten alle Spaß daran.

»Ihr könntet euch einen Gasgrill anschaffen«, schlug ich Nick vor, der seit einer halben Ewigkeit versuchte, die Holzkohle unter dem riesigen Barbecue-Grill zu entfachen, indem er mit einer Zeitung über der noch kaum sichtbaren Glut herumwedelte.

Nick hörte mit dem Wedeln auf und starrte mich fast empört an. »Niemals! Grillen ohne richtiges Feuer ist kein Grillen.«

Emma und ich wechselten einen Blick, doch sie zuckte nur mit den Schultern und senkte grinsend den Kopf. Einen Moment beobachtete ich ihn noch, dann erbarmte ich mich, stellte mich neben ihn und schob ihn mit der Hüfte zur Seite.

»Lass mich mal ran, Mr Castaway. Ich werde Feuer machen. Als echtes California-Girl kann ich das bestimmt besser als du, City-Boy.«

Nick verzog keine Miene, als er mir die Streichholzschachtel überreichte. »Lass mich raten: Du hast schon mit drei Jahren auf dem Geburtstag deines Onkels Bob den Grill angefeuert?«

»Ganz genau.« Ich grinste ihn an und nahm die Rolle Küchenpapier, die neben dem Grill stand. Ich knüllte einige Stücke davon zusammen und schob sie zwischen die Kohlen. Dann entzündete ich das erste Streichholz, um es zwischen die Kohlestückchen zu stecken und das Küchenpapier zu entzünden. Vier weitere Streichhölzer folgten. Jetzt glommen an verschiedenen Stellen kleine Glutherde, die ich durch vorsichtiges Pusten immer weiter anfachte. Es dauerte keine zehn Minuten, da war die Glut vollends entfacht, und Nick konnte den Deckel des Grills schließen, damit er aufheizen konnte.

»Vielen Dank.« Nick klopfte mir kameradschaftlich auf die Schulter. »Wenn ich mal auf einer einsamen Insel stranden sollte, dann hoffentlich mit dir. Und einem Volleyball namens Wilson.«

»Mit mir, Wilson, einer Packung trockener Streichhölzer und Küchenpapier meinst du wohl?«, konterte ich, und er lachte.

»Magst du noch einen Eistee?«

Als ich nickte, machte Emma Anstalten aufzustehen.

»Bleib sitzen. Das übernehme ich«, sagte Nick und verschwand im Haus.

Emma sah ihm verträumt hinterher. »Ist er nicht toll?«

»Unglaublich toll«, bestätigte ich. »Wenn er auch noch ein Feuer entfachen könnte, wäre er perfekt. Man könnte ihn fast heiraten.«

Sie blickte auf den funkelnden Verlobungsring an ihrem Ringfinger und lächelte. »Ich nehme ihn auch so.«

Ich schüttelte belustigt den Kopf. »Hauptsache, er entfacht *dein* Feuer, Em.«

»Natürlich. Jeden Tag aufs Neue«, behauptete Nick, der zurückgekommen war, und reichte mir das Glas, bevor er Emma einen Kuss auf den Scheitel drückte.

Dankend nahm ich das Glas und trank einen Schluck.

»Und davon abgesehen, dass du diesen absoluten Traummann hier heiraten wirst, wie läuft es im Job bei dem Kinderhilfeverein? Tut mir leid, ich habe den Namen vergessen.«

»*Alliance for Children's Rights*«, antwortete Emma und ergriff die Hand ihres Verlobten, der sich neben sie gesetzt hatte. »Es ist toll da. Die Arbeit macht richtig viel Spaß, und ich habe zum ersten Mal das Gefühl, etwas wirklich Sinnvolles zu tun. Obwohl es auch manchmal echt anstrengend ist und ich durchdrehen könnte, wenn die Dinge nicht so laufen, wie ich es will.«

»Wieso?«, fragte ich. »Wer oder was bringt dich denn zum Durchdrehen?«

Emma runzelte die Stirn und begann, an ihrem Daumennagel zu knabbern, ein untrügliches Zeichen dafür, dass sie gestresst war oder sich über etwas aufregte.

»Ich habe da zum Beispiel ein paar Strafverfahren, die gegen einige meiner jugendlichen Kids laufen: Ladendiebstähle, Körperverletzung, Fahren ohne Führerschein, aber mit Alkohol … so was«, erklärte sie. »Und ich bin einfach hoffnungslos im US-Strafrecht. Es ist so anders als das deutsche. Mein Spezialgebiet ist Familienrecht, und ich habe nicht so wirklich Zeit, mir das alles anzueignen. Deswegen kümmert sich eigentlich ein externer Strafrechtsanwalt um diese Sachen, aber die Fälle haben bei ihm nicht gerade oberste Priorität. Ich laufe ihm dauernd hinterher, aber auf meine E-Mails reagiert er überhaupt nicht mehr, und ich glaube, er lässt sich von seiner Sekretärin verleugnen, wenn ich anrufe.«

»Warum nimmt er die Fälle denn dann an? Ich meine, wenn er keine Zeit oder keine Lust hat, sich darum zu kümmern ...«

Emma zuckte mit den Schultern. »Ich habe keine Ahnung.«

»Soll ich es mal versuchen?«, fragte ich und zog ihre Hand vom Mund weg, damit sie aufhörte, die Nagelhaut mit den Zähnen zu malträtieren.

»Du?« Verwundert sah sie mich an.

Nick hatte sich hinter Emma gestellt und ihr beide Hände auf die Schultern gelegt.

»Ich kann mir gut vorstellen, dass Isy genau die Richtige ist, um diesem Anwalt ordentlich Feuer unterm Hintern zu machen«, sagte er.

Emma schüttelte den Kopf. »Du hast doch gar keine Zeit für so was. Du musst jetzt jeden Tag für dein Anwaltsexamen lernen. Bis Juli ist es nicht mehr so lang, und glaub mir, das besteht man nicht mal eben so nebenbei. Fast die Hälfte der Kandidaten fällt beim ersten Versuch durch.«

»Für dich mache ich das – und für deine Kids. Los, gib mir seine Nummer.«

Emma zog ihr Handy aus der Tasche ihrer Shorts und nannte mir die Telefonnummer.

»Es ist Sonntag«, bemerkte sie, als ich direkt die Nummer wählte und das Handy ans Ohr nahm.

»Warte ab«, entgegnete ich augenzwinkernd. »Und lerne von der Besten.«

Nach dem zweiten Klingeln ging der Anrufbeantworter der Kanzlei Jeremy Wright an.

Ich wartete den Signalton ab.

»Hallo? Hier ist Isabella Summers«, sagte ich dann mit leicht zitternder Stimme. »Ich rufe Sie an, weil ich vor vier Wochen einen Autounfall hatte und seitdem schreckliche Nackenschmerzen habe. Ich ... ich frage mich, ob ich den Unfallverursacher und vielleicht auch den Autohersteller verklagen kann, weil … sich der Airbag nicht geöffnet hat. Rufen Sie mich bitte so schnell wie möglich zurück, damit wir einen Termin für nächste Woche vereinbaren können.«

Ich nannte meine Handynummer und legte auf.

»Mein Gott, Isy, du bist ein Genie!« Emma strahlte mich an. »Er wird dir mit Sicherheit sofort einen Termin geben. Egal wie gestresst oder überarbeitet ein Anwalt ist, wenn ein neues Mandat winkt, nimmt er sich Zeit dafür. Insbesondere, wenn es um lukrative Schadensersatzklagen geht.«

Ich stieß mit meinem Glas gegen ihres. »Vielleicht kannst du mir die Akten direkt mitgeben? Dann kann ich sie mir schon einmal ansehen, wenn du willst.«

Emma sprang auf, folgte Nick nach drinnen und kam nur wenige Minuten später mit einem Stapel Akten wieder zu mir zurück. Ich stellte mein Glas auf der Brüstung ab und zog ein Bein unter meinen Po. Dann begann ich, durch die ersten Akten zu blättern.

Elija Johnson, sechzehn Jahre, Besitz von Marihuana, angeblich aufbewahrt für seinen Bruder. Melinda Smith, vierzehn Jahre, mehrfacher Ladendiebstahl – jedes Mal Lippenstift und Make-up –, außerdem Schwarzfahren. Mateo Sanchez, siebzehn Jahre, mehrfacher Ladendiebstahl und Führen eines Fahrzeugs unter dem Einfluss von Alkohol. Und so weiter.

»Ich weiß, dass das alles keine Unschuldslämmer sind«, sagte Emma schnell, als sie mein zweifelndes Gesicht sah. »Aber sie hatten es im Leben nicht leicht, und was sie brauchen, ist jemand, der sich um sie kümmert. Schulbildung, eine Perspektive, ein bisschen Hoffnung. Keine Gerichtsverfahren und Haftstrafen in irgendwelchen Einrichtungen, in denen sie ältere Straftäter kennenlernen, durch die sie noch mehr abrutschen, oder Einträge in ihrer Strafakte, die verhindern, dass sie irgendwann einmal einen ordentlichen Job finden. Das Strafrecht ist das falsche Mittel, um das Problem zu lösen, verstehst du? Man muss diesen Kindern helfen, anstatt sie zu bestrafen.«

Wie immer war Emmas Enthusiasmus für die gute Sache ansteckend. So war sie: Wenn sie sich für etwas begeisterte, dann sprühte sie förmlich vor Energie und schaffte es spielend, andere mitzureißen.

»Okay«, sagte ich deshalb lächelnd. »Ich kümmere mich darum. Betrachte es als mein Verlobungsgeschenk.«

Emma verdrehte die Augen und drückte mir einen Kuss auf die Wange. »Du bist schrecklich unromantisch, Isy. Aber davon abgesehen, bist du die Beste.«

»Das höre ich dieses Wochenende schon zum zweiten Mal«, sagte ich. »Vergiss es nicht, wenn ihr den Namen für eure erste Tochter aussucht. *I-sa-bel-la*. Mit zwei ›l‹.«

»Ich werde daran denken«, versprach sie und grinste verschmitzt. »Aber – ich habe noch eine viel bessere Belohnung für dich: Nächsten Sonntag findet ein Charity-Empfang der *L. A. Lakers* im *Golf & Country Club* statt. Nicks Sender ist einer der Spender, und Nick steht darum mit ein paar anderen Kollegen auf der Gästeliste. Und jetzt kommt's: Wir beide dürfen auch mitkommen!«

»Wirklich?«, rief ich begeistert und klatschte in die Hände. »Champagner trinken und mit heißen Basketballprofis und sexy Millionären flirten? Ich bin so was von dabei.«

»Ich dachte mir schon, dass das genau dein Ding ist«, sagte sie augenzwinkernd und stand auf. »So, und jetzt muss ich nach den Kartoffeln sehen.«

»Kann ich dir was helfen?«

»Im Moment nicht«, sagte sie über die Schulter hinweg, als sie nach drinnen verschwand. »Ich gebe dir Bescheid, wenn es etwas zu tun gibt.«

Ich nahm mein Glas und stellte mich an die Brüstung, die Arme auf dem Holzgeländer aufgestützt. Eine leichte Brise strich mir durch die Haare, und die warme Sonne kribbelte auf meiner Haut. Der Tag war wie ein Versprechen für den Sommer, der vor uns lag und den ich in Kalifornien verbringen würde. Mit meinen Freunden, in der Sonne, am Strand. Konnte es etwas Besseres geben?

Mein Blick glitt zurück zu den Surfern, von denen sich jetzt einer löste, während die anderen ihm respektvoll den Vortritt ließen. Der Surfer preschte die beachtliche, sich brechende Welle hinunter, nahm die Fahrt mit, riss das Board herum und ließ sich über den Wellenkamm hochkatapultieren. In der Luft drehte er sich einmal um seine eigene Achse. Dann stieß er ins Wasser und verschwand in der weißen Gischt. Ich dachte schon, er wäre vom Brett gestürzt, aber einen Moment später schoss er wie ein Blitz aus den zusammenstürzenden Wassermassen heraus, sicher auf dem Board.

Wow. Nicht schlecht. Ein paar der Zuschauer am Strand und die anderen Surfer im Wasser klatschten und pfiffen. Ein großer schokoladenbrauner Hund raste am Strand auf und ab und drehte sich bellend immer wieder im Kreis, während sich der Surfer mit lässiger Pose auf seinem Brett ins flache Wasser gleiten ließ, wo er absprang und sich das Board unter den Arm klemmte. Der Hund rannte ihm im Wasser entgegen, dass die Tropfen nur so spritzten, und sprang aufgeregt bellend so lange an ihm hoch, bis der Surfer das Brett in den Sand legte und in die Hocke ging, um ihn ausgiebig zu kraulen.

»Isy, kannst du mir was helfen?«, rief Emma von drinnen, und ich musste mich von dem herzerwärmenden Anblick von Hund und Herrchen losreißen, um in die Küche zu gehen, wo meine Freundin gerade ein Salatdressing anrührte. »Würdest du bitte die blaue Decke draußen auf den Tisch legen?« Weil sie keine Hand frei hatte, nickte sie mit dem Kinn in Richtung des Tabletts voller Teller und Gläser, das sie auf den Küchentresen gestellt hatte. »Und den Tisch decken?«

»Klar, mache ich.«

Ich schnappte mir das Tablett und klemmte mir die Decke unter den Arm. So lief ich durch die offene Schiebetür wieder nach draußen.

Kaum hatte ich einen Fuß auf die Veranda gesetzt, kollidierte ich mit einem nackten Oberkörper. Streng genommen kollidierte ich natürlich nicht mit einem Oberkörper, sondern mit einem Mann. Aber das Erste, was ich wahrnahm, war der nackte Oberkörper, in den ich hineinrannte. Definierte Brust, muskulöse Schultern und Oberarme, übersät mit Tattoos. Ein tief auf die Hüfte hinuntergeschobener Neoprenanzug, der den Blick auf einen beeindruckenden, ebenfalls tätowierten Sixpack freigab.

»Nicht so schnell«, sagte der Mann, zu dem der Oberkörper gehörte, und griff nach meinem Arm, um zu verhindern, dass ich der Länge nach auf die Nase fiel oder das Tablett fallen ließ.

Mein Blick wanderte langsam nach oben, und ich sah in das Gesicht von … Connor Knightley!

Erschrocken machte ich einen großen Schritt zurück, sodass er mich loslassen musste, und blieb prompt mit dem Fuß am Türrahmen hängen. Ein stechender Schmerz schoss mir in den rechten kleinen Zeh, und ich schrie auf, während ich krampfhaft versuchte, das Tablett mit dem Geschirr gerade zu halten. Die Tischdecke, die ich unter den Arm geklemmt hatte, fiel zu Boden, und die ersten Gläser kamen ins Rutschen. Vielleicht hätte ich es gerade noch geschafft, die Katastrophe abzuwenden und das Tablett halbwegs sicher zum Tisch zu bugsieren, aber im gleichen Moment huschte ein großer brauner Schatten zwischen meinen Beinen hindurch und brachte mich vollends aus dem Gleichgewicht.

»Shit, shit, shit!«, rief ich, gleichzeitig mit Connors lautem: »Snips! Platz!«

Ich wäre mitsamt dem vollen Tablett auf die Nase gefallen, hätte Connor nicht mit einer Hand danach gegriffen und mich gleichzeitig mit der anderen Hand am Arm festgehalten. Wie in Zeitlupe sah ich zwei Messer vom Tablett rutschen. Sie fielen mit lautem Poltern auf den Holzboden, aber mehr passierte nicht.

Das war gerade noch mal gut gegangen.

Ein großer brauner Hund stand vor mir und schaute mich schwanzwedelnd und mit seitlich heraushängender Zunge an. Er hatte die Lefzen hochgezogen, was seinem Gesicht einen freundlichen Ausdruck verlieh. Es wirkte fast so, als würde er grinsen.

Dann wanderte mein Blick zu Connor. Er war barfuß und nackt bis auf den heruntergeschobenen Neoprenanzug. Seine nassen Haare hatte er, wie auch schon am Freitag, zu einem Knoten am Hinterkopf zusammengebunden, heute standen sie ihm aber teilweise widerspenstig vom Kopf ab, was ihm ein jungenhaftes Aussehen verlieh. Wassertropfen glitzerten in seinem Bart, der fast schon ein bisschen zu dicht war, als dass man ihn noch Dreitagebart hätte nennen können.

»Was machst du denn hier?«, fragte ich, als ich mich halbwegs von meinem Schreck erholt hatte.

Mit hochgezogenen Augenbrauen sah er mich an. »Kennen wir uns irgendwoher?«

Einen Moment dachte ich, mich verhört zu haben. Hatte er etwa Probleme mit seinem Kurzzeitgedächtnis, oder warum erkannte er mich nicht? Erst als ich sah, wie er spöttisch den Mund verzog, merkte ich, dass er mich auf den Arm genommen hatte.

Glücklicherweise schaffte ich es, mich schnell wieder zu fangen, und entgegnete betont fröhlich: »Ist überhaupt nicht schlimm, dass du dich nicht an mich erinnerst. Schließlich wirst du ja jeden Tag von zehn Frauen angesprochen, die dich kennenlernen und mit dir ins Bett wollen. Da kann man sich natürlich unmöglich jede merken, du Armer.«

Ich machte mich von ihm los, um das Tablett auf dem Tisch abstellen zu können. Und um etwas Abstand zwischen uns zu bringen.

»Das scheint dich ja getroffen zu haben«, stellte er fest und verschränkte die Arme vor der Brust.

Ich bückte mich und hob die heruntergefallene Tischdecke sowie die beiden Messer auf. »Es gehört etwas mehr dazu, mich zu treffen, glaub mir.«

Bevor er darauf etwas erwidern konnte, kamen die beiden Frischverlobten zurück auf die Veranda.

Emma stellte eine Schüssel auf den Tisch und strahlte Connor an. »Hey, da bist du ja!«

Connor umarmte sie vorsichtig, damit sie von seinem Neoprenanzug nicht völlig durchnässt wurde, und begrüßte Nick mit einem kompliziert choreographierten Männer-Handshake.

»Ihr habt euch ja schon am Freitag kennengelernt, Isy«, sagte Nick.

Connor hatte wieder die Arme verschränkt, und seine Pose in Verbindung mit dem Zucken seines Mundwinkels schaffte es, meinen Puls in die Höhe zu treiben.

»Wir haben uns in der Tat bereits auf der Party kennengelernt«, bestätigte er und fügte ironisch hinzu: »Wir hatten eine sehr interessante Unterhaltung.«

Fast hätte ich aufgelacht. Wenn er das, was wir am Freitagabend gehabt hatten, eine *Unterhaltung* nannte, dann musste er seine Definition des Wortes dringend überdenken.

»Und hast du Connor gleich erkannt?«, fragte Emma und schenkte mir noch mal Eistee nach.

»Erkannt?«, fragte ich und nahm dankend das Glas. »Woher hätte ich wissen sollen, dass er euer Freund ist?«

»Nein«, sagte Emma und verdrehte die Augen. »Das meinte ich nicht. Ich wollte wissen, ob du sofort erkannt hast, dass er Connor Knightley ist.«

Ich verstand immer noch nicht, worauf sie hinauswollte, und musste wohl sehr verwirrt ausgesehen haben, denn Nick sagte nach einem Moment: »Ich glaube, sie weiß überhaupt nicht, wer er ist.«

»Oh«, sagte Emma. »Tut mir leid. Connor ist Profi-Surfer und mehrfacher Weltmeister. Ich hatte angenommen, jeder Mensch in Kalifornien kennt ihn.«

Connor Knightley. Profi-Surfer? Da sollte doch noch mal einer sagen, Surfer seien coole und lockere Typen! Ich hatte mich bislang nicht wirklich für Surfen interessiert und tatsächlich noch nie etwas von ihm gehört. Meine Sportarten waren eher Football und Baseball. Und seit ich Nick kannte, auch Basketball.

»Tut mir leid, dass ich deine Prominenz nicht erkannt habe«, entschuldigte ich mich mit spöttischem Unterton und warf Connor einen Blick zu, den er mit stoischer Miene erwiderte. »Ich hatte eher angenommen, du seist Schauspieler. Oder in einer Band. Alles hat so perfekt zusammengepasst. Dein …« ich suchte nach angemessenen Worten, aber Connor kam mir zuvor.

»… gutes Aussehen und einnehmendes Wesen?«, schlug er vor.

»… überhebliches und blasiertes Auftreten, wollte ich sagen.«

Emma starrte uns an, und einen Moment sagte keiner was.

»Willst du vielleicht ein Bier, Connor?«, fragte Nick, bevor das Schweigen unangenehm werden konnte. »Oder möchtest du zuerst unter die Dusche?«

»Lieber zuerst duschen. Dauert auch nur fünf Minuten.« Er

griff nach seiner Sporttasche, die er auf dem Boden abgestellt hatte. »Und du bleibst brav hier und rennst mir nicht hinterher, klar?«

Einen kurzen, fassungslosen Augenblick dachte ich, er hätte mich gemeint. Mein Mund klappte auf, und ich wollte etwas sagen, aber dann fiel mein Blick auf den Hund, der aufgesprungen war und sein Herrchen mit schief gelegtem Kopf aus traurigen Augen ansah. Oh, okay. Ihn hatte Connor wohl gemeint, nicht mich.

Obwohl ich es wirklich – wirklich! – nicht wollte, gab ich der Versuchung nach und sah ihm hinterher, als er das Wohnzimmer durchquerte. Ich erhaschte einen Blick auf seinen breiten, muskulösen Rücken und ein großes Tattoo in Form einer brechenden Welle, das von einem Schulterblatt zum anderen reichte, bevor ich es schaffte, meinen Blick loszureißen. Der arrogante Kerl verdiente es nicht, dass ich mir wegen ihm den Hals verdrehte.

Als wir mit Tischdecken fertig waren, legte Nick die ersten Steaks auf den Grill. Sofort verbreitete sich der himmlische Geruch von gebratenem Fleisch, und mein Magen knurrte. So langsam bekam ich richtig Hunger.

Der Hund saß immer noch vor der Verandatür und sah erwartungsvoll nach drinnen. Ich ging vor ihm in die Hocke und hielt ihm meine Hand hin, damit er sie beschnuppern konnte. Sofort tapste er zu mir und versuchte, mein Gesicht abzuschlecken. Ich lachte und schob seinen Kopf etwas zur Seite, sodass seine Zunge meine Nase knapp verfehlte.

»Na, du Süßer? Wie heißt du? Snips? Du bist freundlicher als dein Herrchen.«

Snips bellte zweimal und rieb dann seinen großen braunen Kopf an meinem Bein, sodass ich mich nicht in der Hocke halten konnte und auf den Po fiel.

»Du bist ja fast noch ein Baby«, sagte ich lachend, als er es doch schaffte, mit seiner kalten, nassen Schnauze mein Gesicht zu erreichen. »Wie alt bist du denn?«

»Sechs Monate«, sagte sein Herrchen hinter mir.

Sofort ließ Snips von mir ab und hüpfte schwanzwedelnd zu Connor, der – offensichtlich frisch geduscht – wieder auf die Veranda zurückgekehrt war. Er trug dunkelblaue, weite Board-Shorts und ein lockeres weißes T-Shirt darüber. Genau genommen saß das Shirt nur am Oberkörper und Bauch locker, an den Schultern und den Oberarmen hingegen ziemlich eng. Ich rappelte mich auf und klopfte mir den Sand von den Beinen, während Connor über Snips' Kopf streichelte.

»Also, ihr beiden«, begann Nick, schloss den Deckel des Grills und kam zu uns herüber. »Wir müssen euch etwas Wichtiges fragen.«

Emma stellte sich neben ihn und nahm seine Hand. Ihre Wangen waren plötzlich ein wenig röter als sonst. Unwillkürlich warf ich Connor einen Blick zu, doch er schien genauso ahnungslos zu sein wie ich.

»Wir wollten euch fragen …«, begann Nick und sah Emma an.

»… ob ihr unsere Trauzeugen sein möchtet«, vollendete sie seinen Satz. Dann ließ sie Nicks Hand los und nahm meine. »Es ist mir so wichtig, Isy, dass du meine Trauzeugin wirst. Du hast uns doch überhaupt erst zusammengebracht.« Sie umarmte mich und drückte ihre Wange an meine. »Willst du?«

Ich musste nach Luft schnappen, bevor ich sagen konnte: »O Gott, Emma, natürlich will ich.«

Eng umschlungen sprangen wir ein paar Mal auf und ab, wie zwei aufgeregte Kindergartenkinder. Snips hielt das alles offensichtlich für ein Spiel, denn er rannte, bellend und schwanzwedelnd, um uns herum.

»Du wirst meine Trauzeugin!«, jubelte Emma.

Aus den Augenwinkeln sah ich, dass auch Nick und Connor sich umarmten. Mit weniger Hüpfen als bei uns, dafür mit mehr herzhaftem Klopfen auf den Rücken. Dann zog Nick mich ebenfalls in seine Arme.

»Ich freue mich so«, murmelte ich in sein T-Shirt, und meine Augen brannten, als Nick mir einen Kuss auf die Haare drückte.

Mein Blick fiel auf Connor. Natürlich würde ich mit Freuden Emmas Trauzeugin werden, nichts lieber als das. Aber musste ausgerechnet Connor Nicks Trauzeuge sein? Hätte er sich nicht jemanden aussuchen können, der … nett war?

4.

Die Kanzlei von Jeremy Wright, dem Anwalt, der sich um Emmas Strafrechtsfälle kümmern sollte, befand sich im zweiten Stock eines L-förmigen Bürogebäudes direkt gegenüber von Zuma Beach, dem wohl bekanntesten aller Strände in Malibu. Sie lag über einem Fitnessclub, einem Bio-Supermarkt und einem kleinen Coffee-Shop.

Ich war etwas zu früh dran und besorgte mir in *Billie's Café* einen Erdbeer-Limette-Minz-Smoothie, mit dem ich mich auf eine Bank auf der Rasenfläche vor dem Eingang setzte. Es war noch nicht einmal zehn Uhr, aber die Sonne hatte schon Kraft, und die dünnen hohen Palmen spendeten kaum Schatten. Obwohl man die herannahende Hitze des Tages erahnen konnte, war die Luft klar und roch herrlich salzig. Langsam zog ich am Strohhalm und genoss den süß-sauren Geschmack des Getränks. Der Himmel war wolkenlos und blau, das Meer spiegelglatt – der perfekte Tag für Familien mit Kindern, die nach und nach auf dem Parkplatz gegenüber eintrudelten, um ihren Tag am Strand zu verbringen. Amüsiert beobachtete ich, wie eine Mutter mit zwei kleinen Kindern versuchte, einen riesigen Schwimmreif aus dem Kofferraum zu ziehen, ohne die Picknicktasche fallen zu lassen. Zwei Frauen in Sportklamotten schlenderten an mir vorbei, lachend, mit Kaffeebechern in der Hand, offensichtlich auf dem Weg zu ihrem morgendlichen Workout im Fitnessstudio.

Kam es mir nur so vor, oder waren die Menschen hier wirklich so viel entspannter als anderswo? Niemand schien in Eile zu sein, die Menschen wirkten freundlicher und gelassener, blieben stehen, um miteinander zu plaudern. In New York war das ganz anders.

Ich sah auf die Uhr und erschrak. Ich hatte offensichtlich die Zeit vergessen und war nun bereits fünf Minuten zu spät dran. Hastig trank ich den letzten Schluck meines Smoothies und steckte den Becher in meine Tasche.

Direkt am Montagmorgen hatte Jeremy Wright mich zurückgerufen, um einen Termin zu vereinbaren. Wie Emma gesagt hatte: Wenn es um ein neues, lukratives Mandat ging, nahm sich jeder Anwalt die Zeit.

Die hochschwangere Sekretärin schickte mich direkt zu ihm durch und brachte uns Kaffee. Sein Büro war kaum größer als der wuchtige Eichenholzschreibtisch, der in der Mitte des Zimmers thronte und sich vor Akten, Blöcken, Büchern und gebrauchten Kaffeetassen fast bog. Auch die Regale hinter dem Schreibtisch waren vollgestopft bis unter die Decke. Meine Güte, war das unordentlich! Unwillkürlich musste ich an die schicken Büroräume der Kanzlei *Donovan & Thompson* in New York denken, in denen kein Staubkörnchen auf den makellos glänzenden Glastischen geduldet wurde. Dort galt man schon als Messie, wenn man eine Akte abends nicht zurück in den Schrank räumte!

Jeremy Wright selbst war ein groß gewachsener Mann mit intelligent wirkenden Augen hinter einer markanten Hornbrille. Er hatte einen festen Händedruck und ein freundliches, offenes Lächeln. Typ Professor, aber viel jünger, als ich ihn mir vorgestellt hatte, Mitte dreißig vielleicht. Er war mir wider Willen sofort sympathisch.

»Was können wir für Sie tun?«, fragte er, beugte sich nach

vorne und faltete die Hände auf dem Tisch. »Wie ich gehört habe, hatten Sie einen Autounfall?«

Er lächelte mich so nett an, dass ich fast – aber nur fast! – ein schlechtes Gewissen hatte, als ich antwortete: »Nicht ganz. Meine Freundin und Kollegin Emma Meyer schickt mich. Es geht um die Jugendstrafakten, die Sie für die *Alliance for Children's Rights* bearbeiten.«

Sein nettes Lächeln gefror förmlich, und er räusperte sich. »Und Sie sind …?«

»Isabella Summers. In diesem Punkt habe ich die Wahrheit gesagt. Zu der Notlüge mit dem Autounfall musste ich nur greifen, weil anders offensichtlich kein Termin bei Ihnen zu bekommen war.«

Er setzte seine Brille ab und putzte sie mit dem Zipfel seines Hemdes.

»Und Sie arbeiten auch für die *Alliance*?«, wollte er wissen.

»Nein.« Ich zog den Stapel Akten aus meiner Tasche und legte ihn auf den Tisch. »Ich bin noch nicht als Anwältin zugelassen. Aber ich habe meinen Abschluss von der NYU und werde demnächst mein Anwaltsexamen in Kalifornien machen. Emma Meyer hat mich gebeten, mich um die Jugendstrafsachen zu kümmern, um sicherzustellen, dass sie auch bearbeitet werden. Also, wollen wir anfangen?«

Jeremy Wright setzte sich die Brille wieder auf und hatte zumindest den Anstand, verlegen auszusehen. Dann seufzte er und griff nach der Akte, die ganz oben auf dem Stapel lag.

»Okay, fangen wir an. Tiffany Leroy.« Er schlug die erste Seite auf. »Siebzehn Jahre. Angeklagt wegen Vandalismus.«

Ich nickte. »Sie hat das Auto der neuen Freundin ihres Ex mit Graffiti besprüht.«

Jeremy Wright presste die Lippen zusammen. »Ich erinnere mich an den Fall. Es sieht nicht gut für sie aus. Sie ist bereits einige Male zuvor straffällig geworden. Es kann gut sein, dass sie dieses Mal nicht mehr mit einer Bewährung davonkommt.«

»Und das wäre schlimm für sie, oder?«, fragte ich. »Denn eigentlich war sie auf einem guten Weg. Sie hat wieder mit der Schule angefangen und wollte ihren Abschluss machen. Sie will Frisörin werden. Aber nun bekäme sie einen Eintrag in die Strafakte und hätte vermutlich enorme Probleme, einen Job zu finden, richtig?« Ich sah ihn aufmerksam an und fuhr fort: »Es sei denn …«

Sein Interesse war geweckt, und er zog beide Augenbrauen hoch.

»Es sei denn …?«, wiederholte er abwartend.

Ich zog mein Handy aus der Tasche.

»Es sei denn, es wäre gar keine Sachbeschädigung gewesen«, vollendete ich meinen Satz.

Er lehnte sich zurück, und sein Sessel knarzte, als er die Beine übereinanderschlug.

»Aber es war Sachbeschädigung, wie sollen wir das widerlegen?«, fragte er irritiert. »Es gab mehrere Zeugen, die sie bei der Tat beobachtet und eindeutig identifiziert haben. Sie war ziemlich wütend und hat sich nicht gerade Mühe gegeben, heimlich vorzugehen.«

Ich beschloss, ihn ein bisschen zappeln zu lassen – sozusagen als Strafe dafür, dass er Emma das Leben schwer gemacht hatte.

»Was sind die Tatbestandsvoraussetzungen von Vandalismus?«, fragte ich ihn, obwohl wir das natürlich beide wussten.

Ungeduldig verdrehte er die Augen, aber er spielte mit.

»Jede Person, die böswillig eine der folgenden Handlungen in Bezug auf fremdes Eigentum begeht, macht sich des Vandalismus schuldig.« Er zählte die drei Tatbestände an den Fingern ab. »Verunstaltung durch Graffiti oder andere Beschriftungen, Beschädigung, Zerstörung.«

»Genau«, sagte ich triumphierend. »… in Bezug auf *fremdes* Eigentum. Aber was wäre, wenn das Auto Tiffany gehört hätte?«

»Dann wäre es keine Sachbeschädigung.«

»Eben.« Ich entsperrte mein Handy. »Und wir können belegen, dass T. J. Greene – das ist der Exfreund der Beschuldigten – ihr das Auto vor einem halben Jahr geschenkt hat.« Ich reichte Jeremy Wright das Handy über den Tisch. »Er hat es mehrfach stolz auf Instagram gepostet. Hier, hier und hier. Ich zitiere: *Habe meinem Schatz Tiffany ein Auto geschenkt, und sie ist überglücklich mit ihrem neuen Flitzer.* Mit Foto und Verlinkung und allem Drum und Dran.«

»Hashtag *bestboyfriend*.« Jeremy Wright grinste plötzlich über das ganze Gesicht. »Nennen Sie mir die drei Voraussetzungen für eine gültige Schenkung, Miss Summers?«

»Schenkungswille des Schenkers, Übergabe der Sache, Annahme des Geschenks durch den Beschenkten«, erwiderte ich, ohne zu zögern.

»Sehr richtig. Und alle Voraussetzungen sind hier eindeutig gegeben. Haben Sie Screenshots der Instagram-Beiträge gemacht?«

»Natürlich«, sagte ich und nahm das Handy wieder entgegen. »Dass der Freund dasselbe Auto später noch mal an seine neue Flamme verschenken wollte, ist irrelevant, denn der Wagen war durch die Schenkung schon in Tiffanys Eigentum übergegangen. Er konnte es gar nicht mehr weiterverschenken, weil es ihm gar nicht mehr gehörte.«

»Und damit hat Tiffany ihr eigenes Auto mit Graffiti besprüht. Das mag zwar im Nachhinein ärgerlich für sie sein, aber es bedeutet, dass kein Vandalismus vorliegt, weil sie eine Sache beschädigt hat, die eigentlich ihr selbst gehört. Und das ist *keine* Sachbeschädigung.« Einen Moment blickten wir uns zufrieden an. Dann sagte er: »Hervorragende Arbeit, Miss Summers.«

Ich nahm das Kompliment mit einem würdevollen Nicken

entgegen, musste mir aber selbst eingestehen, dass ich mich freute. Dass ich einer jungen Frau hatte helfen können, die eigentlich auf einem guten Weg in ein straffreies Leben war, sich aber aus Eifersucht oder wegen ihrer verletzten Gefühle zu einer Dummheit hatte hinreißen lassen.

Gemeinsam gingen wir im Eiltempo die restlichen Fälle durch, die sich in den verschiedensten Stadien des Ermittlungs- und Hauptverfahrens befanden, und ich machte mir Notizen zu den einzelnen To-dos. Ich war zwar noch nicht als Anwältin zugelassen und konnte deshalb nicht vor Gericht auftreten oder Schriftsätze unterzeichnen, aber wenn ich mich so umsah und hörte, wie oft das Telefon bei seiner Sekretärin klingelte, war mir klar, dass Jeremy Wright völlig überarbeitet war. Er würde sich auch in Zukunft nicht viel Zeit für Emmas Fälle freischaufeln können. Voraussichtlich würde ich die Eingaben, Anträge und Schriftsätze vorbereiten müssen, die er dann kontrollieren und unterschreiben könnte.

»Es tut mir wirklich leid, dass ich Miss Meyer nicht zurückgerufen habe«, entschuldigte er sich, als wir fertig waren und ich begann, meine Tasche zu packen. »Wie Sie sehen können, stecke ich bis zum Hals in Arbeit. Ich bin eine Ein-Mann-Kanzlei. Meine Sekretärin ist schwanger und wegen ihrer Rückenschmerzen oft krankgeschrieben. Der Studentin, die ich letzten Monat eingestellt habe, war die Arbeitsbelastung zu hoch, sodass sie direkt wieder gekündigt hat.«

Er rieb sich die Stirn.

»Außerdem stecke ich mitten in meiner Scheidung und einem Umgangsrechtsstreit wegen meiner zwei kleinen Töchter. Ich hatte einfach keinen Kopf für diese Fälle«, setzte er hinzu und lächelte reumütig. »Ich gelobe Besserung.«

»Schon gut, Mr Wright«, sagte ich versöhnlich und trank den letzten Schluck meines mittlerweile kalt gewordenen Kaffees.

»Nennen Sie mich Jeremy«, entgegnete er.

Ich zögerte kurz, dann erwiderte ich sein Lächeln.

»Ich bin Isy.«

Er verzog das Gesicht, als das Telefon am Empfang schon wieder klingelte.

»Du suchst nicht zufällig einen Job, Isy?«

Ich wollte gerade aufstehen und nach dem Henkel meiner Tasche greifen, hielt jedoch in der Bewegung inne.

»Nicht direkt«, erwiderte ich. »Ich meine, ich bin noch nicht wirklich auf der Suche, aber zu einem Nebenjob würde ich nicht Nein sagen. Zumindest, bis ich meine Anwaltszulassung habe.«

»Was willst du denn machen, nachdem du die Anwaltszulassung hast, wenn ich fragen darf?«

Ich zuckte mit den Schultern. »Ich habe während meines Studiums in New York in einer internationalen Wirtschaftskanzlei gearbeitet. Dort habe ich gut verdient, und ich denke, dass ich mich auch in L. A. in einer Großkanzlei bewerben werde. Es gibt wohl keinen besseren Weg, um meinen Studienkredit schnell abzubezahlen.«

»Hm«, machte Jeremy. »Und Strafrecht ist nichts für dich? Du hast eindeutig ein Gespür dafür.«

»Findest du? Für Strafrecht?« Verwundert sah ich ihn an. »Im Studium fand ich es eher langweilig.«

Jeremy lachte auf. »Es gibt nichts Interessanteres als Strafrecht, glaub mir. Vielleicht nicht im Studium, aber in der Praxis.«

Er kratzte sich am Ohr und überlegte kurz.

»Wie wäre es, wenn du drei halbe Tage die Woche bei mir arbeiten würdest?«, schlug er dann vor. »Natürlich nur, solange du für die Anwaltsprüfung lernst. Ich zahle dir das, was ich der Studentin vor dir gezahlt habe. Ich könnte die Unterstützung wirklich gut gebrauchen. Du kannst einige meiner Fälle übernehmen und außerdem die ganzen Pro-bono-Akten der *Alliance* für mich bearbeiten. Zu den Gerichtsverhandlungen gehen wir zusammen. Ich wäre entlastet, und du könntest in alle Rechtsgebiete reinschnuppern, nicht nur ins Strafrecht, sondern auch ins Erb- und Familienrecht, Vertragsrecht, Schadensersatzrecht, Mietrecht.« Er grinste noch breiter. »Hier kannst du richtig was lernen, und zwar nicht über schnöselige Großkanzleien-Arbeit, sondern über das wahre Leben.«

Einen Moment wusste ich nicht, was ich sagen sollte. Dieses Angebot schickte der Himmel! Meine Ersparnisse würden schnell dahinschmelzen, auch wenn ich bei meiner Mom lebte. Also konnte ich einen Job wirklich gut gebrauchen, allerdings keinen, der meine Zeit so sehr in Anspruch nahm, dass ich nicht mehr zum Lernen kam. Drei halbe Tage die Woche waren perfekt. Ich würde Geld verdienen, könnte Emmas Fälle bearbeiten und gleichzeitig weitere Erfahrung in so einigen Rechtsgebieten und sogar vor Gericht sammeln. Ob mir das letztendlich später im Berufsleben weiterhelfen würde, wusste ich nicht, aber dümmer würde es mich sicherlich auch nicht machen.

Mein Blick glitt für einen Moment nach draußen, wo man nichts sehen konnte außer ein paar Palmen und den azurblauen Ozean, der sich bis zum Horizont erstreckte.

»Ich weiß nicht, ob das was für mich ist«, sagte ich zögerlich und schaute ihn skeptisch an.

»Um das herauszufinden, musst du es ausprobieren«, entgegnete Jeremy sofort.

»Aber ich bin eine Absolventin der NYU. Mir dasselbe zu zahlen wie irgendeiner Studentin … das wäre nicht ganz fair.«

Jeremy grinste. »Über das Gehalt werden wir uns schon einig.«

»Ich kann immer noch kaum glauben, dass du jetzt für Jeremy Wright arbeitest«, sagte Emma, als ich am folgenden Sonntagmorgen mit ihr telefonierte, während ich im Bad stand und mich für den Charity-Empfang im *L. A. Golf & Country Club* fertig machte. »Wie hast du das nur wieder geschafft?«

Ich stellte das Handy auf Lautsprecher und steckte den Stecker des Glätteisens in die Steckdose.

»Tja, mein natürlicher Charme und mein messerscharfer Verstand haben ihn offensichtlich so umgehauen, dass er mir direkt einen Job angeboten hat.«

Emma kicherte. »Davon bin ich überzeugt. Ich freue mich für die Kids und für dich. Kaum bist du ein paar Tage hier, verdienst du schon Geld mit einem Nebenjob. Besser geht es doch nicht.«

Während wir weiterplauderten, trug ich Foundation auf mein Gesicht auf. Ich hatte sie in New York gekauft, und jetzt bemerkte ich, dass sie fast schon ein bisschen zu hell war für meine Haut. Ich betrachtete mein Gesicht genauer. Die neu gewonnene Bräune und die vielen Sommersprossen sahen gut aus zu meinen blauen Augen und den blonden Haaren. Irgendwie wirkte ich frischer und weniger müde.

Ich nahm das Glätteisen und zog die erste Strähne durch, während Emma im Hintergrund kurz mit Nick sprach.

Dann war sie wieder dran. »Was ich dir noch sagen wollte: Wir können dich später leider nicht wie vereinbart abholen, aber Connor kann dich mitnehmen.«

Ich rutschte mit dem Eisen ab und verbrannte mir das Ohr. Fluchend presste ich mir eine Hand gegen die schmerzende Stelle. Verdammt. Erst der kleine Zeh, jetzt das Ohr. Das war schon die zweite Verletzung, die ich mir wegen Connor Knightley zuzog. Die dritte, wenn ich mein angeschlagenes Ego auf seiner Party mit einrechnete.

»Alles in Ordnung, Isy?«

»Ja, ja, alles in Ordnung«, murmelte ich. »Du hattest mir gar nicht gesagt, dass Connor heute auch mitkommt.«

»Er ist einer der größten privaten Spender der *Lakers*-Stiftung, wusstest du das nicht?«

Nein, das hatte ich nicht gewusst. Woher auch?

Emma schien von meinem Unwillen glücklicherweise nichts mitzubekommen.

»Wir haben kurzfristig einen Termin bei einer tollen Hochzeitslocation bekommen, die wir uns vor dem Empfang noch anschauen wollen«, fuhr sie gut gelaunt fort. »Und weil du kein eigenes Auto hast, hat Nick Connor gebeten, dich abzuholen. Für ihn ist es ja nur ein kleiner Umweg von Malibu nach Thousand Oaks.«

Da wird Connor sich ja sehr gefreut haben, schoss es mir durch den Kopf.

»Ich kann mir auch ein Uber nehmen«, erwiderte ich, denn meine Mutter brauchte ihr Auto heute selbst.

»Kommt gar nicht infrage. Es macht Connor bestimmt nichts aus, dich abzuholen. Und ihr könnt die Zeit nutzen, um euch über die sensationellen Junggesellenabschiede auszutauschen, die ihr für uns plant.«

Um Punkt zwölf wartete ich vor der Haustür des Apartmentblocks im Schatten einer großen Zeder. Dabei war ich mir der Blicke meiner Mutter deutlich bewusst, die hinter der Küchengardine stand, neugierig, wer mich da wohl abholen würde. Ich drehte mich zu ihr um und schnitt eine Grimasse. War ich etwa wieder in der Highschool? Ich sah sie lachen, aber zum Glück verschwand sie tatsächlich. Für den Moment zumindest.

Ich schüttelte schmunzelnd den Kopf und drehte mich wieder zur Straße, gerade rechtzeitig, um einen silbernen Oldtimer mit offenem Verdeck um die Ecke biegen zu sehen, Connor am Steuer. Er sah verdammt gut aus mit seiner verspiegelten Sonnenbrille, dem weißen Hemd und dem dunklen Anzug, der von seinen breiten Schultern perfekt ausgefüllt wurde. Der solide Aufzug stand in Kontrast zu seinem sonstigen rauen Aussehen, seinem Dreitagebart, der Narbe am Mund und seinen langen Haaren, die er wie üblich zu einem Knoten auf dem Hinterkopf zusammengebunden hatte.

Er schob seine Sonnenbrille ein Stück auf der Nase herunter und sah mich über den Rand hinweg an. »Hey.«

»Das ist ein Porsche 356 Speedster«, sagte ich ehrfürchtig. »Baujahr 1957?«

Um seine Mundwinkel zuckte es leicht. »Sie ist Baujahr 1958, um genau zu sein.«

Ich nickte anerkennend und ging einmal um das Auto herum, um es von allen Seiten zu bewundern. Als ich bei der Fahrertür angekommen war, legte ich beide Hände darauf, beugte mich ein Stück vor und schenkte Connor mein verführerischstes Lächeln.

»Darf ich fahren? Ich könnte mir andere Schuhe anziehen. Bitte?«

Aber Connor lachte nur, beugte sich über den Sitz und öffnete mir von innen die Beifahrertür. »Auf gar keinen Fall. Weder in diesen Schuhen noch in anderen. Niemals. Und jetzt steig endlich ein, Summers.«

Ich seufzte theatralisch, bevor ich wieder auf die andere Seite lief und auf den tiefen Beifahrersitz kletterte. Das war gar nicht so einfach in meinem engen Kleid und mit den hohen Schuhen.

»Woher kennst du überhaupt meinen Nachnamen?«, fragte ich, während ich mich anschnallte.

»Nick hat mir deine Kontaktdaten geschickt. Für den Fall, dass wir uns verpassen.«

Während er auf den Ventura Freeway auffuhr und sich in den zähen Verkehr einordnete, musste er fast schreien, so laut röhrte der Motor, und der Fahrtwind tat das Seinige dazu.

»Wie kommt es, dass du dich so gut mit Oldtimern auskennst?«, erkundigte sich Connor.

»Meine Mom liebt alte Autos«, antwortete ich genauso laut und hielt mir mit einer Hand die Haare aus dem Gesicht, damit sie nicht an meinem Lipgloss kleben blieben. Meine Frisur würde am Ende der Fahrt völlig ruiniert sein, aber das war es definitiv wert. Vorsichtig strich ich mit der anderen Hand über das abgewetzte Leder des Sitzes. Dieses Auto war ein absoluter Traum. Zu blöd nur, dass ich es nicht fahren durfte.

»Und deine Mom hat dir alles über Autos beigebracht?«, fragte Connor, und als ich nickte, fügte er hinzu: »Beeindruckend.«

Vor uns bremsten die Autos und wurden langsamer. Ich stöhnte auf. Stau. Wir würden zu spät kommen, ganz abgesehen davon, dass dieses Auto es nicht verdient hatte, mit drei Meilen die Stunde eingequetscht zwischen einem Milchtransporter und einem Minivan dahinzukriechen. Ich musste Emma schreiben, dass wir uns verspäten würden, und begann, in meiner Handtasche nach meinem Handy zu kramen. Weil ich es nicht sofort fand, kippte ich den kompletten Inhalt auf meinen Schoß.

Connor warf mir einen Seitenblick zu.

»Warum braucht eine einzige Frau so viele Lippenstifte, Schokoriegel und Tampons? Und …« Er stockte. »… Kondome?«

Ups. Die waren nicht wirklich für seine Augen bestimmt gewesen, aber ich bemühte mich, seinen Blick so ungerührt wie möglich zu erwidern.

»Willst du ernsthaft eine Antwort auf jede einzelne dieser Fragen?«, entgegnete ich.

Er murmelte etwas Unverständliches und schüttelte den Kopf, also ging ich nicht weiter darauf ein und tippte meine Nachricht an Emma. Sie schrieb sofort zurück:

»Macht Euch keinen Stress. Wir fangen schon mal mit dem Champagnertrinken an. xx«

Ich gab ein frustriertes Schnaufen von mir. Die anderen tranken bereits Schampus, während wir im Stau festsaßen.

Der Fahrer vor uns hatte mittlerweile das dritte Auto vorgelassen. Meine Güte, wir würden bis Thanksgiving nicht ankommen, wenn das so weiterging! Genervt drückte Connor zweimal lang auf die Hupe. Der Fahrer des Wagens vor uns sah in den Rückspiegel und zeigte Connor einen Vogel. Amüsiert beobachtete ich, wie Connor sich mit einem beherzten Mittelfinger revanchierte. Er hatte die Hand kaum heruntergenommen, da jaulte direkt hinter uns eine Sirene auf.

Connor drehte sich in seinem Sitz um und stieß eine Serie von nicht jugendfreien Flüchen aus, während er rechts ranfuhr.

Erstaunt sah ich ihn von der Seite an. »Du kriegst einen Strafzettel, das ist doch kein großes Drama.«

»Das ist nicht mein erster«, presste er zwischen zusammengebissenen Zähnen hervor. »Kann gut sein, dass die meinen Führerschein gleich behalten.«

Ich klimperte mit den Wimpern. »Wenn das passieren sollte, setze ich mich gerne ans Steuer und fahre den Rest der Strecke.«

Er warf mir einen finsteren Blick zu, und ich musste ein Grinsen unterdrücken. In der Zwischenzeit waren zwei Polizisten aus ihrem Streifenwagen ausgestiegen, und einer der beiden näherte sich dem Auto.

Connor seufzte schicksalsergeben. »Ja, Officer?«

»Sie haben Ihrem Vordermann gerade den Mittelfinger gezeigt.« Der Polizist war etwa in meinem Alter und sah in seiner Uniform gar nicht mal so schlecht aus. Er warf mir einen Blick zu und lächelte. »Eine üble Geste, die man unterlassen sollte, vor allem, wenn man so eine hübsche Beifahrerin hat.«

Ich erwiderte sein Lächeln und erntete dafür von Connor einen vernichtenden Blick. Ich zuckte mit den Schultern. Was hatte er denn?

»Ich habe ihm nicht den Mittelfinger gezeigt«, behauptete er dann cool.

»Sondern?«

»Ich wollte … nur den Rückspiegel einstellen«, entgegnete Connor.

Fast hätte ich aufgelacht. Mein Gott, was war er nur für ein schlechter Schauspieler!

»Geben Sie mir mal Ihre Papiere«, forderte der Polizist.

Connor reichte ihm Führerschein und Fahrzeugpapiere.

»Fuck, fuck, fuck!«, murmelte er, während der Streifenbeamte zu seinem Wagen zurückging, um alles zu überprüfen.

»Jetzt hör schon auf zu fluchen. Fluchen ist eine üble Sache, die man unterlassen sollte, vor allem, wenn man so eine hübsche Beifahrerin hat. Und so ein schönes Auto fährt«, fügte ich hinzu.

»Ich bin den Führerschein los. Und wahrscheinlich steht morgen wieder irgendwas davon in der Zeitung, völlig verfälscht. Dass ich betrunken Auto gefahren bin und die Polizisten niedergeschlagen habe … oder so was.«

Ich sah ihn von der Seite an. Ein kleiner, gemeiner Teil von mir wollte ihn noch ein wenig zappeln lassen, aber ich beschloss dennoch, nett zu sein und ihn zu erlösen.

»Soll ich dir aus deiner Misere helfen?«

»Was willst du tun? Deine weiblichen Reize einsetzen und den Polizisten damit um den Finger wickeln?«, fragte Connor genervt und trommelte auf das Lenkrad.

Ich warf ihm einen empörten Blick zu. »Als hätte ich keine anderen Waffen zur Verfügung. Köpfchen zum Beispiel. Schade, dass du mir nichts zuzutrauen scheinst, denn ich könnte dich hier in Nullkommanichts rausboxen.«

»Das glaubst du doch selbst nicht«, entgegnete er kopfschüttelnd.

»Wenn es dir lieber ist, einen fetten Strafzettel zu kassieren und den Führerschein abzugeben …« Ich zuckte mit den Schultern und lehnte mich entspannt zurück. »Andernfalls musst du nur ›Bitte, Isy‹ sagen.«

Connor seufzte und ließ seinen Kopf hängen, fast so, als wäre ich sein ganz persönlicher Untergang. Dann sah er mich resigniert an.

»Also gut. *Bitte*, Isy?«

Ich schenkte ihm ein freundliches Lächeln und nickte.

Als der Polizist zu uns zurückkehrte und Connor die Papiere wiedergab, beugte ich mich ein Stück nach vorne, um besser mit ihm sprechen zu können.

»Hören Sie, Officer. Selbst wenn Mr Knightley diesem …«, ich gestikulierte nach vorne, »… langweiligen Kriecher vor uns den Mittelfinger gezeigt *hätte*, könnten Sie ihm dafür keinen Strafzettel ausstellen, weil es gar keine Rechtsgrundlage dafür gibt. Das Mittelfinger-Zeigen ist nämlich vom Recht auf freie Meinungsäußerung gedeckt. Das hat der United States Court of Appeal im Jahr 2019 entschieden.« Ich spürte Connors Blick auf mir ruhen und ergänzte der Vollständigkeit halber: »*Cruise-Gulyas vs. Minard*. Nach dieser Entscheidung könnten Sie selbst dann nichts tun, wenn Mr Knightley *Ihnen* den Mittelfinger zeigen würde.«

Der Polizist runzelte die Stirn und sah von mir zu Connor und wieder zurück.

»Wollen Sie mir etwa den Mittelfinger zeigen?«, fragte er skeptisch.

»Nein, Officer, das will er natürlich nicht«, antwortete ich, bevor Connor etwas erwidern konnte. »Wir möchten gerne weiterfahren, das ist alles.«

Einen Moment schwieg der Polizist, und ich sah, wie es in ihm arbeitete.

»Belassen wir es vorerst bei einer mündlichen Verwarnung«, entschied er dann.

Connor nickte und wartete, bis der Polizist sich entfernt hatte. Dann startete er den Motor.

»Ein einfaches ›Danke‹ reicht«, sagte ich, ohne ihn anzusehen.

Er sah ebenfalls starr geradeaus. Es dauerte einen Moment, dann murmelte er zähneknirschend: »Danke.«

»Wirklich sehr, sehr gern geschehen«, erwiderte ich großmütig, lehnte mich im Sitz zurück und verschränkte die Arme vor der Brust. »Du schuldest mir was, Knightley.«

5.

»Mrs De Winter? Das ist meine beste Freundin und Kollegin, Isabella Summers«, sagte Emma, und ich schüttelte der älteren Dame, der ich gerade vorgestellt wurde, artig die Hand. »Sie bearbeitet für uns einige strafrechtliche Fälle. Gemeinsam mit unseren überaus engagierten Kolleginnen und Kollegen der *Alliance for Children's Rights* versuchen wir, Kindern und Jugendlichen, die rechtliche Unterstützung brauchen, sie sich aber nicht leisten können, kostenfreie Rechtsberatung zur Verfügung zu stellen.«

Während Emma sprach, scannte ich die Terrasse des schicken und altehrwürdigen Clubhauses, die bereits gut gefüllt war, nach einem Kellner ab. Als ich einen entdeckte, winkte ich ihn zu uns, schnappte mir ein Glas und drückte es Mrs De Winter in die Hand. Etwas Alkohol würde in der Angelegenheit sicher nicht schaden. Bevor der Kellner wieder verschwinden konnte, nahm ich mir ebenfalls eines vom Tablett.

»Und um diese Rechtsberatung kostenlos anbieten zu können, ist der Verein auf Spenden angewiesen«, sprach ich das aus, was eigentlich der Punkt von Emmas kleiner Ansprache gewesen war.

Ich lächelte die ältere Dame freundlich an, aber Emma knuffte mich in die Seite. Was hatte sie denn? Schließlich war es das einzige Ziel dieser Unterhaltung, Mrs De Winter von der Arbeit des Vereins zu überzeugen und sie am Ende als Spenderin zu gewinnen. Die Handtasche, die in ihrer Armbeuge baumelte, war immerhin mindestens achttausend Dollar wert, da konnte man doch auch ein bisschen direkter werden. Und tatsächlich …

»Welch ein unterstützenswertes Projekt«, sagte Mrs De Winter prompt. »Haben Sie eine Karte dabei, Miss Meyer? Eine meiner Freundinnen im Golfclub feiert nächste Woche Geburtstag, und erst gestern sagte sie mir, dass sie keine Geschenke wolle, sondern sich Spenden für einen guten Zweck wünschen würde.«

Eifrig kramte Emma ihre Visitenkarte mit dem Logo – und der Kontoverbindung – des Vereins aus der Tasche und überreichte sie. Kaum hatte sich Mrs De Winter verabschiedet, zog Emma mich schon zu ihrem nächsten potenziellen Opfer.

»Oh nein! Nein, nein, nein!« Ich machte mich los. »Mrs De Winter war die Dritte, zu der du mich geschleift hast. Ich brauche eine Pause. Mach eine Weile allein weiter mit deiner Spendenakquise. Ich bin nachher wieder dabei.«

»Okay«, sagte Emma und senkte die Augen.

Aufmerksam sah ich sie an. »Ist alles in Ordnung? Du wirkst extrem … gestresst. Ich verstehe, dass ihr das Geld braucht, aber du rennst von einem Gast zum anderen, als würde dein Leben davon abhängen.«

Ihre Schultern sackten ein Stück nach unten. »Das tut es auch. Quasi.«

Ich nickte ihr zu, um sie zum Weitersprechen aufzufordern.

»Dem Verein geht es finanziell nicht gut. Wir müssten eigentlich noch einen Anwalt einstellen, was wir uns aber nicht leisten können. Ehrlich gesagt können wir nicht mal unsere Mitarbeiter bezahlen – ich habe in diesem Monat schon zum zweiten Mal auf mein Gehalt verzichtet. Mit der Miete ist der Verein auch so weit im Rückstand, dass uns der Vermieter mit der Kündigung gedroht hat. Ich glaube, er wäre froh, uns los zu sein. Er hat sich schon öfter über die ganzen Jugendlichen beschwert, die bei uns ein und aus gehen. Außerdem wäre es gut, wenn wir ein bisschen Werbung machen könnten. Nichts Großes, aber es fehlt uns einfach an öffentlicher Wahrnehmung.« Sie seufzte aus tiefster Seele. »Egal, das steht im Moment sowieso nicht zur Debatte. Viel zu teuer.«

»Wie viel Geld fehlt euch denn?«

»Meine Chefin meint, fünfzigtausend Dollar würden uns weiterbringen.«

»Oh wow«, rief ich erstaunt. »Das ist eine Menge!«

»Ja, das ist es. Und ich weiß nicht, was ich tun soll! Ich kann doch nicht meine Leber verkaufen!«

»Niere«, korrigierte ich sie automatisch.

»Wie bitte?« Verständnislos sah sie mich an.

»Niere«, wiederholte ich. »Leber hat man nur eine. Wenn man die verkauft, stirbt man. Man hat zwei Nieren, daher kann man eine verkaufen.«

»Danke für die Anatomiestunde.« Sie schnaubte. »Meine Leber will, glaube ich, sowieso niemand haben.«

Ich lächelte und umarmte sie kurz. »Ich weiß nicht, wie ich dir helfen kann, Em. Ich habe keine fünfzigtausend Dollar. Wenn ich sie hätte, würde ich sie dir geben, glaub mir.«

Sie nickte. »Ich weiß. Und darum werde ich jetzt weiter hier herumrennen und Leute ansprechen.« Ihr Blick hellte sich auf. »Aber wenn ich fertig bin, müssen wir unbedingt miteinander anstoßen. Die Hochzeitslocation, die Nick und ich uns vorhin angesehen haben, ist der absolute Traum. Alles ist genau so, wie ich es mir vorgestellt habe. Und das Beste ist: Sie haben noch einen Termin frei.«

»Das freut mich so für euch!«, sagte ich begeistert. »Du musst mir später unbedingt Fotos zeigen!«

Während Emma einen älteren Herrn mit goldener Rolex am Handgelenk ansprach, lief ich mit meinem Champagnerglas die wenigen Stufen zu der perfekt manikürten Rasenfläche hinter dem Clubhaus hinunter, wo ich eine freie Lounge-Ecke entdeckt hatte.

Der *L. A. Golf & Country Club* war 1898 gegründet worden und lag in exklusivster Lage in den Hügeln von Beverly Hills. Zu den Mitgliedern zählten bekannte Hollywood-Größen, superreiche Industrielle und andere Millionäre und Milliardäre, die gerne unter sich blieben.

Es roch nach frisch gemähtem Gras und dem Barbecue, das etwas abseits der Terrasse in einem Pavillon aufgebaut worden war. Seufzend ließ ich mich auf dem Sofa nieder. Es war der perfekte Ort, um kurz zu entspannen, bevor ich mich wieder ins Getümmel stürzen würde. Ich setzte gerade das Glas an den Mund, um einen Schluck zu trinken, da hörte ich eine Stimme hinter mir.

»Bella?«

Ich zuckte zusammen und erstarrte mitten in der Bewegung.

»Bella, bist du das?«

Ich kannte diese Stimme. Ich kannte sie nur zu gut. Und es gab nur einen einzigen Menschen auf der Welt, der mich *Bella* nannte.

Das war Lucas. Mein Exfreund Lucas.

Ich ließ das Glas sinken. Ganz langsam, wie in Zeitlupe, drehte ich mich um. Das Herz klopfte mir bis zum Hals.

Er sah noch fast genauso aus wie früher. Dunkelblonde Haare, ordentlich zur Seite gekämmt, mit einer Strähne, die ihm immer wieder in die Augen fiel. Stechend blaue Augen. Ich entdeckte ein paar Fältchen, die damals noch nicht da gewesen waren, aber ansonsten war er ganz derselbe. Oder vielmehr eine attraktive, gereifte Version des hübschen Jungen, in den ich einmal sehr, sehr verliebt gewesen war. Die vergangenen Jahre hatten es offensichtlich gut mit ihm gemeint.

»Lucas!« Es kostete mich all meine Willenskraft, dass meine

Stimme sich nicht so zittrig anhörte, wie ich mich innerlich fühlte. »Das ist ja eine Überraschung.«

Und das war es wirklich. Ich hatte nicht erwartet, dass wir uns so kurze Zeit nach meiner Rückkehr nach Kalifornien über den Weg laufen würden. Los Angeles war schließlich kein Dorf. Andererseits – wenn es einen Ort gab, an dem es wahrscheinlich gewesen war, ihn wiederzusehen, dann natürlich in dem schicken und noblen *L. A. Golf & Country Club*. Lucas hatte schon als Jugendlicher Golf gespielt. Seine Familie war extrem reich. Um nicht zu sagen: steinreich. Ihr gehörte die *Mortimer*-Hotelgruppe mit einem Dutzend Hotels und Ferienresorts an der Westküste. Nicht, dass man Lucas das angemerkt hätte. Er war ein eher stiller, in sich gekehrter Jugendlicher gewesen, die Nase immer in einem Buch. Ich wusste, dass seine Eltern – vor allem sein Vater, der die *Mortimer*-Hotelkette führte – ihn gerne selbstbewusster, dominanter, lauter, sportlicher gehabt hätten. Und Lucas wiederum hätte gerne die Ansprüche seines Vaters erfüllt, aber er konnte eben auch nicht aus seiner Haut.

Als wir uns an der Highschool begegneten, wurden wir magisch voneinander angezogen, denn ich war das genaue Gegenteil von ihm: wild, temperamentvoll und laut. Er war das Yin zu meinem Yang. Wir waren Rachel und Ross, Elle und Noah. Bis zu dem Moment, als Lucas mir eindrucksvoll gezeigt hatte, dass *Liebe* und *Vertrauen* am Ende zu nichts als Herzschmerz und Tränen führten.

Schnell schob ich die Erinnerung zur Seite, als Lucas auf mich zukam und vor mir stehen blieb. Er zögerte einen winzigen Moment, dann beugte er sich vor, legte mir eine Hand auf den Oberarm und gab mir einen Kuss auf die Wange. Diese freundschaftliche Geste überraschte mich so sehr, dass ich froh war zu sitzen. Andernfalls hätte ich mich wohl irgendwo festhalten müssen, um nicht umzukippen.

»Du bist es tatsächlich!«, stellte er fest und sah auf den freien Sessel neben mir. »Darf ich? Ich meine … hast du was dagegen, wenn ich mich kurz zu dir setze? Nur wenn ich nicht störe, natürlich.«

Die ehrlichste Antwort wäre gewesen: *Lieber nicht.* Oder: *Ich wüsste nicht, was wir zu bereden hätten.* Aber nein, das hätte so ausgesehen, als würde es mir etwas ausmachen, ihm zu begegnen. Oder noch schlimmer, als würde ich ihm seit damals hinterhertrauern. Keinesfalls sollte er glauben, dass es für mich heute noch irgendeine Bedeutung hätte, dass er, ohne mit der Wimper zu zucken, mit mir Schluss gemacht hatte, als er auf die Uni gewechselt war, und mir damit mein damals noch unschuldiges und ahnungsloses Herz gebrochen hatte.

Also riss ich mich zusammen und nickte, und Lucas nahm Platz. Er stützte die Unterarme auf den Beinen ab und strich sich eine widerspenstige Haarsträhne aus dem Gesicht, mit gespreizten Fingern, genauso wie früher. Die vertraute Geste löste ein merkwürdiges Gefühl in meiner Magengegend aus. Ihn so vor mir sitzen zu sehen brachte so viele Erinnerungen zurück! Schöne, wundervolle Erinnerungen, die aber untrennbar verbunden waren mit dem Schmerz und dem schrecklichen Liebeskummer, den ich nach unserer Trennung durchlitten hatte. Ja, von meiner ersten großen Liebe verlassen zu werden, hatte mein Herz gebrochen. Aber gleichzeitig meinen besten Freund zu verlieren war fast noch schlimmer gewesen.

»Wie schön, dass wir uns hier über den Weg laufen. Wie lange haben wir uns nicht gesehen?«

»Vier Jahre«, erwiderte ich. »Vier Jahre, drei Monate und zwölf Tage.«

Lucas entglitten kurz die Gesichtszüge.

»Das war ein Scherz«, klärte ich ihn auf. »Glaubst du wirklich, ich hätte die Tage gezählt?«

Er lachte kurz, und ich bemerkte, dass es nervös klang. Offenbar war ich nicht die Einzige, die das unverhoffte Wiedersehen nicht ganz kalt ließ.

Lucas trank einen Schluck aus dem Glas, das er in der Hand hielt. Eine bernsteinfarbene Flüssigkeit, wahrscheinlich Whisky. Den hatte er früher schon gerne getrunken. Aber nur den schottischen und keinesfalls mit Eis, sonst stumpften die Aromen ab.

Warum, zur Hölle, merkte sich mein Gehirn solche Dinge? Den Speicherplatz konnte ich weiß Gott für wichtigere Informationen brauchen. Für Zivilprozessrecht beispielsweise. Oder für die Vornamen aller Kardashians.

»Was machst du hier?«, fragte Lucas, als ich keine Anstalten machte, ein Gespräch zu beginnen.

»Der Verlobte meiner Freundin arbeitet bei *NBC Sports*«, antwortete ich und fügte dann nach kurzem Zögern hinzu: »Und du?«

»Meine Familie spendet regelmäßig für die Stiftung.«

Ich nickte, und wir sahen uns schweigend an.

»Du siehst immer noch genauso aus wie früher«, entfuhr es mir dann, und gleichzeitig hätte ich mich für diesen dämlichen Satz ohrfeigen können. Wo war nur die coole und souveräne Isy, wenn man sie brauchte?

»Und du bist noch schöner geworden«, entgegnete Lucas, ohne mit der Wimper zu zucken.

Das seltsame Gefühl in meiner Magengegend verstärkte sich. Ich schluckte trocken und zwang mich, seinen Blick zu erwidern. Als würde er erst jetzt merken, was er da gesagt hatte, wirkte er plötzlich verlegen.

»Tut mir leid. Alte Gewohnheit.« Er stellte sein Glas auf den Beistelltisch und betrachtete mich aufmerksam. »Wie geht es dir? Ich habe keine Ahnung, was du die letzten Jahre gemacht hast. Ich habe damals versucht, Kontakt mit dir aufzunehmen, aber …«

Er ließ den Rest des Satzes unausgesprochen, und das war auch gut so. Schließlich wussten wir beide, dass ich nach unserer Trennung keinen Kontakt mehr gewollt hatte.

»Ich habe in New York gelebt und an der NYU studiert«, erzählte ich schließlich und trank einen großen Schluck Champagner, um meine Nerven zu beruhigen. »Ich bin erst seit letzter Woche wieder zurück und bereite mich gerade auf meine Anwaltsprüfung vor.«

»Und kaum bist du wieder in L. A., laufen wir uns über den Weg.« Er sah mir in die Augen, nur um den Blick schnell wieder zu senken. »Das hat beinah etwas Schicksalhaftes ...«

»Schicksal gibt es nicht«, konterte ich und hörte selbst, wie ruppig das klang.

Wieder schwiegen wir beide, dann sagte er, obwohl ich ihn gar nicht danach gefragt hatte: »Ich habe nach dem Uniabschluss mit meinem Vater zusammengearbeitet und einige neue Hotels aufgebaut. Jetzt wollen wir an der Ostküste expandieren. Und ich will in die Politik, vielleicht kann ich ja irgendwann mal Gouverneur werden.«

Verwundert musterte ich ihn, denn dass er in die Politik wollte, passte so gar nicht zu ihm. Lucas hatte es zu Schulzeiten gehasst, Referate zu halten, weil er es überhaupt nicht gemocht hatte, vor anderen zu sprechen. Außerdem hatte er es nie ausstehen können, wenn alle Blicke auf ihn gerichtet waren. Meistens war ich diejenige gewesen, die ihn aus seinem Schneckenhaus herausgeholt hatte.

»Gouverneur von Kalifornien, ja? Du steckst deine Ziele hoch, das muss man dir lassen.«

»*Dream big. Work hard. Make it happen*«, sagte er augenzwinkernd, lehnte sich zurück und schlug die Beine übereinander.

Je länger er mir gegenübersaß, desto mehr fielen mir die Unterschiede zwischen dem Mann von heute und dem Jungen von damals auf. Seine aufrechte Haltung, der perfekt sitzende Anzug, die ordentlich gekämmten Haare, seine wachen blauen Augen. Lucas' Mund war immer noch so schön wie damals, hatte aber einen entschlosseneren Zug. Ich konnte mir vorstellen, wie er auf die Wähler wirken würde: seriös, kompetent und vor allem absolut vertrauenswürdig.

Nun ja, ich wusste es besser.

Der Gedanke holte mich unsanft in die Realität zurück, und ich stand auf.

»Ich muss langsam wieder zu meinen Freunden zurück. Die fragen sich sicher schon, wo ich bin.«

Lucas erhob sich ebenfalls, doch bevor wir uns verabschieden konnten, schwebte eine hübsche, schlanke Frau mit gewellten braunen Haaren die Stufen der Terrasse herunter.

»Lucas, hier bist du! Ich habe dich schon überall gesucht!«

Er lächelte ihr zu, und sie schob ihre Hand in seine.

Fast hätte ich aufgelacht. Eigentlich war ja klar gewesen, dass Lucas eine Freundin hatte. Er war sympathisch, klug, gut aussehend, ehrgeizig und reich. Also warum nur warf mich die Erkenntnis, dass er kein Single war, eine winzige Sekunde aus der Bahn?

»Jessica, darf ich vorstellen? Das ist Isabella Summers, mit der ich zusammen zur Highschool und aufs College gegangen bin. Und das ist meine Freundin Jessica Durham.«

Zusammen auf die Highschool und aufs College gegangen? Interessante Beschreibung unserer Beziehung, die immerhin mehrere Jahre gehalten hatte. Aber offensichtlich wurde ich Jessica gerade als ehemalige Mitschülerin vorgestellt. Einen Moment starrte ich auf ihre ineinander verwobenen Hände, doch glücklicherweise schaffte ich es, mich schnell wieder zu fangen.

»Freut mich, dich kennenzulernen, Jessica.«

Na also. Wunderbar locker und selbstbewusst.

»Freut mich ebenfalls«, erwiderte sie, lehnte sich vertrauensvoll an Lucas und schmiegte ihre Wange an seine Schulter.

Was für ein schrecklich perfektes Paar, schoss es mir durch den Kopf. Da hatte Lucas ja eine Politiker-Gattin wie aus dem Bilderbuch gefunden. Ich wäre jede Wette eingegangen, dass Jessica für seinen Vater die absolute Wunsch-Schwiegertochter in spe war. Mich hingegen hatte Mr Mortimer immer als zu ungeschliffen und vorlaut empfunden. In seinen Augen hatte ich weder zu seinem Sohn gepasst noch in die Familie Mortimer.

Ich trank den letzten Rest des Champagners in einem Zug aus und versuchte zu verstehen, warum sich diese Gedanken wie ein Stachel in meinem Fleisch anfühlten. Es gab keinen Grund dafür, so aufgewühlt zu sein.

Absolut. Keinen. Grund.

Im gleichen Moment sah ich aus den Augenwinkeln eine Bewegung und drehte den Kopf. Connor kam mit federnden Schritten die Treppe herunter und lief auf mich zu. Er sah in dem Anzug so absurd attraktiv aus, dass ich Schwierigkeiten hatte, mich wieder zu fokussieren.

Jessicas Griff um Lucas' Arm wurde fester.

»O mein Gott«, murmelte sie. »Das ist Connor Knightley!«

»Wer?«, fragte Lucas ahnungslos, und fast hätte ich gelacht.

»Connor Knightley. Der Surfer! Kennst du ihn nicht? Er ist ein absoluter Superstar! Meine Freundinnen würden ausflippen, wenn sie wüssten, dass er hier ist.«

Sie verstummte und setzte ein unschuldiges Lächeln auf, als hätte Connor ihr aufgeregtes Tuscheln nicht ohnehin schon bemerkt. Gleichzeitig warf sie ihre langen glänzenden Haare zurück.

Niemand sollte seine Mähne so schütteln, schoss es mir durch den Kopf. Es sei denn, man war ein Haflinger.

Im gleichen Moment machte in meinem Gehirn irgendetwas *Klick*. Vielleicht war es die Tatsache, dass Lucas zum ersten Mal seit Jahren wieder vor mir stand, die meinen Verstand vorübergehend ausschaltete. Oder der Umstand, dass er und Jessica so ein ekelhaft perfektes Paar waren. Möglicherweise auch, dass Jessica etwas hatte, was ich mehr als alles andere gewollt hatte: Lucas. Jedenfalls hatte ich plötzlich das dringende Bedürfnis, ihr zu zeigen, dass ich auch etwas hatte, was sie bewunderte: Connor Knightley.

Also ging ich einen Schritt auf Connor zu, der gerade den Mund öffnete, um etwas zu sagen, und nahm seine Hand.

»Hey Babe«, begrüßte ich ihn und zuckte bei meinen eigenen Worten innerlich zusammen. Hatte ich gerade wirklich *Hey Babe* zu Connor gesagt? Kitschiger ging es ja kaum. Ich musste mich zwingen, normal weiterzusprechen. »Da bist du ja endlich. Ich habe mich schon gefragt, wo du bleibst.«

Connor schloss den Mund wieder und starrte mich entgeistert an.

Ich drückte seine Hand so fest und gleichzeitig unauffällig, wie ich konnte, und sagte schnell: »Das ist Connor, mein Freund. Und das sind Lucas, den ich seit der Highschool kenne, und seine Freundin Jessica.«

Connor neben mir rührte sich immer noch nicht, und plötzlich kam mir ein entsetzlicher Gedanke: Was würde passieren, wenn er nicht mitspielte? Wie so oft hatte ich impulsiv gehandelt und keine Sekunde darüber nachgedacht, dass Connor das Spiel nicht mitmachen und mich vor Lucas und Jessica völlig bloßstellen könnte. Schließlich waren wir nicht gerade die besten Freunde.

Kurz entschlossen legte ich meine Hand in seinen Nacken und zog seinen Kopf zu mir herunter.

»Du schuldest mir was«, murmelte ich in sein Ohr und hauchte dann einen Kuss auf seine Wange.

»Freut mich.« Jessica starrte Connor immer noch an, als wäre er eine Erscheinung. »Sehr.«

Connor warf mir einen Blick zu. In seinen Augen sah ich keinerlei Regung, aus der ich hätte ablesen können, wie er reagieren würde. Würde er mich in die Pfanne hauen oder mir helfen?

Nach einer unangenehm langen Pause sagte er, ohne den Blick von mir abzuwenden: »Freut mich auch.« Dann fügte er hinzu: »Schön, deine Freunde kennenzulernen. *Babe*.«

Ich hörte den triefenden Spott in seiner Stimme, als er den Kosenamen wiederholte, aber glücklicherweise legte er mir einen Arm um die Schulter und zog mich an sich. Ich machte einen Schritt in seine Umarmung, schlang meinen Arm um seinen Körper und atmete erleichtert aus. Ich war mir sicher, dass man den riesigen Gesteinsbrocken, der mir vom Herzen fiel, bis San Diego hören konnte.

Lucas musterte Connor aufmerksam, und seine Lippen wurden dabei schmal, genauso wie früher, wenn er über irgendetwas intensiv nachgedacht hatte. Jessicas Blick war auf Connor geheftet, und die Art, wie sie ihn anschmachtete, wurde langsam peinlich. Insbesondere, weil ihr Freund danebenstand – und Connors Freundin. Also ich. Oje!

»Lucas hat nächste Woche Geburtstag«, sagte Jessica schließlich und lachte nervös. »Wir geben eine Party, nur eine kleine Feier unter Freunden. Vielleicht möchtet ihr ja kommen?«

Irritiert sah ich sie an. Warum lud sie uns zu Lucas' Geburtstagsparty ein?

»Ich dachte nur … weil ihr alte Highschool-Freunde seid?«, fügte sie schnell hinzu, als sie meinen Gesichtsausdruck bemerkte.

Sie blickte von Lucas zu mir und dann zu Connor, und es war mehr als klar, wem die Einladung wirklich galt … und das war nicht ich. Es würde ein Fest für Jessica sein, Connor ihren

Freundinnen vorzuführen: *Seht nur, wer zu unserem Freundeskreis gehört und zu unserer Party gekommen ist. Connor Knightley, der Stern am Surfer-Himmel.*

Wie unangenehm. Aber wahrscheinlich war es nicht das erste Mal, dass Connor so etwas erlebte.

»Wir kommen gerne«, sagte ich trotzdem leichthin, ohne Connor dabei anzusehen. »Danke für die Einladung.«

Keinesfalls hatte ich vor, auf dieser Party zu erscheinen. Aber es bestand ja auch die Möglichkeit, ein paar Tage vorher abzusagen. Wegen Magen-Darm-Grippe. Mit heftigem Erbrechen.

»Klasse«, rief sie erfreut und strahlte ausschließlich Connor an. »Lucas, hast du Isabellas Telefonnummer?«

Lucas nickte langsam. Auch er schien vom Tempo seiner Freundin überfordert zu sein, während ich versuchte, mir meine Überraschung nicht anmerken zu lassen. Warum hatte er meine Telefonnummer immer noch? Ich hatte seine längst gelöscht.

Gut gelaunt wandte Jessica sich an Lucas und zog leicht an seiner Hand, vermutlich das Zeichen, dass es Zeit war aufzubrechen.

»Richter Cunningham möchte ein paar Worte mit dir wechseln«, informierte sie ihn. »Und wir müssen noch den Bürgermeister begrüßen.«

Lucas und ich wechselten einen Blick. Himmel. Wer war sie? Seine Managerin? Oder seine Mutti? Ich hätte schwören können, dass er meine Gedanken lesen konnte, und sah schnell zu Boden.

»Kommst du, Lucas?«

Mein Exfreund nickte Connor und mir noch einmal zu und folgte Jessica dann zurück auf die Terrasse.

»Was zur Hölle sollte das?«, fragte Connor, sobald sie außer Hörweite waren, und gab sich keine Mühe zu verhehlen, dass er verärgert war.

»Ich brauche was zu trinken«, sagte ich schwach und sah mich nach einem Kellner um. Als ich endlich einen entdeckt und herangewinkt hatte, bestellte ich: »Zwei Gin Tonic, bitte. Schnell.«

»Ich will nichts trinken«, sagte Connor und breitete die Arme aus. »Ich will eine Antwort!«

»Beide Drinks sind für mich«, stellte ich klar und setzte mich so, dass ich die Terrasse im Auge behalten konnte, wo Lucas und Jessica gerade ein älteres Ehepaar begrüßten.

Lucas sah zu uns herüber, und unsere Blicke trafen sich für eine Sekunde, dann schauten wir gleichzeitig schnell wieder weg.

»Könntest du bitte aufhören, mit den Armen herumzufuchteln?«, murmelte ich. »Das sieht so aus, als würden wir streiten.«

»Wir streiten ja auch!«, entgegnete Connor genervt.

»Das war mein Exfreund«, erklärte ich nach einer kurzen Pause. »Mit seiner neuen Freundin.«

»Unschön«, sagte Connor nüchtern. »Frisch getrennt?«

»Vor vier Jahren«, antwortete ich und zog die Nase kraus, weil mir die Absurdität der Situation bewusst wurde.

»Wow. Ganze vier Jahre, und du bist immer noch total verliebt?«

»So ein Quatsch«, schoss ich zurück. »Ich bin natürlich *nicht* mehr verliebt in ihn.«

»Warum dann die Show?«

Ja, warum die Show, Isy, du Genie?

Glücklicherweise kam der Kellner in diesem Moment mit den Drinks zurück, und ich nahm ihm dankbar beide Gläser aus der Hand.

»Ich habe nicht den blassesten Schimmer«, antwortete ich wahrheitsgemäß, nachdem ich mir drei große Schlucke gegönnt hatte.

Weil du ihm vor Augen führen wolltest, dass auch dein Leben weitergegangen ist, sagte eine gnadenlose Stimme in meinem

Kopf. *Ohne ihn. Dass du ebenfalls in einer glücklichen Beziehung bist, und zwar mit einem coolen, gut aussehenden, heißen und darüber hinaus auch noch prominenten Mann. Den Lucas' Freundin toll findet. Sehr erwachsenes Verhalten, Isy!*

Ich seufzte und trank den ersten Gin Tonic in einem Zug vollends aus. Dann nahm ich das zweite Glas vom Tisch. Ich konnte förmlich spüren, wie der Alkohol seine Wirkung tat und begann, meine Anspannung zu lösen und meine Nerven zu beruhigen.

»Na ja, ist ja auch nicht mein Problem«, sagte Connor knapp und wandte sich zum Gehen.

»Halt«, rief ich und griff nach seiner Hand. »Wo willst du hin?«

Mit hochgezogenen Augenbrauen blickte er auf meine Hand, die seine umfasst hielt. Schnell ließ ich sie wieder los.

»Zurück zum Empfang, was sonst?«, entgegnete er kühl. »Zurück zu Menschen, die sich *normal* verhalten.«

Ich warf einen Blick zur Terrasse. Im gleichen Augenblick sah auch Lucas wieder zu uns herüber.

»Nein. Nein, nein, nein. Du musst hierbleiben!« Ich konnte Connors Widerwillen spüren und fügte schnell hinzu: »Ich gebe zu, dass es nicht meine beste Idee war, dich als meinen Freund auszugeben. Aber Lucas beobachtet uns. Du kannst jetzt nicht gehen. Wir müssen bis zum Ende des Empfangs so tun, als wären wir ein Paar, sonst fällt das doch auf!«

»Ich soll bis zum Ende des Empfangs deinen Freund spielen?« Er musterte mich von oben herab. »Das ertrage ich nicht.«

Ich kniff meine Augen zusammen. »Du bist mir was schuldig, Knightley, hast du das schon vergessen?«

Er betrachtete mich einen Moment, doch dann setzte er sich neben mich und verschränkte die Arme vor der Brust.

»Okay, Summers. Ich helfe dir.« Er machte eine kurze Pause. »Du musst nur ›Bitte, Connor‹ sagen.«

Oh Mann!

Ich rutschte ein Stück näher an ihn heran und ließ meinen Blick – wie ich hoffte unauffällig – an ihm vorbei zur Terrasse schweifen. Wieder sah Lucas zu uns herüber. Verflixt, jetzt musste ich wohl meine eigene bittere Medizin schlucken.

»Bitte?«, murmelte ich.

»Wie war das?«, fragte Connor und hielt sich eine Hand ans Ohr, als hätte er Probleme, mich zu hören. »Ich habe dich leider nicht verstanden.«

Ich presste meine Kiefer aufeinander, bis es wehtat, dann sagte ich, etwas lauter: »Bitte. Connor.«

Er zog einen Mundwinkel nach oben. »Geht doch.«

Er rückte ein Stück näher an mich heran, so, dass unsere Oberschenkel sich berührten.

»Und?« Er legte einen Arm um meine Schulter. »Wie fühlt es sich an, mit einem Superstar zusammen zu sein? Das wolltest du doch von Anfang an. Bist du jetzt am Ziel all deiner Träume angekommen?«

Mein erster Impuls war, ihn wegzuschubsen. Oder ihm mit der Faust auf die Schulter zu boxen. Fest. Doch in letzter Sekunde konnte ich mich beherrschen.

Ich kniff die Augen zusammen und stellte das zweite, mittlerweile ebenfalls leere Gin-Tonic-Glas auf den Tisch. Er wollte mich mit seinen Worten nur provozieren, das war alles.

»Treib es nicht auf die Spitze, Connor.«

»Sonst was, *Babe*? Eine Szene kannst du mir ja schlecht machen, oder? Was würde dein Exfreund denn da denken?«

Er warf einen vielsagenden Blick in Lucas' Richtung. Dann beugte er sich langsam zu mir herüber, als würde er mir Gelegenheit geben, mich zu wehren, und küsste mich in augenscheinlicher Zärtlicher-Freund-Manier auf die Schläfe.

Das konnte doch nicht wahr sein! Genoss er es gerade tatsächlich, dass er mich für den Moment in der Hand hatte?

Ganz offensichtlich. Aber wenn er glaubte, dass ich das auf mir sitzen ließ, dann täuschte er sich.

»Wer hat denn etwas von einer Szene gesagt?«, fragte ich zuckersüß, rutschte noch ein Stück näher an ihn heran und legte beide Beine über seine Oberschenkel, sodass ich fast auf seinem Schoß saß. »Ich bin schließlich am Ziel meiner Träume angelangt, schon vergessen? Da wäre ich doch dumm, wenn ich das nicht in vollen Zügen genießen würde. Oder, Connor?«

Seine Augen verengten sich, als ich ihm mit der Hand langsam in den Nacken fuhr und mich weiter vorbeugte, bis sich unsere Nasen fast berührten. Seine Haut direkt unter dem Haaransatz war warm und weich … und fühlte sich verdammt gut an. Damit hatte ich nicht gerechnet, und ich musste mich zwingen, die Hand nicht sofort wieder wegzunehmen. Denn das wäre einer Niederlage gleichgekommen, und ich hatte nicht vor, gegen Connor Knightley zu verlieren.

Keiner von uns beiden bewegte sich. Connors Gesicht war meinem so nah, dass ich seinen Atem auf meiner Haut spürte. Er hielt meinen Blick fest, als würde er darauf warten, dass ich einen Rückzieher machte. Aber das würde ich nicht, so viel stand schon mal fest. Ich würde warten, bis er sein Gesicht abwendete.

Aber er wendete sich nicht ab. Unwillkürlich senkte ich den Blick auf seine Lippen und die feine weiße Narbe, die sich bis zum Kinn hinunterzog. Etwas in meinem Magen flatterte, und ich zwang meine Augen wieder nach oben.

»Das traust du dich nicht«, murmelte Connor, und sein Mund verzog sich zu einem siegesgewissen Lächeln.

Ohne weiter nachzudenken, überwand ich die letzten Zentimeter zwischen uns und presste meine Lippen auf seine. Oder war er auf mich zugekommen? Ich konnte es nicht mit Sicherheit sagen. Vielleicht hatten wir uns gleichzeitig aufeinander zubewegt.

Connors Hand glitt zu meinem nackten Oberschenkel, wo mein Kleid ein Stück nach oben gerutscht war. Die Berührung ganz knapp unterhalb meines Pos fühlte sich so gut an, dass meine Augen sich wie von selbst schlossen. Auch der Rest meines Körpers schien plötzlich ein Eigenleben zu führen, denn wie automatisch fuhr meine zweite Hand in seinen Nacken und zu seinem Haaransatz. Ich spürte, wie er eine Gänsehaut bekam. Seine Hand wanderte ein Stück weiter meinen Oberschenkel hoch und blieb auf meinem Po liegen. Mir entfuhr ein leises Stöhnen, und ich musste den Impuls unterdrücken, mich enger an seinen Körper zu pressen.

Das brachte mich zur Besinnung.

Schnell löste ich mich von ihm, ließ meine Beine von seinem Schoß gleiten und zog mein Kleid herunter. Es dauerte einen Moment, bis ich wieder Luft bekam und meiner Stimme traute.

»Okay!«, sagte ich und hörte selbst, wie atemlos ich klang. »Das war glaubhaft.«

Connor starrte mich an, sein Gesicht vollkommen regungslos. Nur seine Augen wirkten dunkler als sonst und verrieten, dass ihn der Kuss ebenfalls nicht ganz so kaltgelassen hatte, wie er tat.

»Sehr glaubhaft«, bestätigte er.

»Okay!«, sagte ich überflüssigerweise noch einmal und stand auf.

Auf gar keinen Fall sollte er denken, dass der Kuss mich auch nur ein kleines bisschen aus der Bahn geworfen hatte. Denn das hatte er nicht! Definitiv nicht.

Trotzdem hatte ich das Gefühl, schnell Abstand zwischen uns bringen zu müssen.

»Ich glaube, jetzt zweifelt keiner mehr daran, dass wir ein Paar sind«, sagte ich. »Mission erfüllt! Ich gehe dann mal Emma und Nick suchen. Bis dann, Knightley.«

Ohne ihn noch einmal anzusehen, lief ich über den Rasen zurück in Richtung Terrasse. Als ich die drei Stufen hinaufstieg, musste ich mich sehr konzentrieren, nicht über meine eigenen Füße zu stolpern.

Als Connor meinen Namen rief, drehte ich mich noch mal zu ihm um. Er hatte sich entspannt in die Kissen zurückgelehnt und die Arme vor der Brust verschränkt.

Ein leichtes Lächeln umspielte seine Lippen, als er sagte: »Ein einfaches ›Danke‹ reicht, Summers.«

6.

»Herzlich willkommen in der Kanzlei Jeremy Wright«, sagte mein neuer Boss feierlich und öffnete schwungvoll die Tür zu dem Zimmer direkt gegenüber seinem.

Es war Montagmorgen, und mich plagten heftige Kopfschmerzen. Was sowohl an den Geschehnissen des Wochenendes lag als auch am Alkohol. Ich hatte Lucas wiedergesehen, nach über vier Jahren zum ersten Mal. Mit seiner neuen Freundin, die mich zu seinem Geburtstag eingeladen hatte. Ach so, ja – außerdem hatte ich Connor Knightley als meinen Freund ausgegeben. Und mit ihm herumgeknutscht. Alles in allem war es also ein ganz normaler Sonntagnachmittag gewesen, ohne nennenswerte Vorkommnisse.

Autsch.

Jolanda, Jeremys hochschwangere Sekretärin, warf mir bei den Worten ihres – unseres! – Chefs hinter seinem Rücken einen mitfühlenden Blick zu. Ich lächelte kurz und betrat dann das Zimmer, das in den nächsten Monaten mein Arbeitsplatz sein würde.

»Ach du meine Güte«, entfuhr es mir, obwohl mich Jolandas Gesichtsausdruck eigentlich hätte vorwarnen müssen.

Wenn ich geglaubt hatte, dass das Büro nicht unordentlicher aussehen könnte als Jeremys, dann musste ich jetzt einsehen, dass ich mich getäuscht hatte. Das Zimmer war vollgestopft bis unter die Decke, und die Akten, die in den hohen Regalen keinen Platz mehr gefunden hatten, standen auf dem Boden.

»Ich helfe dir aufzuräumen«, murmelte Jolanda.

Ich ließ meinen Blick durch den Raum schweifen und schüttelte den Kopf.

»Kommt gar nicht infrage, dass du in deinem Zustand anfängst, Akten herumzuschleppen. Das schaffe ich schon alleine.«

»Du kannst die alten Akten ja einfach ein bisschen zur Seite räumen«, schlug Jeremy optimistisch vor.

Fast hätte ich aufgelacht. Zur Seite räumen? Wohin denn? Es war ja kaum ein Zentimeter Fußboden frei! Aber Jeremy strahlte mich so freundlich an, dass ich mir eine entsprechende Erwiderung verkniff.

»Ich freue mich, dass du nun Teil des Teams bist, Isy«, sagte er und wandte sich zum Gehen, als in seinem Büro das Telefon klingelte. »Um elf Uhr kommt ein Mandant mit seiner Mutter vorbei. Es wäre klasse, wenn du dazukommen könntest. Die Akte liegt auf deinem Schreibtischstuhl.«

Um wenigstens etwas Platz zu schaffen, um vernünftig arbeiten zu können, verbrachte ich die nächste Stunde damit, die ersten Akten durchzusehen, die auf dem Fußboden standen, und kistenweise abgeschlossene Fälle in den Keller zu bringen. Jolanda versorgte mich mit Kaffee und leistete mir etwas Gesellschaft, auch wenn ich sie warnte, dass es dem Baby bestimmt nicht guttun würde, wenn sie eine Staublunge bekäme. Dann räumte ich meinen Schreibtisch, so gut es ging, frei und begann, in der Akte zu lesen, die Jeremy mir hingelegt hatte.

Es ging darin um Liam Terenzi, siebzehn Jahre, dem eine Körperverletzung vorgeworfen wurde. Das würde wohl interessant werden.

Um Punkt elf Uhr streifte ich die Turnschuhe, die ich den Morgen über getragen hatte, von meinen Füßen, schlüpfte in meine Pumps und klopfte an Jeremys Tür.

»Und wer ist die da?« war das Erste, was ich hörte, als ich das Büro betrat.

Verwundert hielt ich inne, die Klinke in der Hand.

Na, das war ja ein herzlicher Empfang! Fragend sah ich von unserem jungen Mandanten zu seiner Mutter, die mit roten Augen neben ihm saß und ein Taschentuch in den Händen knetete, und schließlich zu Jeremy, der mich hereinwinkte.

»Das ist Isabella Summers«, stellte er mich vor. »Sie arbeitet mit mir zusammen an deinem Fall, Liam, darum habe ich sie gebeten dazuzukommen, wenn wir uns besprechen.«

Rasch schloss ich die Tür hinter mir, setzte mich auf den letzten freien Stuhl im Zimmer und legte die Akte, einen Block und einen Stift auf meinen Schoß.

»Guten Morgen allerseits«, sagte ich freundlich in die Runde.

Liam antwortete nicht, aber seine Mutter nickte mir kurz zu. Jeremy räusperte sich und begann, unseren Mandanten zu befragen. Der schien den Ernst der Lage noch nicht so ganz begriffen zu haben, denn er sah seinen Anwalt nicht einmal an, sondern wischte versunken auf seinem Smartphone herum.

»Kannst du mir noch mal ganz genau erklären, was passiert ist?«, bat Jeremy geduldig. »Du hattest dich an besagtem Donnerstagabend mit Freunden im *Velvet* verabredet?«

»Ja.« Liam sah immer noch nicht von seinem Handy auf. »Der Türsteher hat angefangen. Er hat mir nicht geglaubt, dass ich volljährig bin, und wollte mich nicht reinlassen.«

Ich rutschte ein Stück auf meinem Stuhl vor und versuchte, Augenkontakt mit Liam aufzunehmen.

»Du bist ja auch in der Tat noch nicht volljährig«, erinnerte ich ihn. »Und das *Velvet* ist ein Stripclub.«

»Und woher willst du das wissen? Arbeitest du da in deiner Freizeit?«

Er lachte heftig über seinen eigenen Scherz. Oh, was für ein reizender Teenager. Ein echtes Schätzchen.

»Bitte beleidige meine Mitarbeiterin nicht, Liam«, sagte Jeremy und klopfte mit einem Stift auf den Tisch. »Und bleib bei der Sache. Die Türsteher wollten dich also nicht reinlassen? Was ist dann passiert?«

»Ich wollte nur mit ihnen reden, aber da hat der eine mich einfach weggestoßen«, brummte Liam, ohne aufzusehen. »So an der Schulter. Ich bin hingefallen, und als ich aufgestanden bin, hat mir der andere in den Bauch geboxt. Ich habe mich gewehrt und einen von den beiden im Gesicht getroffen.«

Ich runzelte die Stirn. »Die Türsteher erzählen es genau andersrum. Dass du zuerst handgreiflich geworden bist.«

»Das ist doch Bullshit!«, brauste Liam auf.

»Er hat eine gebrochene Nase«, stellte ich ungerührt fest.

Liam sah seinen Anwalt an.

»Auf wessen Seite steht die denn?«, wollte er wissen.

Jeremy räusperte sich, aber bevor er etwas sagen konnte, erklärte ich: »Ich stelle nur die unangenehmen Fragen, die auch jeder Jugendrichter oder Staatsanwalt stellen würde.« Ich wartete auf eine Reaktion, doch Liam hatte schon wieder desinteressiert den Kopf über das Handy gesenkt. »Und stellen wird.«

Jeremy nahm eine Akte in die Hand und schlug sie auf. Dann wandte er sich an die Mutter.

»Mrs Terenzi, hier steht, dass Sie Liam alleine großgezogen haben. Wo ist denn sein Vater?«

»Abgehauen, als ich mit Liam schwanger war«, sagte die Mutter tonlos. »Hat nie einen Cent bezahlt. Ich musste uns ganz alleine durchbringen. Ich habe drei Jobs. Morgens fülle ich ab fünf Uhr in einem Supermarkt die Regale auf, mittags kellnere ich eine Schicht in einem Café, und abends arbeite ich bei einer Reinigungsfirma und putze in der Innenstadt die Büroräume einer Bank.«

Puh, was für ein Pensum. Das war sicherlich nicht einfach für sie. Und jetzt kam auch noch der Kummer über Liams Jugendstrafverfahren hinzu.

»Liam ist das erste Mal mit dreizehn Jahren aktenkundig geworden«, fuhr Jeremy mit ruhiger Stimme fort, »damals wegen Ladendiebstahl und …«

»Hey«, sagte Liam in diesem Moment und blickte auf. Er wirkte plötzlich richtig wach. Zum ersten Mal an diesem Vormittag. »Das bist doch du.«

Er zeigte auf sein Smartphone, aber ich konnte das Display nicht richtig erkennen. Ich zog eine Augenbraue hoch und sah Jeremy an. Der zuckte nur mit den Schultern und beugte sich vor, als Liam ihm das Handy hinhielt. Mein Chef wischte zwei oder drei Mal über den Bildschirm. Dann weiteten sich seine Augen, und er starrte mich entgeistert an.

Liam brach in schallendes Gelächter aus.

»Nicht schlecht«, sagte er zu mir. »Geiler Arsch.«

Ich stand auf. »Wie bitte?«

Er tippte noch einmal auf dem Display herum, grinste und reichte mir dann das Handy. Der Instagram-Feed von vipnewsflash.com war geöffnet.

»Connor Knightley und die sexy Anwältin – Heiße Küsse im L. A. Country Club«

Was zur …

Was?!

Mit zitternden Händen wischte ich über das Display, um das Bild über dem Text sehen zu können, und erstarrte.

Da waren Fotos. Von Connor.

Von Connor und mir.

Wie wir zusammen in der Lounge-Ecke vor der Terrasse des

Clubs saßen. Wie wir uns küssten. Seine Hand auf meinem nackten Oberschenkel. Auf meinem nackten Hintern. Man sah sogar den roten Spitzentanga.

Fuck. Fuck. Fuckitifuck!

Ich versuchte, Liams haltloses Lachen zu ignorieren, und scrollte hektisch wieder zum Text.

»Surf-Weltmeister und Frauenschwarm Connor Knightley macht seinem Ruf als Playboy mal wieder alle Ehre. Am Wochenende konnte er bei einer Charity-Veranstaltung der L. A. Lakers *im schicken* Los Angeles Golf & Country Club *wie so häufig seine Finger nicht bei sich lassen. Statt sich wie alle anderen Gäste für die gute Sache einzusetzen, nutzte der für seine Party-Exzesse bekannte Knightley die Gunst der Stunde, um eine sexy Blondine für sich zu gewinnen, und verbrachte den Nachmittag mit heftigem Herumknutschen. Nach unseren Recherchen handelt es sich bei der hübschen Unbekannten um Isabella Summers, Absolventin der New York University Law School und angehende Anwältin. Eine Anwältin mit Feuer offensichtlich.«*

O mein Gott. O mein Gott. O mein Gott!

Da waren Fotos von mir im Internet. Von mir und meinem nackten Hintern im roten Spitzentanga, den Connor netterweise mit seinen Händen gleich mit freigelegt hatte.

Ich sah auf und blickte zuerst in Liams grinsendes Gesicht.

»Da war mein Tipp mit dem Nebenjob im Stripclub gar nicht so verkehrt«, feixte er. »Gib her. Ich muss Screenshots machen. Das glaubt mir niemand, dass du meine Anwältin bist.«

Eigentlich war ich nicht seine Anwältin, doch ich korrigierte ihn nicht. Ich war zu beschäftigt damit, den Impuls zu unterdrücken, das Handy aus dem Fenster zu werfen, bevor Liam einen Screenshot machen konnte. Aber was hätte mir das gebracht? Oh verflixt, wo war der Knopf, mit dem ich das Internet löschen konnte?

Widerwillig gab ich Liam das Handy zurück, und mein Blick ging zu seiner Mutter, die missbilligend den Kopf schüttelte. Als sei der Anblick meines nackten Pos ein größerer Aufreger als die gebrochene Nase eines Türstehers. Zuletzt sah ich Jeremy an, der offensichtlich nicht wusste, wohin er schauen sollte. Mir in die Augen zumindest nicht. Was dachte mein neuer Chef gerade von mir? Ich wollte es mir gar nicht ausmalen.

In diesem Moment wurde mir die Tragweite dieses Artikels und der Fotos bewusst. In ein paar Monaten würde ich mich als Anwältin bewerben, und das Erste, was meine potenziellen Arbeitgeber sehen würden, wenn sie meinen Namen googelten, wären die Fotos von meinem nackten Hintern im roten Spitzentanga.

Am nächsten Morgen riss mich das Vibrieren meines Handys viel zu früh aus dem Schlaf. Ich rollte mich stöhnend auf die Seite und angelte mit einer Hand nach dem Smartphone auf dem Boden vor meinem Bett. Als ich es zu fassen bekam und zu mir heranzog, stöhnte ich ein zweites Mal auf und regelte die Helligkeit herunter, bevor das grelle Licht des Displays mein Gehirn zum Schmelzen bringen konnte. Eine mir unbekannte Nummer hatte eine Nachricht geschrieben. Ich blinzelte ein paarmal und rieb mir die Augen, bis ich die Buchstaben entziffern konnte.

»Können wir uns treffen? C.«

Ich sah auf die Uhr. Viertel nach sechs. Was zur Hölle …? Ich fühlte mich wie gerädert, denn ich hatte miserabel geschlafen und wirr geträumt. Eigentlich hatte ich erwartet, dass Kathy, Emma oder – noch schlimmer – meine Mutter Wind von den Fotos bekommen hatten und jetzt aufgeregt wissen wollten, was das Ganze zu bedeuten hatte. Dass ausgerechnet Connor sich als Erster bei mir melden würde – damit hatte ich nicht gerechnet. Und dass es Connor war, daran hatte ich keinen Zweifel. Welcher »C« würde mir sonst morgens um diese Uhrzeit schreiben, dass er mich treffen wollte, einen Tag nachdem die Fotos im Internet aufgetaucht waren? Channing Tatum bestimmt nicht.

Ich kaute an meiner Unterlippe herum und tippte dann:

»Hallo ›C.‹ – keine Ahnung, wer Du bist, und die Antwort lautet: NEIN.«

Sofort kam eine Nachricht mit einem augenrollenden Emoji zurück:

»Hier schreibt Connor.«

Ungläubig schüttelte ich den Kopf. Ich hätte nicht gedacht, dass Connor Knightley ein Mann war, der Emojis verwendete. Schnell schrieb ich zurück:

»Dann lautet die Antwort erst recht: NEIN.«

Ich ließ mich wieder in die Kissen fallen und schloss die Augen, aber als das Handy eine Minute später erneut vibrierte, war meine Neugier größer als die Müdigkeit, und ich las auch seine nächste Nachricht.

»Es ist wichtig. Ich muss mit Dir sprechen.«

Nach dem Kuss am Sonntag und den peinlichen Fotos wäre es für mich völlig in Ordnung gewesen, Connor überhaupt nicht mehr zu sehen, im Sinne von: nie wieder! Natürlich wusste ich selbst, dass ich an der Situation – dem Kuss – im Golfclub nicht unschuldig war, aber trotzdem. Von Anfang an war er nur unfreundlich und herablassend zu mir gewesen. Dieses Verhalten, gepaart mit seiner Arroganz und Überheblichkeit, machte ihn derzeit nicht gerade zu meinem Lieblingsmenschen. Andererseits waren wir beide Emmas und Nicks Trauzeugen, und früher oder später würde ich ihm ohnehin nicht mehr aus dem Weg gehen können. Wahrscheinlich war es da sogar besser, wenn ich es zeitnah hinter mich brachte. Ein Pflaster riss man doch auch mit einem Ruck von der Wunde, anstatt sich lange damit herumzuquälen, oder nicht?

Ich seufzte zum dritten Mal an diesem frühen Morgen und antwortete:

»Also gut, einverstanden. Aber nur Emma und Nick zuliebe.«

Dann warf ich das Handy wieder auf den Boden und drehte mich zur Wand, um noch für ein paar Minuten die Augen zuzumachen.

7.

Der *Pacific Beach Club* lag am El Matador State Beach etwas zurückgesetzt zwischen den Felsen, etwa auf der Hälfte des Weges zwischen Connors Villa und Emmas und Nicks Haus. Ich parkte das Auto meiner Mom neben einem alten VW Bully mit Surfbrettern auf dem Dach und aufgeklebten Sonnenblumen auf den Seitenscheiben.

Ich war etwas zu spät dran, aber das würde mich sicher nicht dazu bringen, zu unserer Verabredung zu hetzen. Wenn Connor mich schon zu einem Treffen beorderte, konnte er ruhig ein wenig auf mich warten. Er sollte gar nicht erst glauben, dass ich das für ihn tat. Ich hatte nur Emma und Nick zuliebe eingewilligt, mit ihm zu sprechen.

Obwohl es noch kühl war, zog ich meine Schuhe aus und lief barfuß zwischen den Felsen hinunter ans Meer. An dem noch fast menschenleeren Strand waren nur ein paar Jogger und Spaziergänger mit Hunden zu sehen. Es war bewölkt, und ein frischer Wind wehte, aber die salzige Luft half mir, einen klaren Kopf zu bekommen. Die See wirkte aufgewühlter als sonst, und überall waren Schaumkronen zu sehen, was aber ein paar Surfer nicht davon abhielt, ihr Glück auf den aufgepeitschten Wellen zu versuchen. Etwas weiter draußen preschten zwei Kiter durchs Wasser.

Als ich beim Strandclub ankam, saßen schon einige frühe Gäste an den Tischen unter den kreuz und quer aufgespannten Sonnensegeln, die sich im Wind aufblähten und gegen die

Metallpfosten schlugen, an denen sie befestigt waren. Die Gäste waren vor allem Einheimische, die einen schnellen Kaffee mit Donut vor dem Büro genossen, und ein paar Touristen – vor allem Familien mit kleinen Kindern, die ihre Eltern offensichtlich auch im Urlaub nicht ausschlafen ließen. Der Club war, neben seinen sensationellen Cocktails am Abend, vor allem für sein großes *American Breakfast* bekannt. Die Liegestühle weiter vorne am Strand waren noch frei, aber das würde sich spätestens um die Mittagszeit ändern, wenn das Wetter sich etwas beruhigt hatte und die Sonne herausgekommen war. Daran, dass sie herauskommen würde, hatte ich keinen Zweifel. Wir befanden uns schließlich in Südkalifornien. Wenn es irgendwo eine Sonnen-Garantie gab, dann hier.

Ich schaute mich um und entdeckte Connor an einem Tisch, der etwas versteckt neben der Bar lag und von den anderen Tischen schwer eingesehen werden konnte. Er trug zerrissene Jeans und ein dunkelgraues T-Shirt. Weil er sich im Stuhl zurückgelehnt und die Beine ausgestreckt hatte, konnte ich sehen, wie sich seine Brustmuskeln und sein Sixpack deutlich unter dem Stoff abzeichneten. Für einen Moment war ich so abgelenkt von diesem Anblick, dass ich Snips, der offenbar unter dem Tisch gelegen hatte, erst bemerkte, als er mit einem lauten Bellen auf mich zugesprungen kam.

Sofort löste sich die latente Anspannung, die ich soeben noch empfunden hatte, und ich ging in die Hocke, um den Hund zu begrüßen. Schwanzwedelnd rollte er sich auf den Rücken, damit ich ihm den Bauch kraulen konnte. Dankbar dafür, dass er anscheinend nicht wieder vorhatte, mein Gesicht abzuschlecken, kam ich seinem Wunsch gerne nach. Als er wohlig zu brummen begann, musste ich lachen und sah auf. Erst jetzt bemerkte ich, dass neben Connor ein dunkelhaariger Mann im beigen Leinenjackett saß.

Ich stand auf und klopfte mir mit der Hand zweimal auf den Oberschenkel, um Snips zum Mitkommen aufzufordern. Freudig sprang er auf und tapste neben mir her, als ich zu den beiden Männern hinüberging.

Schade, dass dein Herrchen keinen so fröhlichen und unkomplizierten Charakter hat, schoss es mir durch den Kopf.

Als ich am Tisch angekommen war, stand Connor auf. Fast befürchtete ich, dass er mich umarmen oder mir sogar einen Kuss auf die Wange drücken wollte, aber glücklicherweise sagte er nur: »Hallo, Isy. Danke, dass du gekommen bist. Das ist Miguel Carreras, mein Manager.«

Er hörte sich ziemlich ernst und geschäftsmäßig an. Ich reichte Miguel die Hand.

»Und das ist Isabella Summers«, ergänzte Connor.

»Seit gestern bekannt aus Funk und Fernsehen«, sagte ich mit ironischem Unterton und setzte mich auf den freien Stuhl zwischen den beiden. »Warum treffen wir uns zu dritt? Hätte ich meinen Anwalt mitbringen müssen?«

Miguel lächelte und winkte dem Kellner, damit ich meinen Kaffee bestellen konnte.

»Keine Sorge, Isy. Ich darf doch Isy sagen?« Erst als ich nickte, fuhr er fort: »Ein Anwalt wird nicht nötig sein. Ich bin nur dabei, weil der Artikel und die Fotos vom Sonntag negative Auswirkungen auf Connors Karriere haben könnten. Und für Connors Karriere bin ich zuständig.«

»Sie könnten auch negative Auswirkungen auf meine Karriere haben«, stellte ich nüchtern fest. »Ich bin angehende Anwältin – nicht unbedingt ein Beruf, in dem man mit Fotos eines freigelegten Hinterns weiterkommt.«

Miguel nickte mit ernster Miene. »*Sì*, das verstehe ich. Und genau darum sind wir heute hier: um eine Lösung für diese Probleme zu finden.«

Ich dankte dem Barkeeper, der einen wunderschönen Latte macchiato vor mir abstellte.

»Und wie sieht diese Lösung aus?«, fragte ich und gab Zucker in den Kaffee.

Connor beugte sich vor und stützte sich mit den Unterarmen auf dem Holztisch ab. »Ich dachte, wir geben ein kurzes Statement raus. Wir könnten übereinstimmend dementieren, dass die Fotos echt sind. Wir behaupten einfach, dass sie gefälscht oder mithilfe von Photoshop manipuliert sind.«

Ich schüttelte den Kopf und streichelte Snips' weichen Kopf, den er auf meinen Oberschenkel gelegt hatte.

»Hast du dir die Bilder mal genauer angesehen? Sie sind gestochen scharf. Das würde uns niemand glauben.« Ich wandte mich an Miguel. »Können wir nicht gerichtlich dagegen vorgehen? Eine einstweilige Verfügung erwirken, sodass die Bilder gelöscht werden müssen?«

»Fotos verschwinden niemals aus dem Netz, selbst wenn die Betreiber der Internetseite sie runternehmen und sie aus dem Instagram-Feed löschen«, erklärte er und bestätigte damit meine schlimmsten Befürchtungen.

Verdammt. Was einmal im Netz war, blieb für alle Zeiten im Netz, das war doch eine bekannte Tatsache. Man konnte so etwas einfach nicht mehr rückgängig machen, mit keinem Mittel der Welt. Verzweiflung machte sich in mir breit, und ich fuhr mir mit einer Hand durch die Haare.

»Was für eine beschissene Situation! Hätten wir uns doch nie …«

»Was?«, fiel mir Connor ins Wort und runzelte die Stirn. »Geküsst? Es war doch deine Idee, deinen Exfreund eifersüchtig zu machen.«

Ich starrte ihn an. Wollte er jetzt etwa mir die Schuld in die Schuhe schieben?

Ich lehnte mich ebenfalls über den Tisch und zog die Augenbrauen zusammen. »Erstens wollte ich ihn nicht *eifersüchtig* machen. Zweitens bist du der Promi und hättest wissen müssen, dass so was passieren kann. Und drittens hast du mir an den Hintern gegriffen und nicht ich dir.«

»Gegenseitige Vorwürfe bringen uns doch jetzt nicht weiter.« Miguel hob beschwichtigend die Hände. »Darf ich vielleicht einen Vorschlag machen? Einen Vorschlag, der euch beiden helfen würde, aus der ganzen Sache herauszukommen?«

Connor und ich starrten uns noch einen Moment länger feindselig an, bevor er den Augenkontakt unterbrach, tief durchatmete und nickte.

»Wir dementieren gar nichts.« Miguel machte eine kurze Pause und senkte seine Stimme. »Im Gegenteil: Wir behaupten, dass ihr ein Paar seid, frisch verliebt. Und in einem innigen Moment, in dem euch eure Leidenschaft ein wenig übermannt hat, wurdet ihr von einem schamlosen Paparazzo fotografiert.«

Kurz herrschte Stille, dann sprachen Connor und ich gleichzeitig.

»Was?«

»Das kann unmöglich dein Ernst sein!«

»*Tranquillo.* Denkt doch mal ganz rational darüber nach: Im Moment sind die Fotos ein Skandal – oder zumindest haben sie negative Auswirkungen für euch beide. Connor, der in der Presse seit Jahren als Bad Boy und Womanizer dargestellt wird, scheint wieder irgendeine Frau aufgerissen zu haben. Du, Isy, bist einfach nur die Nächste, die sich hat einwickeln und an den Hintern grapschen lassen. Aber wenn wir behaupten, dass ihr ein Paar seid, ist die Luft aus der Story raus, und die Fotos werden schneller vergessen sein, als ihr *Dementi* sagen könnt.«

Ich öffnete und schloss meinen Mund ein paarmal, brachte aber kein Wort heraus.

Miguel sah mich an. »Ich will ehrlich sein: Für Connor ist sein negatives Image ein großes Problem. Er ist neunundzwanzig und musste seine Karriere aufgrund seiner lädierten Schulter letztes Jahr beenden.«

Ich sah Connor an, aber der spannte nur die Kiefermuskeln an und ignorierte meinen Blick.

»Seine aktive Sportlerzeit ist beendet«, fuhr sein Manager fort. »Aber natürlich ist er jetzt mehr denn je auf größere Werbedeals angewiesen. Autos, Rasierwasser …«

Er machte eine kurze Pause und dachte nach.

»… Espressokapseln?«, ergänzte ich.

Connor verzog keine Miene, aber Miguel schmunzelte.

»Ich sehe, du hast es verstanden. Es gibt da einen großen Werbepartner, der über diese Fotos extrem verärgert ist. Man denkt darüber nach, den nächsten Deal platzen zu lassen, denn das Image eines Mannes, der nicht erwachsen werden will, passt nicht zu ihnen.« Er warf Connor einen entschuldigenden Blick zu, sprach aber trotzdem weiter: »Eines Mannes, der dauernd irgendwelche Frauengeschichten hat. Sein Image muss endlich solider werden.«

»Dann lass doch einfach die Frauengeschichten bleiben«, sagte ich direkt an Connor gewandt.

»Herzlichen Dank für deine PR-Tipps, Summers«, konterte er. »Wenn du so ein Profi bist, dann weißt du ja sicher auch, dass man ein Image, das einem die Presse einmal verpasst hat, nur sehr schwer wieder loswird.«

»Und dabei soll jetzt ausgerechnet ich dir helfen?«, fragte ich zweifelnd. »Wenn man das Wort ›solide‹ googelt, findet man nicht gerade als Erstes ein Bild von mir.«

»Du bist eine ganz normale, durchschnittliche Frau! Du bist Anwältin! Du bist perfekt dafür!«, schaltete sich Miguel wieder ein.

»*Eine ganz normale, durchschnittliche Frau?*«, wiederholte ich und setzte mich gerader hin. »Soll das etwa ein Kompliment sein?«

»*Perdón*, das habe ich vielleicht etwas unglücklich formuliert. Ich meinte: Du bist völlig unbekannt, weder Model noch Schauspielerin. Du bist quasi eine … aus dem Volk.«

Eine aus dem Volk? Meinte er das im Ernst, oder war die Formulierung der Tatsache geschuldet, dass sein Englisch nicht ganz perfekt war?

»Eine aus dem Volk?«, wiederholte ich belustigt. »Und nun soll ich Prinz Connor helfen?«

»Sehr witzig«, murmelte Connor.

Miguel ignorierte unsere kleine Kabbelei.

»Ihr würdet beide davon profitieren, wenn du für ein paar Monate seine feste Freundin spielen würdest, natürlich nur für ein paar Dates und Termine mit der Presse«, sagte er. »Dann trennst du dich Ende des Sommers von ihm, aber ihr bleibt Freunde. Anschließend wäre Connor der Mann, der es schafft, trotz gebrochenem Herzen fair und freundlich zu bleiben. Der ernsthafte, solide, tiefgründige Mann. Bitte schön – ein neues Image. Und das Ganze wäre ebenso in deinem Interesse, oder nicht? Du wärst schließlich seine feste Freundin, nicht irgendein Party-Aufriss. Das sähe doch besser aus, oder? Zumindest besser als: Sie hat mit einem Wildfremden auf irgendeiner Party rumgemacht. Du weißt genauso gut wie ich, wie konservativ Rechtsanwälte sind.«

»Wir unterbrechen das Gespräch an dieser Stelle«, beschloss Connor und stand auf. »Kann ich einen Moment unter vier Augen mit dir reden, Miguel?«

»*Naturalmente.*« Der Manager legte kurz seine Hand auf meine und sah mir in die Augen. »Denk drüber nach.«

Dann erhob er sich und folgte Connor. Snips rannte begeistert voraus. Offensichtlich nahm er an, dass ein aufregender Spaziergang anstand.

Als die beiden Männer außer Hörweite waren, drehte Connor sich zu Miguel um und begann, auf ihn einzureden. Sein Manager antwortete beschwichtigend, was aber auf Connor kaum eine Wirkung zu haben schien.

Um meinen Händen etwas zu tun zu geben und mich zumindest kurz abzulenken, zog ich mein Handy aus der Tasche.

Oh, wow: fünf verpasste Anrufe. Drei von Kathy, zwei von meiner Mutter. Letztere hatte auch eine Voicemail-Nachricht hinterlassen. Außerdem waren zwei SMS eingegangen, eine von Kathy und eine von einer unbekannten Nummer.

Ich ahnte fast, was kommen würde, und öffnete Kathys Nachricht zuerst. Nicht ganz überraschend hatte sie mir den Link zu dem Klatschartikel auf vip-newsflash.com geschickt. Ich verzichtete darauf, ihn anzuklicken. Der Inhalt und die Fotos hatten sich bereits für alle Zeiten in mein Gehirn eingebrannt.

»Iiiiisyyyyy!!! Connor Knightley!!! WTF?!?! Die Mädchen haben Magen-Darm, ich rufe an, wenn ich Luft habe, und will ALLES wissen!! Heißer Spitzentanga übrigens!! So was habe ich seit 2011 nicht mehr getragen!!! John sind fast die Augen aus dem Kopf gefallen. Kxxx«

Wider Willen musste ich schmunzeln, und das, obwohl mir bei dem Gedanken, dass mein Schwager meinen Hintern gesehen hatte, leicht übel wurde. Dann schüttelte ich den Kopf über meine eigene Naivität. Halb Amerika hatte meinen Hintern gesehen, da brauchte ich mir über John auch keine übermäßigen Gedanken mehr zu machen.

Connor und Miguel standen noch immer etwas abseits und diskutierten. Snips hatte sich neben die beiden in den Sand gesetzt und sah mit schief gelegtem Kopf von einem zum anderen, als würde er versuchen zu verstehen, warum zwischen den beiden Menschen so dicke Luft herrschte. Zumindest schien sich Connor etwas beruhigt zu haben. Jetzt redete Miguel gestenreich auf Connor ein, der mittlerweile die Arme vor der Brust verschränkt hatte und ihm mit stoischer Miene zuhörte.

Ich wandte den Blick ab und wappnete mich für die Voicemail meiner Mutter.

»Isabella!«, erklang ihre aufgeregte Stimme, als ich mein Handy ans Ohr nahm. »Ruf mich bitte so schnell wie möglich zurück. Eine Freundin aus meinem Zumba-Kurs hat mir einen Artikel weitergeleitet – mit Fotos von dir. Ich weiß nicht, was ich sagen soll! Man sieht dich … mit einem Mann. Und deinen …« Sie suchte nach Worten und gab dann auf. »Ruf mich einfach so schnell wie möglich zurück!«

Ach du meine Güte, dachte ich, und für einen Moment sehnte ich mich ins weit entfernte New York zurück. Zwar hatte ich dort auch nicht gerade wie eine Nonne gelebt, mich aber wenigstens nicht vor meiner Mutter – und ihrer Zumba-Gruppe! – rechtfertigen müssen, wenn ich mir von einem heißen Typ an den Hintern fassen ließ.

Als ich seufzend die Nachricht der unbekannten Nummer öffnete, blieb mir fast das Herz stehen.

»Liebe Bella, ich habe den Artikel gesehen und wollte nur kurz hören, ob alles in Ordnung ist. Die Presse kann gnadenlos sein. Geht es Dir gut? Lucas«

Bevor ich mich auch nur ansatzweise von der Tatsache, dass Lucas die Fotos gesehen und mir geschrieben hatte, erholen konnte, fiel ein Schatten auf den Tisch. Es war Connor, dieses Mal allein. Miguel stand an der Bar und telefonierte.

Er klang zerknirscht, als er fragte: »Wollen wir ein Stück spazieren gehen?«

Sein Vorschlag überraschte mich zwar, dennoch nickte ich und stand auf. Seite an Seite liefen wir das kurze Stück zum Meer hinunter. Snips preschte begeistert an uns vorbei und war mit einigen großen Sätzen im Wasser.

»Müsste er nicht angeleint sein?«, fragte ich und konnte mir einen kleinen Seitenhieb nicht verkneifen. »Nicht dass wir wieder Probleme mit der Polizei bekommen. Ich weiß ja jetzt, dass du panische Angst vor Strafzetteln hast.«

»Eigentlich schon. Aber es ist noch früh, und ich lasse es drauf ankommen«, erwiderte Connor, ohne auf meine spitze Bemerkung einzugehen. »Was sagst du zu Miguels Vorschlag?«

Darüber brauchte ich nicht sonderlich lange nachzudenken.

»Dass er völlig verrückt ist!«, platzte es aus mir heraus. »Also, der Vorschlag, nicht Miguel.«

Obwohl, der vielleicht auch. Aber das sagte ich lieber nicht laut. Connor steckte die Hände in die Taschen seiner Jeans und hob eine Augenbraue.

»Ich hätte eher erwartet, dass du Feuer und Flamme für die Idee bist.«

Mein Gott, glaubte er tatsächlich, dass ich einwilligen würde, seine Freundin zu spielen, nur um ihm nah sein zu können? Hielt er mich wirklich immer noch für sein Fangirl?

»Könntest du bitte langsam über die Tatsache hinwegkommen, dass ich dich auf deiner Party angesprochen habe? Reality-Check, Connor: Ich stehe nicht auf dich.« Ich wich Snips aus, der an uns vorbeigerannt kam. »Dafür kenne ich dich mittlerweile einfach zu gut.«

Das brachte ihn tatsächlich zum Schmunzeln! Und sein Lächeln war so ansteckend, dass ich wegsehen musste, damit ich nicht anfing zu lachen. Wir setzten unseren Weg fort, während das Wasser unsere Füße umspielte.

»Lass uns doch mal einen Moment über Miguels Vorschlag nachdenken«, sagte Connor und kickte einen Stein weg.

»Hat dein Manager dich etwa einer Gehirnwäsche unterzogen?« Ich zog die Augenbrauen hoch. »Darf ich dich daran erinnern, was du gesagt hast, als wir im Golfclub waren? Dass du es nicht aushalten würdest, bis zum Ende des Events meinen Freund zu spielen? Ich denke, wir reden hier über mehr als ein paar Stunden, richtig?«

Snips hatte angefangen, den tief fliegenden Möwen nachzujagen, und sich dadurch weit von uns entfernt. Connor schirmte seine Augen ab und stieß einen schrillen Pfiff aus. Sofort drehte der Hund ab und kam mit fliegenden Schlappohren zurück in unsere Richtung.

»Drei Monate«, erwiderte Connor, als Snips wieder bei uns angekommen war. »Miguel meint, dass wir die Sache drei Monate durchziehen sollten, damit es glaubhaft wirkt.«

Die Wolkendecke riss auf, und die ersten Sonnenstrahlen brachen hervor. Durch den Wind hatten sich einige Haarsträhnen aus meinem Pferdeschwanz gelöst, und ich strich sie mir aus den Augen.

»Drei Monate?«, wiederholte ich ungläubig. »Machst du Witze?«

»Ich will ehrlich sein«, sagte er. »Für mich wäre der Deal vorteilhafter als für dich. Ich bin derjenige, der sein Image aufpolieren muss, und ich bin derjenige, der gerade einen wichtigen Werbepartner verliert.«

Eine Weile liefen wir schweigend nebeneinanderher.

»Warum hast du denn eigentlich dieses schlechte Image?«, wollte ich dann wissen.

»Ich hatte mal eine ziemlich wilde Zeit, was Partys und Frauen anging«, verriet er achselzuckend. »Mit Anfang zwanzig.«

»Und diese Phase ist vorbei?«, hakte ich zweifelnd nach.

»Hätte ich dich auf meiner Geburtstagsparty sonst abblitzen lassen?« Er hob eine Augenbraue, und ich konnte genau sehen, dass er ein Grinsen unterdrückte.

»Das Problem ist, dass es für die Presse immer interessanter ist, über Skandale zu berichten«, fuhr er dann ernster fort. »Und irgendetwas finden sie immer. Wer hat noch nicht auf der Geburtstagsparty eines Freundes zu viel getrunken und ist auf dem Weg in Richtung Taxi ein bisschen getorkelt? Wer hat noch nicht mit einer hübschen Frau oder einem heißen Typen rumgeknutscht? Der Unterschied zwischen mir und dem Durchschnittsamerikaner ist nur, dass mich dabei die Paparazzi fotografieren und eine Riesenstory daraus machen. Und wenn man erst einmal einen bestimmten Ruf genießt, ist es sehr schwer, das öffentliche Bild zu drehen.«

»Ich verstehe das«, versicherte ich ihm. »Aber ich bin mir nicht ganz sicher, ob ich die Richtige bin, um dein Image aufzupolieren.«

Connor bückte sich nach dem Stück Holz, das Snips vor ihm abgelegt hatte, und warf es weit von uns weg ins flache Wasser. Der junge Hund preschte los und stürzte sich begeistert ins Meer. Einen Moment beobachteten wir das fröhliche Toben, und keiner von uns beiden sagte etwas.

»Ich halte die Idee immer noch für verrückt«, sagte ich dann. »Wie stellst du dir das überhaupt vor?«

»Wenn du einverstanden wärst, würden wir zuerst ein Foto auf Instagram posten. Hashtag *inlove* oder so.«

»Hashtag *erschießmich*?«, schlug ich vor.

»Dann würden wir irgendwo essen gehen und uns dabei fotografieren lassen«, fuhr Connor fort, ohne auf meine Bemerkung einzugehen.

»Woher wüssten die Paparazzi, wo sie uns finden?«

»Jemand würde ihnen einen Tipp geben«, antwortete Connor gelassen.

»Wirklich? So funktioniert das?«, fragte ich ungläubig und kam mir dabei ziemlich naiv vor.

»Klar, viele Promis machen das so. Dann würden wir der Presse noch ein paar weitere Köder hinwerfen. Vielleicht irgendein öffentliches Event, oder du begleitest mich zum Surfen … so etwas.«

Snips war wieder bei uns angekommen, aber diesmal legte er das Stöckchen vor meine Füße. Ich hob es auf und warf es, allerdings schaffte ich es nicht halb so weit wie Connor zuvor. Snips hatte das Stöckchen in Nullkommanichts apportiert und sah mich mit traurigem Gesichtsausdruck an, ganz so, als seien meine Wurf-Fähigkeiten eine große Enttäuschung für ihn.

»Bislang habe ich nur Dinge gehört, die ich für dich tun kann«, stellte ich fest. »Ich verstehe nicht so ganz, was *mir* der Deal bringen soll.«

»Erstens: Du kannst bei mir wohnen.«

Ich öffnete den Mund, um etwas zu sagen, doch Connor ließ mich nicht zu Wort kommen.

»Keine Sorge, ich habe ein großes Gästezimmer mit eigenem Bad«, fuhr er fort. »Du wärst völlig für dich und müsstest mich nicht mal sehen, wenn du nicht willst. Ich bin ohnehin meistens unterwegs. Tagsüber hättest du das Haus für dich. Du könntest am Pool liegen und dich von meiner Haushälterin bekochen lassen, meinetwegen auch meine Champagner-Vorräte leertrinken.« Er machte eine kurze Pause. »Zweitens: Du könntest allen erzählen, dass ich dein Freund bin und wir verliebt sind. Dann wären die Fotos nicht mehr ganz so peinlich.«

Unwillkürlich musste ich an die Situation in der Kanzlei denken. Normalerweise gab ich nicht so viel darauf, was andere Menschen von mir dachten, aber wie Jeremy und die beiden anderen mich angesehen hatten, das war selbst mir peinlich gewesen. Und wie irgendwelche potenziellen Arbeitgeber darauf reagieren würden, wenn sie diese Fotos im Netz fanden, wollte ich mir gar nicht erst vorstellen. Ich wusste, dass ich sie nicht ungeschehen machen oder verschwinden lassen konnte. Also wäre es vermutlich tatsächlich eine gute Idee, ihren Effekt etwas abzumildern.

»Drittens: Ich gehe mit dir auf diese Geburtstagsparty deines Exfreundes und spiele den glücklichsten und verliebtesten Mann, den die Welt je gesehen hat«, vervollständigte Connor die Liste seiner Argumente. »Ich werde dich an diesem Abend auf Händen tragen und den Boden küssen, auf dem du gehst.«

»Schöne Vorstellung. Aus vielen Gründen. Aber das überzeugt mich alles noch nicht wirklich«, erwiderte ich. »Auch wenn der Gedanke, in deiner Villa zu wohnen und dich auf Lucas' Geburtstagsparty als meinen Freund auszugeben, überaus verlockend ist, kann ich unmöglich nur aus diesen Gründen und für ein bisschen Genugtuung für Wochen oder sogar Monate deine Freundin spielen. Das ist absurd!«

Er ließ seinen Blick schweigend über das Meer und die anbrandenden Wellen schweifen, und auch ich sagte nichts. Wenn er in Ruhe über die ganze Sache nachdachte, dann würde doch auch er erkennen müssen, dass das Ganze eine völlige Schnapsidee war. Dass es unmöglich war, so etwas durchzuziehen, ohne dass das Umfeld oder – noch schlimmer – die Presse Wind davon bekam. Das musste er doch einsehen.

Dann sagte er völlig aus dem Nichts: »Ich spende Emmas Kinderrechtshilfeverein fünfzigtausend Dollar, wenn du es machst.«

Genau in diesem Moment bremste Snips vor mir ab und schüttelte sein Fell so heftig, dass die Tropfen in alle Richtungen flogen.

Ich schrie auf und sprang zur Seite.

»Ich muss mit den Klamotten noch ins Büro«, rief ich und fügte fassungslos hinzu: »Kannst du den letzten Satz noch mal wiederholen?«

»Ich spende fünfzigtausend Dollar«, erwiderte Connor mit ungerührter Miene. »An Emmas Verein.«

Ich konnte nicht verhindern, dass mein Mund sich ein paarmal öffnete und wieder schloss, bevor ich es schaffte, mich zusammenzureißen.

»Woher weißt du, dass der Verein so viel Geld braucht?«, fragte ich misstrauisch.

»Emma hat es erwähnt«, antwortete er leichthin.

Ich kniff die Augen zusammen. »Wenn du das Geld hast, warum gibst du es ihr dann nicht einfach?«

Er zuckte mit den Schultern. »Ich gebe es ihnen ja. Aber du musst dafür meine Freundin spielen.«

»Du bist wirklich … Mir fehlen die Worte!«

»Es liegt in deiner Hand.«

Er drehte sich um und blickte aufs Meer hinaus, die Hände in die Hosentaschen seiner Jeans geschoben. Ich starrte seinen breiten Rücken an und kaute an meiner Unterlippe. Er hatte mich an der Angel, und das wusste er. Wenn er mir Geld geboten hätte, hätte ich dankend abgelehnt. Ich war nicht Julia Roberts in Pretty Woman, die sich für ihre Dienste bezahlen ließ. Aber dass er mir einen Köder in Form dieser riesigen Spende an Emmas Verein vor die Nase hielt, war einfach … hinterhältig und unfair! Wir wussten beide, wie dringend der Verein das Geld brauchte, während die Summe für einen Mann wie Connor wahrscheinlich nichts war – oder zumindest nicht viel.

Ich zwang mich, meinen Atem zu beruhigen und die Sache ruhig zu betrachten. Was würde passieren, wenn ich in den Deal einwilligte? Ich wäre in den Augen der Öffentlichkeit Connors feste Freundin und nicht irgendein Fan, den er mal zwischendurch aufgerissen und flachgelegt hatte. Auf jeden Fall könnte ich mithilfe der Story peinliche Fragen in irgendwelchen Vorstellungsgesprächen beantworten. Meine Mom wäre zumindest zeitweise beruhigt und könnte ihren moralisch offensichtlich zutiefst erschütterten Zumba-Freundinnen sagen, dass Connor und ich zusammen waren. Ich könnte mit Connor zu Lucas' Geburtstagsfeier gehen, und ja, ich musste zugeben, dass es mir eine gewisse Genugtuung verschaffen würde, ihm vor Augen zu führen, dass auch mein Leben weitergegangen war. Vielleicht könnte ich sogar ein klitzekleines bisschen Eifersucht in ihm wecken. Möglicherweise würde er es sogar bedauern, dass er mich verloren hatte, oder Reue empfinden, weil er damals mit mir Schluss gemacht hatte. Ja, das waren nicht gerade ehrenwerte Gedanken, und das war mir auch durchaus bewusst, aber schließlich war auch ich nur ein Mensch. Mit allen Stärken und Schwächen.

Davon mal ganz abgesehen, könnte ich praktisch den ganzen Sommer in Connors Traumhaus verbringen. Ich könnte jeden Tag mit dem Fahrrad in die Kanzlei fahren und müsste mir kein Auto kaufen. Emma und ich könnten in unserer Freizeit am Pool abhängen und es uns gut gehen lassen. Vielleicht könnte ich sogar Kathy und die Kinder häufiger mal einladen. Die Mädels würden es lieben, und Kathy wäre sicherlich ebenfalls glücklich über die Ablenkung.

Und nicht zu vergessen: Connor hatte angeboten, diese riesige Summe zu spenden! Mit dem Geld könnte so viel Gutes bewirkt werden. Emmas Verein könnte alle Mietschulden bezahlen und eine Werbekampagne starten. Die Mitarbeiter würden endlich ihr Gehalt bekommen.

Und das Einzige, was ich dafür tun musste, war, eine Zeit lang Connors Freundin zu spielen. Nüchtern betrachtet musste ich doch nur einige Male mit ihm ausgehen und es ertragen, dass ein paar Fotos von uns gemacht wurden. Wie schwer konnte das schon sein?

Auf dem Rückweg liefen wir schweigend nebeneinanderher, beide tief in unsere Gedanken versunken. Snips trottete völlig erledigt mit heraushängender Zunge hinter uns her. Kurz vor dem Beachclub nahm Connor ihn an die Leine, und wir bahnten uns gemeinsam einen Weg zu unserem Tisch, an dem Miguel bereits wartete.

»Und, war er überzeugend?« Erwartungsvoll sah uns der Manager an. »Connor kann *sehr* überzeugend sein, wenn er will …«

»Sehr«, bestätigte ich und vergewisserte mich, dass niemand in Hörweite war. »Keine Ahnung, woher der Sinneswandel kam, aber aus ›Auf gar keinen Fall‹ wurde plötzlich ›Ich biete dir an, fünfzigtausend Dollar zu spenden‹.«

Miguel lachte mich an und wirkte dabei völlig sorglos.

Vielleicht hatte er ja auch tatsächlich keine Probleme, oder Connor und ich waren seine geringste Sorge. Wer wusste schon, welche Stars er sonst noch so betreute und womit die so zu kämpfen hatten?

»War das mit der Spende seine Idee?«, fragte ich Connor.

Bevor Connor antworten konnte, sagte Miguel: »Nein. Ich hatte ihm vorgeschlagen, *dir* fünfzigtausend Dollar zu zahlen.«

Fragend sah ich Connor an. »Ach?«

Er zuckte mit den Schultern. »Ich hatte so ein Gefühl, dass eine Spende für Emmas Verein ein stärkeres Argument sein könnte als eine Aufwandsentschädigung für dich.«

Ich kniff die Augen zusammen. Er hatte den Nagel auf den Kopf getroffen. Dabei kannte er mich nicht einmal so gut. Aber er hatte recht. Hätte er mir das Geld angeboten, wäre es mir leichter gefallen abzulehnen. Aber so …

»Und?«, fragte Miguel. »Bist du dabei?«

Auf dem Rückweg hatte ich mir einen Plan zurechtgelegt, doch ich hatte keine Ahnung, ob er funktionieren würde. Ich würde es drauf ankommen lassen.

»Ich könnte mir schon vorstellen mitzumachen«, sagte ich langsam und versuchte, ruhig und gelassen zu wirken. »Aber …«

Ich sah von einem zum anderen und lächelte mein einnehmendstes Lächeln – ein Lächeln, das ich bei meiner Arbeit in der New Yorker Kanzlei von den Anwälten gelernt hatte, die im Begriff waren, ihr Gegenüber mit dem nächsten Satz brillant aufs Kreuz zu legen.

»… Connor spendet hunderttausend Dollar, nicht fünfzigtausend«, sprach ich dann meine Forderung aus.

»Wie bitte?« Connors Kinnlade klappte ein Stück nach unten. »Das kann nicht dein Ernst sein.«

Ich zuckte mit den Schultern und freute mich darüber, dass jetzt *ich* es war, die *ihn* aus der Bahn geworfen hatte. »Ich bin nicht auf den Kopf gefallen und kann mir vorstellen, wie viel große Werbepartner für eine Kooperation mit einem mehrfachen Weltmeister zahlen. Da sind hunderttausend Dollar doch nur ein Pappenstiel.«

»*Dios mío.*« Miguel hatte aufgehört zu lachen und sah plötzlich nicht mehr ganz so gut gelaunt aus. »Findest du das nicht ein bisschen unverschämt?«

»Das Geld ist ja nicht für mich«, erwiderte ich cool und immer noch um ein Pokerface bemüht, »sondern für einen guten Zweck.«

Connors Kiefermuskeln arbeiteten, und eine volle Minute lang sagte keiner von uns etwas. Selbst Miguel war still, offensichtlich hatte ihm meine Forderung die Sprache verschlagen. Oder er wollte Connor die Zeit geben, um das Gesagte zu verdauen und eine Entscheidung zu treffen. Schließlich waren es letztendlich sein Werbepartner, sein Geld und sein Ruf, um die es hier ging.

Aber hunderttausend Dollar! Das war schon eine Stange Geld. Connor war schließlich nicht Jeff Bezos. Aber das war mir auch egal. Ein bisschen bluten musste er schon.

Irgendwann – ich war mir schon fast sicher, dass er ablehnen würde – verschränkte er die Arme vor der Brust und sah mich abschätzend an.

Ich erwiderte seinen Blick ruhig, bis er seufzte und sagte: »Einverstanden.«

Ich musste mich bemühen, mir meine Begeisterung nicht anmerken zu lassen.

»Aber das Geld wird erst gespendet, wenn die Sache erfolgreich beendet ist«, stellte Connor klar. »Sonst kann ich mir nicht sicher sein, dass du bis zum Ende mitspielst.«

»Kommt gar nicht infrage!« Ich schüttelte entschieden den Kopf. »Der Verein braucht das Geld jetzt. Sie können im Moment nicht einmal ihre Miete und die Gehälter ihrer Mitarbeiter zahlen!«

Unsere Blicke verhakten sich ineinander, und der Augenkontakt wurde zu einem stummen Kampf. Bisher hatte ich Connors Augen immer als dunkel, fast schwarz wahrgenommen, aber in Wirklichkeit waren sie heller. Eher schokoladenbraun.

Schließlich war es Connor, der zuerst wegsah.

»Wie wäre es mit folgendem Kompromiss: Ich spende die Hälfte des Geldes sofort, den Rest dann am Ende des Deals«, schlug er vor.

Ich dachte kurz nach, musste aber anerkennen, dass das eine faire Lösung für beide Seiten war. Die Hälfte der Spende würde den Kindern sofort zugutekommen. Es waren fünfzigtausend Dollar, die Emma und ihr Verein dringend benötigten. Den Rest konnte Connor bis zum Ende behalten, als Absicherung für ihn, dass ich ihn nicht hängen ließ.

Also nickte ich. »In Ordnung.«

Sofort wurde Miguel wieder aktiv. »Du musst eine Verschwiegenheitsvereinbarung unterzeichnen«, sagte er geschäftsmäßig. »Heute noch. Wenn herauskäme, dass die ganze Sache nur gespielt ist, wäre das der Super-GAU für Connor und der Sargnagel für seine Karriere.«

»Kein Problem«, erwiderte ich gelassener, als ich mich fühlte.

»Absolut niemand darf von dem Deal wissen«, stellte Miguel noch einmal klar, als wollte er sichergehen, dass ich ihn auch wirklich verstanden hatte.

»Nicht mal Emma?«, fragte ich, als mir das Ausmaß der Verpflichtung bewusst wurde, und sah Connor an. »Und Nick? Er ist schließlich dein bester Freund!«

»Niemand«, bekräftigte Connor.

Ach du meine Güte, wie sollte das denn funktionieren? Kaum jemand kannte mich besser als Emma. Würde sie mich nicht sofort durchschauen? Andererseits hatte sie in unserer gemeinsamen New Yorker Zeit so einige Männer an meiner Seite kommen und gehen sehen. Sie wusste, dass ich nicht auf der Suche nach der großen Liebe war, daher wäre sie vielleicht auch nicht sonderlich verwundert, wenn ich den Sommer mit Connor verbringen würde. Schließlich war ich interessanten, gut aussehenden Männern auch in der Vergangenheit nicht abgeneigt gewesen, und das wusste sie. Außerdem musste ich ihr ja nicht vorgaukeln, dass Connor der Mann meines Lebens war, sondern nur, dass wir was miteinander hatten. Würde ich das schaffen?

Nachdenklich sah ich Connor an. Er kraulte Snips, der seine Schnauze auf Connors Oberschenkel abgelegt hatte, hinter den Ohren. Sein Blick war auf den Kopf des Hundes gerichtet, sodass ich den Ausdruck in seinen Augen nicht sehen konnte. Seine Haare waren vom Wind etwas zerzaust. Man konnte sein Gesicht nicht unbedingt als klassisch schön bezeichnen, aber seine dichten Augenbrauen, sein Dreitagebart und sein markantes Kinn standen in einem interessanten Kontrast zu seinen weichen Lippen und den langen Wimpern. Eins musste ich zugeben: Connor war ein ziemlich attraktiver Mann – natürlich nur rein objektiv betrachtet. Und nein, Emma würde sich wahrscheinlich wirklich nicht wundern, wenn ich ihr erzählte, dass es zwischen uns gefunkt hatte.

Ich kaute an meiner Unterlippe, während ich versuchte, ein wenig Ordnung in all die Gedanken zu bringen, die in meinem Kopf herumwirbelten.

»Hältst du uns für so gute Schauspieler, dass wir es hinbekommen, unsere besten Freunde, unsere Familien und die Presse zu täuschen?«

Connor hob den Kopf und nickte dann.

»Und ich wohne den Sommer über in der Villa?«

Er nickte wieder.

»Und ich darf den Porsche jederzeit fahren, wann ich will?«, fügte ich nach kurzem Nachdenken hinzu. »Oder?«

Connors Lider senkten sich ein Stück. »Treib es nicht auf die Spitze, Summers.«

Trotz meiner Aufregung musste ich lachen.

»Also haben wir einen Deal?«, vergewisserte sich Connor und streckte eine Hand aus.

Einen Moment schaute ich sie unschlüssig an, dann hob ich den Blick, und wir sahen uns in die Augen. Das Herz klopfte mir bis zum Hals. Die ganze Sache war völlig verrückt.

Aber: Man lebte schließlich nur einmal. Und was wäre das für ein Leben, in dem man nicht ab und zu auch mal verrückte Sachen machte?

Ich ergriff Connors Hand und drückte sie. »Wir haben einen Deal.«

8.

Weil der Parkplatz in derselben Richtung lag wie die Villa, begleiteten Connor und Snips mich ein Stück zu meinem Auto. Miguel hatte sich direkt nach unserem Gespräch mit der Begründung verabschiedet, er habe noch Termine, aber ich vermutete eher, dass er mir und Connor noch einen Moment zu zweit geben wollte, um das Geschehene etwas zu verdauen. Vielleicht wollte er auch nur so schnell wie möglich ins Büro zurück, um für mich den härtesten Verschwiegenheits-Knebelvertrag ausarbeiten zu lassen, den die Welt je gesehen hatte. Wundern würde es mich jedenfalls nicht.

Die Wolkendecke war mittlerweile vollständig aufgerissen, der Wind hatte sich gelegt, und die Sonne entfaltete ihre ganze Kraft. Die Kite-Surfer waren verschwunden, dafür planschten Kinder an den Stellen, an denen das Wasser flacher war, oder spielten im Sand.

Ich sah auf die Uhr. Es war schon halb elf, und ich hatte kaum bemerkt, wie die Zeit vergangen war.

»Kommst du zu spät ins Büro?«, fragte Connor, der meinen Blick bemerkt hatte.

»Nein«, antwortete ich und schüttelte den Kopf. »Ich muss nur eine bestimmte Anzahl von Stunden pro Woche arbeiten. Wenn wir nicht gerade einen wichtigen Termin haben, ist es meinem Chef egal, ob ich von neun bis zwei arbeite oder später komme und die Zeit hinten dranhänge.«

Connor hielt Snips weiterhin an der Leine, und der braune Labrador trottete brav neben ihm her.

»Er scheint fix und fertig zu sein«, sagte ich und deutete mit dem Kopf in Richtung Hund. »Wahrscheinlich hat er drei Tage Muskelkater und kommt nicht mehr hinter dem Sofa hervor.«

Connor lachte. »Nein, er legt sich jetzt zu Hause hin und schläft eine Stunde. Danach ist er wieder fit und fängt an, mich zu nerven, damit ich mit ihm rausgehe. Er hat die Energie und Ausdauer eines Ironman-Gewinners.«

Während er sprach, hatte sich uns eine Joggerin genähert, die in langsamem Tempo am Wasser entlanglief. Je näher sie kam, desto bekannter kam sie mir vor.

»Hey, Isy!«, rief sie plötzlich und schwenkte ein, sodass sie direkt auf uns zulief.

»O mein Gott, das ist Emma«, zischte ich, als ich sie erkannte, und widerstand dem beinah übermenschlichen Impuls, hinter Connor in Deckung zu gehen. Das wäre allerdings ohnehin sinnlos gewesen, denn meine Freundin hatte mich ja ganz offensichtlich schon entdeckt und erkannt.

»Ruhig bleiben«, murmelte Connor. »Jetzt dürfen wir keinen Fehler machen.«

Ruhig bleiben? Keinen Fehler machen? Fast hätte ich aufgelacht. Er hatte leicht reden! Es war nicht einmal zehn Minuten her, dass wir uns auf diesen verrückten Deal geeinigt hatten. Ich hatte all das nicht mal ansatzweise verdaut! Und jetzt sollte ich meiner allerbesten Freundin von einer Sekunde auf die andere glaubhaft vorspielen, dass Connor und ich zusammen waren?

Mir war ja klar gewesen, dass das Ganze nicht einfach werden würde, aber ich hatte zumindest auf etwas mehr Vorbereitungszeit gehofft. Es wäre schön gewesen, einmal drüber zu schlafen, mir einen Schlachtplan zu überlegen, vor dem Spiegel ein verliebtes Gesicht zu üben – oder ihr vielleicht von der ganzen

Sache am Telefon zu berichten, damit ich ihr dabei nicht in die Augen sehen musste.

»Ich kann nicht ruhig bleiben!«, flüsterte ich aufgebracht zurück. »Ich bin nicht vorbereitet. Meine beste Freundin anzulügen ist schwer genug, aber ich kann das nicht aus dem Stegreif.«

Connor machte einen Schritt auf mich zu und nahm meine Hand in seine. Fast hätte ich sie vor Schreck zurückgezogen, aber er hielt sie sanft fest und zwang mich so, ihn anzusehen.

»Bleib ruhig«, sagte er noch mal. »Lass sie selbst draufkommen. Das ist am einfachsten.«

Er nickte mir zu, fast so, als wollte er mir sagen, dass wir das schon schaffen würden. Ohne dass ich es mir erklären konnte, beruhigten mich seine Worte und der Druck seiner warmen Hand. Mein Herzschlag normalisierte sich etwas.

Als Emma nur noch wenige Meter von uns entfernt war, erkannte sie auch Connor, den sie offensichtlich nicht an meiner Seite erwartet hatte. Einen Moment war sie so perplex, dass sie sich nicht mehr auf die Koordination ihrer Füße konzentrierte und stolperte. Sie fing sich gerade noch und kam, schwer atmend, vor uns zum Stehen. Ihre Wangen waren gerötet, und die Haare hingen ihr ins verschwitzte Gesicht. Emma war nicht gerade eine Sportskanone, aber hin und wieder zwang sie sich mit der für sie typischen Willenskraft zum Joggen. Was auf jeden Fall mehr war, als man von mir behaupten konnte.

Verwirrt blickte sie von mir zu Connor und wieder zurück, während sie Snips den Kopf tätschelte und gleichzeitig versuchte, wieder zu Atem zu kommen.

»Hi!«, sagte sie dann. »Was macht ihr denn hier?«

Ich öffnete den Mund, um etwas zu sagen, aber Connor kam mir zuvor.

»Wir waren im *Pacific* frühstücken«, behauptete er.

»Oh«, machte sie, und ich konnte ihre Irritation förmlich spüren.

Dann fiel ihr Blick auf unsere ineinander verschlungenen Hände. Ihre Augen weiteten sich, ihr Kopf ruckte hoch, und sie sah mich an. Ich musste mir keine Mühe geben, verlegen auszusehen, denn das Gefühl, in irgendein Loch kriechen zu wollen, war mehr als echt.

»Ihr …?«, stammelte sie. »Ihr beide …?«

Connor zuckte mit den Schultern, als sei das Ganze die logischste und offensichtlichste Sache der Welt. Er lächelte, zog mich an sich und drückte seine Lippen auf meinen Haaransatz.

»War das nicht irgendwie abzusehen?«, fragte er cool.

Emmas Hand flog zu ihrem Mund, und ich merkte, dass sie ein aufsteigendes Lachen unterdrücken musste.

»O mein Gott …«, drang es unter der Hand hervor. »Das gibt es doch nicht. Warum hast du mir nichts davon erzählt, Isy?«

»Es gab bisher noch nicht wirklich etwas zu erzählen«, erwiderte ich und bemühte mich, meiner Stimme einen normalen Klang zu geben. »Wir kennen uns ja noch nicht wirklich lang …«

»Noch nicht lang?« Emma lachte auf. »Erst seit ein paar Tagen, willst du wohl sagen. Meine Güte, das ist Rekordgeschwindigkeit, selbst für euch zwei. Ich muss sofort nach Hause, Nick davon erzählen. Ich kann das überhaupt nicht fassen!«

»Wir auch nicht, glaub mir«, murmelte Connor, und ich boxte ihm leicht in die Seite.

Seine Mundwinkel zuckten, als er mich enger in seine Umarmung zog.

»Du musst mir unbedingt alles erzählen, Isy! Das ist irgendwie so verrückt!«

»Tja«, sagte ich gedehnt, während mein Gehirn auf Hochtouren arbeitete. »Ich bin ja dafür bekannt, dass ich ab und an verrückte Sachen mache.«

»Das stimmt«, bestätigte sie und zwinkerte mir zu. »Und dafür, dass du dir die heißesten Typen schnappst.«

»Wenn ihr mich fragt«, entgegnete Connor, bevor ich etwas sagen konnte, »war es eher so, dass ich mir die heißeste Frau geschnappt habe.«

Erstaunt sah ich ihn an, denn eine so galante Antwort hätte ich ihm gar nicht zugetraut. Dann fiel mir ein, dass das natürlich alles nur Teil des Deals war. Und Connor spielte seine Rolle souverän, was man von mir im Moment nicht behaupten konnte. Ich hatte das Gefühl, dass mein unechtes Lächeln wirken musste, als sei es an meinem Gesicht festgetackert.

»Nick und ich hatten anfangs das Gefühl, dass ihr euch nicht besonders mögt«, plapperte Emma weiter, ohne etwas von meinen inneren Seelenqualen zu ahnen. »Aber da haben wir uns wohl offensichtlich getäuscht.«

»Anfangs hat sich Isy eben noch dagegen gewehrt, dass sie mich anziehend findet.«

Connor grinste mich an, und ich musste mir fest auf die Unterlippe beißen, um hierauf nichts Passendes zu erwidern.

Emma strich sich die feuchten Haare aus dem Gesicht. »Was habt ihr heute noch für Pläne?«

»Oh …« Ich dachte krampfhaft nach. »Ich muss jetzt in die Kanzlei, und danach …«

»Danach fahren wir zu Isys Mom und holen ein paar Sachen«, sagte Connor ungerührt.

Ich starrte ihn an. Diese Information war neu für mich. Zumindest, dass es so schnell gehen sollte.

Auch Emmas Augen weiteten sich.

»Du ziehst bei Connor ein?«, fragte sie, und ihre Stimme klang etwas höher als sonst.

»Tja«, sagte ich noch einmal, aber Connor antwortete für mich.

»Klar, warum nicht?«, fragte er mit Unschuldsmiene. »Das Haus ist ja schließlich groß genug für zwei. Nicht wahr, Isy?«

Ich nickte leicht benommen. Ich kam nicht umhin festzustellen, dass Connor diese ganze Scharade überraschend gut spielte. Es wirkte beinah so, als würde ihm die ganze Sache ein bisschen Spaß machen. Wahrscheinlich war es auch so. Alleine mich so aus der Bahn geworfen zu sehen, musste für ihn ein Fest sein.

Emma schaute mich immer noch aus großen Augen an.

»Wir beide müssen uns dringend unterhalten«, stellte sie fest und schlug vor: »Mädelsabend am Samstag?«

»Da kann ich leider nicht«, sagte ich und warf Connor einen Blick zu. »Da sind wir auf … eine Geburtstagsparty eingeladen.«

»Schade«, sagte Emma enttäuscht, aber ihr Gesicht hellte sich sofort wieder auf. »Dann kommt doch einfach am Sonntagabend zu uns, und wir schauen uns gemeinsam einen Film an.« Sie klatschte in die Hände. »Wie ein richtiger Pärchenabend! Und dann erzählt ihr uns alles haargenau!«

»Okay«, krächzte ich. »Ganz tolle Idee.«

Sie drückte mir einen Kuss auf die Wange und winkte uns zum Abschied zu. »Tschüss, ihr zwei Turteltäubchen.«

Sie lachte über ihren eigenen Scherz und rannte los.

»Das lief doch überraschend glatt, oder nicht?«, fragte Connor, als sie außer Hörweite war, und sah mich an.

Ich ließ seine Hand los.

Glatt? Ich hatte eher das Gefühl, ohnmächtig werden zu müssen. Das war alles andere als ein Klacks gewesen. Und das Schlimmste stand mir noch bevor: Ich musste meiner Mutter begreiflich machen, dass ich ab sofort woanders wohnen würde – nämlich bei meinem neuen Freund.

»Bereit?«, fragte Connor, als er seinen Pick-up am späten Nachmittag vor dem Apartmentkomplex in der Cherry Avenue in Thousand Oaks parkte.

»Bereit für die neun Kreise der Hölle?«, fragte ich und öffnete die Beifahrertür. »Nein, nicht wirklich.«

Es war früher Abend, und die untergehende Sonne tauchte die baumgesäumte Straße in ein sanftes Licht. Es roch nach Barbecue und frisch gemähtem Gras, und aus den umliegenden Gärten drang Kinderlachen. Alles wirkte so normal und vertraut, was so gar nicht zu meiner momentanen Gefühlslage zu passen schien. Ich war im Begriff, meiner Mom und Trevor meinen neuen Freund vorzustellen. Davon abgesehen, dass Connor nicht mein *echter* neuer Freund war, war er der erste Mann, den ich seit Lucas mit nach Hause brachte.

Meine Mom hatte Lucas geliebt, er war für sie ein Teil der Familie gewesen. Wenn bei ihm zu Hause die Stimmung schlecht gewesen war und er sich mal wieder mit seinem Vater gestritten hatte, war er nach der Schule zu uns gekommen, und wir hatten zusammen Hausaufgaben gemacht, am Pool gelegen und die selbst gebackenen Cookies meiner Mom gegessen. Meine Mutter hatte ihn ihr drittes Kind genannt und den Sohn, den sie nie hatte. Natürlich hatte sie gewusst, dass Lucas Probleme mit seinen Eltern hatte, also hatte sie sich Mühe gegeben, Lucas das Gefühl zu vermitteln, dass er bei uns nicht irgendeinem Idealbild entsprechen musste, sondern so akzeptiert wurde, wie er war.

Wie magnetisch wurde mein Blick von der Bank unter dem Eukalyptusbaum angezogen, und meine Augen suchten die Initialen im Holz.

I + L

Isabella und Lucas.

Wie alt waren wir gewesen, als wir das dort eingeritzt hatten? Achtzehn und zwanzig? Damals, kurz bevor Lucas nach Stanford gegangen war, war ich mir noch sicher gewesen, dass wir für immer zusammenbleiben würden. Fernbeziehung? Kein Problem für uns!

Aber dann war alles anders gekommen. Lucas war aus meinem Leben verschwunden, für immer. Das hatte ich zumindest angenommen, bis er am vergangenen Wochenende plötzlich vor mir gestanden hatte: gut aussehend, gereift, männlicher und dennoch irgendwie der Lucas, den ich von früher kannte.

Ich schluckte die aufkeimenden Emotionen hinunter, riss meinen Blick von der Bank los und sprang schnell die Treppe zur Eingangstür hoch. Erst als ich mir sicher war, dass mein Gesichtsausdruck wieder völlig neutral war, drehte ich mich zu Connor um, der hinter mir die Stufen hochkam.

»Alles okay?«, fragte er, als er bei mir angekommen war. Er war so groß, dass ich zu ihm aufsehen musste, wenn er neben mir stand. »So schlimm wird es schon nicht werden. Ich kann auch nett und zuvorkommend sein, weißt du?«

»Nett und zuvorkommend? Du? Völlig unvorstellbar«, sagte ich und bemühte mich um einen leichten Tonfall. Auf keinen Fall sollte er mir etwas anmerken.

»Abwarten.«

Er lächelte mich verschmitzt an, machte einen entschlossenen Schritt an mir vorbei und drückte auf den Klingelknopf. Drinnen hörte ich die Schritte meiner Mutter, und mein Magen verkrampfte sich. Dann wurde die Tür geöffnet.

»Ja?«, fragte meine Mom und stockte, als sie mich sah. »Isy! Warum benutzt du nicht deinen Schlüssel? Hast du ihn verloren? Bitte sag, dass du ihn nicht verloren hast! Sonst müssen wir das Schloss auswechseln lassen, und du hast ja keine Ahnung, wie teuer …« Ihr Blick ging von mir zu Connor, und sie verlor den Faden. »Oh. Hallo.«

Ich räusperte mich. »Mom, ich wollte dir jemanden vorstellen. Das ist Connor Knightley, mein … Freund. Connor, das ist meine Mom, Lydia Summers.«

Connor setzte sein Lächeln auf, das für jedermann unwiderstehlich war, und streckte meiner Mom die Hand hin.

»Freut mich sehr, Sie kennenzulernen, Mrs Summers.«

Meine Mutter gab sich sichtlich Mühe, ihr Erstaunen zu verbergen, was ihr aber nicht hundertprozentig gelang. Sie blinzelte ein paar Mal irritiert, bevor sie seine ausgestreckte Hand nahm.

»Freut mich auch. Das ist ja eine Überraschung. Kommt doch erst mal rein.«

Während sie uns durchs Wohnzimmer auf die Terrasse führte, wo Trevor saß, warf sie immer wieder einen Blick über die Schulter, fast so, als ob sie sich vergewissern wollte, dass sie das Ganze nicht nur träumte. Ich behielt mein aufgesetztes Lächeln bei, obwohl es mir schwerfiel.

»Ich hole euch Eistee«, sagte meine Mutter, als wir draußen angekommen waren. »Trevor, das ist Isys neuer Freund, Connor Knightley. Das ist mein Lebensgefährte, Trevor Lewis.«

»Oh, wie schön!«, rief Trevor, schüttelte Connor die Hand und räumte die *Los Angeles Times*, die er gerade gelesen hatte, von einem Stuhl, damit Connor sich neben ihn setzen konnte. Falls unser Überfall ihn erstaunte, ließ er es sich nicht anmerken.

Connor warf einen Blick auf die Zeitung. Der Artikel, den Trevor gelesen hatte, trug die Überschrift »*UCLA Basketball – Wer bleibt, wer geht?*«.

»Interessieren Sie sich für College-Basketball, Mr Knightley?«, fragte Trevor.

»Ich bin ein Fan der *Bruins*, seit ich denken kann. Aber nennen Sie mich bitte Connor, Mr Lewis.«

»Sehr gut.« Trevor nickte anerkennend und strahlte. »Und für einen Fan der *Bruins* bin ich Trevor, nicht Mr Lewis.«

Die beiden grinsten sich an, und ich entspannte mich etwas.

Meine Mom kam zurück auf die Terrasse und stellte ein Tablett mit Eistee vor uns ab. Ich half ihr, die Gläser zu füllen und auf dem Tisch zu verteilen.

»Ich hätte ja mit allem gerechnet, aber nicht damit, dass du heute mit deinem neuen Freund hier auftauchst. Ich habe die Fotos gesehen …«, sagte meine Mom und verzog unwillkürlich das Gesicht, als würde ihr der Gedanke daran körperliche Schmerzen bereiten. »Aber ich wusste ja nicht, dass ihr ein Paar seid. Wie lange kennt ihr euch denn schon?«

»Noch nicht lange«, erwiderte ich schnell. »Wir haben uns auf der Party kennengelernt, auf der ich mit Emma und Nick war, erinnert ihr euch?« Als meine Mom nickte, fuhr ich fort: »Connor ist Nicks bester Freund, und … irgendwie hat es sofort zwischen uns beiden gefunkt.«

Ich sah Connor Hilfe suchend an, aber anstatt mir einen aufmunternden Blick zuzuwerfen, wie ich es eigentlich erwartet hätte, schaute er mich nur amüsiert an, und seine Mundwinkel zuckten bei meinen letzten Worten leicht.

Wirklich sehr hilfreich, Mr Knightley!

Glücklicherweise kam er mir dann doch zu Hilfe.

»Wir haben uns bei Emma und Nick wiedergesehen, anschließend ein paar Mal telefoniert und uns getroffen …«

Mehr sagte er nicht, aber meine Mom schien es zufriedenzustellen.

»Ach, wie schön. Das freut mich für euch«, versicherte sie.

Ich räusperte mich und beugte mich ein Stück nach vorne.

»Wir dachten nur … Connor besitzt ein großes Haus in Malibu, direkt am Strand. Dort gibt es massig Platz, und es liegt in der Nähe von Emma und Nick. Die Kanzlei ist auch nur zehn Minuten entfernt – ich könnte mit dem Fahrrad hinfahren.«

Meine Mom schien nicht zu verstehen, worauf ich hinauswollte, und sah fragend zwischen uns hin und her.

»Ich habe Isy gefragt, ob sie nicht bei mir wohnen möchte«, vollendete Connor das, was ich eigentlich hatte sagen wollen.

»Oh!« Meine Mom schaute Trevor an.

Der breitete die Arme aus und lachte. »Tja, ein schnelles Zusammenziehen ist wohl der beste Weg, um herauszufinden, ob man wirklich zueinander passt. Oder, Lydia?«

Meine Mom zögerte nur kurz.

»Da hast du wohl recht«, pflichtete sie ihm dann bei und lächelte mich an. »Ich freue mich für euch.«

Trevor ließ es sich nicht nehmen, ein paar Steaks auf den Grill zu legen. Während meine Mom in der Küche ein Kräuterbaguette und einen Salat zauberte, verschwand ich in meinem Zimmer und packte meine Sachen zusammen. Es war eigentlich nicht viel, trotzdem standen am Ende zwei große Koffer, zwei Taschen und drei Kartons mit Büchern und anderem Krimskrams im Flur. Gut, dass Connor heute den Pick-up und nicht den Oldtimer genommen hatte. Mit ein klein wenig Wehmut warf ich einen letzten Blick in das Zimmer, das Kathy und ich uns früher geteilt hatten und das sich jetzt wahrscheinlich schnell wieder in Trevors Büro verwandeln würde.

Als ich zurück an den Tisch kam, waren meine Mom und Connor in ein Gespräch über Autos vertieft, aber bald schaffte Trevor es, mit Connor wieder über Sport zu sprechen. Ich musste schmunzeln und war dankbar dafür, dass der Abend so reibungslos verlief. Nach dem Essen – und nachdem er meiner Mutter in der Küche geholfen hatte – ließ Connor es nicht zu, dass ich meine Sachen trug. Während er alles zum Auto schleppte und mein altes Fahrrad auf die Ladefläche des Pick-ups legte, strahlte meine Mom mich die ganze Zeit an, und es wunderte mich fast ein bisschen, dass sie mir kein Daumenhoch-Zeichen gab, als er nicht hinsah. Es war mehr als offensichtlich, wie begeistert sie von Connor war.

Nachdem wir uns verabschiedet hatten, ließ ich mich auf den Beifahrersitz fallen und atmete tief durch. Das war einfacher gegangen, als ich es befürchtet hatte.

Connor startete den Wagen und wendete. Als wir auf den Highway 23 nach Malibu einbogen, bekam ich eine Textnachricht von meiner Mutter.

»Ich mag Deinen Freund. Er ist nett. Und er sieht ein bisschen aus wie Thor. Kuss, Mom«

Ich konnte nicht anders, als laut loszuprusten.

Connor sah mich verwundert von der Seite an. »Was ist?«

Einen Moment war ich nicht in der Lage zu antworten, weil ich so sehr lachen musste. Als ich mich wieder halbwegs beruhigt hatte, wischte ich mir die Tränen aus den Augenwinkeln.

»Meine Mutter findet, dass du aussiehst wie Thor«, informierte ich ihn und bemühte mich, eine ernste Miene dabei zu machen.

Connor starrte mich kurz fassungslos an, dann warf er den Kopf in den Nacken und lachte ebenfalls schallend.

»Mein Gott, ich weiß nicht, worüber ich erstaunter sein soll: über die Tatsache, dass sie Thor überhaupt gesehen hat, oder dass sie findet, dass ich so aussehe wie er.«

Ich grinste. »Sie kennt alle Teile.«

»Ich mag deine Mom«, sagte Connor, immer noch lachend. »Sie interessiert sich für Autos und hat offenbar einen verdammt guten Filmgeschmack.«

Er konzentrierte sich wieder auf die kurvenreiche Straße, die von Thousand Oaks durch die Malibu Hills hinunter ans Meer führte. Ich nutzte die Gelegenheit, ihm einen verstohlenen Blick von der Seite zuzuwerfen. Ich hatte ihn noch nie so richtig herzhaft lachen sehen, aber ich musste zugeben, dass es ihm gut stand. Und aus unerfindlichen Gründen gefiel es mir, dass ich es war, die ihn zum Lachen gebracht hatte.

Am nächsten Morgen wachte ich in einer fremden Umgebung auf, und es dauerte eine Weile, bis ich wieder wusste, wo ich war und was passiert war.

Dann kamen die Erinnerungen schlagartig zurück: der Kuss, die Fotos, der Deal, der Umzug. Ich lag in Connors Gästebett.

Am Abend zuvor hatte ich nur meine Koffer, Taschen und Kisten zur Seite geschoben, mir die Zähne geputzt und war ins Bett gekrochen. Jetzt nahm ich mir einen Moment Zeit, um mich genauer umzusehen. Das Zimmer lag – genau wie Connors Schlafzimmer, das sich am anderen Ende des Flures befand – in der oberen Etage der Villa. Es war groß, hell und freundlich eingerichtet. Ein geräumiger Kleiderschrank stand in der einen Ecke, ein Sessel mit Leselampe in der anderen, direkt neben einer antiken Kommode. Das Bett befand sich neben der Tür und war so ausgerichtet, dass man beim Aufwachen aus dem Fenster sehen konnte.

Ich schwang meine Beine über die Bettkante, lief barfuß zu der großen Fensterfront und schob die langen weißen Vorhänge zur Seite. Der Anblick, der sich mir bot, war atemberaubend. Vor mir lag der azurblaue Pazifik, der sich bis zum Horizont erstreckte. Das Wasser glitzerte im Licht der aufgehenden Sonne, und die Palmen in Connors Garten bewegten sich sanft im Wind. Ich drückte die Schiebetüren auf und atmete die frische, salzige Luft ein.

Mit einem breiten Lächeln im Gesicht ging ich ins angrenzende Badezimmer. Direkt vor dem Fenster stand eine große Badewanne, in der man im heißen Wasser liegen, lesen oder verträumt aufs Meer blicken konnte.

Dieses Haus war ein absoluter Traum! Und ich würde den Sommer über hier wohnen.

Ich stellte mich unter die Regenwasserdusche und wusch mir die Haare unter dem prasselnden Wasser. Nachdem ich sie geföhnt hatte, zog ich mir Shorts und ein T-Shirt an und lief barfuß die offene Treppe mit Glasgeländer hinunter in Richtung Küche, wo ich Geschirrklappern gehört hatte. Es duftete herrlich nach Speck, Eiern und frisch gebrühtem Kaffee.

Ich hatte erwartet, Connor in der Küche beim Frühstück anzutreffen, und stoppte überrascht, als ich stattdessen eine hübsche junge Frau mit dunklen Locken und Stupsnase hinter dem Herd antraf. Konnte das Connors Haushaltshilfe sein? Die hatte ich mir wirklich ganz anders vorgestellt.

Als sie mich entdeckte, legte sie den Kochlöffel zur Seite und schenkte mir ein strahlendes Lächeln.

»Guten Morgen! Ich bin Ruby, Connors gute Fee«, stellte sie sich vor. »Manche würden mich auch Haushälterin nennen.«

Ich überwand mein Erstaunen und setzte mich wieder in Bewegung, um ihr die Hand zu schütteln, die sie mir entgegenstreckte.

»Freut mich! Ich bin Isy«, sagte ich und setzte mich auf einen der Barhocker vor dem großen Küchentresen.

»Ich weiß«, sagte sie augenzwinkernd. »Connor hat mir schon alles über dich erzählt.«

Okay, dachte ich, leicht verunsichert. Und was genau hatte Connor über mich erzählt? Dass ich seine neue Freundin war? Oder hatte er sie in den Deal eingeweiht?

Aber nein, das konnte nicht sein. Wir hatten schließlich

absolutes Stillschweigen vereinbart, sogar gegenüber Nick und Emma. Niemand durfte von dem Deal wissen. *Absolut niemand.*

Ich beobachtete Ruby, wie sie sich mit gezielten Schritten und geübten Handgriffen durch Connors Küche bewegte. Ihre wilde Lockenmähne wippte die ganze Zeit auf und ab, während sie Türen und Schubladen öffnete und schloss und immer wieder in der Pfanne rührte.

»Rühreier mit Speck kommen sofort«, sagte sie, während sie einen Cappuccino vor mir abstellte. »Und ich habe heute Morgen auf dem Weg Croissants gekauft.«

»Tausend Dank, Ruby«, sagte ich und fügte vorsichtig hinzu: »Was hat Connor denn von mir erzählt?«

Sie blieb mit der Pfanne in der Hand vor mir stehen und ließ die Eier auf einen Teller gleiten.

»Dass ihr euch auf seiner Party kennengelernt habt und du nicht wusstest, wer er ist.« Sie grinste mich an. »Dass es sofort gefunkt hat und ihr euch dann bei Freunden wiedergetroffen habt. Wie süß und sexy er dich findet, wie verschossen er in dich ist.«

Ach du meine Güte, dachte ich und räusperte mich.

»Oh. Das ist ja … lieb von ihm.«

Lieb? Fast hätte ich über mich selbst gelacht. Was für ein bescheuertes Wort. *Lieb* war nicht gerade ein Wort, das ich mit Connor Knightley in Verbindung bringen würde.

»Und? Warum hast du dich in Connor verliebt?«, fragte Ruby, immer noch lächelnd.

Ich verschluckte mich an meiner ersten Gabel Rührei und musste husten.

»Ähm. Ich weiß nicht …«, stotterte ich, schaffte es aber glücklicherweise, mich schnell wieder zu fangen.

Ich sollte wohl so nah wie möglich bei der Wahrheit bleiben. Ich hatte genug Folgen von *Navy CIS* gesehen, um zu wissen, dass man, wenn man schuldig ist und die Polizei belügt, auf keinen Fall komplizierte Geschichten erzählen sollte. Sonst verstrickte man sich nur in seinen eigenen Lügen, und Special Agent Gibbs steckte einen in den Knast.

»Zuerst ist mir natürlich sein gutes Aussehen aufgefallen. Und seine lässige Art. Dass er so selbstbewusst wirkt.«

Bis hierhin war es zumindest nicht gelogen.

»Ja, oder?«, fragte Ruby verträumt und setzte sich auf den freien Barhocker neben mir. »Also, ich hoffe, du nimmst mir das nicht übel, denn Connor ist wie ein Bruder für mich. Aber hat er nicht tolle Augen? Und dieser Körper!« Sie stützte das Kinn in die Hände. »Was findest du an ihm am besten?«

Sie sah mich erwartungsvoll an.

»Tja … ich mag seine Tattoos, die sind ziemlich cool«, sagte ich dann langsam. »Und er hat einen sexy Hintern. Außerdem mag ich seine Haare und seine dunklen Augen.« So langsam kam ich richtig in Schwung. »Und seinen Dreitagebart.«

»Kratzt der nicht beim Küssen?«

Einen Moment starrte ich sie an. »Äh, nein?«

Unwillkürlich flogen meine Gedanken zu unserem Kuss im Golfclub. Ich dachte daran, wie gut sich Connors Mund auf meinem angefühlt hatte, und schluckte.

»Eigentlich fühlt es sich ziemlich gut an beim Küssen«, gestand ich, und auch das war nicht gelogen.

»Okay, und was sonst noch?«, bohrte Ruby weiter. »Du hast dich ja vermutlich nicht nur in sein Aussehen verliebt.«

»Nein, natürlich nicht.« Ich rutschte unruhig auf meinem Stuhl hin und her. »Ich mag … seinen Humor.«

Schnell trank ich einen Schluck Kaffee, damit sie nicht sah, wie ich das Gesicht verzog. Ich war nicht ganz sicher, ob ich über mich selbst lachen oder den Kopf schütteln sollte. Connor und Humor!

Doch zu meiner Überraschung pflichtete Ruby mir bei.

»Ja, oder?«, sagte sie und strahlte mich an. »Connor ist wirklich einer der lustigsten Menschen, die ich kenne. Es gibt niemanden außer ihm, der es mit seinen Witzen schafft, dass ich mir fast in die Hosen mache vor Lachen. Wenn er Cher imitiert zum Beispiel. Oder Elton John.«

Allein bei dem Gedanken daran prustete sie los.

Oh wow, dachte ich und senkte den Kopf über das Rührei, um mein eigenes Lachen zu verbergen. Connor imitierte Cher und Elton John? Ich würde einige Zeit brauchen, um über diese Information hinwegzukommen.

»Seit wann arbeitest du für Connor?«, erkundigte ich mich schnell, sobald ich meiner Stimme wieder traute, um von mir abzulenken.

Sie dachte kurz nach.

»Seit knapp vier Jahren«, antwortete sie dann. »Ich komme von Montag bis Donnerstag immer zwischen 9 und 14 Uhr. Danach hole ich meinen Sohn von der Schule ab.«

»Du hast einen Sohn?«, fragte ich verwundert. Sie sah noch so jung aus!

»Ja«, bestätigte sie. »Noah ist fünf. Sein Vater hat sich in der Schwangerschaft aus dem Staub gemacht.«

»Was für ein Arsch«, sagte ich und verzog das Gesicht, als ich bemerkte, wie unsensibel das klang. »Tut mir leid, das ist mir so rausgerutscht. Mein Mund hat leider keinen Filter, noch nie gehabt.«

Sie lachte. »Du musst dich nicht entschuldigen. Ich mag Menschen, die sagen, was sie denken. Und du hast schon recht: Er ist ein Arsch, und wir sind ohne ihn besser dran.«

»Und dann hast du dich bei Connor beworben und hier angefangen zu arbeiten?«

»Nein, ich kenne Connor noch von der Uni. Wir haben beide an der UCLA studiert. Ich bin eigentlich Bibliothekarin. Aber mit Kind bekommt man nicht so einfach eine Anstellung, vor allem nicht halbtags. Ich war wirklich verzweifelt, da hat Connor mir angeboten, für ihn zu arbeiten. Er bezahlt locker das Doppelte von dem, was ich als Bibliothekarin verdienen würde, und ich konnte von Anfang an meine Arbeitszeit so einrichten, wie es für mich und Noah am besten ist. Hier habe ich alle Freiheiten. Wenn Noah größer ist, kann ich immer noch in meinen Job zurückkehren, wenn ich will.«

Ich konnte mein Erstaunen kaum verbergen. »Das ist echt … nett von Connor.«

Da war es wieder, das Wort. *Nett.*

»Was ist nett von Connor?«, erklang es da hinter mir, und wir drehten uns beide um.

Wenn man vom Teufel sprach. Als hätten wir ihn mit unserem Gespräch herbeigezaubert, durchquerte Connor das Wohnzimmer und kam in die Küche. Er trug durchgeschwitzte Joggingklamotten, die ihm am Körper klebten. Verdammt, der Mann sah sogar mit Schweißflecken noch heiß aus. Wie konnte das sein? Einen Augenblick starrte ich ihn an, dann löste ich mich aus meiner Erstarrung.

»Hi, *Sweetheart*«, sagte ich mit angemessenem Enthusiasmus und legte einen Arm um seine Hüfte, als er bei uns angekommen war. »Ich habe dich schon vermisst. Warst du trainieren?«

Connor sah erst mich an, dann Ruby, die breit grinste.

»Mein Gott, ihr seid wirklich zuckersüß, ein richtiges Traumpaar. Mir wird ganz warm ums Herz«, schwärmte sie und stand auf.

»Wir sind ja auch frisch verliebt, oder, *Cupcake*?«, sagte ich und hielt Connor mit geschlossenen Augen mein Gesicht hin, damit er mir einen schnellen Kuss geben konnte, um die ganze Sache glaubwürdiger zu machen.

Als der Kuss nicht kam, öffnete ich die Augen wieder. Connor starrte mich immer noch an, ohne sich einen Millimeter in meine Richtung bewegt zu haben.

»Ruby weiß Bescheid«, sagte er dann, ohne zu blinzeln. »*Cupcake.*«

»Was?« Fassungslos sah ich zu Ruby, die wieder hinter dem Küchentresen stand und sich vor Lachen krümmte. »Das kann nicht dein Ernst sein! Und du lässt mich hier …«

Eigentlich wollte ich sagen: »von Connor schwärmen«, aber ich konnte mich gerade noch stoppen. Er musste ja nicht unbedingt wissen, dass ich seinen Hintern heiß fand, seine Tattoos sexy, die Haare schön und die Augen … O Gott!

Einen Moment war ich sauer, dass Connor Ruby von unserem Deal erzählt hatte, während ich nicht mal meiner besten Freundin ein Sterbenswörtchen verraten durfte. Andererseits musste auch ich zugeben, dass wir vor ihr vermutlich wirklich nicht verbergen konnten, dass unsere Beziehung nicht echt war.

Ruby lachte so sehr, dass sie sich an der Arbeitsplatte festhalten musste, um nicht umzufallen. Ich nahm das Erste, was ich zu fassen bekam – ein Küchenhandtuch –, und warf es nach ihr. Sie fing es geschickt auf.

»Sorry«, sagte sie und wischte sich mit dem Zipfel des Handtuchs eine Träne aus dem Augenwinkel. »Die Vorlage war einfach zu gut. Du warst so herrlich ahnungslos und hast krampfhaft versucht, in der Rolle zu bleiben.«

Ihr Lachen war so ansteckend, dass ich nicht anders konnte, als mit einzufallen.

»Ich dachte schon, du hörst nie auf zu fragen«, gestand ich. »Was wäre das Nächste gewesen? ›Was ist eure liebste Sexstellung?‹«

Ruby prustete. »Es war einfach herrlich zu sehen, wie du dich windest und abmühst, um mir zu beweisen, wie toll du Connor findest.«

Während Ruby und ich uns immer noch vor Lachen kringelten, ging Connor kopfschüttelnd zum Kühlschrank und nahm sich eine Flasche Wasser heraus.

»Das wird ihr ja nicht sonderlich schwergefallen sein, oder?«

»Pfft«, machte ich und versuchte, wieder ernst zu werden, was gar nicht so einfach war. »Glaub mir, es gibt Frauen, die dich nicht toll finden. Und ich gehöre ganz offensichtlich zu dieser Gruppe Frauen, die erstaunlicherweise nichts von dir wollen.«

»Es gibt einen Club der Frauen, die nicht auf Connor stehen?«, fragte er mit hochgezogenen Augenbrauen und trank einen Schluck direkt aus der Flasche, bevor er sich zum Gehen wandte. »Ruby, machst du mir ein Eiweißomelette und einen grünen Smoothie?«

Ich starrte kurz auf das Buttercroissant in meiner Hand, in das ich gerade hatte beißen wollen, und wischte meine fettigen Finger an der Serviette ab. *Eiweiß*omelette und ein grüner Smoothie? Ernsthaft? Das war doch kein Frühstück!

Ruby sah mich an und zwinkerte mir verschwörerisch zu. Offensichtlich war sie ganz meiner Meinung.

Bevor Connor in Richtung Treppe verschwand, rief ich ihm hinterher: »Es gibt diesen Club! Ich bin Gründerin und Präsidentin!«

Er lachte auf.

»Du bist nicht nur Gründerin und Präsidentin dieses Clubs, *Babe*. Du bist das einzige Mitglied«, sagte er über die Schulter.

Ruby sah ihm kopfschüttelnd nach. »Ich sehe schon, dass das noch sehr lustig mit euch beiden werden wird.«

Ich drehte mich zu ihr und beugte mich mit dem Oberkörper weit über die Arbeitsplatte. »Bitte sag mir eins: Das mit der Cher- und Elton-John-Imitation war ein Scherz, oder?«

Sie schüttelte den Kopf, und ihre braunen Locken flogen. »Nope. Kein Scherz.«

»Ich kenne ihn, ehrlich gesagt, nur ziemlich grummelig und übel gelaunt. Und arrogant und überheblich.«

Ruby zuckte mit den Schultern und holte einen weiteren Eierkarton aus dem Kühlschrank.

»Er kann seine lockere und fröhliche Seite nicht jedem zeigen. Eigentlich öffnet er sich erst, wenn er jemanden wirklich gut kennt«, erklärte sie. »Er ist eher verschlossen gegenüber Fremden. Schlechte Erfahrungen und so.«

Verwundert sah ich sie an. »Warum das? Als Promi hat er doch sicherlich Hunderte von Freunden in seinem Dunstkreis.«

»Eben.« Sie verzog den Mund und schlug das erste Ei auf, um das Eiweiß vom Gelb zu trennen. »Aber das sind keine richtigen Freunde, sondern Leute, die irgendetwas von ihm wollen. Ich verrate dir sicher nicht zu viel, wenn ich dir sage, dass so einige Menschen versuchen, einen Mann mit Connors Aussehen, Vermögen und Bekanntheit auszunutzen. Am Anfang sonnst du dich in dem Gefühl, dass jeder dein Freund sein will, aber mit der Zeit wird es immer schwerer zu erkennen, wer dich wirklich mag und wer einfach nur von deinem Geld und deinem Fame profitieren möchte. Connor hat auf die harte Tour lernen müssen, dass er nicht jedem trauen kann. Mittlerweile unterscheidet er sehr genau, wer zu seinem engsten Kreis zählt und wer nicht. Das lässt ihn manchmal kühl und arrogant wirken, aber in Wirklichkeit ist er nur vorsichtig.«

Ich versuchte, diese Information zu verdauen, und stand auf, um meinen Teller in die Spülmaschine zu stellen.

»Vielen Dank für dieses hervorragende Frühstück, Ruby. Ich fühle mich wie in einem Fünf-Sterne-Hotel.«

»Das ist mein Job«, sagte sie fröhlich. »Und ich freue mich über ein bisschen Leben in der Bude.«

Als ich die Treppe nach oben lief, wandte ich mich nach links und folgte der langen Glasgalerie in Richtung Gästezimmer. Rechts, wo Connors Zimmer lag, hörte ich ihn unter der Dusche singen. Schmunzelnd setzte ich meinen Weg fort, um meine Taschen und Kartons auszupacken und meine neue Bleibe ein wenig einzurichten.

Eine halbe Stunde später hörte ich Ruby nach mir rufen und streckte den Kopf aus der Tür.

»Connor will Fotos am Strand machen! Kommst du runter?«

Einerseits war ich von dem Tempo, das Connor an den Tag legte, überfordert, andererseits war es wahrscheinlich eine gute Idee, neue Fotos zu machen. Schließlich konnte es nicht sein, dass die Po-Grapscher-Fotos die einzigen Bilder von uns waren, die im Netz kursierten.

Ich seufzte und huschte schnell ins Bad, um Mascara und Lipgloss aufzutragen und meine Haare zu bürsten. Als ich fertig war, zog ich mir ein bunt bedrucktes Strandkleid an und lief zum Pool, wo Ruby, Connor und Snips bereits auf mich warteten. Gemeinsam gingen wir die lange Treppe zum Strand hinunter, der schon gut gefüllt war, und suchten uns einen Platz, an dem noch nicht so viele Menschen im Wasser waren.

Während Snips den Möwen nachjagte, stellten Connor und ich uns am Wasser auf, mit den Häusern von Malibu im Hintergrund. Connor legte einen Arm um meine Schulter, und ich umschlang seine Hüfte. Dann lächelten wir beide so strahlend, wie wir konnten, in die Kamera, während Ruby die ersten Fotos schoss. Eigentlich fand ich meine Performance ziemlich gut, aber Ruby schien nicht zufrieden zu sein.

»Irgendwie sieht das nicht natürlich aus«, sagte sie nach einer Weile nachdenklich. »Ihr müsst anders posieren.«

Ich sah Connor an, der etwas hilflos mit den Schultern zuckte.

»Das sieht gerade aus wie ein Geschwister-Shooting im Kindergarten«, erklärte Ruby. »Schaut euch doch mal in die Augen!«

Gehorsam drehte ich mich zu Connor, der seine Hände auf meine Schultern legte. Unsere Bewegungen wirkten mechanisch, das sah sogar ich ein. Aber was sollte ich tun? Ich konnte ihn ja nicht anspringen!

»Näher zusammen!«, rief Ruby gnadenlos. »Eure Körper berühren sich nicht mal! Was ist denn mit euch los? Seid ihr etwa plötzlich schüchtern?«

Connor seufzte kaum hörbar und zog mich dann an sich. Unsere Körper kollidierten miteinander, und nach einem kurzen Zögern legte ich meine Hände auf seinen Rücken.

»Ja! Besser! Und jetzt muss dein Kopf an seine Brust!«

Ich konnte genau sehen, wie Connor mit dem Lachen kämpfte, schmiegte aber gehorsam mein Gesicht an seine Brust. Was blieb mir auch anderes übrig?

Das Erste, was mir auffiel, war, dass mein Kopf genau unter sein Kinn passte. Und das Zweite war, wie unglaublich gut Connor roch. Nach Duschgel und Waschpulver, nach warmer Haut und Mann. Sein Körper war hart und muskulös, und zwar genau an den Stellen, die hart und muskulös sein sollten.

O Gott, fühlte sich das gut an. Connor fühlte sich gut an!

Unwillkürlich schloss ich meine Augen. Ich konnte seinen ruhigen und steten Herzschlag unter dem Stoff seines T-Shirts spüren.

»Ja, jetzt sieht es endlich romantisch aus!«, rief Ruby begeistert. »Küsst euch!«

Mein Kopf ruckte hoch, und ich starrte Connor an, in Erwartung seines Protests. Aber er atmete nur tief ein und sah mich fragend an, fast so, als wollte er wissen, was ich von dem Vorschlag hielt.

Aber was sollte ich dazu schon sagen? Der eine oder andere Kuss gehörte wohl zu unserem Deal dazu, oder? Je schneller wir uns daran gewöhnten, desto besser. Und schließlich hatten wir uns ja auch schon einmal geküsst. So schwer konnte es beim zweiten Mal auch nicht sein, richtig?

Statt einer Antwort stellte ich mich also auf die Zehenspitzen, um ihm ein Stück entgegenzukommen. Einen winzigen Moment wirkte er überrascht, dann fing er sich und umfasste mein Gesicht mit seinen Händen. Er hielt meinen Blick fest, und erst als er sich sicher war, dass ich keinen Rückzieher machen wollte, senkte er langsam seinen Mund auf meinen. Meine Haut kribbelte an den Stellen, an denen sein rauer Dreitagebart über meine Haut strich, aber seine Lippen waren warm und weich und fühlten sich himmlisch an. Seine Hände glitten an meinen nackten Armen hinab und blieben auf meiner Hüfte liegen. Seine Berührungen hinterließen eine Gänsehaut. Genau wie bei unserem ersten Kuss schien mein Körper plötzlich ein Eigenleben zu führen. Ich schlang meine Arme um Connors Nacken und öffnete meinen Mund. Ein leiser Ton entfuhr mir, als seine Zunge über meine strich. Ich spürte sein Lächeln an meinem Mund, als er mich fast unmerklich an sich presste, ohne seine Lippen auch nur eine Sekunde von meinen zu lösen. Ich hatte das Gefühl, mit Connor zu verschmelzen.

»Super! Ich glaube, wir haben ein Foto!«

Erschrocken zuckte ich zusammen, als Rubys Stimme in mein Bewusstsein drang. Connor und ich lösten die Lippen voneinander, und wir starrten uns an. Was war das denn gewesen? In seinen Augen sah ich keine Antwort auf meine stumme Frage, aber Connors Brust hob und senkte sich etwas schneller als sonst, und auch ich fühlte mich plötzlich atemlos. *Holy smoke.*

»Ich habe das Gefühl, du brauchst etwas Abkühlung«, murmelte er dann. »Nicht dass du noch verglühst.«

Bevor ich auf seinen frechen Spruch etwas Schlagfertiges erwidern konnte, hatte er mich bereits geschnappt und hochgehoben. Er warf mich über seine Schulter, als würde ich nichts wiegen, und rannte mit mir in Richtung Meer. Snips preschte, begeistert bellend, mit uns ins Wasser. Ich kreischte und trommelte mit beiden Händen auf Connors Rücken, aber er lachte nur und setzte mich – samt Klamotten! – im Wasser ab.

»Du bist völlig durchgeknallt!«, rief ich und spritzte mit beiden Händen Wasser in Connors Richtung.

Da sah ich eine riesige Welle anbranden und schrie auf.

»Angsthase«, rief Connor lachend. »Los, spring auf.«

Das ließ ich mir nicht zweimal sagen. Ich sprang auf seinen Rücken und klammerte mich an seinem Oberkörper fest. Er packte mich unter den Knien und rannte mit mir aus der Brandung. So entkamen wir der großen Welle, allerdings nur um Haaresbreite. Snips hingegen war völlig in seinem Element und drehte sich begeistert immer wieder um die eigene Achse. Plötzlich konnte ich nicht anders, als laut zu lachen. Connor lachte ebenfalls, das spürte ich, weil sein Rücken unter mir bebte.

»Du bist völlig verrückt, weißt du das?«, rief ich in sein Ohr, aber das brachte ihn nur noch mehr zum Lachen.

Als wir wieder trockenen Boden unter den Füßen hatten, stellte er mich im Sand ab und drehte sich zu mir um. Er war, genau wie ich, völlig durchnässt, und seine Haare klebten ihm im Gesicht. Snips drängte sich zwischen unsere Beine, und ich griff nach Connors Unterarmen, um nicht zu stolpern.

»Das sieht toll aus!«, jubelte Ruby. »Bleibt so! Nein, näher zusammen!«

Connor zögerte nicht lange und zog mich wieder an sich. Die Klamotten klebten wie eine zweite Haut an unseren Körpern. Wir hätten ebenso gut nackt sein können. Connor schien das nichts auszumachen, oder er war solch ein Profi in Sachen Fotoshootings, dass er es gekonnt ignorierte. Ich musste lachen, als er mich mit dem Rücken zur Kamera drehte und mir beide Hände auf den Hintern legte.

»Was?«, fragte er, als er meinen Gesichtsausdruck sah. »Wir haben einen Ruf zu verlieren, oder etwa nicht? Die Leute wollen einen Po-Grapscher sehen? Geben wir ihnen einen Po-Grapscher!«

Ich lachte immer noch, als Ruby sich neben uns stellte, damit wir gemeinsam die Bilder betrachten konnten.

»Perfekt«, murmelte Connor, und ich musste ihm recht geben. Die Fotos waren so gut geworden, dass es schwerfallen würde, eines herauszusuchen. Auf den Bildern, auf denen wir uns aneinanderschmiegten und küssten, tauchten die Sonnenstrahlen uns und die Brandung im Hintergrund in ein weiches Licht. Die Fotos von mir auf Connors Rücken waren aber ebenso gut. Tausende Wassertropfen spritzten in die Luft, und Snips sprang mit hängender Zunge und fliegenden Ohren um uns herum. Das nasse Hemd klebte an Connors Oberkörper, und darunter zeichnete sich jeder einzelne seiner Brust- und Bauchmuskeln ab. Ich umklammerte ihn mit beiden Armen von hinten, mein Kinn auf seiner Schulter, mein Gesicht an seiner Wange. Auch die Fotos am Strand waren super geworden. Es sah aus, als hätten wir die Zeit unseres Lebens. Und das Wichtigste: Es sah *echt* aus.

Während ich ihm über die Schulter schaute, lud Connor die drei besten Fotos in die Instagram-App und tippte ein paar Worte. Ich las den Text unter den Bildern:

»You are the best thing I never planned.«

Spöttisch sah ich ihn an. »Man könnte dich fast für einen Romantiker halten.«

Er hielt meinen Blick einen Moment fest. »Du hast keine Ahnung, Summers.«

Seine Worte hingen zwischen uns in der Luft, und ich kam

nicht umhin, mich zu fragen, was er damit meinte. Connor, ein Romantiker? Wohl kaum. Andererseits – er schien ein Mann mit vielen Facetten zu sein. Und ich hatte das Gefühl, dass ich bislang nicht mal an der Oberfläche gekratzt hatte.

Er senkte den Blick wieder auf sein Handy und klickte auf *Teilen*.

»Lasset die Spiele beginnen.«

9.

Eigentlich hatte ich vorgehabt, am Freitagmorgen an die UCLA zu fahren und in der Unibibliothek für mein Anwaltsexamen zu lernen. Doch als ich nach dem Aufstehen die Vorhänge zur Seite zog, lockten mich die Sonne und der strahlend blaue Himmel so sehr, dass ich beschloss, stattdessen zu Hause zu lernen.

Zuerst schwamm ich eine Runde im Pool, so wie jeden Morgen, seitdem ich bei Connor eingezogen war. Es kostete mich ein wenig Überwindung, aber dann sprang ich entschlossen mit einem Kopfsprung vom Beckenrand ins kühle Wasser und begann, mit gleichmäßigen Zügen meine Bahnen zu schwimmen. Ich liebte diese neue morgendliche Routine, denn beim Schwimmen konnte ich in Ruhe meinen Gedanken nachhängen. Es gab kein Handy, keine To-dos, keine Unterhaltung, nichts, was mich ablenken konnte. Nur die rhythmischen Bewegungen von Armen und Beinen und das Einatmen, jedes Mal, wenn ich zum Luftholen auftauchte.

Als ich fertig war, wickelte ich mich in eins der dicken weißen Handtücher, die am Pool bereitlagen, und holte mir eine Tasse Kaffee aus der Küche. Ruby hatte ihren freien Tag, und es war still im Haus, aber das machte mir nichts aus. Ich zog mir etwas Trockenes an und breitete meine Bücher und Ordner auf dem Terrassentisch direkt vor den großen Panoramafenstern aus. Während des Lernens wurde mein Blick immer wieder von Meer, Strand und Palmen angezogen, und zum ersten Mal, seit die Knutschfotos in der Presse aufgetaucht waren, kam mir der Gedanke, dass ich es eigentlich gar nicht so schlecht getroffen hatte.

Motiviert zog ich das *California Bar Exam – Total Preparation Book* zu mir heran und öffnete es auf der Seite, auf der ich am Tag zuvor stehen geblieben war. Wichtige Abschnitte notierte ich auf meinen Block, denn am besten lernte ich, wenn ich Dinge abschrieb. Wenn ich sie dann einmal im Kopf hatte, blieben sie dort meist auch ziemlich lange. Zumindest so lange, bis sie in Klausuren, Tests und mündlichen Prüfungen abgefragt worden waren.

Zum Mittagessen machte ich mir die Lasagne warm, die Ruby vorbereitet und in den Kühlschrank gestellt hatte, und legte mich dann für eine Stunde auf eine der Liegen, um den spannenden Thriller weiterzulesen, den ich am Abend zuvor begonnen hatte. Es fiel mir zwar schwer, mich von dem Buch loszureißen, aber ich war pflichtbewusst genug, um mich danach wieder an den Tisch zu setzen und weiterzulernen.

Ich war so vertieft in den Stoff, dass ich Connor nicht bemerkte, bis er direkt hinter mir stand und mir über die Schulter schaute.

»Wow, das liest sich sehr, sehr langweilig.«

Erschrocken zuckte ich zusammen und drehte mich um. Offensichtlich kam er gerade vom Surfen, denn er trug weite Boardshorts mit einem T-Shirt, und seine Haare waren noch nass.

»Ich stimme dir nur ungern zu, aber Vertragsrecht ist nicht gerade das spannendste Rechtsgebiet«, erwiderte ich und sah auf die Uhr. Schon nach fünf!

Connor stellte eine Karaffe Eistee und zwei Gläser auf den Tisch.

»Wie war dein Tag?«, erkundigte er sich. »Hast du die ganze Zeit hier gelernt?«

Ich nickte. »Außerdem war ich schwimmen und habe etwas gelesen. Und du?«

»Ich hatte heute Nachmittag einen Termin mit einem Sponsor am Surfrider Beach«, sagte er und schenkte jedem von uns ein Glas ein.

Ich bedankte mich und trank einen Schluck. Ruby konnte nicht nur hervorragend kochen, sondern auch richtig leckeren Eistee machen. Nicht die extrem süße Variante, sondern die, die frisch schmeckte und genau die richtige Balance zwischen bitter und fruchtig hatte.

»Und jetzt hast du Feierabend?«, fragte ich und stellte das Glas wieder auf den Tisch.

Connor schüttelte den Kopf. »Jetzt trainiere ich, und erst danach ist Feierabend.«

»Verstehe«, erwiderte ich und nahm das nächste Buch vom Stapel. »Dann viel Spaß beim Trainieren.«

»Und dir beim Lernen«, sagte er und wandte sich zum Gehen.

Nachdenklich sah ich ihm hinterher, als er das Wohnzimmer durchquerte und in Richtung Keller verschwand, wo sich sein Fitnessstudio befand. Sollte das tatsächlich gerade die erste Unterhaltung gewesen sein, bei der wir uns nicht in die Haare gekriegt hatten, sondern höflich und zivilisiert geblieben waren?

Unglaublich. Wenn das so weiterging, würden wir am Ende noch richtig dicke Freunde werden.

Eine Stunde später war ich mit meinem Lernstoff für den Tag durch. Ich räumte meine Sachen zusammen und ließ mich dann noch einmal in den kühlen Pool gleiten. Nachdem ich ein paar Bahnen geschwommen war, blieb ich eine Weile am Beckenrand, das Kinn auf meine Hände gestützt, und betrachtete von dort aus die langsam tiefer sinkende Sonne über dem Pazifik.

Ein leichter Wind war aufgekommen, und ich sank tiefer ins Wasser, das jetzt wärmer zu sein schien als die Luft.

Schon am nächsten Abend stand Lucas' Geburtstagsfeier bevor. Allein der Gedanke daran bewirkte, dass sich ein nervöses Kribbeln in meinem Bauch breitmachte. Ich wollte lieber nicht weiter analysieren, wodurch das ausgelöst wurde, also stemmte ich mich aus dem Wasser und trocknete mich ab. Nach einer heißen Dusche und nachdem ich mir meine Lieblingsjeans und einen Pullover übergezogen hatte, lief ich die Treppe ins Kellergeschoss hinunter.

Bisher war ich nur einmal hier gewesen, als Connor mir das Haus gezeigt hatte. Doch selbst wenn ich mich nicht an den Weg erinnert hätte, hätte ich nur dem metallischen Klirren und Klacken folgen müssen, um Connor zu finden.

Das Fitnessstudio war ein großer Raum, der mit Laufband, Rudergerät, Hantelbank, Boxsack und Fitnessfahrrad ausgestattet war. Die bodentiefen Fenster waren aufgeschoben und erlaubten einen Blick auf Strand, Meer und die mittlerweile tiefer stehende orangerote Sonne.

Als ich eintrat, machte Connor gerade Klimmzüge. Er hing, den Rücken mir zugewandt und mit überkreuzten Beinen, an der Reckstange und atmete jedes Mal, wenn er sich hochzog, stoßweise aus. Er hatte sein T-Shirt ausgezogen und trug nur noch seine schwarzen Shorts. Für ein paar Sekunden war ich wie hypnotisiert von seinem breiten, tätowierten Rücken, der vor Schweiß glänzte. Bei jedem Zug nach oben traten seine Rückenmuskeln deutlich hervor. Ich hätte stundenlang weiter zusehen können. Auf dem Sofa. Mit Popcorn und Cola in der Hand.

Ich riss mich zusammen und räusperte mich, bevor er merken konnte, dass ich ihn hemmungslos anstarrte. Connor zog sich noch einmal in einer quälend langsamen Bewegung nach oben und ließ sich dann genauso langsam wieder herunter. Anschließend sprang er auf den Boden und drehte sich zu mir um.

»Alles okay?«, fragte er, offensichtlich verwundert darüber, dass ich heruntergekommen war.

»Ja, alles in Ordnung. Ich habe das Haus nicht in Flammen gesetzt, falls du das befürchtest.«

Er nahm ein Handtuch von der Hantelbank und trocknete sich das verschwitzte Gesicht ab. Während des kurzen Moments, in dem er mich nicht sehen konnte, ließ ich meinen Blick noch einmal ungeniert über seinen Körper wandern. Plötzlich schien es ein paar Grad wärmer zu sein, und ich widerstand dem Impuls, mir selbst Luft zuzufächeln.

»Können wir kurz reden?«, fragte ich, als Connor das Handtuch sinken ließ, und heftete meinen Blick schnell wieder auf sein Gesicht.

Er zog eine Augenbraue hoch. »Sind wir schon an dem Punkt, dass wir ein ernstes Gespräch über unsere Beziehung führen müssen? Wir sind doch erst ein paar Tage zusammen.«

Ich unterdrückte ein Lachen. »Nein, nicht *so* reden. Ich meinte, wegen des Geburtstags morgen. Haben wir einen Plan? Irgendeine Taktik?«

»Keine Ahnung.« Er zog sich, ein wenig zu meinem Bedauern, einen Kapuzenpulli mit dem Logo und Schriftzug der *UCLA Bruins* über den verschwitzten Körper. »Brauchen wir das?«

Ich setzte mich auf die Hantelbank und zog beide Beine an.

»Müssen wir uns nicht mal ein bisschen kennenlernen, Informationen austauschen?«, fragte ich zurück. »Sonst glaubt uns dieses Pärchending doch niemand. Ich weiß nicht mal, wo du zur Schule gegangen bist.«

»Ridgewood Highschool«, antwortete Connor und begann, seine Arme zu dehnen.

»O-kay«, sagte ich langsam. »Danke! Ich habe das Gefühl, dass ich dich jetzt schon so viel besser kenne.«

Connor ließ die Arme sinken und musterte mich einen Moment. Ich erwiderte seinen Blick, so ruhig ich konnte.

Dann seufzte er und fragte: »Hast du Hunger?«

Eine Stunde später saßen wir auf der Terrasse des *Geoffrey's* in Central Malibu. Ich war noch nie in diesem Restaurant gewesen, das etwas oberhalb des kleinen und weniger überlaufenen Escondido Beach lag, aber ich mochte es vom ersten Augenblick. Die Terrasse lag etwas erhöht und erlaubte einen Blick über das Meer, das im Licht der untergehenden Sonne schimmerte. Der Himmel war von kleinen Schäfchenwolken überzogen, die sich nicht zwischen Feuerrot und Pink entscheiden konnten. Die Außenbeleuchtung des Restaurants tauchte alles um uns herum in ein warmes Licht. Wenn man genau hinhörte, konnte man sogar die Wellen am Strand rauschen hören.

Connor und ich hatten uns beide für Surf and Turf – Rinderfilet mit Lobster, Risotto, Cabernetsoße und Madeira-Butter – entschieden, und beim ersten Bissen schloss ich genießerisch die Augen. Das Filet war butterzart, der Lobster süßlich und aromatisch.

»Ich glaube, das ist das beste Surf and Turf, das ich in meinem ganzen Leben gegessen habe«, stellte ich seufzend fest.

»Soll ich euch einen Moment allein geben?«, fragte Connor spöttisch. »Dir und deinem … Lobster?«

Ich lachte und trank einen Schluck des leckeren südfranzösischen Rosés, den der Kellner zum Essen empfohlen hatte und der perfekt zu Fleisch und Hummer passte.

»Danke«, erwiderte ich dann. »Aber ich glaube, ich habe mich einigermaßen unter Kontrolle.«

»Dann bin ich beruhigt«, sagte Connor und tauchte das Filet

in die Soße. »Das Essen entspricht übrigens nicht gerade meinem Ernährungsplan. Aber unserer wichtigen geschäftlichen Beziehung zuliebe erlaube ich mir diese Eskapade.«

»Du hättest dir ja ein Eiweißomelette und einen grünen Smoothie bestellen können.« Ich musterte ihn. »Und wenn ein Abend im Restaurant für dich eine ›Eskapade‹ ist, dann läuft irgendetwas falsch in deinem Leben.«

Er schmunzelte. »Da siehst du mal, was an den Presseberichten über mein ausschweifendes Leben dran ist. Nämlich nichts.« Gekonnt löste er den Lobster aus der Schale und legte die Karkasse auf den dafür bereitstehenden Teller. »Also, dann schieß los. Was muss ich über dich wissen?«

»Tja, wo fange ich an?«, sagte ich und dachte einen Moment nach. »Wie du weißt, bin ich mit meinen Eltern und meiner Schwester Kathy in Thousand Oaks groß geworden. Kathy ist drei Jahre älter als ich, und sie hat zwei kleine Töchter, Faith und Skylar. Mein Vater hat uns wegen einer anderen Frau verlassen, als ich ein Teenager war.«

»Das war sicher nicht leicht für euch.«

»Nein.« Ein bitteres Lachen entfuhr mir. »Es war sogar verdammt schwer, um ehrlich zu sein. Meine Mom musste wieder anfangen zu arbeiten, obwohl sie seit unserer Geburt zu Hause geblieben war. Und Kathy und ich sind aus allen Wolken gefallen, denn wir haben die Ehe unserer Eltern immer für ziemlich perfekt gehalten. Ich war bei der Trennung zwar nicht mehr klein, hatte aber mein ganzes bisheriges Leben in einer intakten Familie verbracht und geglaubt, dass sich meine Eltern liebten. Und dann hat mein Vater eines Tages seine Sachen gepackt und ist gegangen. Das hat meinen Glauben daran, dass die wahre Liebe gute und schlechte Zeiten überdauern kann, ziemlich erschüttert.« Ich schluckte und fuhr fort: »Mein Dad lebt jetzt mit seiner neuen Familie in Washington. Er hat noch einen

Sohn bekommen, aber wir haben keinen nennenswerten Kontakt.«

Connor schwieg nachdenklich und fragte dann: »Und in der Zeit, in der deine Eltern sich getrennt haben, warst du mit Lucas zusammen?«

»Zuerst waren wir nur befreundet«, erklärte ich. »Dann wurde eine typische Highschool-Liebe daraus. Lucas kommt aus einem sehr wohlhabenden Elternhaus und hatte es nicht immer ganz leicht mit seinem dominanten Vater. Wir wurden wie magnetisch voneinander angezogen. Er war eher still und zurückhaltend, ich hingegen …«

Ich dachte kurz nach, um die passenden Worte für mein quirliges Wesen in meinen Teenager-Jahren zu finden, aber Connor kam mir zuvor.

»Du warst du?«, schlug er vor.

Ich lächelte. »So kann man es auch zusammenfassen. Und als mein Vater gegangen war, hat Lucas mir sehr dabei geholfen, diese schwere Zeit zu überstehen. Er war so etwas wie mein Rettungsanker – und Teil unserer Familie, um ehrlich zu sein. Ich weiß gar nicht, wer mehr gelitten hat, als er nach Stanford ging«, versuchte ich zu scherzen. »Meine Mom oder ich.«

»Und dann hat er mit dir Schluss gemacht?«

Ich nickte. So merkwürdig das auch sein mochte, plötzlich fiel es mir schwer, über diese Zeit zu sprechen.

»Verstehe«, sagte Connor. »Es muss hart gewesen sein, dass der Mann, der dir bei der Trennung deiner Eltern so geholfen hat, dann auf einmal ebenfalls aus deinem Leben verschwunden ist.«

Ich nickte noch einmal und sah ihn an. Das Licht war gedimmt, und ich konnte den Ausdruck in seinen Augen im Kerzenschein nicht richtig erkennen, aber es schien nicht so, als würde er sich über mich lustig machen.

»Ich wollte mich auch für Stanford bewerben, aber am selben Studienort zu sein wie Lucas, kam für mich dann nicht mehr infrage«, fuhr ich schnell fort. »Also habe ich mich umentschieden und bin an die NYU gegangen.«

»Auf die andere Seite des Kontinents«, stellte Connor fest, aber ich konnte immer noch keinen Anflug von Spott in seiner Stimme hören. »Weiter weg ging es wohl nicht?«

Er ahnte vermutlich gar nicht, wie recht er mit dieser Vermutung hatte.

»Ich war nach der Trennung einfach bereit für was Neues. Weg aus Kalifornien, hinein ins New Yorker Großstadtleben, auf in die Stadt, die niemals schläft.« Bei der Erinnerung an meine unvergessliche Zeit musste ich unwillkürlich lächeln. »Das war die beste Entscheidung meines Lebens.«

»Inwiefern?«, bohrte er nach.

Während ich den letzten Rest der Soße mit etwas Baguette aufwischte, bis der Teller spiegelblank war, sagte ich nachdenklich: »Ich konnte einfach das erste Mal in meinem Leben tun und lassen, was ich wollte, ohne irgendjemandem Rechenschaft darüber ablegen zu müssen. Ich hatte geglaubt, dass ich mit Lucas diese eine, immerwährende große Liebe gefunden hatte, und wurde eines Besseren belehrt. Auf die harte Tour, immerhin war Lucas so viele Jahre wie ein Teil von mir gewesen. Aber nachdem ich die Enttäuschung überwunden hatte, wurde mir klar, was für eine Chance ich eigentlich bekommen hatte. Ich konnte ab sofort Spaß haben und dabei selbst die Regeln bestimmen. Einfach frei sein. Und ich habe erkannt, dass das so viel besser ist, als einer großen Liebe hinterherzurennen, die es ja doch nur in Büchern und Filmen gibt.«

Er beobachtete mich aufmerksam. »Das ist ein hartes Urteil über die Liebe, für jemanden, der so jung ist wie du.«

Ich zuckte mit den Schultern und senkte meinen Blick. »Aber

es ist doch wahr. Die große Liebe gibt es nicht, kein ›Und sie lebten glücklich bis an ihr Lebensende‹. Das sieht man doch an mir und Lucas. Oder an meinen Eltern. An …«

»Jennifer Aniston und Brad Pitt?«, schlug Connor vor.

»Genau! Oder an Brad Pitt und Angelina Jolie!«, ergänzte ich grinsend.

»Kristen Stewart und Robert Pattinson«, sagte Connor sofort.

Ich musste kurz nachdenken, aber nach einem Moment fiel mir noch jemand ein. »Gwyneth Paltrow und Chris Martin?«

»Johnny Depp und Amber Heard?«, kam es wie aus der Pistole geschossen. »Gwen Stefani und Gavin Rossdale? J.Lo und Marc Anthony? Heidi Klum und Seal?«

»Stopp, stopp!« Jetzt lachte ich so sehr, dass ich mir die Serviette vor den Mund halten musste. »Hör auf! Du gewinnst!«

Kopfschüttelnd sah ich ihn an, und er beugte sich über den Tisch.

»Nicht so laut übrigens«, flüsterte er verschwörerisch. »J.Lo sitzt zwei Tische weiter. Mit Ben Affleck allerdings.«

Er richtete sich wieder auf und prostete mir mit seinem Glas zu, während ich einen – wie ich hoffte unauffälligen – Blick zurück warf. Er hatte tatsächlich recht! Da saßen die beiden an einem Ecktisch, etwas abseits. Connor zwinkerte mir verschwörerisch zu, und ich grinste zurück.

»Und was muss ich über dich wissen?«, fragte ich, nachdem der Kellner unsere Teller abgeräumt hatte und wieder außer Hörweite war. »Außer dass du eine heimliche Schwäche für Scheidungsdramen in der Regenbogenpresse hast?«

»Okay …«, begann er und schenkte uns beiden Wein nach, weil der Kellner unsere leeren Gläser offensichtlich übersehen hatte. »Hier kommen die Eckdaten: Ich bin in Eureka aufgewachsen. Meine Eltern, Jeff und Judy, sind seit fast vierzig Jahren verheiratet. Ich bin das jüngste von vier Kindern und habe drei ältere Schwestern. Zur Schule …«

»Moment, Moment, Moment.« Ich verschluckte mich fast an meinem Wein. »Du hast *drei* ältere Schwestern?«

Er hob die Schultern, als sei das nichts Besonderes. »Ja. Warum?«

Ich lachte. »Ich finde die Vorstellung nur so grotesk. Du wirkst auf mich wie ein absolutes Alpha-Männchen, aber in Wirklichkeit bist du ein Nesthäkchen? Und drumherum vier Frauen, die in deiner Kindheit das Sagen hatten?«

»Interessant, dass du mich als Alpha-Männchen siehst.« Um seine Mundwinkel zuckte es. »Aber da war ja immer noch mein Dad. Und wir hatten übrigens früher immer nur Rüden.«

»Dann waren die Frauen aber immer noch in der Überzahl. Vier gegen drei«, gab ich zu bedenken. »Es sei denn, ihr hattet wirklich viele Hunde auf einmal …«

Der Kellner stellte mein Dessert auf den Tisch. Crème brulée. Himmlisch! Connor hatte verzichtet, ganz der Sportler. Aber das hielt ihn nicht davon ab, die Physalis von meinem Teller zu klauen.

»Mein Testosteron reicht für vier, glaub mir«, behauptete er und wackelte mit den Augenbrauen.

Ein belustigtes Schnauben entfuhr mir. »Du kannst ruhig aufhören, vor mir den harten Kerl zu spielen. Ich habe dich gerade durchschaut: Du warst immer der Kleine, Süße, wurdest nach Strich und Faden verhätschelt, und man hat dir alles durchgehen lassen. Eigentlich bist du bis heute der verwöhnte kleine Junge, der alles bekommt, was er will.« Ich legte den Kopf schief und grinste. »Und, liege ich richtig mit meiner Analyse?«

Er schwenkte den Rosé im Glas und trank dann langsam einen Schluck, ganz so, als müsste er angestrengt darüber nachdenken.

»Nein, völlig falsch«, erwiderte er dann. »Ich hatte eine höchst schwierige Kindheit, weil ich permanent als Spielzeug herhalten musste. Meine Schwestern dachten, ich sei eine von ihren Puppen. In der Schule wurde ich von meinen Mitschülern aufgezogen, weil ich rosa Schleifen in den Haaren tragen musste. Als Teenager wurde ich dauernd losgeschickt, um Tampons zu kaufen, und alle meine Highschool-Freundinnen wurden von meinen Schwestern vergrault. Irgendwann habe ich vor lauter Angst gar keine Mädchen mehr mit nach Hause gebracht.«

»Oooh«, machte ich mitleidig und schob die Unterlippe vor. »Armes Baby. Hört sich nach einer extrem traurigen Kindheit an.«

Er nickte bedächtig. »Ich bin quasi traumatisiert.«

»Mir wird gerade einiges klar«, sagte ich und durchbrach die karamellisierte Oberschicht der Crème mit dem Löffel. »Und was muss ich sonst noch über dich wissen? Welche Hobbys hast du?«

Er lachte auf. »Hobbys? Machst du Witze? Ich habe keine Zeit für Hobbys.«

Ich legte den Kopf schief. »Du musst doch irgendeinen Ausgleich zum Leistungssport haben? Etwas, was dir Spaß macht?«

»Die Spaziergänge mit Snips sind mein Ausgleich. Und wenn ich ein paar Mal im Jahr Urlaub bei meinen Eltern machen kann.«

»Das ist alles? Ich hätte eher vermutet, dass du Luxusurlaube auf Bali oder Mauritius bevorzugst.«

»Ich bin mit dem Surfzirkus genug in der Welt herumgereist, glaub mir. Ich bin froh, wenn ich mal auf dem Sofa liegen und ein Buch lesen kann. Dazu habe ich sonst zu wenig Zeit.«

»Hast du einen Lieblingsautor?«, bohrte ich weiter.

»Paul Auster und John Le Carré.«

»Eine Lieblingsserie?«

»*Bridgerton.*«

Ich prustete los, und er grinste.

»Das habe ich nur gesagt, um dich zu beeindrucken. *House of Cards* wäre eigentlich die richtige Antwort.«

»Lieblingsfilm?«, setzte ich mein Verhör fort.

»*Der Pate.* Und seit letzter Woche steht auf jeden Fall *Thor* ganz oben mit auf der Liste.« Er lehnte sich im Stuhl zurück und verschränkte die Arme vor der Brust. »Hat das hier noch etwas mit unserem Deal zu tun, oder beginnst du gerade, dich ernsthaft für meine Person zu interessieren, Summers? Das würde mich extrem verwirren.«

Ich schmunzelte. »Bilde dir nichts darauf ein, Knightley. Ich bin berufsbedingt einfach gerne gut vorbereitet.«

Aber natürlich steckte ein Funken Wahrheit in seinen Worten. Klar wollte ich auf Lucas' Geburtstagsfeier ungern in eine peinliche Situation geraten, aber dafür musste ich streng genommen nicht wissen, wer seine Lieblingsautoren waren. Trotzdem machte es mir zunehmend Spaß, ihn auszufragen.

Ich nahm den letzten Löffel der Crème brulée und schob dann mit Bedauern den leeren Teller weg. »Erzähl mir was vom Surfen.«

»Weißt du nicht ohnehin alles darüber, als mein größter Fan?«, konterte er, aber das erste Mal seit wir uns kannten, machte es mir absolut nichts aus, dass er mich damit aufzog.

»Ich weiß absolut nichts über das Surfen oder deine Karriere, außer dass du dreimal den Weltmeistertitel gewonnen hast und jetzt dein Geld damit verdienst, dass du für Sponsoren und Werbepartner dein sexy Surfer-Ding machst.«

Überrascht sah er auf, und seine Augen blitzten.

»Interessant zu wissen, dass du mich sexy findest, Isy.«

Die Art, wie er das sagte, löste ein leichtes Kribbeln in meiner Magengegend aus.

»Ich habe gesagt ›sexy Surfer-Ding‹, nicht ›sexy Connor-Ding‹«, konterte ich schnell. »Das ist ein Unterschied.«

»Das lasse ich jetzt mal unkommentiert«, erwiderte er. »Also: Ich habe das erste Mal mit fünf Jahren auf einem Surfbrett gestanden, gemeinsam mit meinem Vater. Er ist in seiner Jugend viel gesurft und hat mit Anfang zwanzig die halbe Welt bereist. Wahrscheinlich hat er alle Strände der Erde gesehen und ist jede Welle geritten. Wir waren in meiner Kindheit und Jugend fast jeden Tag am Strand. Da war es wohl nicht weiter verwunderlich, dass ich ziemlich schnell ziemlich gut darin wurde. Irgendwann gewann ich kleinere Wettbewerbe, dann größere. Ich kam in die Jugendförderung, fand Sponsoren und wurde Profi.«

»Und dann hast du direkt dreimal den Weltmeistertitel gewonnen? Beeindruckend«, sagte ich, und es war ehrlich gemeint.

»Danke.« Er grinste mich verschmitzt an. »Hast du jetzt alle Informationen, die du brauchst?«

Ich erwiderte seinen Blick. »Ich habe das Gefühl, ich weiß *alles* über dich.«

»Du weißt nicht mal die Hälfte, Summers«, sagte er und sah mir in die Augen.

Das konnte ich mir lebhaft vorstellen. Connor war kein Mann, der seine Geheimnisse schnell preisgab. Wahrscheinlich hatte ich gerade mal an der Oberfläche gekratzt. Bevor ich allerdings Gelegenheit hatte, noch weiter zu bohren, kam der Kellner und legte einen Teller mit der Rechnung wie selbstverständlich vor Connor auf den Tisch. Schnell beugte ich mich vor und schnappte sie mir, bevor Connor sein Portemonnaie aus der Hosentasche ziehen konnte.

Erstaunt sah er auf. »Was machst du?«

»Ich zahle«, sagte ich bestimmt und reichte dem Kellner meine Kreditkarte.

»Ich habe das Restaurant ausgesucht«, erinnerte mich Connor und bedeutete dem Kellner mit einer Handbewegung, die Karte nicht durchs Lesegerät zu ziehen. »Also bezahle ich auch.«

Ich schüttelte entschlossen den Kopf. »Ich wohne bei dir, Connor. Der Kühlschrank ist immer voll. Ruby kocht für mich, wäscht meine Wäsche und räumt hinter mir her.« Er öffnete den Mund, und ich fügte schnell hinzu: »Lass mich bezahlen. Bitte.«

Er musterte mich einen Moment. Dann nickte er und schenkte mir ein Lächeln. »Danke für die Einladung, Isy.«

Als wir aufstanden, griff Connor wie selbstverständlich nach meiner Hand. Erstaunt stellte ich fest, dass ich begann, mich daran zu gewöhnen.

»Hoffentlich hat Snips nicht die ganze Bude auseinandergenommen, während wir weg waren«, murmelte er und hielt mir die Tür auf, damit ich ins Freie treten konnte. »Das letzte Mal, als er allein war, hat er mein Kopfkissen zerfetzt.«

»Gut, dass ich die Tür zu meinem Zimmer zugemacht …«

Ich stockte mitten im Satz und blieb stehen, als plötzlich ein Mann mit Kamera vor uns stand. Connor, der direkt hinter mir gegangen war, wäre fast in mich hineingerannt.

»Hey, du bist Connor Knightley!«, rief der Mann, fast so, als wäre er selbst überrascht.

Dennoch begann er sofort, Fotos von uns zu schießen. Ich spürte, wie sich Connor hinter mir versteifte. Dann machte er einen Schritt an mir vorbei und stellte sich schützend vor mich. Ich war so geblendet von dem Blitzlicht, dass ich mir die Hände vor die Augen halten musste. Das war ja der reinste Überfall!

»Du meine Güte!«, rief ich und lugte hinter Connor hervor. »Könnten Sie bitte mal kurz damit aufhören? Ich sehe sonst schrecklich aus auf Ihren Fotos!«

Der Mann lachte, hörte aber netterweise auf zu knipsen. Ich trat aus Connors Schatten, sodass ich den Paparazzo anschauen konnte. Er war klein und hatte lockige Haare, die ihm bis über die Schultern reichten. Auf dem Kopf trug er eine Baseballkappe, die er verkehrt herum aufgesetzt hatte.

Immer noch spürte ich Connors extreme Anspannung und kam nicht umhin, mich darüber zu wundern. War er als Sportprofi nicht daran gewöhnt, dass Leute Fotos von ihm schossen? Er wirkte im Moment zumindest nicht so cool und selbstbewusst, wie ich ihn sonst kannte.

Ich drückte seine Hand, während ich mich dem Fotografen zuwandte: »Kann man nicht erst mal Guten Abend sagen und sich vorstellen, bevor man mit so einer Salve loslegt? Ich fühle mich wie ein angeschossenes Reh.«

»Matt Bolt.« Der Mann tippte sich mit einem Finger an die Stirn, als würde er uns militärisch grüßen. »Freut mich.«

»Uns weniger«, murmelte Connor neben mir. »Wer hat Ihnen den Tipp gegeben?«

»Kein Tipp.« Matt zuckte mit den Schultern. »Ich warte auf J.Lo und Ben Affleck.«

Einen Moment starrte ich ihn an, dann konnte ich nicht anders, als zu lachen.

»Sie sind also gar nicht unseretwegen hier?«, vergewisserte ich mich.

»Nein.« Er schüttelte den Kopf und grinste mich an. »Das ist purer Zufall. Fotos von euch lassen sich aber auch gut verkaufen. Manchmal muss man eben einfach Glück haben.«

Er hob die Kamera wieder vor die Augen.

Ich seufzte. »Dann machen Sie Ihre Fotos. Aber geben Sie uns eine Chance, gut darauf auszusehen, okay?«

Ich blickte Connor an, weil ich wissen wollte, ob das für ihn in Ordnung war. Als er widerwillig nickte, ließ ich seine Hand los und schlang meinen Arm um seine Mitte.

»Bleib ruhig und entspann dich«, flüsterte ich in sein Ohr, als wäre ich hier der Profi von uns beiden. »Er macht ein paar Fotos, und das war's.«

Ich spürte noch sein Unbehagen, aber dann drehte er sich zu mir, und sein Körper entspannte sich allmählich.

»Ich hasse Paparazzi«, murmelte er ebenso nah an meinem Ohr. »So sehr.«

Sein Atem streifte die empfindliche Haut an meinem Hals, und kurz vergaß ich, was ich eigentlich hatte sagen wollen.

Dann räusperte ich mich und riss mich zusammen. »Ich merke das. Aber wir kriegen das hin.«

Connor atmete tief durch und schlang dann ebenfalls seine Arme um mich. Geduldig posierten wir, bis Matt ein paar Fotos von uns geschossen hatte, dann wandten wir uns zum Gehen. Während wir in Richtung Auto liefen, fotografierte er weiter.

»Wenn's geht, sollte mein Po bitte vorteilhaft aussehen«, sagte ich über meine Schulter hinweg. »Fotos von hinten können ja manchmal etwas … schwierig sein.«

Matt lachte auf. »Du gefällst mir. Wie heißt du noch mal?«

»Isy«, antwortete ich, während Connor mir die Tür des Autos öffnete.

Der Paparazzo griff in seine Hosentasche und hielt mir seine Visitenkarte hin, bevor ich einsteigen konnte.

»Wenn du mal reden willst …«, er zwinkerte und nickte mit dem Kopf in Connors Richtung, um klarzumachen, worüber – oder über wen – er gerne mit mir sprechen würde, »… oder Interesse an einer exklusiven Fotostory hast, melde dich bei mir.«

»Klar«, sagte ich und steckte die Karte in meine Handtasche. »Wenn ich mal über Privates plaudern möchte oder Interesse an einer Homestory habe, werde ich mich als Erstes vertrauensvoll an Sie wenden.«

Matt nickte, aber er ahnte vermutlich, dass ich in meinem

ganzen Leben nicht mit ihm über Connor und unsere Beziehung sprechen würde. Andererseits – es gab schließlich genug verletzte Exfreunde und -freundinnen, die nach einer Trennung gerne ein paar intime Geheimnisse über ihre prominenten Verflossenen mit der Presse teilten. Also war es aus seiner Sicht einfach einen Versuch wert. Wer wusste schon, was in ein paar Wochen sein würde und ob ich nicht doch das Bedürfnis haben würde, mit der Presse zu sprechen?

»Der war doch ganz nett«, sagte ich, als wir beide eingestiegen waren und uns anschnallten.

»Ja, ungefähr so nett wie eine Hyäne, die um eine sterbende Antilope herumschleicht.«

»Was bist du?«, fragte ich lachend. »Eine sterbende Antilope?«

Er sah mich mit gehobenen Augenbrauen an. »Wenn überhaupt, bin ich der Löwe, der die Antilope gejagt hat und sie sich nicht abnehmen lassen will.«

»In Löwenrudeln jagen die Weibchen«, informierte ich ihn und klappte die Sonnenblende herunter, um meinen Lipgloss im Spiegel zu checken. »Niemals die Männchen.«

»Gut, dass ich heute eine Löwin dabeihatte.« Connor startete den Motor. »Trotzdem will ich nicht mit der Hyäne befreundet sein.«

»Manchmal hilft es auch, wenn man sich Feinde zu Freunden macht.« Ich zuckte mit den Schultern und klappte die Blende wieder hoch. »Und manchmal hilft auch einfach ein bisschen Freundlichkeit weiter.«

Ich sah ihm an, dass er mir widersprechen wollte, doch dann ließ er es doch lieber.

»Okay, der Punkt geht an dich«, sagte er stattdessen. »Du hast die Situation beeindruckend gut gemeistert – vor allem dafür, dass es so überraschend kam.«

Er bog vom Parkplatz auf den Pacific Coast Highway ein und

beschleunigte. Rechts flogen die hohen, dramatisch von unten beleuchteten Palmen an uns vorbei, links lag der von Hunderten von Scheinwerfern erhellte Strand und dahinter der pechschwarze Pazifik, auf dem sich das Mondlicht weiß spiegelte. Die Bucht von Malibu beschrieb eine weite Kurve bis zum Point Dume. Die tausend Lichter der Häuser und Straßen, die sich in die Malibu Hills hochschlängelten, glitzerten in der Dunkelheit. Die Abendluft war lau und zerzauste mir die Haare.

Wir fuhren schweigend, bis Connor in die Einfahrt seines Hauses einbog. Als er den Motor abstellte, sahen wir uns an.

»Das war ein …«, er suchte nach Worten, aber ich wusste genau, was er meinte.

»… überraschend angenehmer Abend?«, vervollständigte ich für ihn.

Er schmunzelte. »Besser hätte ich es nicht ausdrücken können. Ich glaube, jetzt wissen wir ziemlich gut übereinander Bescheid. Ich habe nur eine einzige Sache vergessen …«

Ich nickte, um ihn zum Weiterreden zu ermuntern.

»Mit Anfang neunzehn …« Er stockte, und ich fragte mich, was für eine Enthüllung nun kommen mochte. »… wurde mir mein Blinddarm entfernt. Nur falls Lucas danach fragen sollte.«

10.

»Haare offen oder hochgesteckt?« Kritisch betrachtete ich mein Spiegelbild. »Was meinst du, Snips?«

Der Angesprochene lag hinter mir auf dem Badezimmerteppich ausgestreckt und döste. Er hob den Kopf und wedelte ein paarmal mit dem Schwanz, hatte aber offensichtlich keine Antwort auf meine Frage.

Es klopfte an meine offen stehende Zimmertür, und Connor kam herein. Snips sprang auf und begrüßte ihn, als hätte er ihn den ganzen Tag nicht gesehen.

»Wow«, sagte Connor und musterte mich einmal von oben bis unten. »Du siehst fantastisch aus.«

Connor war mal wieder selbst ein ziemlicher Hingucker. Er trug eine dunkle Jeans und ein weißes Shirt unter einer schwarzen Lederjacke. Die Haare hatte er wie üblich zusammengebunden, sich aber offensichtlich heute einmal glatt rasiert. Wenn das überhaupt möglich war, machte das sein Gesicht fast noch ein wenig anziehender. Vielleicht, weil sein Kinn dadurch markanter wirkte.

»Danke«, erwiderte ich und drehte mich einmal im Kreis. »Gut genug?«

Ich hatte mir am Vormittag in Malibu ein fließendes hellblaues Neckholder-Minikleid gekauft, das ich mit hohen Keilsandalen kombiniert hatte.

»Gut genug für mich auf jeden Fall«, sagte er und tätschelte gedankenverloren Snips' Kopf.

Ich verdrehte die Augen. »Ich meine: Gut genug im Sinne von ›Wir treffen gleich meinen Exfreund und seine neue Flamme‹?«

»Gut genug für die Weihnachtsfeier des Präsidenten der Vereinigten Staaten von Amerika, wenn du mich fragst«, erwiderte Connor trocken und wandte sich zum Gehen. »Und falls Snips dir empfohlen hat, die Haare hochgesteckt zu tragen – ich würde sie an deiner Stelle offen lassen. Sieht hübscher aus.«

»Warte!«, rief ich, warf noch einen letzten Blick in den Spiegel und nahm meine Handtasche. »Gibt es ein Drehbuch, wie wir uns verhalten und was wir sagen?«

»Ruhig bleiben«, erwiderte Connor gelassen. »Das ist der einzige Plan.«

Typisch. Er war natürlich wieder sein entspanntes und cooles Selbst. Schnell folgte ich ihm aus dem Zimmer.

»Wir sagen einfach so wenig wie möglich zu privaten Fragen, und wenn, dann bleiben wir so nah wie möglich an der Wahrheit«, fuhr er fort, während wir nebeneinander die Treppe hinunterliefen. »Wir haben uns auf meiner Geburtstagsparty kennengelernt. Du hast mich angebaggert und wolltest sofort mit mir ins Bett, aber ich habe dich abblitzen …«

»So werden wir es auf keinen Fall erzählen«, fiel ich ihm ins Wort, konnte aber nicht verhindern, dass sich ein Grinsen auf mein Gesicht stahl. »Es war genau andersrum. Wir sind ins Gespräch gekommen, und du hast dich sofort unsterblich in mich verliebt, konntest dir deine Gefühle aber erst einmal nicht eingestehen, weil du so überwältigt warst.«

»Ach so, dann habe ich da wohl was verwechselt.« Er sah mich an und seufzte. »Und jetzt entspann dich, Isy.«

Lucas wohnte in Pacific Palisades in einer Seitenstraße des Sunset Boulevard, der nur wenige Hundert Meter weiter in den

Pacific Coast Highway mündete. Erst als wir unsere Namen sagten, ließ man uns das Tor zu der imposanten, dreistöckigen Villa passieren. Connor stellte den Porsche vor das Eingangsportal, wo ein Angestellter ihn übernahm, um den Wagen wegzufahren. Die Haustür stand offen, und wir folgten den leisen Klängen eines Klaviers durch das Foyer des Hauses direkt in den großen und zum Meer hin abfallenden Garten, an dessen Ende ein türkisblauer Pool in der Abendsonne schimmerte.

»Kleine Party unter Freunden«, hatte Jessica gesagt, aber das war wohl etwas untertrieben gewesen. Es tummelten sich mindestens hundert Gäste im Garten, unterhielten sich, lachten, tranken Champagner. Und hinter uns strömten immer mehr Leute auf das Grundstück.

Ich warf Connor einen Blick zu, doch er nickte mir aufmunternd zu und nahm meine Hand in seine. »Jetzt hör schon auf, dir Gedanken zu machen. Ich verspreche dir, dass alles gut gehen wird.«

Wie schon zuvor hatte der Druck seiner warmen Hand eine beruhigende Wirkung auf mich. Ich atmete tief durch. Wir würden den Abend gemeinsam meistern. Wenn mir Connor mit seiner ruhigen und kontrollierten Art zur Seite stand, dann würde auch ich es schaffen, ruhig und kontrolliert zu bleiben.

Mir blieb nicht viel Zeit, um mich zu sammeln, denn auf der Terrasse kam sofort Jessica auf uns zu.

»Connor! Isy!«, rief sie und begrüßte jeden von uns beiden mit einem Küsschen auf die Wange. »Herzlich willkommen. Schön, dass ihr da seid!«

Mit Erleichterung stellte ich fest, dass sich ihre Hysterie Connor gegenüber offensichtlich etwas gelegt hatte. Oder vielleicht schaffte sie es nur, sich besser zusammenzureißen als beim letzten Mal im Golfclub. Zumindest sah sie ihn nicht mehr an wie ein liebeshungriger Welpe.

»Vielen Dank für die Einladung«, sagte Connor höflich.

»Sehr gerne«, erwiderte sie und sah sich suchend um. »Ich weiß leider nicht, wo Lucas gerade ist. Na ja, er wird euch schon früher oder später über den Weg laufen.«

Weil eine Gruppe neuer Gäste ankam, musste sich Jessica sofort wieder entschuldigen, was mir mehr als recht war. Wir holten uns Getränke an der Bar – einen Mai Tai für mich und ein Bier für Connor – und schlenderten mit unseren Drinks hinunter zum Pool, von wo aus man eine atemberaubende Aussicht über den Pazifik bis hin zur South Bay von Los Angeles hatte.

»Alles okay mit dir, oder bist du kurz vor einer Panikattacke?«, fragte Connor und lehnte sich neben mich an die Terrassenbrüstung. Weil ich nicht antwortete, stupste er mich leicht mit der Schulter an. »Die ersten zehn Minuten hast du bereits bravourös gemeistert, da wird der Rest des Abends ein Kinderspiel.«

Ich sah ihn an und nickte. Er hatte recht: Es brachte ja nichts, sich die Fingernägel abzukauen. Ich würde einfach alles auf mich zukommen lassen und darauf vertrauen, dass es gut gehen würde.

»Wie läuft es eigentlich in der Kanzlei, in der du arbeitest?«, erkundigte sich Connor. »Gefällt es dir dort?«

Es war süß, dass er mich mit dem Themenwechsel ablenken wollte, und ich war dankbar, dass ich über etwas anderes reden konnte als über Lucas.

»Mein Chef ist chronisch überarbeitet«, antwortete ich, nachdem ich einen Schluck meines Mai Tai getrunken hatte. »Es gibt ziemlich viel zu tun, aber die Arbeit macht mir mehr Spaß, als ich es vorher für möglich gehalten hätte. Diese Woche hat Jeremy mir nur Strafrechtsfälle gegeben, in denen es um die Prüfung der Wiederaufnahme des Verfahrens geht. Wusstest du, dass fünf Prozent aller aktuellen Gefängnisinsassen unschuldig verurteilt im Gefängnis sitzen?« Ich dachte kurz nach. »Bei zwei Millionen Gefängnisinsassen sind das …«

»Hunderttausend Menschen«, sagte er, wie aus der Pistole geschossen. »Ist das dein Ernst? Allein in den USA?«

»Ja!«, sagte ich aufgeregt, leicht beeindruckt davon, dass er so schnell rechnen konnte. »Kannst du dir das vorstellen? Ich meine, wenn man nur anfangen wollte, gegen einen Bruchteil all dieser Fehlurteile vorzugehen, würden zehn Rechtsanwaltsleben nicht dafür ausreichen.«

Er schmunzelte. »Was sind schon zehn Rechtsanwaltsleben gegen eine Isy Summers?«

»Ich bin nicht Wonderwoman, auch wenn es manchmal so aussehen mag«, stellte ich klar und ignorierte sein amüsiertes Lachen. »Aber wenn ich nur in einem einzigen dieser Fälle etwas bewegen könnte, wäre das so ziemlich das Größte, was ich in meinem Leben je geschafft habe. Weißt du, was ich meine?«

»Natürlich verstehe ich, was du meinst. Du wirst sicherlich viel dort lernen können. Ist dein Chef nett?«

»Er ist super. Etwas chaotisch, aber sehr clever. Jeremy engagiert sich nicht nur gegen Fehlurteile, sondern auch für die Abschaffung der Todesstrafe.«

Connor zog die Augenbrauen hoch und nickte anerkennend. »Ich mag den Mann.«

Das brachte mich zum Lächeln. »Er will mich zu einem Treffen der *American Lawyer's Society Against the Death Penalty* mitnehmen. Das ist eine Vereinigung von amerikanischen Rechtsanwälten, die sich zusammengeschlossen haben, um die Abschaffung der Todesstrafe zu erreichen.« Ich sah ihn von der Seite an. »Aber ich will dich nicht mit meinem Kanzleikrempel langweilen.«

»Wie könnte es mich langweilen, wenn du dein sexy Anwältinnen-Ding machst?«

Ich drehte mich zu ihm, sodass ich ihn voll ansehen konnte.

»Wie interessant, dass du mich sexy findest«, wiederholte ich seine Worte.

Seine Mundwinkel zuckten leicht. »Ich habe gesagt: ›dein sexy Anwältinnen-Ding‹, nicht …«

Er verstummte und heftete seinen Blick auf etwas hinter mir. Ich drehte mich um und sah Lucas auf uns zukommen. Ich war so vertieft in das Gespräch mit Connor gewesen, dass ich fast vergessen hatte, wo wir uns befanden und warum wir hier waren.

»Hallo!« Ich merkte selbst, dass ich etwas zu laut sprach.

Verflixte Aufregung! Das war doch sonst gar nicht meine Art. Wie sollte ich mich verhalten? Sollte ich ihm die Hand schütteln? Wohl eher nicht. Zum Glück nahm Lucas mir die Entscheidung ab. Er kam einen Schritt auf mich zu, sodass ich fast keine andere Wahl hatte, als ihn zu umarmen und ihm ein Küsschen rechts und ein Küsschen links auf die Wange zu geben.

»Herzlichen Glückwunsch zum Geburtstag!«

»Danke, Bella«, sagte er gut gelaunt und lächelte mich an.

Sein Lächeln war mir so vertraut, dass ich für einen Moment weiche Knie bekam. Dann riss ich mich zusammen. Kein Grund, sentimental zu werden!

»Alles Gute auch von mir«, sagte Connor. »Und danke für die Einladung.«

»Sehr gerne«, erwiderte Lucas und nahm Connors ausgestreckte Hand. »Was macht das Surfen? Die letzten Wettkämpfe gewonnen?«

»Ich bin nicht mehr in der *World Surf League*«, antwortete Connor. »Ich habe letztes Jahr meine aktive Karriere beendet.«

Lucas sah ihn erstaunt an. »Das wusste ich nicht. Du kannst doch kaum älter sein als ich, oder?«

»Ich bin neunundzwanzig«, sagte Connor und spannte kurz seine Kiefermuskeln an. »Aber ich hatte bereits mehrere Operationen an der Schulter und habe mich dann entschlossen, den Profisport aufzugeben.«

»Wie enttäuschend für dich«, sagte Lucas und zog scheinbar mitfühlend die Mundwinkel nach unten. »Es gibt ja viele Sportler, die noch bis Ende dreißig aktiv sind und sogar noch mal Weltmeister werden.«

Connor trank einen Schluck Bier und nickte, ohne das zu kommentieren.

»Ist Surfen nicht jetzt auch olympische Disziplin?«, fuhr Lucas fort. »Wie schade, dass du niemals Olympiasieger werden kannst.«

Oh Mann, konnte er das Thema nicht fallen lassen? Es war doch mehr als offensichtlich, dass Connor nicht über sein Karriereende sprechen wollte.

»Connor hat dreimal den Weltmeistertitel geholt«, sprang ich ihm zur Seite. »Ich denke, das reicht für ein Sportlerleben.«

Connor sah mir für einen kurzen Moment in die Augen, dann überraschte er mich damit, dass er mich an sich zog und mir einen Kuss auf die Wange drückte. »Es gibt ja jetzt auch genug andere Dinge, die meine Zeit in Anspruch nehmen. Oder, Isy?«

Bevor ich antworten konnte, kam Jessica über den Rasen auf uns zugelaufen und rief: »Ich habe euch schon gesucht!« Sie strahlte Connor an. »Darf ich dich für zehn Minuten entführen? Ich würde dich gerne einigen Leuten vorstellen.«

Oje, der arme Connor, dachte ich. Jetzt würde er ihren Freundinnen vorgeführt werden.

Aber Connor lächelte nur freundlich und zuckte mit den Schultern. »Klar. Gerne.«

Ich blickte den beiden nach, als sie den Garten durchquerten und sich auf der Terrasse zu einigen anderen Gästen gesellten. Während fast alle gleichzeitig begannen, auf Connor einzureden, warf er mir noch einen Blick zu und zwinkerte.

»Wollen wir uns kurz setzen?«

Erst als er sprach, wurde ich mir Lucas' Anwesenheit wieder bewusst. Ich nickte, und wir nahmen auf zwei Liegen Platz, die am Rande des Pools standen.

»Wie geht es dir?«, erkundigte er sich. »Ich habe dir eine Nachricht geschrieben …«

»Ich weiß«, sagte ich schnell. »Aber es war einfach zu viel los in letzter Zeit. Erst die Fotos und die Presseberichte, dann der ganze Trubel darum, dass Connor und ich … zusammen sind.«

»Ja, das verstehe ich«, versicherte Lucas und stützte die Unterarme auf den Oberschenkeln ab. »Trotzdem hätte ich mich über eine Antwort von dir gefreut. Ich wollte nur wissen, ob alles in Ordnung ist.«

Ich musterte ihn einen Moment. Er trug wieder einen Anzug, aber heute ohne Krawatte. Sein volles blondes Haar hatte er aus dem Gesicht gekämmt, nur die widerspenstige Strähne fiel ihm in die Stirn. Ich verspürte den Impuls, sie ihm aus dem Gesicht zu streichen, und musste mich zwingen, es nicht zu tun. Ich war nicht mehr zwanzig, und Lucas war nicht mehr mein Freund.

»Wie geht es deiner Mom?«, fragte er übergangslos, und ich spürte einen leichten Stich im Herzen.

Nicht nur ich, sondern auch meine Mom hatte Lucas nach unserer Trennung schrecklich vermisst. Sie hatte nicht wirklich verstehen können, warum er sich nicht wenigstens ab und zu bei ihr meldete, auch wenn wir kein Paar mehr waren.

»Gut«, antwortete ich so leichthin, wie es mir möglich war. »Sie wohnt mit ihrem Lebensgefährten immer noch in Thousand Oaks und hat mittlerweile einen Job als Intensivkrankenschwester im *Good Samaritan Hospital.*«

»Grüß sie mal schön von mir«, sagte er, fast so, als wäre sie eine entfernte Bekannte, die ihn nicht weiter interessierte. Und genau so war es wahrscheinlich auch.

»Ich werde ihr deine Grüße gerne ausrichten«, sagte ich etwas steif.

Ein unangenehmes Schweigen dehnte sich zwischen uns aus, und ich überlegte krampfhaft, was ich sagen könnte, um es zu füllen. Glücklicherweise kam in diesem Moment die Kellnerin auf uns zu und fragte, ob wir etwas trinken wollten.

»Bringen Sie uns zwei Sauvignon blanc«, bat Lucas, ohne mich zu fragen, was ich haben wollte.

Ich hätte lieber noch einen Mai Tai bestellt. Sauvignon blanc hatten wir früher immer getrunken. Damals, wenn er mich zum Essen eingeladen hatte. Bei unserem gemeinsamen Urlauben in der Karibik, in Aspen und an warmen Sommerabenden auf der Terrasse seiner Studentenwohnung in Holmby Hills. Unsere Blicke verfingen sich ineinander, und ich wusste, dass er dasselbe dachte wie ich.

»Ich hätte nicht gedacht, dass du dich daran noch erinnerst«, sagte ich und strich mir die Haare nach hinten, die mir die Meeresbrise ins Gesicht geweht hatte.

»Natürlich erinnere ich mich daran«, versicherte er. »Weißt du noch, als wir bei unserem ersten Spring Break in Mexiko immer nur Sauvignon blanc getrunken haben? Allen anderen Studenten war es völlig egal, wonach ihr Alkohol schmeckte.«

Ich schmunzelte. »Und weißt du noch, wie Daniel Peterson mit seiner Zigarette den Rock von Patricia Fielder in Brand gesteckt hat?«

Er lachte auf. »Oh ja. Das Cancún Fire Department hat den ganzen Club evakuiert …«

»… und wir haben einfach am Strand weitergefeiert«, vollendete ich seinen Satz und schüttelte den Kopf bei der Erinnerung.

»Und während alle anderen in Panik rausgerannt sind, hast du es tatsächlich noch geschafft, eine Flasche Wodka mitgehen zu lassen. Die anderen haben dich dafür als Heldin gefeiert.«

Er verstummte, als die Kellnerin sich näherte und uns zwei Weingläser reichte, aber er ließ mich nicht aus den Augen. Erst als sie sich abwandte, nahm er das Gespräch wieder auf.

»Das war eine schöne Zeit«, sagte er nachdenklich und hielt mir sein Glas zum Anstoßen hin.

Ich stieß mit meinem Glas gegen seines und konnte mir selbst nicht erklären, warum mir seine Worte so nahegingen. Ja, es war eine schöne Zeit gewesen. Wir waren glücklich gewesen, und ich hatte das Gefühl gehabt, dass mir nichts und niemand etwas anhaben konnte, solange ich Lucas hatte. Niemals hatte ich auch nur einen einzigen Gedanken daran verschwendet, dass unsere gemeinsame Zeit nicht von Dauer sein könnte. Dass das, was Lucas und ich hatten, *endlich* sein würde. Einfach irgendwann vorbei. Aber so war es gewesen.

Und ich hatte es überlebt, sagte eine Stimme in meinem Kopf. Ende der Geschichte.

»Da kommt dein Freund wieder«, sagte Lucas in unser Schweigen hinein.

Ich blickte auf und sah Connor über den Rasen auf uns zukommen.

»Wahrscheinlich hat er genug von Selfies und Autogrammen«, murmelte ich und stand auf.

Lucas erhob sich ebenfalls, sein Weinglas in der Hand.

»Und ich muss mich wohl noch ein wenig um meine anderen Gäste kümmern.« Er sah mich einen Moment nachdenklich an und fügte dann hinzu: »Es war schön, mit dir zu reden, Bella.«

Er beugte sich vor und hauchte mir einen schnellen Kuss auf die Wange, bevor er sich umdrehte und in die entgegengesetzte Richtung davonging. Ich sah ihm nach, bis Connor bei mir war.

»Und?«, fragte ich, bevor er auf die Idee kommen konnte zu fragen, worüber ich mich mit Lucas so intensiv unterhalten hatte. »Bist du deine Fans wieder losgeworden?«

Ich nickte in Richtung der Frauen, mit denen Connor sich eben noch unterhalten hatte und die jetzt neugierig zu uns herübersahen.

»Ich glaube, nach geschätzten dreihundert Selfies waren sie zufrieden.« Er sah mich fragend an und legte eine Hand auf meine Taille. »Ich war mir nicht ganz sicher, ob ich kommen und dich aus einem schwierigen Gespräch mit deinem Ex retten sollte, aber es sah nicht aus, als müsstest du gerettet werden, oder?«

Es war nett von ihm, dass er sich Gedanken gemacht hatte, ob es mir in dem Gespräch mit Lucas gut ging.

Nett. Schon wieder!

Ich räusperte mich. »Nein, ich musste nicht gerettet werden. Wir haben uns nur ein bisschen über alte Zeiten unterhalten.« Mit einem Blick in Richtung seiner Fans, die immer wieder in unsere Richtung schauten und tuschelten, fügte ich hinzu: »Also, Knightley. Was bekomme ich, wenn ich dich für heute Abend erlöse und wir einfach abhauen?«

Er legte seine andere Hand ebenfalls auf meine Taille und zog mich näher an sich heran. Ich berührte mit meinen Händen seine Unterarme und spürte seine Muskeln unter der Jacke.

»Wie wäre es mit einem großen Burger und einem Absacker im *Pacific*?«, schlug er mit einem schiefen Grinsen vor.

Ich lächelte zurück und nickte in Richtung eines Pfades, der um das Haus herum in Richtung Straße zu führen schien.

»Lass uns verschwinden.«

Zu Hause wurden wir von einem fröhlichen Snips begrüßt, der mehr als willig war, mit uns noch einen Ausflug zu unternehmen. Es war schon dunkel, aber der Mond schien hell, als wir am Strand entlang in Richtung Beach Club spazierten.

Obwohl ein leichter Wind wehte, war es immer noch warm,

und eigenartigerweise hatte ich plötzlich das Gefühl, das erste Mal an diesem Tag richtig durchatmen zu können.

Snips rannte in großen Kreisen um uns herum, überglücklich, dass er zu so später Stunde noch mal in den Genuss eines ausgedehnten Spaziergangs kam. Während wir in einträchtigem Schweigen nebeneinander herliefen, ließ ich meinen Blick über das pechschwarze Meer und zu den in der Dunkelheit glitzernden Häusern von Malibu wandern und spürte, wie meine Nerven sich nach und nach beruhigten. Wir hatten den Abend überstanden, und das ohne größere Pannen oder Peinlichkeiten.

»Ich muss nächste Woche ein paar Tage für ein Fotoshooting nach Florida«, sagte Connor in meine Gedanken hinein, als wir im Beach Club angekommen waren. »Wirst du eine Weile ohne mich zurechtkommen?«

»Klar.« Wir setzten uns an einen Tisch, wobei wir fast freie Auswahl hatten, denn zu dieser Uhrzeit war nicht mehr sehr viel los. »Ich werde in deinem Haus riesige Partys veranstalten und heimlich deine benutzten Boxershorts an deine Fans versteigern.«

Er warf mir einen Blick zu und verzog das Gesicht. »Du machst mir Angst, Isy.«

»Keine Sorge«, beruhigte ich ihn. »Ich werde brav das Haus hüten, mit Snips Gassi gehen und abends mit ihm zusammen in die Kissen weinen, weil wir dich so sehr vermissen.«

Er schnaubte. »Ja, genau. Als ob.«

»Wirst du mich denn vermissen?«, neckte ich ihn, nachdem wir Pulled Pork Burger und Bier für uns beide bestellt hatten. »Du kannst ruhig zugeben, dass du dir ein Leben ohne mich nicht mehr vorstellen kannst.«

Über uns knatterte ein Motorrad auf dem Pacific Coast Highway vorbei, vielleicht eine Harley Davidson. Ansonsten war nichts zu hören außer dem Rauschen des Meeres, dem

Schlagen der Fahnen im Wind und dem Gemurmel der anderen Gäste.

»Ich werde so viel zu tun haben, da wird kaum Zeit bleiben, irgendjemanden oder irgendetwas zu vermissen. Na ja, außer mein Hotelbett vielleicht.«

»In das du hoffentlich allein fallen wirst«, erinnerte ich ihn. »Nicht dass du dich knutschend mit irgendeiner Frau fotografieren lässt. Du hast da ja so eine gewisse Vorgeschichte, was das betrifft … und für unseren Deal wäre es nicht gerade hilfreich.«

Er überraschte mich damit, dass er sich vorbeugte und einen Arm um meine Schulter legte.

»Das Gleiche gilt für dich«, mahnte er. »Insbesondere, was Lucas angeht.«

Ich schubste ihn spielerisch weg. »Ich bitte dich. Ich knutsche doch nicht mit Lucas!«

Und auch wenn ich jedes Wort so meinte, konnte ich nicht verhindern, dass meine Gedanken zurück zu unserem Gespräch auf der Geburtstagsparty wanderten. Nach dem etwas holprigen Beginn unserer Unterhaltung war für einen klitzekleinen Moment die alte Vertrautheit wieder aufgekommen. Einerseits hatte Lucas sich sehr verändert, andererseits hatte ich zwischendurch auch immer wieder den Jungen durchblitzen sehen, in den ich mal verliebt gewesen war.

Ich seufzte und streichelte Snips nachdenklich den Kopf. Es war sinnlos, sich weiter darüber Gedanken zu machen. Voraussichtlich würde ich Lucas ohnehin nie wiedersehen. Unsere Begegnung im Golfclub war bloß ein Zufall gewesen, der sich sicher so bald nicht wiederholen würde. Es war nicht zu erwarten, dass wir ab sofort regelmäßig miteinander telefonieren würden.

Und zu meinem Geburtstag würde ich ihn ganz sicher nicht einladen.

11.

»Ich habe den ganzen Nachmittag damit verbracht, Hochzeitseinladungen zu beschriften und zu frankieren.« Seufzend lehnte sich Emma an den großen Arbeitsblock in Connors Küche, während ich Nachos aus der Tüte in eine Schale schüttete. »Morgen früh gehen sie raus.«

»Wow, ihr legt ein ganz schönes Tempo vor«, stellte Connor fest und holte zwei Bier aus dem Kühlschrank. »Möchtet ihr lieber Bier oder Wein?«

»Lieber Wein«, sagten Emma und ich wie aus einem Mund. Wir grinsten uns an.

»Wir wollen unbedingt noch dieses Jahr heiraten«, nahm Emma Connors Bemerkung wieder auf. »Viele Paare planen ihre Hochzeit über ein Jahr im Voraus, und wir hatten einfach wahnsinniges Glück, so schnell unsere Traumlocation zu finden. Aber jetzt müssen wir Gas geben, um alles rechtzeitig zu organisieren. Meine Verwandten in Deutschland haben ihre Flüge schon gebucht.«

»Verstehe«, sagte Connor, schob seinen Hund mit einem Bein zur Seite und lief mit den Getränken in Richtung Fernseher, wo Nick es sich bereits auf der Couch gemütlich gemacht hatte. Snips folgte ihm schwanzwedelnd und ließ sich auf den Teppich vor dem Sofa fallen.

Wir hatten die Schiebetüren zur Poolterrasse ganz aufgeschoben, und die weißen Vorhänge bauschten sich in der leichten

Brise. Es war früher Abend, und die Hitze des Tages ließ allmählich nach. Meine Haare waren noch nass, weil ich schwimmen gewesen war, bevor Emma und Nick für unseren gemeinsamen Serienabend gekommen waren. Ich hatte erwartet, dass Emma sofort beginnen würde, mich wegen der Sache mit Connor zu grillen, aber offensichtlich wollte sie warten, bis die Männer außer Hörweite waren.

Und richtig, kaum hatte Connor sich zu Nick aufs Sofa gesetzt und ein Gespräch begonnen, drehte sie sich verschwörerisch zu mir um.

»Jetzt erzähl mir alles über Connor und dich«, forderte sie mit gesenkter Stimme. »Ich sterbe vor Neugier.«

Glücklicherweise piepte in diesem Moment die Mikrowelle, sodass ich Emma den Rücken zuwenden konnte, um die Schale mit dem warmen Popcorn herauszunehmen. So musste ich ihr nicht in die Augen sehen, während ich antwortete.

»Da gibt es nicht viel zu erzählen«, behauptete ich und stieß einen unterdrückten Fluch aus, weil die Schüssel so heiß war.

Emma stellte sich neben mich und reichte mir ein Küchenhandtuch. »Ich bitte dich, Isy. Du bist mit Nicks bestem Freund zusammen. Eure Fotos sind überall in der Klatschpresse zu sehen, und du wohnst bei ihm. Natürlich gibt es da so einiges zu berichten.«

»Du weißt doch, wie das bei mir ist«, sagte ich ausweichend. »Ich denke über solche Sachen nicht so viel nach. Connor ist ein heißer Typ, die Chemie zwischen uns stimmt, und wir haben eine gute Zeit. Fertig.«

»Ich dachte, da steckt vielleicht mehr dahinter«, flüsterte sie.

Ich versuchte, meinen Schreck zu verbergen. Ahnte sie irgendwas? Möglich wäre es schon, schließlich kannte mich kaum jemand so gut wie Emma.

»Was soll denn dahinterstecken?«, fragte ich alarmiert.

Sie zuckte mit den Schultern und schob mit einer Hand die heruntergefallenen Nacho-Krümel auf der Arbeitsplatte zusammen. »Ich dachte nur … vielleicht ist Connor ja gar nicht irgendein Typ, mit dem du Spaß hast? Vielleicht wird ja was Ernstes draus? Zumindest bist du, seit ich dich kenne, noch nie einfach so mit jemandem zusammengezogen.«

Ach so. Puh. Fast hätte ich erleichtert aufgelacht. Emma und ihre romantischen Vorstellungen. Sie glaubte fest an die große Liebe, und das war ja auch kein Wunder, so glücklich, wie sie mit Nick war. Manchmal neigte sie allerdings dazu, ihre Wünsche auf mich zu übertragen, in der Hoffnung, dass auch ich irgendwann mit meinem Traumprinzen in den Sonnenuntergang reiten würde.

»Ach, Emma«, sagte ich leise und nahm die Schüsseln mit Nachos und Popcorn, um sie zur Sofaecke zu bringen. »Connor ist doch nicht der Mann fürs Leben – wenn es so was überhaupt gibt.«

Glücklicherweise ließ Emma das Thema fallen und folgte mir zum Fernseher. Die Männer hatten sich auf dem großen L-förmigen Sofa vor dem Flachbildschirm ausgestreckt, und Connor flippte mit der Fernbedienung durch das *Netflix*-Angebot. Ich stellte die Schüsseln ab, während Emma sich neben Nick aufs Sofa warf. Er lächelte sie an und gab ihr einen Kuss auf die Nase, bevor sie sich in seine Arme schmiegte.

»Was schauen wir?«, fragte ich, während ich krampfhaft überlegte, wo ich mich hinsetzen sollte.

Auf der einen Seite des Sofas lagen Emma und Nick, auf der anderen Connor. Blieb nur einer der Sessel oder der Hocker. Aber das würde etwas … merkwürdig aussehen, oder? Vielleicht sollte ich mich einfach auf den Teppich neben Snips setzen und so tun, als ob ich mit dem Hund spielen wollte?

»Wie wäre es mit *How to Get Away with Murder*?«, fragte

Emma, und Connor klickte die Serie im Menü an, um den Trailer abzuspielen.

»Jetzt setz dich doch endlich hin, Isy«, bat Nick und wedelte mit einer Hand. »Du stehst genau vorm Fernseher.«

Ich drehte mich um und ertappte Connor dabei, wie er mich beobachtete. Täuschte ich mich, oder amüsierte er sich gerade köstlich über mein Sitzplatz-Dilemma? Nein, ich irrte mich nicht. Er sah mich abwartend an, fast so, als wäre er äußerst gespannt, wie ich mein kleines Problem lösen würde. Sein Blick war pure Provokation, und ein Lächeln umspielte seine Lippen, als er die Arme öffnete.

»Komm zu mir, *Babe*. Kuschelzeit.«

Urgh! Hatte er gerade wirklich *Kuschelzeit* gesagt? Ich warf ihm einen vernichtenden Blick zu, aber natürlich blieb mir jetzt keine andere Wahl mehr. Ich schnappte mir die Schüssel mit Nachos – einfach nur, weil ich wusste, dass Connor die Krümel auf dem Sofa hassen würde – und krabbelte neben ihn.

»Liebend gern, *Honeybun*«, murmelte ich und klopfte ein Kissen für meinen Rücken zurecht.

»Aufpassen mit den Nachos auf dem Sofa, *Poo Poo*.«

Ich hielt in meiner Bewegung inne und starrte ihn an.

»*Poo Poo*? Ist das dein Ernst?«, fragte ich ungläubig.

Er grinste und zuckte mit den Schultern.

Nick sah erst Connor an, dann mich. »Ich hätte nicht gedacht, dass ihr zu den Pärchen gehört, die sich gegenseitig kitschige Spitznamen geben.«

»Oh, beim Sex nenne ich ihn *Daddy*«, behauptete ich, ohne mit der Wimper zu zucken, und warf Connor einen triumphierenden Blick zu. »Weil ihn das so scharf macht.«

Connor machte ein leises Würgegeräusch, das nur ich hören konnte, und ich musste mir schnell einen Nacho in den Mund schieben, um mein breites Grinsen zu verstecken. Was er konnte, konnte ich schon lange.

Emma verzog das Gesicht. »Okay, Leute. Das ist definitiv too much information.« Sie beugte sich zu mir herüber und klaute mir die Nacho-Schüssel. »Können wir bitte mit der ersten Folge anfangen?«

Statt einer Antwort warf Connor ihr die Fernbedienung zu. Sie fing sie geschickt auf und startete die Serie. Während Emma und Nick zu diskutieren begannen, ob Nachos oder Popcorn der bessere Snack für einen Serienabend waren, drehte sich Connor auf die Seite und sah mich auffordernd an. Eigentlich hätte mir klar sein müssen, dass er meinen Daddy-Spruch nicht einfach so auf sich sitzen lassen würde, aber ich hatte nicht damit gerechnet, dass er mit *Kuschelzeit* wirklich Ernst machen würde. Notgedrungen spielte ich mit und legte mich neben ihn auf die Couch.

Ohne zu zögern, zog er mich in seine Umarmung und so nah an sich heran, dass kein Zentimeter Platz mehr zwischen unseren Körpern war. Mir blieb nichts anderes übrig, als meinen Kopf auf seinem Oberarm abzulegen. Unsere nackten Beine berührten sich, und plötzlich wünschte ich mir, ich hätte lange Hosen und einen Pulli an, nicht meine ultrakurzen Sommershorts und ein dünnes T-Shirt.

Ich zwang mich, meine Hand auf seine Brust zu legen, denn ich wusste, dass ich im Moment steif wie ein Brett neben ihm lag, und richtete meinen Blick auf den Bildschirm. Aber es wollte mir einfach nicht gelingen, mich auf die Handlung der Serie zu konzentrieren. Mein Gesicht lag so nah an Connors Brust, dass ich die Hitze seines Köpers durch das T-Shirt spürte und seinen steten Herzschlag unter meiner Hand. Er roch so gut nach frischer Luft und Meer. Und Mann! Ich atmete durch den Mund aus und versuchte, mich zu entspannen.

Dann berührte Connor mit seinen Fingern meinen Arm. Im

ersten Moment dachte ich, es sei eine versehentliche Berührung, aber dann begann er, sanft meinen Oberarm zu streicheln. Seine Fingerspitzen wanderten über die empfindliche Haut meiner Armbeuge, über meinen Unterarm bis hin zu meinen Händen. Ich konnte nicht verhindern, dass ich eine Gänsehaut bekam, während seine Fingerspitzen wieder nach oben wanderten. Als er auf halbem Weg angekommen war, schoss mir der Gedanke durch den Kopf, dass seine Hand nur wenige Zentimeter von meiner Brust entfernt war. Er müsste nur ein wenig vom Weg abweichen und … Mir wurde heiß.

Stopp, Isy, rief ich mich selbst zur Raison.

Ich benahm mich wie eine Studentin im ersten Semester, die beim gemeinsamen Filmabend im Studentenwohnheim plötzlich scharf auf ihren Kommilitonen wurde und anfing, mit ihm rumzumachen.

Es ist alles nur Teil unserer Abmachung, Connor spielt vor Emma und Nick seine Rolle als mein Freund. Seine beiläufigen Berührungen sollten nichts, aber auch wirklich gar nichts in mir auslösen. Doch als Connor das nächste Mal wieder bei meiner Hand angekommen war, streifte er wie zufällig meinen Bauch, und die Berührung fuhr mir wie ein heißer Blitz in den Magen. Verstohlen warf ich einen Blick zu Emma und Nick hinüber, die aber beide völlig konzentriert auf den Bildschirm starrten und uns keinerlei Beachtung schenkten.

Ich spürte, dass Connor einmal tief durchatmete, dann wanderte seine Hand zu der Stelle an meinem Bauch, wo das T-Shirt ein Stück nach oben gerutscht war. Ich biss mir auf die Unterlippe, als seine Finger über meine nackte Haut strichen, sein Daumen nur einen Zentimeter unter meinem Rippenbogen. Ich wusste, dass ich nur ein Wort sagen musste, und er würde aufhören. Ich wusste, dass ich etwas sagen *sollte*. Aber, o Gott, seine Berührungen fühlten sich so unglaublich an.

Meine Augen schlossen sich wie von selbst. Gut, dass er mein Gesicht nicht sehen konnte, weil mein Kopf immer noch in seiner Halsbeuge lag.

»Alles okay?«, murmelte Connor in mein Ohr.

»Ja, wieso?«, fragte ich und schlug schnell die Augen wieder auf.

»Du hast geseufzt.«

»Habe ich nicht«, flüsterte ich zurück, wusste aber, dass er recht hatte. Ich hatte geseufzt.

»Doch. Ich bin mit dem Finger über diese Stelle hier gefahren, und dann hast du dieses Geräusch gemacht. Ein sehr süßes kleines Geräusch, irgendetwas zwischen Seufzen und Stöhnen.«

Er strich mit seinen Fingern noch einmal über dieselbe Stelle direkt über dem Bund meiner Shorts, und ich musste all meine Willenskraft aufbringen, um unbeteiligt zu gucken und den Kopf zu schütteln.

»Nope. Kein Grund für irgendwelche Geräusche.«

»Doch«, beharrte er. »Es ist übrigens dasselbe Geräusch, das du jedes Mal machst, wenn ich dich küsse.«

»So ein Quatsch«, flüsterte ich zurück.

»Wenn das Quatsch ist, kannst du ja auch mein T-Shirt loslassen, in das du deine Finger gekrallt hast.«

Ich sah nach unten und stellte fest, dass ich tatsächlich meine Finger in sein Shirt gekrallt hatte. Dadurch war es ein Stück nach oben gerutscht, sodass ich einen Blick auf seinen flachen, braunen, tätowierten Bauch erhaschte, der zwischen tief sitzendem Hosenbund und Shirt zum Vorschein kam. Er hatte diesen Muskel am Bauch. Der, der quer von oben nach unten verläuft und dann in der Hose verschwindet. Wie hieß der? Das musste ich unbedingt googeln. Dieser Muskel verdiente es auf jeden Fall, gegoogelt zu werden.

Schnell ließ ich sein Hemd los, wand mich aus seinen Armen

und warf ihm einen Blick aus zusammengekniffenen Augen zu. Es reichte ja schon, dass ich offensichtlich irgendwelche peinlichen Geräusche machte, während er mich streichelte oder küsste. Dass ich ihm jetzt auch noch schmachtende Blicke zuwarf, kam nicht infrage. Zeit, sich zusammenzureißen! Auch wenn ich offensichtlich gerade einen kleinen … Moment in seinen Armen gehabt hatte.

Als ich zur Sofakante rutschte und aufstand, sahen Emma und Nick hoch. Waren wir eigentlich noch bei Folge eins oder inzwischen bei Folge vierzehn? Ich konnte es beim besten Willen nicht sagen.

»Ich gehe kurz mit Snips raus!«, rief ich betont fröhlich, und der brave Hund sprang sofort schwanzwedelnd auf – wie immer, wenn ein Abenteuer winkte.

Connor hatte die Arme hinter dem Kopf verschränkt und ließ mich nicht aus den Augen. Er hatte immer noch ein ziemlich zufriedenes Schmunzeln im Gesicht. Das konnte ich unmöglich auf mir sitzen lassen! Also kniete ich mich noch einmal neben ihn, beugte mich vor und hauchte ihm einen Kuss auf die Wange.

»Das werde ich dir heimzahlen, Knightley«, sagte ich dann so leise, dass Emma und Nick es nicht hören konnten.

Meine Worte hatten offensichtlich nicht den gewünschten Effekt, denn seine Mundwinkel zuckten, als er erwiderte: »Ich kann es kaum erwarten, Summers.«

12.

»Musculus transversus abdominis«, murmelte ich gedankenverloren.

»Was?«, fragte Ruby und sah von der Speisekarte auf.

Wir hatten uns zum Abendessen verabredet, saßen in der *Taverna Tony* – einem kleinen griechischen Restaurant in Malibu – und warteten auf Emma, die sich etwas verspätete. Ich wusste schon genau, was ich wählen würde: gegrillte Calamari und die vegetarische Spezialitätenplatte, genau wie früher, wenn ich in diesem Restaurant gewesen war. Das Essen war hervorragend, und auf keinen Fall würde ich mich für nur ein einziges der zahlreichen leckeren Gerichte entscheiden, wenn ich doch Taboulé, gegrillte Zucchini, Feta-Pita, gefüllte Weinblätter, Auberginen-Mousse, Hummus, Zaziki und frisches Pita-Brot auf einem Teller haben konnte.

Ruby und ich hatten in den letzten Tagen viel Zeit miteinander verbracht, und weil sie sich bei ihrem ersten Kennenlernen auch mit Emma gut verstanden hatte, wollten wir die erste Gelegenheit ergreifen und uns für einen Mädelsabend zu dritt verabreden. Für Ruby war es gar nicht so einfach gewesen, einen Babysitter zu finden, aber zum Glück hatte es geklappt. Snips war ebenfalls mit von der Partie, denn ich war nicht in der Lage gewesen, seinem Welpenblick standzuhalten und ihn allein zu Hause zurückzulassen.

»So heißt dieser Muskel, der ab dem Bauchnabel schräg

runterläuft und dann in der Hose verschwindet«, erklärte ich. »Habe ich gerade gegoogelt. Connor hat den.«

Ruby sah mich ungläubig an. »Du googelst Connors Muskeln?«

Ich zuckte mit den Schultern. »Ich bin eben ein vielseitig interessiertes Mädchen.«

»Interessiert an Connors Bauchmuskulatur oder an Connors Hose? Oder am Inhalt seiner Hose?« Sie zog die Augenbrauen hoch. »Oder daran, an Connors Bauchmuskulatur vorbei in seine Hose zu kommen?«

Ich lachte auf. »Das ist mir ein bisschen zu viel Kreuzverhör. Und deine Fragen erübrigen sich, denn wie du weißt«, ich senkte meine Stimme, »sind wir nicht wirklich zusammen.«

»Die Fragen erübrigen sich überhaupt nicht! Nehmen wir mal an, dass es den Deal nicht gäbe, würdest du dann was mit ihm anfangen?«

»Wenn es den Deal nicht gäbe, wäre ich ja auch nicht mit seinen Muskeln konfrontiert«, erwiderte ich ausweichend.

»Das ist keine richtige Antwort, Isy, und das weißt du«, bohrte sie gnadenlos weiter.

Ich seufzte. Wem machte ich hier eigentlich was vor?

»Okay«, sagte ich mit gesenkter Stimme. »Ich gebe zu, dass Connor – ganz objektiv betrachtet – ein ziemlich gut aussehender Typ ist und eine wirklich sexy Ausstrahlung hat. Und wenn es den Deal nicht gäbe und ich tun und lassen könnte, was ich wollte, ohne groß darüber nachzudenken, so wie damals in New York … Na ja, dann würde ich vielleicht schon was mit ihm anfangen.« Ich steckte mir eine Olive in den Mund. »Warum auch nicht?«

Ruby grinste triumphierend. »Wusste ich's doch.«

Meine Gedanken schweiften zu unserem Serienabend mit Emma und Nick am Sonntag. Ich gestand es mir nicht gerne ein, aber die sanften Berührungen seiner Finger hatten mich fast zum Schmelzen gebracht. Wer wusste schon, was passiert wäre, wenn Emma und Nick nicht neben uns gesessen hätten? Und wenn wir nicht die Vereinbarung hätten, für die kommenden Wochen ein Paar zu spielen? Ich verdrängte alle Gedanken an den Abend. Sex mit Connor Knightley war absolut keine Option.

»Das wäre doch etwas völlig anderes, Ruby. Dann könnten wir, ohne groß nachzudenken, unseren Spaß haben. Und wenn der Spaß nach ein paar Wochen aufhören würde, könnten wir es beenden und getrennter Wege gehen, zumindest abgesehen von Emmas und Nicks Hochzeit. Aber so ist es … kompliziert. Und kompliziert ist nicht mein Ding.«

»Wie läuft es denn mit dem Deal?«

Ich zuckte mit den Schultern. »Gut eigentlich. Wir haben noch ein paar Fotos auf Instagram gepostet. Und Connor möchte, dass ich in zwei Wochen bei so einem Surfturnier in San Diego dabei bin.«

»Beim *Surf for Charity*?«, fragte sie aufgeregt.

Ich dachte kurz nach und nickte dann. »Ja, ich glaube so heißt es.«

Ruby guckte plötzlich ganz verträumt. »Da wollte ich immer schon mal hin, weil da Profisurfer und Amateure gegeneinander antreten. Die Stimmung muss super sein.«

Ich dachte kurz nach. »Begleite mich doch!«

Ein Strahlen breitete sich auf ihrem Gesicht aus. »Wirklich? Würde ich bei eurer Love-Show nicht stören?«

»Ach Quatsch! Es werden doch nur ein paar Fotos gemacht. Ich würde mich freuen, wenn du dabei wärst. Dann wird mir auch nicht langweilig, wenn Connor surft und Interviews gibt … oder was ein Surf-Star sonst so alles tut.«

Ruby hob das Glas und stieß damit gegen meins. »Abgemacht!«

In diesem Moment betrat Emma das Restaurant. Als sie sich

suchend nach uns umschaute, winkte ich ihr zu. Schon auf die Entfernung sah ich, dass es ihr nicht gut ging. Sie wirkte blass und müde. Bevor ich nachfragen konnte, ließ meine beste Freundin sich stöhnend auf den freien Stuhl fallen. Snips sprang auf und begrüßte sie schwanzwedelnd.

»Dürfen Hunde hier rein?«, fragte Emma verwundert und tätschelte Snips' Kopf.

»Wir sind in Malibu, Em«, sagte ich und gab dem Hund ein Zeichen, sich wieder unter den Tisch zu legen. »Du könntest mit einem Papagei auf dem Kopf ins Restaurant gehen, und niemand würde sich darüber wundern.«

Ruby lachte, aber Emma ging nicht auf meinen Scherz ein, sondern winkte der Kellnerin. »Drei Lemon Martinis bitte. Stark.«

Oje. Es schien wirklich schlimm zu sein.

»Sag schon, was ist los?«, fragte ich besorgt.

»Ich habe eine hervorragende Nachricht und eine wirklich, wirklich schreckliche«, sagte sie und zog die Nase hoch. »Welche möchtet ihr zuerst hören?«

Fragend sah ich Ruby an, die erwiderte: »Die hervorragende zuerst. Damit wir genug positive Energie für die wirklich, wirklich schreckliche haben.«

Emma schluckte. »Also gut: Ein anonymer Spender hat fünfzigtausend Dollar für den Kinderrechtshilfeverein gespendet, für den ich arbeite.«

»Oh, das ist doch wundervoll, Emma!«, rief ich mit gespielter Begeisterung.

Ruby warf mir einen kritischen Blick zu. Meine schauspielerischen Leistungen waren offensichtlich nicht die besten.

Emma nickte und lächelte schwach, aber ihre Augen waren feucht. »Ja, das ist wundervoll. Wir brauchen das Geld so dringend.«

»Und was ist die wirklich, wirklich schreckliche Nachricht?«, fragte Ruby vorsichtig.

Emmas Unterlippe bebte leicht, und ich nahm ihre Hand.

»Raus mit der Sprache, Em. Du machst mir Angst.«

»Unsere Hochzeitslocation hat uns abgesagt«, sagte sie dann mit zitternder Stimme. »Diese Idioten haben den Termin doppelt vergeben! Die haben uns an einem Tag eingetragen, den vorher schon ein anderes Paar fest gebucht hatte. Und jetzt haben sie den Fehler bemerkt und uns rausgekegelt, weil die anderen die Ersten waren. Könnt ihr euch das vorstellen?«

Ruby runzelte die Stirn. »Aber wenn sie es so früh bemerkt haben, ist doch alles gut, oder? Könnt ihr euch nicht etwas anderes suchen?«

Verzweifelt fuhr Emma sich durch die langen braunen Haare. »Die schönen Locations sind lange im Voraus ausgebucht. Für unseren Termin in zwei Monaten werden wir nichts mehr bekommen!«

Ich schob die Schälchen mit Oliven und Fetahäppchen zur Seite, damit die Kellnerin unsere Drinks abstellen konnte.

Dann drückte ich Emma einen in die Hand. »Okay, jetzt beruhige dich erst mal, Brautzilla. Wir werden schon eine Lösung finden.«

»Was für eine Lösung denn?«, rief sie aufgebracht. »Wir werden die Hochzeit absagen müssen. Alle Einladungen sind raus, viele Gäste haben schon ihre Flüge gebucht!«

Sie wischte sich verstohlen eine Träne aus dem Augenwinkel. Ruby zog ein Päckchen Taschentücher aus ihrer Handtasche und reichte es ihr.

»Das kann doch echt nicht wahr sein!«, schluchzte Emma auf, nachdem sie sich lautstark geschnäuzt hatte. »Wir hatten unsere absolute Traumlocation. Hochzeit am Strand, Empfang unter Palmen. Mit Hotel, in dem die Gäste schlafen können, sodass niemand mehr fahren muss. Alles perfekt. Und dann werden wir da einfach rausgeworfen. Wie kann man nur solches Pech haben? Wieso passiert uns das? Wir wollen doch einfach nur eine schöne Hochzeit haben.«

»Was sagt Nick denn dazu?«, wollte ich wissen.

»Er hat den ganzen Nachmittag damit verbracht, alle möglichen Hotels in Kalifornien abzutelefonieren. Es gibt nichts, alles ausgebucht.« Sie zuckte mit den Schultern, sah mich an und versuchte ein schiefes Lächeln. »Du kennst nicht zufällig einen Hotelbesitzer, der uns helfen könnte?«

Bei ihren Worten verschluckte ich mich an meinem Lemon Martini und bekam einen Hustenanfall.

Ruby sah mich besorgt an und klopfte mir auf den Rücken. »Alles in Ordnung?«

Ja, alles in bester Ordnung! Außer dass mein Herz plötzlich ein wenig schneller klopfte. Kannte ich einen Hotelbesitzer, der helfen konnte? Könnte Lucas die Lösung für Emmas Problem sein? Immerhin besaß seine Familie ein Dutzend Hotels allein in Kalifornien. Mit ein bisschen Glück könnte er es vielleicht möglich machen, dass Emma und Nick ihre Hochzeit in einem davon feiern konnten.

Aber war ich bereit, ihn anzurufen und ihn um einen so großen Gefallen zu bitten?

Ich sah Emma an, die sich mit dem Taschentuch die Augen abtupfte. Sie sah so traurig aus, dass es mir im Herzen wehtat.

Also atmete ich ein paarmal tief durch, bis ich meiner Stimme wieder traute, und legte ihr dann die Hand auf den Arm.

»Ich glaube, ich weiß eine Lösung, Em.«

Es kostete mich einiges an Überwindung und mehrere Anläufe, Lucas am nächsten Morgen anzurufen. Immer wieder wählte ich seine Nummer und legte schnell auf, bevor eine Verbindung hergestellt wurde. Was sollte ich tun, wenn Jessica dranging? Die Wahrheit sagen, beschloss ich und zwang mich, das Handy ans Ohr zu nehmen, anstatt wieder auf den roten Punkt zum Auflegen zu tippen.

Er meldete sich nach dem zweiten Klingeln.

»Lucas?« Ich hörte selbst, dass meine Stimme merkwürdig klang. »Ich bin's, Isy. Bella. Also, Isy Summers.«

Einen Moment sagte er nichts, und ich hörte in der Stille förmlich die Verwunderung darüber, dass ich ihn anrief.

Dann räusperte er sich. »Du musst deinen Nachnamen nicht nennen, damit ich weiß, wer du bist. Es gibt nur eine Bella in meinem Leben. Außerdem habe ich deine Nummer gespeichert.«

»Könnten wir uns vielleicht treffen?« Es entstand eine kurze Pause, und schnell fügte ich hinzu: »Ich muss dich um einen Gefallen bitten. Es ist quasi ein Notfall.«

»Verstehe.« Täuschte ich mich, oder schwang ein Hauch Enttäuschung in seiner Stimme mit? »Ohne Notfall hättest du mich nicht angerufen, oder?«

Ich wusste nicht, was ich darauf antworten sollte, und als ich nichts erwiderte, sagte er: »Wann und wo willst du mich treffen?«

Wir verabredeten uns für Freitagabend in der *Perch Rooftop Bar* am Pershing Square in Los Angeles. Ich war mit Anfang zwanzig ein paarmal mit Lucas hier gewesen. Die Tische auf der großen Dachterrasse standen zwischen Dutzenden Palmen und anderen mit Lichterketten geschmückten Pflanzen. Die beiden Stockwerke mit Restaurant- und Barbereich waren eine grüne Oase über den Dächern der Stadt mit Blick auf die glitzernden Lichter von Downtown Los Angeles. Auf den Stühlen und Sofas lagen bunt gemusterte Kissen, und überall standen Windlichter und Kerzen, die eine warme, gemütliche Atmosphäre verbreiteten.

Ich hatte Lucas ein Mittagessen vorgeschlagen, aber wegen

seines vollen Terminkalenders hatten wir uns schließlich auf einen Aperitif am Freitagabend geeinigt. Ich kam vor ihm in die Bar, und die Kellnerin fragte mich, ob ich einen Tisch reserviert hätte.

»Ja. Einen Tisch für zwei«, antwortete ich und fügte dann nach einem kurzen Zögern hinzu: »Auf Mortimer.«

Es fühlte sich merkwürdig an, seinen Namen auszusprechen. Fast wie früher, wenn wir ein echtes Date gehabt hatten. Ich schob diesen Gedanken lieber ganz weit weg von mir und ließ mich zu dem Tisch führen, den Lucas für uns reserviert hatte. Es war der beste auf der Terrasse. Natürlich.

Als Lucas zehn Minuten später aus dem Aufzug trat und sich suchend umsah, hatte ich kurz Zeit, ihn eingehend zu betrachten. Er trug einen Anzug, wahrscheinlich, weil er gerade von der Arbeit kam, hatte aber die Krawatte schon abgelegt und die oberen zwei Knöpfe seines Hemdes geöffnet. Seine vollen blonden Haare waren aus dem Gesicht gekämmt.

Seine Lippen sind schmaler als die von Connor, schoss es mir durch den Kopf, und gleichzeitig wunderte ich mich, woher dieser Gedanke plötzlich kam.

Ich hob den Arm und winkte ihm zu. Ein Lächeln breitete sich auf seinem Gesicht aus, während er über die Terrasse auf mich zuging. Ich stand auf, und als er bei mir angekommen war, zog er mich in eine kurze Umarmung. Die Umarmung dauerte etwas länger, als es für eine Begrüßung unter Freunden notwendig gewesen wäre, und ich kam nicht umhin festzustellen, dass sein Körper sich für mich seltsam vertraut anfühlte.

Einen Moment flackerte eine alte Erinnerung in mir auf. Lucas und ich am Lagerfeuer im Schulsommercamp, mein Rücken an seine Brust geschmiegt, seine Arme von hinten um meinen Körper geschlungen. Mein Herz schlug plötzlich schneller, und ich blinzelte ein paarmal heftig, um die Erinnerung zu vertreiben. Ich war einzig und allein hier, um Emma zu helfen, und nicht, um Lucas wiederzusehen und seinetwegen Herzklopfen zu bekommen.

Oder?

Wir setzten uns nebeneinander auf das Sofa, und die Kellnerin kam zurück, um unsere Bestellung aufzunehmen. Als Lucas fragte, ob ich Lust auf Sauvignon blanc hätte, nickte ich nur.

»Es ist schön, dich zu sehen, Bella.«

Ich versuchte, das merkwürdige Gefühl in meiner Magengegend zu ignorieren, und zwang mir ein möglichst unverbindliches Lächeln aufs Gesicht.

»Ich hätte nicht gedacht, dass unsere Wege sich so schnell wieder kreuzen«, gestand ich.

»Ich hätte dich angerufen, wenn du dich nicht zuerst gemeldet hättest«, erwiderte er, ohne zu zögern.

Erstaunt sah ich ihn an. »Wieso das?«

Er senkte den Blick und betrachtete seine Hände. »Ich weiß es nicht. Unsere Begegnungen sind mir nicht aus dem Kopf gegangen. Ich habe in den letzten Tagen viel über dich nachgedacht. Über uns. Darüber, wie es damals gewesen ist und wie glücklich wir waren.«

Ich konnte gerade noch verhindern, dass mir ein ungläubiges Schnauben entfuhr. Ja, wir waren glücklich gewesen – bis *er* unsere Beziehung beendet hatte! Das war allein seine Entscheidung gewesen. Und jetzt musste er plötzlich darüber nachdenken? Vier Jahre später?

Ich lehnte mich zurück, um etwas Abstand zwischen uns zu bringen. »Muss ich das verstehen?«

Lucas rieb sich mit einer Hand über das glatt rasierte Kinn.

»Damals schien es mir die richtige Entscheidung zu sein, Schluss zu machen. Aber jetzt?« Er sah mich an. Seine Augen waren genauso tiefblau, wie ich sie in Erinnerung hatte. »Ehrlich gesagt hat es mich ziemlich aus der Bahn geworfen, dich so unverhofft wiederzusehen. Es war ein bisschen so, als würde mir vor Augen geführt, was wir damals verloren haben.«

»Das hättest du dir vor vier Jahren überlegen können, Lucas. Als du mich von einer Sekunde auf die andere abserviert hast.«

»Ich habe dich nicht abserviert, Bella.«

Jetzt schnaubte ich doch. »Ich bitte dich, Lucas. Wir waren mehrere Jahre zusammen. Als du nach Stanford gegangen bist, haben wir uns geschworen, dass wir zusammenbleiben und die Fernbeziehung meistern, bis ich nachkommen kann. Aber kaum warst du weg, hast du mich aus deinem Leben gestrichen.«

Die Erinnerungen daran, wie ich mich damals gefühlt hatte, kamen hoch. Dankbar nahm ich der Kellnerin den Wein ab, den sie mir reichte. Ich brauchte einen Moment, um mich wieder in den Griff zu bekommen.

»Ich habe auch gelitten«, sagte Lucas leise, als sie wieder außer Hörweite war. »Du hast einfach jeglichen Kontakt abgebrochen und dich geweigert, auch nur noch ein einziges Mal mit mir zu sprechen!«

Fassungslos sah ich ihn an. »Es war doch alles gesagt! Was hast du von mir erwartet? Dass ich dir nach unserer Trennung noch als gute Freundin zur Seite stehen und dir helfen würde, darüber hinwegzukommen, dass du dir selbst das Herz gebrochen hast?«

Er atmete tief durch. »Okay, Bella, hör zu. Ich weiß, dass ich mich wie ein Arsch verhalten habe. Meine erste Zeit in Stanford war nicht leicht. Ich war einsam, alles war neu und ungewohnt für mich. Aber dann habe ich Freunde gefunden und konnte anfangen, das Studentenleben zu genießen. Je mehr ich mich in Stanford zurechtgefunden habe, desto ferner hat sich das Leben in L. A. angefühlt. Das Leben mit dir. Es passte einfach nicht mehr zusammen.«

Ich zog die Augenbrauen zusammen. »Soll ich mich jetzt etwa besser fühlen? Meinst du, ich habe nicht gewusst, dass ich schon hier in L. A. nicht wirklich in dein schickes Leben und zu deiner reichen Familie gepasst habe? Aber ich hatte angenommen, dass unsere Beziehung stärker ist als solche Unterschiede.«

»Es ist schwer zu beschreiben, was ich damals empfunden habe.« Er trank einen Schluck und senkte erneut den Blick. »Ich gebe zu, dass ich an der Uni meine Freiheit genießen wollte, ohne an eine Freundin weit weg in L. A. gebunden zu sein. Aber ich war jung, gerade mal Anfang zwanzig. Wir waren so lange zusammen gewesen, und plötzlich gab es da auf der Uni all diese anderen Frauen, die hinter mir her waren. Frauen, die mich interessierten. Frauen, die nicht du waren. Nicht besser, sondern einfach anders.«

Ich hatte das Gefühl, dass jedes einzelne seiner Worte mir wie ein Stachel ins Herz fuhr. Am liebsten wäre ich aufgestanden und gegangen. Es war eine miese Idee gewesen, ihn zu treffen. Aber bevor ich nach meiner Handtasche greifen und gehen konnte, nahm er meine Hand.

»Bella, ich weiß, dass ich dich damals verletzt habe.«

»Du hast keine Ahnung, Lucas«, erwiderte ich tonlos.

»Es tut mir leid! Ich kann sehen, dass du immer noch wütend auf mich bist. Aber das alles ist jetzt Jahre her. Wir waren damals fast noch Kinder, und jetzt sind wir erwachsen. Kannst du mir nicht verzeihen? Ich fände es schön, wenn du wieder Teil meines Lebens wärst. Du warst mir damals so wichtig. Und du bist es immer noch, das habe ich erkannt, als ich dich wiedergesehen habe. Ich will wissen, was für ein Mensch du geworden bist, was du erlebt hast und wie viel von meiner alten Bella noch in dir steckt.«

Ich versuchte, mir nicht anmerken zu lassen, wie sehr seine Worte mich berührten, wie sehr sie mir ans Herz gingen. Sie beleuchteten diesen kleinen schwarzen dunklen Teil in mir, von dem ich gedacht hatte, dass er für immer verschüttet wäre. Ich wollte es nicht, aber ich merkte, wie sich eine Tür öffnete. Nur einen Spaltbreit.

Er fragte, ob ich ihm verzeihen könne. Konnte ich das? Ihn wieder in mein Leben lassen?

Er hatte recht, wir waren jung und unerfahren gewesen, und natürlich hatten wir uns verändert, waren gereift und andere Menschen geworden. War es nicht an der Zeit, die alten Verletzungen und den alten Zorn endlich ruhen zu lassen?

Ich sah auf unsere Finger, die sich wie von selbst ineinander verschränkt hatten. Lucas hatte schon immer schöne Hände gehabt. Groß und stark, ohne grob zu sein. Weich und gepflegt, aber nicht feminin.

Dann sah ich ihm in die Augen. Seine wunderschönen blauen, mir ach-so-vertrauten Augen. Plötzlich sehnte ich mich danach, mich an seine Schulter sinken und in den Arm nehmen zu lassen. So wie früher, als er nicht nur meine große Liebe, sondern auch mein bester Freund gewesen war. Mein bester Freund, den ich verloren hatte und um den ich mindestens genauso getrauert hatte wie um meine Liebe.

Eine Zeit lang sagte keiner von uns beiden etwas. Dann gab ich mir einen Ruck. »Also gut. Lass uns schauen, ob wir wieder Freunde werden können, Lucas.«

Ein Strahlen breitete sich auf seinem Gesicht aus. »Wenn ich irgendetwas tun kann, um es dir einfacher zu machen, Bella …«

Ich betrachtete ihn einen Augenblick. Dann sagte ich: »Es gibt da in der Tat etwas, was du für mich tun könntest. Oder vielmehr für eine Freundin, die mir sehr wichtig ist.«

13.

Nach dem Treffen mit Lucas fiel ich völlig erschöpft und irgendwie ausgelaugt ins Bett, mit dem festen Vorsatz, am nächsten Tag lange auszuschlafen. Aber daraus wurde nichts, denn viel zu früh klopfte es an meine Zimmertür. Ich sah auf die Uhr meines Handys. Erst halb neun! Ich hatte eigentlich nicht vorgehabt, vor zehn aufzustehen.

Verschlafen murmelte ich: »Ja?«

Ruby streckte den Kopf zur Tür herein. »Deine Schwester ist mit ihren Töchtern da und will dich sprechen.«

Meine Müdigkeit war schlagartig verflogen, und ich setzte mich auf. Kathy hatte mich in der kurzen Zeit, die ich hier wohnte, noch nicht besucht, und sie kannte auch Connor nicht. Wenn sie plötzlich und ohne Vorankündigung mit den Mädchen im Schlepptau auftauchte, musste irgendetwas passiert sein.

Meine Befürchtung bestätigte sich, als Ruby hinzufügte: »Sie wirkt ziemlich aufgelöst.«

Ich sprang aus dem Bett und verschwendete keine Zeit damit, mir etwas überzuziehen. Barfuß und im Pyjama lief ich die Treppen hinunter.

Im Wohnzimmer saß Kathy auf dem Sofa, ein Taschentuch in der Hand. Sie war ungeschminkt und hatte rote, geschwollene Augen. Skylar und Faith saßen neben ihr und wirkten völlig verstört. Als ich auf sie zuging, sprangen meine Nichten auf und stürzten sich in meine Arme, fast so, als wären sie froh, nun einen Erwachsenen vor sich zu haben, der sich unter Kontrolle hatte.

»Ist was mit Mom oder Trevor?«, fragte ich Kathy mit klopfendem Herzen und umarmte die Kinder fest. Dann fügte ich nach kurzem Nachdenken höflichkeitshalber hinzu: »Oder mit John?«

»Nein, keine Sorge, dem geht es gut.« Sie lachte bitter auf. »Nur mir geht's beschissen.«

Faith löste sich von mir und sah mich empört an. »Mommy hat ein böses Wort gesagt!«

»Ab und zu ist das erlaubt«, sagte Ruby, die aus der Küche gekommen war und zwei große Becher mit dampfendem Tee in den Händen hielt. »Wie wäre es, wenn eure Mommy sich mit Tante Isy auf die Terrasse setzt, damit sie sich unterhalten können, und ich euch beiden Zuckerschnuten einen Kakao mit geschmolzenen Marshmallows mache?«

Ich stand auf und nahm ihr mit einem dankbaren Lächeln die Tassen aus den Händen. Sie zwinkerte mir zu und dirigierte Faith und Skylar in Richtung Küche, wo die drei zu diskutieren begannen, ob es für Kakao mit Marshmallows draußen zu heiß war und eine kalte Limonade vielleicht die bessere Wahl wäre.

Kraftlos schlurfte Kathy hinter mir her in Richtung Terrasse, wo ich sie auf einen der Stühle drückte und den Tee vor ihr abstellte. Dann ließ ich zum Schutz gegen die Sonne die Markise heraus und zog die Verandatür hinter mir zu, damit die Mädchen uns nicht mehr hören konnten.

»John betrügt mich«, sagte Kathy, noch bevor ich mich setzen konnte.

Erstarrt blieb ich neben ihr stehen. Oh nein. Arme Kathy! Eine Welle von Mitleid durchfuhr mich, aber mein zweiter Gedanke war: So was hatte ja früher oder später passieren müssen. Bevor ich irgendetwas Tröstendes sagen oder sie in den Arm nehmen konnte, wurde die Schiebetür zum Wohnzimmer geöffnet, und Connor betrat die Terrasse. Ich hatte ihn seit dem letzten Wochenende nicht gesehen und noch nicht mit seiner Rückkehr gerechnet. Er war nur ein paar Tage weg gewesen, dennoch kam er mir größer und breitschultriger vor, als ich ihn in Erinnerung hatte. Sein Anblick traf mich unvorbereitet, und mein Magen drehte einen Looping, als er mich fragend ansah. Er hatte sich glatt rasiert, und ich konnte nicht anders, als auf die weiße Narbe auf seiner Unterlippe zu starren. Dann riss ich mich zusammen und zwang mich zu einem Lächeln. Wahrscheinlich war ich nur ein wenig durcheinander von Kathys unerwartetem Auftauchen und ihren Neuigkeiten.

»Bist du schon zurück aus Florida? Ich habe dich gestern gar nicht kommen gehört«, fragte ich, bevor mir siedend heiß einfiel, dass ich als seine Freundin ja eigentlich neben ihm hätte aufwachen müssen.

Ich sah Connor an, der offenbar denselben Gedanken hatte, denn er verzog kurz das Gesicht.

»Ich bin gestern spät gelandet und habe im Gästezimmer geschlafen, um dich nicht zu wecken«, sagte er geistesgegenwärtig und machte einen Schritt auf mich zu, um mich zu begrüßen.

Ich stützte mich mit beiden Händen auf seiner Brust ab, als er den Kopf senkte und mich auf den Mund küsste. So langsam sollte ich mich an unsere Küsse gewöhnt haben, aber es war fast so, als hätte ich in der Zwischenzeit vergessen, wie gut sich Connors Lippen anfühlten. Ich verharrte länger als zwingend notwendig in dieser Position, und es kostete mich einiges an Überwindung, mich von Connor zu lösen und einen Schritt zurück zu machen.

Er sah mich an, und ich hätte schwören können, dass etwas in seinem Blick aufflackerte. Dennoch schaffte ich es, mich zu räuspern und zu sagen: »Connor, das ist meine Schwester Kathy.«

Kathy zog etwas undamenhaft die Nase hoch und tupfte sich noch einmal mit dem Taschentuch über die roten Augen, bevor sie Connor die Hand schüttelte, ohne aufzustehen. Wahrscheinlich fehlte ihr dazu gerade einfach die Kraft.

»Freut mich, dich kennenzulernen, Kathy. Ich bin Connor.«

Falls ihn der Zustand, in dem sie sich befand, irritierte, ließ er es sich nicht anmerken, und dafür war ich ihm unendlich dankbar.

»Es tut mir leid, dass ich hier so reinplatze«, sagte Kathy mit brüchiger Stimme. »Aber ich musste Isy unbedingt sprechen …«

»Überhaupt kein Problem. Bleib so lange, wie du willst«, erwiderte Connor sofort und sah von ihr zu den Mädchen, die immer noch von Ruby in der Küche beschäftigt wurden. »Ich lasse euch mal in Ruhe reden.«

Kathy sah ihm nach, als er nach drinnen ging und die beiden Mädchen begrüßte. Sie lächelten ihn schüchtern an, tauten dann aber sofort auf und beantworteten seine Fragen zu Lieblingskuscheltieren und -eissorten.

»Mein Gott, Isy, du bist ein Glückspilz«, murmelte sie. »Er sieht in Wirklichkeit noch viel besser aus als auf den Fotos. Und nett scheint er auch noch zu sein.«

Schnell schob ich die Verandatür hinter Connor zu und setzte mich auf den Stuhl neben Kathy. »Jetzt erzähl schon, Kittykat. Was ist passiert?«

Kathy hielt die Teetasse mit zitternden Händen umklammert, als wollte sie die Wärme des heißen Getränks in sich aufsaugen. Eine Weile sagte sie nichts, sondern starrte nur ins Leere, in Richtung Meer und Horizont, fast so, als würde sie erwarten, dort irgendwo Antworten auf ihre Fragen zu finden.

»Weißt du, ich habe wirklich immer alles für diese Familie gegeben. Alles.« Sie sah mich an, und ich konnte ihre Traurigkeit und Verzweiflung fast körperlich spüren. »Ich habe mich um die Mädchen gekümmert, ich habe gekocht, gebacken, uns ein schönes Heim bereitet. Habe die Weihnachtsgeschenke für alle gekauft, die Mädchen zum Ballett und zur Musikschule gefahren. Habe mir die Schwangerschaftspfunde wegtrainiert, weil John mich zu dick fand. Stand bereit für Sex, wann immer er es wollte, und habe Dinner-Partys für seine ätzenden Freunde und ihre unsympathischen Frauen geschmissen. Ich habe sogar meinen Job aufgegeben, um all das tun zu können – nur damit er mich nach zehn Jahren Ehe mit irgendeiner dahergelaufenen Zwanzigjährigen betrügt?«

Ich nahm ihr die Teetasse aus der Hand und stellte sie auf den Tisch, bevor sie noch etwas verschüttete und sich verbrühte.

»Bist du dir denn sicher? Was ist denn genau passiert? Vielleicht ist ja auch alles nur ein großes Missverständnis?«

Es ging mir nicht darum, John – den Oberarsch – zu verteidigen. Aber meine Schwester so unglücklich zu sehen, traf mich mitten ins Herz.

Sie lachte bitter auf. »Wie würdest du eine Nachricht deines Mannes an deine zehn Jahre jüngere Nachbarin verstehen, in der steht: ›*Kathy ist beim Yoga, Bock zu vögeln*‹?«

Ich verschluckte mich an meinem eigenen Tee und brauchte einen Moment, um mich wieder zu fangen. Bei den letzten Worten hatte sie ihre Stimme nicht mehr gesenkt, und ich war froh, dass Ruby gerade den Mixer angeworfen hatte. Das hier war nicht für die Ohren von drei- und fünfjährigen Mädchen bestimmt. Außerdem musste man eine solche Information über seinen Vater nicht haben. In keinem Alter.

»Und das hast du herausgefunden, weil du heimlich in sein Handy geschaut hast?«, fragte ich.

»Willst du mir deswegen etwa einen Vorwurf machen?«, entgegnete sie aufgebracht.

»Quatsch. Du wirst schon einen Grund dafür gehabt haben, dass du seine Nachrichten checkst, oder?«

»Ja«, bestätigte sie und fuhr sich mit dem Handrücken über die Nase. »Ich hatte schon längere Zeit das Gefühl, dass da irgendwas im Busch ist. Er hat sich plötzlich die Brust rasiert, ist joggen gegangen, hat ein anderes Parfüm benutzt, unter der Dusche gesungen … solche Sachen eben.«

Kathy griff in ihre Tasche und holte ihr Handy hervor.

»Und als er heute Morgen in den Golfclub gefahren ist, hat er sein Handy vergessen. Ich hatte alle Zeit der Welt, seine Nachrichten durchzusehen. Der Code war nicht sonderlich einfallsreich.« Sie schnaubte. »Der Geburtstag seiner Mutter.«

Sie öffnete ihre Fotos und hielt mir ihr Handy hin. Es waren Screenshots von einer Konversation zwischen John und jemandem, den er als »QuickCar Reifenwechsel« eingespeichert hatte.

Clever. Aber nicht clever genug. Denn der Reifenwechsel-Service schrieb vermutlich nicht Dinge wie: *»Jefferson ist drei Tage auf Geschäftsreise. Kommst du rüber, wenn Kathy zu ihrer Mutter fährt? Hier wartet eine heiße Überraschung auf Dich«*, oder: *»Niemand besorgt es mir so gut wie Du.«*

Ich unterdrückte ein Würgen. War es übertrieben, wenn ich kurz ins Bad ging, um mich zu übergeben? Immerhin war der Typ, mit dem die unbekannte Dame so redete, mein Schwager! Und der war erstens mit meiner Schwester verheiratet und zweitens ein fauler, sexistischer und anstrengender Vollidiot, der zu allem Überfluss auch noch nach den Zwiebelchips roch, die er dauernd in sich hineinstopfte. Da konnte einem schon schlecht werden.

Das nächste Foto zeigte das Profilbild des vermeintlichen »QuickCar Reifenwechsel« – eine junge Frau mit langen, stark blondierten Haaren, die ihre aufgespritzten Lippen zu einem Duckface verzog. Ich schätzte sie auf Anfang zwanzig, und sie kam mir vage bekannt vor, vermutlich von einem Barbecue in Kathys und Johns Garten. Wenn ich mich nicht irrte, war sie damals diejenige gewesen, die irre hohe High Heels getragen hatte und damit permanent auf dem Rasen herumgestolpert war. Nichts gegen High Heels. Ich liebe hohe Absätze, aber ich kann wenigstens damit laufen.

»Und du warst so geistesgegenwärtig, Screenshots von alldem zu machen und sie dir dann von seinem Handy aus zu schicken?«, fragte ich erstaunt.

Sie zuckte mit den Schultern. »Falls ich Munition für die Scheidung brauche.«

Damit hatte sie natürlich recht, dennoch fand ich es bewundernswert, dass sie in einer so außergewöhnlichen Situation in der Lage gewesen war, einen kühlen Kopf zu bewahren.

»Und sie ist eure Nachbarin?«

Kathy zog die Nase hoch und nickte. »Trisha.« Sie spuckte den Namen förmlich aus. »Wir waren sogar befreundet und haben uns fast jeden Tag zum Kaffee getroffen. Sie hat keine Kinder, arbeitet aber auch nicht, also haben wir häufig Zeit miteinander verbracht. Sie war auch diejenige, die vorgeschlagen hat, dass wir zusammen einen Yogakurs belegen. Bloß hatte sie irgendwann keine Lust mehr, und ich bin allein gegangen. Kein Wunder, sie war ja auch damit beschäftigt, meinen Ehemann flachzulegen.«

Ihre Augen füllten sich mit Tränen.

Ich rutschte auf meinem Stuhl nach vorne, um sie in den Arm nehmen zu können. »Ach, Kittykat. Es tut mir so leid.«

Zuerst blieb sie steif, doch dann entspannte sie sich, und ihr Körper begann zu zucken. Ihr Schluchzen war herzzerreißend. Es war wahrscheinlich nicht der richtige Zeitpunkt, um ihr zu sagen, was ich wirklich dachte: dass sie froh sein konnte, diesen schrecklichen Typen endlich los zu sein. John hatte sie nie geachtet oder sonderlich gut behandelt. Außer ihren beiden Töchtern hatte er nichts Gutes in Kathys Leben gebracht. Und es war eben generell ein Fehler, an die große und immerwährende Liebe zu glauben. Früher oder später wurde man zwangsläufig enttäuscht.

Als sich Kathy wieder etwas beruhigt hatte, setzte sie sich auf und putzte sich geräuschvoll die Nase.

»Was soll ich denn jetzt machen, Isy? Ich bin zweiunddreißig, habe zwei kleine Kinder, keinen Job, keine Wohnung …«

Ich streichelte ihren Arm. »Er muss dir doch Unterhalt zahlen. Außerdem gehört das Haus zur Hälfte dir. Du kannst zurückgehen und ihn rauswerfen. Dann muss er sich was anderes suchen.«

Sie schüttelte den Kopf. »In dieses Haus bringen mich keine zehn Pferde mehr. Wer weiß, wo er mit Trisha überall war? In unserem Bett, auf unserem Sofa, in unserer Dusche …« Sie schüttelte sich und fasste sich an den Hals. »Ich glaube, ich muss brechen.«

Oje, da waren wir schon zu zweit!

Sie schluckte ein paarmal, um sich wieder in den Griff zu bekommen.

»Außerdem glaube ich nicht, dass er sich so einfach von mir aus dem Haus werfen lässt«, sagte sie dann. »Ich habe die Screenshots des Chats direkt auch an Trishas Mann geschickt. Weiß der Himmel, was der mit John macht. Wahrscheinlich war das nicht förderlich, wenn es darum geht, an seine Großzügigkeit zu appellieren, was das Haus oder die Scheidung angeht.«

Wahnsinn! So hatte ich die ruhige und immer gefasste Kathy noch nie erlebt. Normalerweise war ich doch diejenige, die über die Stränge schlug und verrückte Sachen machte. Andererseits provozierten extreme Situationen wohl auch extreme Reaktionen.

Kathys nächste Worte rissen mich jäh aus meinen Gedanken. »Können wir vielleicht bei dir bleiben, bis ich alles geregelt habe?«

»Wie bitte?«

Ich musste ziemlich erschrocken ausgesehen haben, denn ihre Unterlippe fing sofort wieder an zu zittern. »Ich weiß nicht, wo wir sonst hinsollen. Ich kann nicht zu Mom und Trevor. Die Wohnung ist viel zu eng für uns alle, und Trevor nutzt unser altes Zimmer wieder als Büro, seit du ausgezogen bist.«

Das wusste ich zwar, dennoch war es völlig unmöglich, dass Kathy mit den Kindern in die Villa zog! Nur – wie sollte ich ihr das begreiflich machen, ohne sie noch mehr zu verletzen?

»Ich weiß nicht, wie du dir das vorstellst«, sagte ich vorsichtig. »Das ist nicht mein Haus. Es gehört Connor.«

»Aber er ist doch dein Freund. Das Haus ist riesig, und es hat doch sicher ein Gästezimmer?«

Ja, aber da schlafe ich!, wollte ich rufen, doch das konnte ich natürlich nicht.

»Es ist doch nur für kurze Zeit. Ihr werdet gar nicht bemerken, dass wir hier sind, versprochen!« Etwas trotziger fügte sie hinzu: »Connor hat gesagt, dass wir so lange bleiben können, wie wir wollen!«

»Aber Kathy, das sagt man doch nur so«, murmelte ich. »Das heißt doch nicht, dass man gleich einziehen soll.«

Wie auf Kommando öffnete sich die Verandatür, und Connor kam heraus.

»Faith muss auf die Toilette«, verkündete er und sah mich besorgt an. Offensichtlich spürte er die angespannte Stimmung zwischen uns beiden. »Alles okay?«

Bevor ich antworten konnte, sagte Kathy schnell: »Ich habe Isy gerade gefragt, ob ich mit den Kindern für ein paar Tage bei euch schlafen kann. Oder ein paar Wochen. Maximal! Ich bin zu Hause ausgezogen und muss erst etwas Eigenes für uns finden.«

In Connors Gesicht spiegelte sich in etwa dasselbe Entsetzen wider, das ich empfand. Davon abgesehen, dass er nicht gerade der Typ war, der laut jubelte, wenn fremde Leute bei ihm einziehen wollten, war es angesichts unseres Deals völlig unmöglich, gemeinsam mit Kathy und den Mädchen unter einem Dach zu wohnen. Wir würden die ganze Zeit die Fassade eines frisch verliebten Paares aufrechterhalten müssen, vierundzwanzig Stunden am Tag!

Connor sah mich Hilfe suchend an, aber was sollte ich machen? Ich konnte meiner Schwester doch unmöglich ins Gesicht sagen, dass ich sie nicht hier im Haus haben wollte. Und im Grunde war es ja auch gar nicht so. Ich wollte ihr helfen, aber unter den gegebenen Umständen war das einfach völlig unmöglich. Connor musste irgendetwas sagen! Dass das Gästezimmer seit heute Morgen wegen eines Wasserrohrbruchs unter Wasser stand. Dass wir ein schwerwiegendes Rattenproblem in der Küche hatten. Dass morgen seine Familie zu Besuch kommen würde und wir keinen Platz mehr hatten. Irgendetwas!

Doch Connor starrte Kathy immer noch hilflos an, die seinen Blick mit feuchten Augen erwiderte.

Faith kam nach draußen und schmiegte ihren Kopf an den Arm ihrer Mutter. »Mummy? Können wir jetzt nach Hause? Ich habe Tiffy vergessen.«

Kathy strich ihr über den Kopf. »Wir können jetzt nicht nach Hause, Schätzchen, aber ich verspreche dir, dass wir deine Puppe so schnell wie möglich holen.«

Faith starrte sie einen Moment an und brach dann in Tränen aus. »Ich will meine Tiffy! Ich will nach Hause!«

Kathys Unterlippe begann zu zittern, und ich spürte, dass sie kurz davor war, die Nerven zu verlieren.

»Wir können jetzt nicht nach Hause, Faith!«, wiederholte sie, mühsam beherrscht. »Wir müssen erst einmal schauen, wo wir … unterkommen!«

Skylar war in der Terrassentür erschienen und starrte ihre Mom und ihre weinende Schwester an. Da sie etwas älter war als Faith, spürte sie wahrscheinlich noch deutlicher, dass etwas ganz und gar nicht in Ordnung war.

»Wo wir unterkommen?«, wiederholte sie mit schriller Stimme. Offenbar war auch sie kurz davor loszuweinen. »Ich will nach Hause! Ich will zu Daddy!«

Schnell lief ich auf sie zu und nahm sie auf den Arm.

»Nicht weinen, Skylar. Alles wird gut«, versicherte ich.

Trotzdem vergrub sie ihr Gesicht an meinem Hals und begann zu schluchzen. Ich versuchte, sie zu beruhigen – vergeblich. Ihr ganzer kleiner Körper wurde geschüttelt von ihrem verzweifelten Weinkrampf.

Connor sah von Kathy zu Skylar und zu Faith. Als Letztes sah er mich an.

»In Ordnung«, sagte er nach einer langen Pause. »Bleibt erst mal hier, bis ihr was Eigenes gefunden habt.«

Entgeistert starrte ich ihn an. Und wo sollten die drei schlafen? Auf der Veranda? Im Fitnessraum?

»Ihr könnt das Gästezimmer haben.« Er räusperte sich und mied meinen Blick, als er ergänzte: »Isy schläft ja ohnehin bei mir.«

»Ich bin mir gerade nicht sicher, ob ich dich schütteln oder dir vor Dankbarkeit um den Hals fallen soll«, sagte ich, als Connor und ich meine Sachen vom Gästezimmer in sein Schlafzimmer trugen.

»Mach dir nichts draus«, murmelte er und öffnete die Tür mit dem Fuß. »Ich weiß gerade selbst nicht, ob ich mich zu meiner Großherzigkeit beglückwünschen oder mir selbst in den Hintern treten soll.«

Connors Zimmer war mehr als doppelt so groß wie das Gästezimmer, und darin stand – Gott sei Dank! – ein riesiges Doppelbett. Auch hier ging die große Fensterfront zum Meer hin, doch anders als im Gästezimmer gab es eine große weiße Sofaecke, und an der Wand gegenüber dem Bett hing ein Flachbildfernseher.

Connor stellte meine Reisetasche, aus der die hastig hineingestopften Klamotten herausquollen, auf den Sessel am Fenster, während ich mein Kopfkissen und das Laken aufs Bett warf. Dann ließ er sich auf der Lehne des Sessels nieder und verschränkte die Arme vor der Brust.

»Ich kann Frauen nicht weinen sehen. Gegen eine von ihnen hätte ich vielleicht eine Chance gehabt. Aber gegen drei?«

Er schüttelte den Kopf und machte dabei ein so verzweifeltes Gesicht, dass ich fast lachen musste.

»Man sollte meinen, dass du mit drei älteren Schwestern immun gegen weibliche Tränen bist.« Ich schob den Karton mit meinen Jurabüchern in die Ecke, damit er nicht im Weg stand. »Jetzt haben wir den Salat.«

Er breitete die Arme aus. »Was soll ich machen, Isy? Auf dem Boden schlafen? Oder auf dem Sofa? Fühlst du dich dann besser?«

»Jetzt hör schon auf«, sagte ich und setzte mich neben ihn auf die andere Lehne des Sessels. »Wir sind doch keine vierzehn mehr!«

Nachdenklich betrachtete ich das Bett, das in der Tat breit genug für uns beide war, und zog die Nase kraus. »Andererseits will ich gar nicht wissen, was du in diesem Bett schon mit Hunderten von Fans getrieben hast. Vielleicht sollte *ich* lieber auf dem Boden oder dem Sofa schlafen.«

Er sah mich von der Seite an. »Ich habe noch nie eine Frau mit hierhergebracht, okay?«

Er hatte noch nie eine Frau mit hierher …?

Verwirrt sah ich ihn an. »Echt jetzt, Connor?«

»Echt jetzt, Isy.«

Am späten Nachmittag gab Kathy die Mädchen bei unserer Mutter in Thousand Oaks ab, und ich half ihr, ein paar Sachen, die sie brauchte, aus dem Haus zu holen. Tiffy packten wir natürlich auch ein. John war glücklicherweise unterwegs, sodass wir ihm nicht über den Weg liefen. Ich hätte für nichts garantieren können.

Im Nachbarhaus bewegte sich allerdings die Gardine, das konnte ich genau sehen. Das konnte nur Trisha sein. Der Vollständigkeit halber stellte ich mich in den Vorgarten und zeigte der Gardine mit Inbrunst beide Mittelfinger. Nicht gerade die eloquenteste Reaktion, das musste ich zugeben. Aber Kathy kicherte wie besessen, als ich zu ihr ins Auto stieg, und sie lachen zu hören war die kindische Geste mehr als wert.

Zurück in der Villa richteten wir das Gästezimmer, das Ruby in der Zwischenzeit geputzt hatte, notdürftig ein, holten die völlig erschöpften Kinder bei unserer Mom ab und brachten sie ins Bett. Connor zog sich rücksichtsvoll zurück, als ich zwei Flaschen Wein öffnete – roten für Kathy, weißen für mich – und mich mit Kathy auf die Terrasse setzte. Nur Snips leistete uns Gesellschaft und lag leise winselnd unter dem Tisch und stand nur ab und zu auf, um Kathy den Kopf auf den Schoß zu legen. Erst jetzt erlaubte Kathy sich, den Tränen über ihre gescheiterte Ehe freien Lauf zu lassen. Das allerletzte Mal, wie sie beteuerte, danach würde sie nur noch nach vorne sehen. Ich hoffte so sehr für sie, dass sie diesen Plan würde umsetzen können!

Drei Stunden später hatte ich es mit etwas Mühe geschafft,

Kathy sicher in ihr Bett im Gästezimmer zu verfrachten. Sie schlief ein, kaum dass ihr Kopf das Kissen berührte. Ich betrachtete sie noch eine Weile und strich ihr ein paar Haare aus dem Gesicht, bevor ich Skylar und Faith, die wie kleine Engel auf einer Matratze am Boden lagen, noch einmal zudeckte. Plötzlich war ich Connor unendlich dankbar dafür, dass er meine Familie in seinem Haus aufgenommen hatte. Niemand hätte ihm einen Vorwurf machen können, wenn er sich geweigert und die drei wieder weggeschickt hätte. Aber das hatte er nicht getan. Er hatte Mitleid gehabt und seine Hilfe angeboten. Anscheinend schlummerte in ihm tatsächlich ein weiches Herz.

Um niemanden zu wecken, schlich ich auf Zehenspitzen über den Flur und öffnete die Schlafzimmertür ganz vorsichtig. Doch anders, als ich gedacht hatte, schlief Connor noch nicht. Vielmehr lag er in knielangen Sweatshorts und einem weißen T-Shirt auf dem Bett und sah fern.

»Du bist ja noch wach«, sagte ich erstaunt und lief in Richtung Bad. »Schaust du etwa *Bridgerton*?«

»*Fifty Shades of Grey*, dritter Teil«, antwortete er, ohne zu zögern. »Ich bin total süchtig – und ein bisschen verliebt in Christian Grey.«

Ich grinste über seinen Scherz, während ich mir die Zähne putzte. Als ich fertig war, knipste ich das Licht aus und schlüpfte neben Connor ins Bett.

»Hör auf, mich auf den Arm zu nehmen«, sagte ich und stopfte mir ein paar Kissen in den Rücken. »Was schaust du wirklich?«

Er drehte sich in meine Richtung. »*Designated Survivor,* aber noch nicht lange. Wenn du mitschauen möchtest, fange ich noch mal von vorne an.«

Ich drehte mich ebenfalls auf die Seite und sah ihn mit hochgezogenen Augenbrauen an. »Habe ich eine andere Wahl? Oder hast du noch ein Schlafzimmer, von dem ich nichts weiß und in das ich flüchten könnte?«

Ohne eine Miene zu verziehen, erwiderte er: »Ich habe kein weiteres Schlafzimmer, nur dieses geheime *Rote Zimmer* im Keller … Au!«

Er rieb sich die Stelle an der Schulter, auf die ich ihn geboxt hatte, grinste aber dabei.

»Hör sofort auf damit!«, rief ich und musste ebenfalls lachen. »Sonst mache ich heute Nacht kein Auge zu!«

»Warum? Weil du dann Angst vor mir bekommst?« Er wackelte mit den Augenbrauen. »Oder weil dich der Gedanke heiß macht, dass ich tatsächlich ein solches Zimmer haben könnte?«

»Du bist unmöglich, Connor!«

Ich wollte ihn noch mal boxen, doch er fing meine Hand in der Luft ab und hielt sie mit Leichtigkeit fest. Unsere Blicke trafen sich, und ein Kribbeln breitete sich in meiner Magengegend aus. Connors Augenfarbe erinnerte mich an flüssige Schokolade, und um die Iriden entdeckte ich ein paar goldene Flecken, die mir vorher noch nie aufgefallen waren. Wir waren uns so nah, dass ich seinen Atem auf meiner Haut spüren konnte, und ich hätte schwören können, dass sein Brustkorb sich ein bisschen schneller als sonst hob und senkte.

»Deine Augen haben genau dieselbe Farbe wie Snips Fell«, murmelte ich.

Erst als die Worte heraus waren, wurde mir bewusst, was ich gerade für einen Unsinn geplappert hatte. Connor lachte auf und ließ meine Hand los.

»Hast du gerade meine Augen mit dem Fell meines Hundes verglichen? Du bist so romantisch, Summers.« Er rollte sich wieder auf den Rücken und nahm die Fernbedienung in die Hand. »Wollen wir jetzt mit der Serie anfangen, oder was?«

»Wenn du endlich aufhörst zu quatschen, Knightley – gerne«, schoss ich zurück, rollte mich ebenfalls wieder auf den Rücken und versuchte dabei, mein heftig klopfendes Herz zu ignorieren.

Unsere Schultern berührten sich, als Connor die Serie noch einmal von vorne startete. Ich spürte die Hitze seines Körpers durch das dünne T-Shirt und musste mit aller Macht den Impuls unterdrücken, ein Stück von ihm abzurücken. Aber nicht, weil mir seine Nähe unangenehm gewesen wäre.

Ganz im Gegenteil.

14.

»O mein Gott, Isy! Ich kann es immer noch nicht glauben. Du bist die Allergrößte!«

Emma war völlig außer sich, als wir in Nicks Auto durch West Hollywood fuhren. Wir – das waren Emma, Nick, ich und Connor, der neben Nick auf dem Beifahrersitz saß und auf seinem Smartphone herumspielte.

»Dass du das für uns möglich gemacht hast, werde ich dir nie vergessen«, fuhr Emma begeistert fort. »Niemals!«

»Jetzt warte doch erst mal ab, ob es euch gefällt und ob es überhaupt klappt«, versuchte ich sie in ihrem Enthusiasmus etwas zu bremsen und beugte mich nach vorne, um über Connors Schulter hinweg die Straße besser sehen zu können. »Sunset Hills Road. Links abbiegen, glaube ich. Ich bin mir nicht ganz sicher. Ich war so lange nicht mehr hier.« Nick verdrehte die Augen, also fügte ich hinzu: »Ich sehe dich im Rückspiegel, Nick.«

»Ich hätte lieber das Navi einschalten sollen, anstatt auf deine Freundin zu hören«, sagte er zu Connor, der statt einer Antwort nur einen schnaubenden Laut von sich gab.

Kopfschüttelnd lehnte ich mich wieder zurück und sah Emma an, die immer noch aufgeregt neben mir herumzappelte.

»Ein Fünf-Sterne-Boutique-Hotel zwischen Hollywood und Beverly Hills, was soll uns daran nicht gefallen, Isy? Schau dich nur um. Eine Villa neben der anderen! Das ist ein Traum!«

Ich schaute aus dem Fenster und musste ihr zustimmen. Ich war zwar ewig nicht mehr hier gewesen – vier Jahre, um genau zu sein –, aber ich erkannte immer noch die Straße, in der sich das *The Mortimer* befand. Es war das erste Hotel, das Lucas' Ururgroßvater gekauft und zu einem Erfolg gemacht hatte. Dieses Hotel war der Grundstein für das Imperium der Mortimer-Familie gewesen, das mittlerweile ein Dutzend Hotels und Ferienresorts an der Westküste umfasste. Ich war mit Lucas des Öfteren auf Weihnachtsfeiern und Empfängen dort gewesen und hatte auch die eine oder andere romantische Nacht mit ihm hier verbracht. Einmal hatte Lucas an meinem Geburtstag die schönste Suite des Hotels mit unzähligen Kerzen dekoriert. Ich konnte mich noch genau daran erinnern, wie er mich mit verbundenen Augen in das Zimmer geführt hatte, wo Champagner und Sushi bereitstanden. Zum Essen waren wir dann nicht so wirklich gekommen. Und zum Schlafen auch nicht.

Ich seufzte und schob die Erinnerung schnell wieder zur Seite. Das alte, traditionsreiche *Mortimer*, das ich noch kannte, war ohnehin vor zwei Jahren abgerissen worden. Stattdessen hatte man ein neues, ultra-modernes Gebäude im Bauhaus-Stil an derselben Stelle errichtet. Das Hotel hatte riesige Panoramafenster und eine Terrasse, von der aus man die Skyline von Los Angeles bewundern konnte. Ich hatte mir Bilder im Internet angeschaut und einige Artikel dazu gelesen, selbstverständlich einzig und allein aus Recherchegründen und weil ich Emma helfen wollte – nicht, um zu sehen, was Lucas in den letzten Jahren so getrieben hatte. Natürlich nicht.

»Hier ist es!«

Nicks Worte rissen mich unsanft aus meinen Gedanken. Er bog ab, und wir fuhren durch das große, schmiedeeiserne Tor, das noch dasselbe war wie früher. Zum Hotelgebäude führte eine neu angelegte, lange, gewundene Auffahrt, die von Palmen, Pinien und üppig blühendem Oleander gesäumt war.

Nick parkte das Auto auf einem freien Parkplatz vor dem Hoteleingang und stellte den Motor ab. Aus unerfindlichen Gründen klopfte mein Herz schneller. Ich würde Lucas wiedersehen, und das an einem Ort, der früher eine Bedeutung für uns gehabt hatte. Plötzlich war ich dankbar, dass das alte Gebäude nicht mehr stand. Wer wusste schon, was Lucas' Anblick vor dem Portal des ursprünglichen *Mortimer* in mir ausgelöst hätte …

Connor war bereits ausgestiegen und öffnete mir die Tür. Staunend sah ich mich um. Nichts erinnerte mehr an das altehrwürdige Hotel aus dem letzten Jahrhundert, ein Paradebeispiel für den klassischen Kolonialstil mit seinem von Säulen gehaltenen Portikus und den Sprossenfenstern. Ich musste zugeben, dass das neue Gebäude ein wahres Kunstwerk war. All das Glas, der Stahl und der Beton fügten sich zu einem perfekten architektonischen Ensemble. Nicht umsonst war der Baustil des Hotels in allen Architekturzeitschriften gelobt und der Architekt mit Preisen überschüttet worden. Alles wirkte schick, modern, gepflegt und gediegen. Trotzdem irgendwie schade um das alte, geschichtsträchtige Hotel. Lucas' Ururgroßvater würde sich wahrscheinlich im Grab umdrehen, wenn er das hier sehen könnte. Aber die Zeit blieb offensichtlich nicht stehen, schon gar nicht für die Familie Mortimer.

Kaum waren wir ausgestiegen, öffnete sich die gläserne Eingangstür des Hotels, und Lucas kam mit großen Schritten die Stufen herunter. Er trug eine beige Hose und ein weißes, perfekt gebügeltes Hemd. Er sah verdammt gut aus, ganz der attraktive, souveräne Hotelerbe.

»Das ist dein Exfreund?«, flüsterte Emma mir zu, bevor Lucas in Hörweite kam. »Offensichtlich hast du schon damals nichts ausgelassen, Isabella Summers.«

Ich schubste sie leicht mit der Schulter an, um sie zum Schweigen zu bringen, und sie kicherte. Mir selbst war gerade nicht so wirklich zum Scherzen zumute. Dafür war ich einfach zu aufgeregt.

Nervös strich ich mir eine Haarsträhne aus den Augen. Als ich aufsah, stand Connor neben mir. Ich zwang mir ein Lächeln ins Gesicht, das aber wohl nicht sonderlich überzeugend ausfiel.

»Alles in Ordnung?«, fragte er leise.

Ich nickte zwar, dennoch ergriff er meine Hand und drückte sie einmal sanft. Wie immer, wenn er das tat, beruhigte ich mich, weil er mir das Gefühl vermittelte, dass ich nicht allein war und wir die ganze Sache gemeinsam durchstehen würden.

Zu meinem Bedauern ließ Connor meine Hand viel zu schnell wieder los. Als Lucas bei uns angekommen war, begrüßte er mich mit einem Kuss auf die Wange und reichte Emma, Nick und Connor die Hand. Emma zwinkerte mir hinter seinem Rücken zu und wackelte kurz mit den Augenbrauen, was mich nun doch zum Schmunzeln brachte.

Gemeinsam folgten wir Lucas durch die große, marmorgeflieste Lobby und zwei Flügeltüren nach draußen in den Hotelgarten. Die Terrasse, hinter der sich eine kleine, aber perfekt gepflegte sattgrüne Rasenfläche mit Pool erstreckte, bot einen atemberaubenden Blick auf die Skyline von Los Angeles.

»Wow«, flüsterte Emma ehrfürchtig, als wir am Rande des Pools stehen blieben.

»Das neue Hotel ist wirklich toll geworden«, sagte ich zu Lucas, der neben mir stand.

Lucas sah mich an und lächelte. »Das stimmt. Aber mit dem alten Hotel verknüpfe ich eine Menge schöner Erinnerungen.«

Ich erwiderte seinen Blick und spürte ein vertrautes und gleichzeitig verwirrendes Kribbeln in meinem Magen. Lucas sah erst weg, als Connor hinter mich trat und mir eine Hand in den Nacken legte.

»Wir veranstalten hier normalerweise keine Hochzeiten«, erklärte er und räusperte sich. »Ehrlich gesagt sind solche Feiern zu laut für die anderen Gäste, außerdem stören sie die Nachbarn und hinterlassen oft zu viel Chaos. Wir besitzen einige Hotels in L. A. und Umgebung, die sich besser dafür eignen, aber die sind an eurem Datum bereits alle ausgebucht. Also bleibt nur dieses hier, und weil ihr Freunde von Bella seid, würde ich in eurem Fall eine Ausnahme machen.«

Während Lucas sprach, begann Connor, mit dem Daumen langsame Kreise über die Stelle direkt unter meinem Haaransatz zu ziehen. Die Berührung der sensiblen Haut in meinem Nacken jagte mir eine Gänsehaut über den Rücken, und ich musste gegen den Impuls ankämpfen, mich nach hinten und gegen seine Brust sinken zu lassen.

Lucas' Blick streifte kurz Connors Hand, bevor er fortfuhr: »Man könnte dort drüben, am Ende des Gartens, die Trauung unter einem Baldachin oder einem Rosenbogen abhalten. Danach könnte man die Gäste am Pool und auf der Terrasse empfangen und dazu Drinks und Snacks servieren. Für das Dinner würden wir dann im Restaurant eindecken und die Hotelgäste in einen separaten Bereich setzen. Drinnen ist Platz für fast hundert Gäste, und man kann die Schiebetüren komplett öffnen. Dann ist es fast so, als würde man draußen essen.«

Ich konnte mich kaum auf das konzentrieren, was er sagte, weil Connor fortfuhr, meinen Nacken zu liebkosen. Am liebsten hätte ich die Augen geschlossen, um mich ganz auf das Gefühl seiner Hand auf meiner Haut zu konzentrieren.

»Vielen Dank, Mr Mortimer.« Emma lächelte Lucas in ihrer schüchternen Art an, die bei Männern direkt alle Beschützerinstinkte aktivierte. »Sie kennen uns ja gar nicht und …«

Lucas lächelte erst mich, dann sie an. »Aber ich kenne Bella. Und Bellas Freunde sind auch meine Freunde. Und im Übrigen bin ich Lucas. Wir können uns gerne duzen.«

Während Nick ein paar Fragen zu den Zimmern und dem Restaurant stellte, stoppte Connor seine kreisenden Bewegungen mit dem Daumen. Ich wollte gerade protestieren, da umarmte er mich mit beiden Armen von hinten, zog mich ganz nah an sich und legte sein Kinn auf meinem Kopf ab. Ich spürte, wie sich seine Brust bei jedem Atemzug hob und senkte. Emma warf mir einen verträumten »Ihr seid so süß«-Blick zu. Wir schienen wirklich überzeugend zu sein.

Sehr gut. Denn ausschließlich darum ging es ja hier: die anderen davon zu überzeugen, dass wir ein Paar waren. Das durfte ich keinesfalls vergessen, nur weil Connors Umarmung sich so gut anfühlte. Weil unsere Körper zusammenpassten wie zwei Puzzleteile. Oder weil er so gut roch. Oder …

»Wollen wir uns mal den Garten ansehen, Isy?«, riss Emma mich aus meinen Gedanken.

»Klar«, antwortete ich mit krächzender Stimme und löste mich von Connor.

Kurz erschien es mir so, als würde er mich nur widerwillig loslassen, aber das musste Einbildung gewesen sein. Connor spielte hier nur seine Rolle – genau wie ich. Kein Grund, die Nerven zu verlieren.

»Und?«, fragte ich, als Emma und ich am Rande des Pools entlangliefen und außer Hörweite waren.

»Was denkst du denn?«, sagte Emma aufgeregt und strahlte mich an. »Es ist unglaublich!«

»Na ja, du hattest dir ja eigentlich immer ein Fest am Strand gewünscht«, gab ich zu bedenken. »Barfuß im Sand und so.«

Eine winzige Sekunde sah ich einen Anflug von Traurigkeit in ihrem Gesicht. Offenbar hatte ich mit meinen Worten genau ins Schwarze getroffen. Ich kannte sie einfach zu gut. Zweifellos war das *Mortimer* ein Traum, aber eben nicht Emmas Traum. Ein modernes Luxushotel war nicht das, was sie sich für ihre Hochzeit wirklich vorgestellt hatte.

Doch dann zwang sie sich schnell ein Lächeln ins Gesicht. »Ach was, Isy. Es ist wunderschön hier, und ich bin dir so dankbar dafür, dass du das möglich gemacht hast«, versicherte sie. »Wir hätten die Hochzeit sonst tatsächlich verschieben müssen.«

Wir sahen zur Terrasse, wo Nick, Connor und Lucas an einem der Tische Platz genommen hatten und sich unterhielten.

»Sag mal, Isy«, sagte Emma nachdenklich und sah mir in die Augen. »Bist du dir sicher, dass Lucas keine Gefühle mehr für dich hat?«

Ich starrte sie an. »Was? Nein, natürlich hat er das nicht! Er hat eine Freundin.«

»Naja«, sagte sie leise und sah wieder zu den Männern auf der Terrasse hoch. »Es ist ja nicht so, als hätte sich in der Geschichte der Menschheit noch nie ein vergebener Mann in eine andere Frau verliebt.«

Ich lachte über ihren Scherz, hörte aber selbst, dass es ein bisschen gezwungen klang.

»Lucas und mich verbindet eine schöne gemeinsame Vergangenheit, mehr nicht«, erklärte ich dann betont ruhig. »Wir versuchen gerade auszuloten, ob wir wieder Freunde sein können, so wie früher. Für mehr ist da einfach kein Platz. Bei ihm nicht und bei mir auch nicht.«

»Ich befürchte, das sieht er etwas anders als du«, sagte Emma zweifelnd und nickte in Richtung Terrasse. »Im Übrigen kommt er gerade zu uns herüber.«

Ich drehte mich wieder zu den Männern um. Tatsächlich kam Lucas über den Rasen geschlendert, beide Hände in den Hosentaschen. Mit seinen dichten blonden Haaren, die ihm in die Augen fielen, sah er fast ein bisschen aus wie der College-Boy von früher.

Meine Güte, so langsam wusste ich nicht mehr, wo mir der Kopf stand. Auf der einen Seite waren da Connors verwirrende Umarmungen, die – natürlich – nur gespielt waren und sich trotzdem verdammt gut anfühlten. Auf der anderen Seite war ich mit Lucas und seinen Blicken konfrontiert, mit allem, was zwischen uns einmal gewesen war.

»Darf ich Bella kurz entführen?«, fragte er Emma, als er bei uns angekommen war. »Ich will ihr etwas zeigen.«

»Klar!«, erwiderte sie schnell, warf aber gleichzeitig einen Blick zurück zur Terrasse. Vermutlich wollte sie sich vergewissern, dass das auch für Connor in Ordnung war.

Fast hätte ich aufgelacht. Was erwartete sie? Dass mein Exfreund mich in die Büsche zerren und über mich herfallen würde? Oder dass Connor dagegen protestieren würde, wenn ich kurz unter vier Augen mit meinem Exfreund sprach?

Ich folgte Lucas ein Stück tiefer in den Garten. Etwas seitlich des Pools blieb er unter einigen Zypressen stehen und legte die Hand auf den Stamm eines Baumes.

»Kennst du den noch?«, fragte er und sah mich aufmerksam an.

Ich blickte nach oben, und es dauerte einen Moment, bis der Groschen fiel.

»O mein Gott, ist das unser Eukalyptusbaum?«, rief ich aufgeregt. »Der ist ja riesig geworden!«

Lucas lachte. »Stimmt.«

Ich schritt einmal um den Baum herum, den Lucas und ich vor einigen Jahren gemeinsam gepflanzt hatten. Ich konnte mich nicht mehr erinnern, wer damals auf die Idee gekommen war, aber ich wusste noch, dass es an unserem Jahrestag gewesen war. Damals hatten wir den Gedanken, dass wir gemeinsam einen Baum pflanzten, der über Jahre und Jahrzehnte wachsen und gedeihen würde – so wie unsere Liebe –, wahnsinnig romantisch gefunden.

»Ich hatte ja keine Ahnung, dass er so schnell so groß wird!«

»Es ist ein Blauer Eukalyptus. Er kann fünfzig Meter hoch werden. Mein Vater wollte ihn im Zuge des Hotelneubaus fällen lassen, weil er seitlich etwas von der Aussicht nimmt. Aber …« Er stockte, und ich sah ihn fragend an, bis er fortfuhr: »Ich konnte ihn überzeugen, den Baum stehen zu lassen. Irgendwie hätte ich es nicht übers Herz gebracht.«

Er lächelte fast verlegen, und ich berührte seinen Unterarm mit meiner Hand.

»Ich freue mich, dass er noch steht«, sagte ich und meinte es ehrlich.

Nachdenklich blickten wir beide in die stattliche blaugrüne Blätterkrone, durch die das helle Sonnenlicht fiel. Ich hatte den Baum völlig vergessen, aber jetzt erfüllte es mich fast mit Ehrfurcht, dass er noch stand. Wenn Lucas' Vater ihn nicht irgendwann doch zugunsten der Aussicht fällen ließ, würde der Eukalyptus noch hier sein, wenn wir alle längst gestorben waren!

Unsere Liebe hatte er auf jeden Fall schon einmal überlebt. Der Gedanke ernüchterte mich etwas.

»Hast du am nächsten Samstag schon was vor?«, fragte Lucas unvermittelt und riss mich damit aus meinen Gedanken.

Verwundert sah ich ihn an. »Nein, ich glaube nicht.«

Er lächelte. »Hast du Lust, etwas mit mir zu unternehmen? Ich würde dir gerne etwas zeigen.«

Ich kniff die Augen zusammen und lächelte zurück. »Noch etwas? Haben wir weitere Bäume gepflanzt, an die ich mich nicht erinnern kann?«

»Nein, es ist etwas anderes, aber trotzdem eine Überraschung. Kannst du um zehn Uhr im *Ritz* an der Marina del Rey sein?«

»Ja, natürlich.« Mein Herz klopfte plötzlich etwas schneller. »Was für eine Überraschung?«

Er lehnte sich schmunzelnd an unseren Baum und schob die Hände wieder in die Hosentaschen. »Wenn ich es dir verraten würde, wäre es ja keine Überraschung mehr.«

»Ich muss es wissen! Sonst kann ich heute Nacht nicht schlafen!«

Irgendwie fühlte es sich schön an, so mit ihm zu sprechen, zu scherzen und sich zu necken. Ein bisschen wie früher.

Er musterte mich und zog schmunzelnd die Augenbrauen hoch. »Vor Neugier oder weil du an mich denkst, Bella?«

Ich biss mir auf die Unterlippe. Das war kein Necken und Scherzen mehr. Das war eindeutig Flirten!

»Ganz schön selbstbewusst, Lucas«, konterte ich dennoch. »Aber nur weil *du* dauernd an *mich* denken musst, bedeutet das nicht, dass das andersrum auch so ist.«

Nachdenklich sah er mich an.

»Du hast recht. Ich muss dauernd an dich denken, Bella«, antwortete er dann ruhig und gefasst. Und bevor ich mich von dem Gesagten erholen und etwas erwidern konnte, setzte er hinzu: »Lass uns zur Terrasse zurückgehen.«

Die Marina del Rey war ein riesiger, in den Sechzigerjahren künstlich angelegter Freizeithafen mit Ankerplätzen für Boote und Jachten etwas südlich von Venice. Wenn ich mich richtig erinnerte, hatten wir in der fünften Klasse einmal einen Schulausflug dorthin gemacht. Seitdem war ich nicht mehr da gewesen. Der Hafen war umgeben von einigen Hochhäusern mit Hotels, Geschäften und Restaurants. In der Marina gab es private Häuser und Wohnungen, die über einen eigenen Bootsliegeplatz direkt vor der Tür verfügten.

Lucas wartete pünktlich um zehn Uhr in der Lobby des *Ritz-*

Carlton. Er trug ein weißes Leinenhemd mit hochgekrempelten Ärmeln, dazu hellgraue, weite Stoffhosen. Seine Sonnenbrille hatte er auf den Kopf geschoben. Offenbar hatte er sich an diesem Morgen nicht rasiert, was ihm gut stand, denn es machte ihn ein bisschen rauer und kantiger als sonst. Er wirkte nicht ganz so glatt.

Ich hatte lange überlegt, was ich tragen sollte, und mich dann für ein langes, luftiges und mit bunten Blumen bedrucktes Kleid entschieden, das an der Seite einen Schlitz hatte und viel Bein zeigte, wenn ich mich bewegte. In meinen Augen war das eine gute Wahl, denn ich wusste nicht, was genau wir unternehmen würden, und das Kleid konnte sowohl als schick als auch als lässig durchgehen. Und das Wichtigste: Es stand mir gut, ohne dass es so wirkte, als hätte ich mich besonders in Schale geworfen. Auf keinen Fall wollte ich wirken, als hätten wir ein Date und ich mir dafür besonders viel Mühe gegeben. Anderseits musste ich natürlich trotzdem gut aussehen, und zwar auf eine völlig natürliche und unangestrengte Art und Weise.

Lucas lief mir strahlend entgegen und begrüßte mich mit einem Wangenkuss. Ich hatte angenommen, dass er mich ins *Ritz* einladen würde, aber er steuerte nicht das Restaurant an, sondern führte mich durch den Hoteleingang wieder nach draußen. Er grinste wie ein kleiner Junge im Spielzeugladen, als er eine wartende Limousine heranwinkte und mir die Tür öffnete, damit ich einsteigen konnte. Zuerst fuhren wir zurück auf die Straße, doch nach ein paar Hundert Metern bogen wir wieder in die Marina ein, wo wir einige Minuten die endlosen Piers entlangfuhren, bis der Wagen an einem der Kais hielt. Vor uns schaukelte eine Reihe weißer Jachten sanft hin und her.

»Wir machen eine Bootstour?«, fragte ich aufgeregt, als Lucas mir die Tür öffnete und mir die Hand hinhielt, um mir beim Aussteigen zu helfen. »Ich hatte eher mit einem Brunch oder Mittagessen gerechnet.«

Lucas lachte. »Ich habe etwas viel Besseres geplant.«

Ich ergriff seine Hand, und obwohl ich sie sofort wieder losließ, als ich neben ihm auf dem Gehsteig stand, kam ich nicht umhin festzustellen, dass unsere Hände noch genauso perfekt ineinanderpassten wie damals, als wir noch Teenager gewesen waren. Wie oft hatte ich diese Hand gehalten? Hunderte Mal.

Ich schob den Gedanken beiseite, als Lucas mich in Richtung eines der langen Anlegestege führte. Am Tor zu einem der privaten Piers gab er einen Code ein, um es zu öffnen. Wir liefen an wunderschönen Jachten und Segelschiffen vorbei, deren Taue mit metallischem Klirren gegen die Masten schlugen. Die Sonne schien, es war keine Wolke am Himmel zu sehen, und es wehte ein leichter Wind. Viele Bootsbesitzer waren dabei, ihre Schiffe klarzumachen, um den Tag auf dem Meer zu verbringen.

Am Ende des Piers angekommen, stoppte Lucas und deutete mit einer ausladenden Geste auf eine große, zweistöckige Motorjacht, die vor uns am Steg vertäut war.

»Voilà. Die *Infinity*.«

Ein Steward – er trug eine weiße Hose und ein dunkelblaues Polo mit dem eingestickten Jachtnamen auf der Brusttasche – kam die Gangway herunter und begrüßte uns freundlich, aber Lucas ließ es sich nicht nehmen, mir selbst an Bord zu helfen.

»Sag mir nicht, dass das dein Schiff ist«, murmelte ich, als ich meine Lederflipflops von den Füßen streifte.

Auch wenn ich nicht sonderlich viel Bootserfahrung besaß, so wusste ich als Kalifornierin natürlich, dass man ein Schiff nur barfuß oder mit Bootsschuhen betreten durfte.

»Ich habe mir die *Infinity* vor vier Jahren gekauft und es noch keinen einzigen Tag bereut«, sagte Lucas und ließ mir den Vortritt. »Ich fahre raus, sooft ich kann. Es hilft mir, zu entspannen und runterzukommen.«

Ich musste die Information, dass Lucas der Eigentümer dieser wunderschönen Jacht war, erst mal verarbeiten.

»Wie kamst du auf den Namen *Infinity*?«, wollte ich wissen.

Er zuckte mit den Schultern und nahm zwei Gläser Champagner vom Tablett der Stewardess, die an Deck auf uns gewartet hatte.

»Ein bisschen Unendlichkeit kann doch jeder gebrauchen, oder? Unendlich viel Glück, Erfolg, Gesundheit …« Ich spürte seinen Blick auf mir ruhen, als er mir ein Glas reichte und hinzufügte: »Unendlich viel Liebe?«

Es machte mich ein wenig nervös, wenn er mich so ansah, also versuchte ich, das mit einem Scherz zu kaschieren. »Du kannst ruhig zugeben, dass du das Boot nur so getauft hast, weil du die Ladys mit genau diesem Spruch beeindrucken wolltest.«

Er blickte mich ruhig an, ohne zu lachen. »Du weißt genau, dass ich kein Typ bin, der irgendwelche Frauen anschleppt, um sie mit einer Jacht zu beeindrucken.«

»Bist du oft mit Jessica hier?«, entfuhr es mir.

»Jessica wird seekrank«, antwortete er und senkte den Blick. »Sie kommt nicht mit aufs Boot.«

Zwischen uns breitete sich Schweigen aus.

Schließlich stieß Lucas mit seinem Glas gegen meines und trank einen Schluck. »Komm, ich zeige dir das Schiff.«

Zuerst stellte er mir die fünfköpfige Crew vor, die aus dem Kapitän, zwei Deckhands, einem Steward und einer Stewardess bestand. Mit den Champagnergläsern in der Hand machten wir eine Runde über das Boot. Es war offensichtlich, wie stolz Lucas auf alles war. Natürlich war die *Infinity* ein Luxus-Spielzeug für Superreiche, aber es hätte mir weniger gefallen, wenn er das alles als selbstverständlich hingenommen oder sogar protzig damit angegeben hätte. Doch so war es nicht. Die *Infinity* war ihm wichtig, und ich spürte seine Begeisterung und seine Leidenschaft für das Schiff.

Nach unserem Rundgang nahmen wir in der großzügigen Lounge-Ecke im Heck des Schiffes Platz, während die Crew die Leinen losmachte. Dann legten wir ab.

»Ich kann nicht glauben, wie groß dieses Boot ist«, sagte ich bewundernd. »Zwei Schlafzimmer, zwei Bäder, Küche, Wohnzimmer, Esszimmer und das Deck mit Essbereich und Lounge. Hier könnte man glatt einziehen.«

Lucas lehnte sich in die weichen Kissen des Sofas zurück und verschränkte die Arme hinter dem Kopf. »Wenn ich nicht so viel zu tun hätte, würde ich das glatt machen. Vielleicht nehme ich mir irgendwann eine Auszeit und schippere um die Welt.«

Ich lachte und rutschte ein Stück zurück, sodass ich neben ihm saß. »Klar. Wenn du erst mal Gouverneur von Kalifornien bist, wirst du sicher jedes Jahr ein oder zwei Monate Urlaub machen können.«

Er seufzte, grinste dann aber. »Wahrscheinlich nicht.«

Die Jacht wendete und fuhr dann aufs offene Meer hinaus. Durch den Richtungswechsel schien mir jetzt die Sonne ins Gesicht, und ich genoss das warme Gefühl auf meiner Haut und den Fahrtwind in meinem Haar.

Die Zeit verging wie im Flug, und als die Mittagssonne über uns stand, ankerten wir vor Santa Catalina Island, einer Insel vor der Küste Kaliforniens, etwa zwanzig Meilen von L. A. entfernt.

»Ich war Ewigkeiten nicht mehr hier«, sagte ich staunend und beugte mich über die Reling, um in das türkisblaue Wasser zu schauen. Kleine bunte Fische huschten unter dem Boot hindurch. »Ich glaube, das letzte Mal war ich noch ein Teenager.«

Ich konnte mich noch vage an den Ausflug mit meinen Eltern und meiner Schwester erinnern. Wir waren damals mit einem Glasbodenboot gefahren und hatten in der kleinen, idyllischen Hafenstadt Avalon zu Mittag gegessen. Da war meine Familienwelt noch in Ordnung gewesen. Niemand hätte damit gerechnet, dass mein Vater uns kurze Zeit später wegen einer anderen Frau verlassen und ausziehen würde. Ich schüttelte den Kopf und wunderte mich, warum ich ausgerechnet jetzt an die Trennung meiner Eltern dachte. Das war schließlich eine halbe Ewigkeit her.

Wir suchten uns auf dem Oberdeck einen Platz in der Sonne, und der Steward brachte uns Fruchtcocktails.

»Kann ich das bitte jeden Tag haben? So kann man es echt gut aushalten.« Seufzend biss ich in die frische Ananas, die am Rand meines Cocktailglases steckte.

»Du kannst gerne häufiger vorbeikommen«, bot Lucas an, der sich auf die Liege neben mir gelegt und die Augen geschlossen hatte. »Du bist jederzeit herzlich eingeladen.«

Ich sah ihn von der Seite an. »Ich glaube, damit wird Jessica nicht einverstanden sein. Seekrankheit hin oder her.«

Lucas atmete tief durch, als müsse er darüber nachdenken, was er darauf antworten sollte.

»Mit Jessica läuft es im Moment nicht so gut«, sagte er nach einer Weile, ohne die Augen zu öffnen.

Bei seinen Worten breitete sich ein merkwürdiges Gefühl in meinem Bauch aus.

»Und warum?«, fragte ich trotzdem.

»Ich weiß es selbst nicht so genau.« Jetzt öffnete er doch die Augen und setzte sich auf. »Vielleicht liegt es an mir. Wir waren die ganze Zeit so eine stabile Einheit, und jetzt …«

Er ließ den Rest des Satzes unausgesprochen.

»Eine stabile Einheit?«, wiederholte ich und konnte ein Lachen nicht unterdrücken. »Warum denke ich bei deinen Worten eher an ein IKEA-Regal als an die große Liebe?«

Er schmunzelte und sah auf seine Hände. »Siehst du? Genau

das meine ich. Du bist so … lebendig, so fröhlich und so lustig, Bella. Ich vermisse die Leichtigkeit und die Lockerheit in unserer Beziehung.« Er sah mich an. »Wir hatten immer Spaß miteinander, oder? Wir waren ein Paar, aber auch richtig gute Freunde. Und sollte es so nicht sein? Ist die perfekte Beziehung nicht so, wie es damals bei uns war? Verliebt in deine beste Freundin, in deinen besten Freund?«

Ich runzelte die Stirn. »So perfekt kann es ja nicht gewesen sein, Lucas. Schließlich hast du mit mir Schluss gemacht.«

»Und wenn das nicht der größte Fehler meines Lebens war«, murmelte er.

Seine Worte schlugen direkt in meinem Herzen ein. Ich stellte den Cocktail auf dem Tischchen neben meiner Liege ab und setzte mich ebenfalls auf.

»Warum sagst du so was?«, fragte ich und hörte selbst, dass eine Mischung aus Zorn und Verzweiflung in meinen Worten mitschwang. »Es war damals einzig und allein deine Entscheidung, dich von mir zu trennen! Wir haben uns Jahre nicht gesehen! Und jetzt stellst du plötzlich fest, dass unsere Trennung der größte Fehler deines Lebens war? Wir sind beide in einer Beziehung, falls du das vergessen haben solltest.«

Wir saßen so nah beieinander, dass sich unsere Knie berührten. Ich rutschte ein Stück zur Seite, um etwas Abstand zwischen uns zu bringen.

»Ich …« Er räusperte sich und strich sich eine blonde Strähne aus den Augen. »Es ist mir bewusst, dass wir uns lange nicht gesehen haben, und natürlich weiß ich so gut wie nichts über dein Leben in den letzten vier Jahren. Trotzdem frage ich mich, ob Connor …« Er stockte, und ich sah ihn abwartend an, doch er schüttelte den Kopf. »Ist ja auch egal. Es geht mich nichts an.«

»Sag doch einfach, was du zu sagen hast, Lucas«, forderte ich ihn auf.

Er seufzte. »Du warst immer ein bisschen wilder und verrückter als ich, auch früher schon, Bella.« Er lächelte kurz bei der Erinnerung, wurde dann aber sofort wieder ernst. »Aber Connor … ich frage mich, ob er wirklich zu dir passt.«

Ich war überrascht von dem heftigen Impuls, Connor zu verteidigen.

»Du kennst ihn doch gar nicht, Lucas«, erwiderte ich kühl. »Wie kannst du also beurteilen, ob er zu mir passt oder nicht?«

»Hast du ihm von unserem Treffen heute erzählt?«, erwiderte er, ohne auf meine Frage einzugehen.

Damit hatte er voll ins Schwarze getroffen, denn nein, ich hatte Connor nichts davon erzählt, dass ich Lucas heute treffen würde. Ich konnte mir selbst nicht so genau erklären, warum. Im Grunde ging es ihn nichts an, denn wir waren kein echtes Paar, und den Deal betraf es schließlich nicht, wenn ich mich mit Lucas – oder irgendeinem anderen Freund – traf.

Lucas beobachtete mich aufmerksam und legte mir dann eine Hand aufs Knie.

»Tut mir leid, Bella, ich hätte nichts sagen sollen«, entschuldigte er sich. »Lass es uns einfach vergessen.«

Ich öffnete den Mund, um etwas zu antworten, da rief eines der Crewmitglieder vom Unterdeck: »Delfine backbord!«

Wir sprangen beide auf, und ich lief auf die rechte Seite des Schiffes. Ich stellte mich an die Reling und suchte das Meer ab, wo aber keine Delfine zu sehen waren. Verwirrt drehte ich mich um und sah Lucas lachend auf der anderen Seite der Jacht stehen.

»Backbord heißt links vom Heck aus gesehen, Matrosin, nicht rechts.«

Das merkwürdige Gefühl, das sich bei unserem Gespräch in meinem Bauch ausgebreitet hatte, fiel von mir ab, und ich konnte nicht anders, als mitzulachen. Schnell wechselte ich zur anderen Seite. Lucas legte einen Arm um meine Schulter und deutete in Richtung der Insel. In fünfzig Metern Entfernung tummelte sich eine Delfinschule. Sie bestand aus zehn oder fünfzehn Tieren, sogar einige Babys waren dabei. Immer wieder sprang einer der Delfine in die Luft und drehte sich um die eigene Achse, bevor er wieder ins Wasser eintauchte. Wir beobachteten die Tiere eine Weile und konnten uns von ihrem Anblick erst losreißen, als der Steward uns zum Mittagessen rief.

Nachdem wir uns, ausgehungert von der frischen Seeluft, über die üppigen Platten mit marinierten Meeresfrüchten, gegrilltem Hähnchen und Tomatensalat hergemacht hatten, fuhren wir wieder zurück in Richtung Festland und von dort ein Stück an der kalifornischen Küste entlang, bevor wir nach Marina del Rey zurückkehrten. Als der Kapitän und die Crew das Schiff geschickt an den Liegeplatz manövriert und vertäut hatten, war es bereits später Nachmittag, und die Sonne stand tief und orange über den Hügeln von Los Angeles.

Lucas lief vor mir über die Gangway und reichte mir die Hand, um mir an Land zu helfen, obwohl keinerlei Gefahr bestand, dass ich ins Wasser fiel. Der Steg war breit genug und hatte ein Geländer auf beiden Seiten, aber Lucas war eben schon immer ein Gentleman gewesen.

»Vielen Dank für den schönen Tag«, sagte ich, als wir beide wieder am Kai standen.

»Es war fast ein bisschen wie früher, oder?«, erwiderte er. »Wenn ich mit dir spreche, habe ich nicht das Gefühl, als hätten wir uns vier Jahre nicht gesehen.«

Ich lächelte und nickte. »Ja, ich weiß, was du meinst.«

Sein Blick suchte meinen, als er meine Hand ergriff und mich zu sich heranzog. Ich hielt ihm die Wange für einen Abschiedskuss hin, aber er drehte sein Gesicht so, dass sein Mund auf meinem landete. Mein Körper erstarrte, aber statt den Impuls zu verspüren, mich von ihm zu lösen, war der einzige Gedanke, der sich in meinem Kopf formte: Seine Lippen sind mir so vertraut. Fast schien es so, als wäre ich plötzlich eine vier Jahre jüngere Version von mir selbst. Die junge, fröhliche, verliebte Isy, der nichts und niemand auf der Welt etwas anhaben konnte, solange sie nur mit Lucas zusammen war. Die an die große Liebe glaubte, an den Mann fürs Leben. An ein Happy End. Es war ein beängstigendes und gleichzeitig wunderschönes Gefühl.

»Bleib die Nacht hier, Bella«, murmelte Lucas heiser, als wir den Kuss unterbrachen, und lehnte seine Stirn gegen meine. »Nur wir zwei, zusammen auf dem Schiff. Lass uns alles andere vergessen.«

Sein Vorschlag brachte mich unsanft in die Realität zurück. Für einen Moment mochte es sich schön angefühlt haben, in die Vergangenheit zu reisen. Aber ich war nicht mehr zwanzig. Ich war nicht mehr verliebt und naiv. Und vor allem war ich nicht mehr mit Lucas zusammen.

»Das ist keine gute Idee, Lucas«, sagte ich und machte mich von ihm los.

Er ließ die Arme sinken und blickte auf seine Schuhe. Ich sah, wie sich sein Adamsapfel bewegte, als er schluckte.

»Es tut mir leid, Bella«, entschuldigte er sich und fuhr sich mit beiden Händen durch die Haare. »Da sind wohl die Pferde ein wenig mit mir durchgegangen.«

Ich musste wegen der altmodischen Formulierung schmunzeln.

»Schon gut«, sagte ich und legte eine Hand auf seinen Arm, um ihm zu zeigen, dass ich nicht sauer war. »Ich hatte auch kurz das Gefühl, dass sich die Zeit zurückgedreht hat.«

Ich zögerte kurz, doch dann beugte ich mich vor und gab ihm einen schnellen Kuss auf die Wange, bevor ich mich umdrehte und zurück in Richtung Straße lief, um mir ein Uber zu rufen.

15.

»Mein Gott, wie tief schläfst du, Summers?«

Helles Licht drang an meine Augen, und ich zog die Decke über mein Gesicht, um weiterschlafen zu können. Ich spürte, wie sich die Matratze senkte, als sich jemand neben mich setzte. Dieser Jemand zog mir langsam die Decke weg und sah mich viel zu gut gelaunt an. Dieser Jemand war Connor.

»Was willst du, Quälgeist?«, murmelte ich und musste mich räuspern, weil meine Stimme so kratzig klang.

Er grinste. »Wir gehen surfen.«

Ich schüttelte den Kopf und drehte mich auf die andere Seite. »Ich surfe nicht, Knightley.«

Ein tätowierter Arm schob sich über mich und zog an der Bettdecke, bis ich den Versuch aufgab weiterzuschlafen. Stöhnend setzte ich mich auf und schwang die Beine über die Bettkante. Dabei streiften meine Füße Snips, der schlafend auf dem Teppich vor meinem Bett lag. Knurrend rollte er sich auf die Seite, als ich aufstand. Offensichtlich war ich nicht die Einzige, die noch nicht bereit war für den Tag. Ich machte einen großen Schritt über den Hund und stolperte zum Fenster. Dann deutete ich nach draußen, wo das Meer silbrig-grau und wenig einladend in der Morgendämmerung vor uns lag.

»Die Sonne ist noch nicht mal richtig aufgegangen!«

Als ich meinen Kopf drehte, war Connor neben mich getreten. Er drückte die Schiebetür auf, und die kühle Morgenbrise strömte herein. Fröstelnd schlang ich beide Arme um den Körper. Es war trüb und etwas neblig, aber Connor zeigte begeistert in Richtung der Wellen, die unter uns an den Strand brandeten.

»Siehst du das?« Als ich den Kopf schüttelte, fuhr er fort: »Das sind perfekte Wellen. Anfängerwellen. Nicht zu groß und nicht zu klein.«

Ich warf ihm einen zweifelnden Blick zu. »Hättest du nicht ein paar Fotos von deinen perfekten Wellen machen und sie mir zeigen können, wenn ich wach bin?«

Connor grinste und schob mich an den Schultern in Richtung Badezimmer. »Nein, hätte ich nicht. Und jetzt zieh dich an. Ich gehe nach unten und mache dir einen extrastarken Kaffee.«

Eine Viertelstunde später stand ich in Connors Wetroom und quetschte mich in einen kurzärmeligen Neoprenanzug, der mir viel zu eng war, während Connor beteuerte, dass das *genau so* sein musste. Der Wetroom war ein fensterloser, gefliester Raum, der direkt neben dem Fitnessraum lag. Hier bewahrte Connor sein Equipment auf. Seine Surfbretter standen, ordentlich aufgereiht, in einem Gestell an der Wand, und die Neoprenanzüge hingen auf Kleiderbügeln an einer langen Stange unter der Decke. Außerdem gab es eine Dusche, unter der man sich und das Equipment nach dem Surfen vom Salzwasser befreien konnte.

Connor trug seinen Surfanzug bereits, hatte ihn aber noch nicht über den Oberkörper gezogen. Während er zwei Surfbretter aus dem Gestell an der Wand nahm, beobachtete ich fasziniert, wie das Spiel seiner Muskeln die Tattoos auf seiner Haut veränderte. Erst als er sich umdrehte und mich fragend ansah, eine Augenbraue hochgezogen, ertappte ich mich selbst dabei, dass ich mir auf die Lippe gebissen hatte. Schnell versuchte ich, ein unbeteiligtes Gesicht zu machen, und wandte den Blick ab.

Connor bestand darauf, mein Board zu tragen, während wir zusammen mit einem plötzlich doch sehr munteren Snips die lange Holztreppe zum Meer hinuntergingen. Der Strand lag fast menschenleer vor uns, was ja auch kein Wunder war: Normale Menschen schlummerten um diese Uhrzeit an einem Sonntag schließlich noch friedlich in ihren Betten.

Nach dem Aufwärmen begannen wir mit einigen Trockenübungen im Sand, und Connor zeigte mir, wie ich mich auf das Brett legen sollte und wie man paddelte.

»Wenn du merkst, dass die Welle dich nach vorne schiebt, versuch nicht sofort aufzustehen. Paddel lieber noch ein paar Armzüge weiter.« Er legte sich neben mir auf sein eigenes Brett und drückte sich mit den Unterarmen ab. »Die Hände liegen auf Brusthöhe. Schieb dich damit hoch, als ob du einen Liegestütz machen wolltest. Dann ziehst du die Füße nach vorne unter deinen Körper. Du kannst auch erst mal aufs Knie gehen. Bringe den vorderen Fuß zwischen die Hände. Wenn du stabil stehst, nimmst du deine Hände hoch.«

Es sah nicht übermäßig schwierig aus, als er es vormachte, und auch als ich es ihm nachmachte, schien es total einfach zu sein. Ich musste zugeben, dass es jetzt schon anfing, Spaß zu machen.

»Also ab ins Wasser?«, fragte ich motiviert. »Das ist ja ein Kinderspiel!«

Er schmunzelte über meinen Enthusiasmus und schüttelte den Kopf. »Nur wenn du die Trockenübung zu meiner absoluten Zufriedenheit machst, darfst du ins Wasser, Summers.«

Ich schob die Unterlippe vor. »Wie oft muss ich sie machen?«

Er legte den Kopf in den Nacken und tat so, als überlege er angestrengt. »Ungefähr dreihundert Mal. Vielleicht öfter.«

Ich warf ihm einen zerknirschten Blick zu, aber er lachte nur, und wir begannen die Übung von vorne. Es dauerte noch etwas, bis er endlich zufrieden war, aber irgendwann rannten wir Seite an Seite ins Wasser, wo Connor sich gekonnt – und um einiges eleganter als ich – aufs Brett warf. Ich folgte ihm und quietschte auf, als mir das eiskalte Meerwasser in den Neoprenanzug und über meine nackten Arme und Beine strömte. Dann paddelte ich hinter Connor her, der ohne Probleme durch die Brandung tauchte. Es war bereits schwieriger als gedacht, hinter die sich brechenden Wellen zu kommen, und das, obwohl sie an diesem Morgen nicht gerade hoch waren. Bei dem Versuch, unter den Wellen hindurchzutauchen und das umzusetzen, was mir Connor zuvor als *Duck Dive* erklärt hatte, verlor ich zweimal mein Board und musste mich mühevoll wieder raufziehen, bis ich es endlich geschafft hatte.

Hinter der Brandung wartete mein Coach geduldig, bis ich bei ihm angekommen war und mich, wie er, rittlings aufs Brett gesetzt hatte. Allein diese Position einzunehmen fühlte sich schon extrem wackelig an. Am Strand hatte das alles viel einfacher gewirkt! Und von hinter der Brandung aus betrachtet, schienen auch die Wellen plötzlich viel höher zu sein …

Connor begann damit, mir zu zeigen, wie man mit der Welle mitpaddelte und sich dann hochdrückte, doch anders als er fiel ich dabei jedes Mal ins Wasser. Den *Duck Dive* beherrschte ich nach dem gefühlt hundertsten Versuch, aber ich schaffte es nicht ein einziges Mal, eine Welle zu reiten. Einmal konnte ich aufstehen, nur um dann nach etwa einer halben Sekunde wieder vom Brett zu fliegen, das mir dabei prompt mit voller Wucht gegen das Bein geschleudert wurde. Währenddessen paddelte Connor locker neben mir her und rief mir Anweisungen zu, die ich beim besten Willen nicht umsetzen konnte.

Trotz aller Misserfolge machte es unglaublich viel Spaß, im Wasser zu sein und mich an der frischen Luft zu bewegen, bis mir jeder einzelne Muskel wehtat. Mein Ehrgeiz war gepackt, und sehnsüchtig dachte ich daran, wie wundervoll es sich anfühlen musste, eine Welle wirklich zu reiten. Wie fliegen.

Erst als die Sonne richtig aufgegangen und der Nebel verschwunden war, füllte sich der Strand langsam. Connor und ich beendeten die Surfstunde mit etwas Bodyboarding, was ebenfalls richtig viel Spaß machte, aber weitaus weniger frustrierend war.

»Das war für das erste Mal gar nicht so schlecht«, lobte mich Connor, während wir auf unseren Boards saßen und uns von der Brandung wieder in Richtung Strand treiben ließen. »Niemand steht beim ersten Mal schon eine Welle. Aber nächste Woche schaffst du es sicher, wenn du bis dahin jeden Tag übst.« Als er meinen skeptischen Gesichtsausdruck sah, fügte er lächelnd hinzu: »Nein, wirklich. Ich meine das ernst. Es ist einfach nur Übungssache. Nimm dir jederzeit das Brett. Es ist deins.«

Verwundert sah ich ihn an. »Du schenkst mir eins deiner Boards?«

Er schmunzelte. »Nein, Isy, das ist keins meiner Boards. Ich habe andere. Profiboards, mit denen man anspruchsvolle Manöver und Tricks zeigen kann. Das hier ist ein *Malibu*, ein Anfängerboard, das ich für dich besorgt habe, damit du üben kannst.«

»Du hast mir ein Surfbrett gekauft?«, wiederholte ich, etwas schwer von Begriff.

Unsere Blicke trafen sich, und er zuckte mit den Schultern. »Keine große Sache.«

Ich wusste natürlich, dass es für ihn in der Tat keine große Sache war. Ein Anruf beim Surfshop um die Ecke oder bei seinem Sponsor, und er bekam das Brett vor die Haustür gestellt, wahrscheinlich sogar umsonst.

Aber darum ging es gar nicht. Vielmehr rührte es mich, dass er überhaupt auf die Idee gekommen war, mir ein eigenes Brett zu schenken, mit dem ich üben konnte.

»Danke«, sagte ich. »Das ist … total nett von dir.«

»Ich bin halt ein total netter Typ«, antwortete er und grinste schief. »Hat es denn wenigstens Spaß gemacht? Oder soll ich das Brett lieber wieder zurückgeben?«

Ich legte den Kopf schief und tat so, als würde ich angestrengt nachdenken. »Also, das Surfen war cool, aber der Lehrer war echt eine totale Nervensäge. Wenn ich ihn bewerten müsste, würde ich ihm lieb gemeinte zwei Sterne geben. Viel zu streng und irgendwie unentspannt. Keine Spur von *Hang Loose* und …«

Bevor ich den Satz beenden konnte, hatte Connor auch schon den Abstand zwischen uns überwunden, sich zu mir herübergebeugt und mich vom Brett gezogen. Zusammen stürzten wir von unseren Boards. Das Wasser schlug über unseren Köpfen zusammen, und ich strampelte ein paarmal, bevor ich prustend wieder auftauchte.

Connor schwamm neben mir und lachte mich aus, während ich Wasser spuckte.

»Ertrinkst du, oder geht es?«, vergewisserte er sich und streckte mir seine Hand entgegen.

Dankbar ergriff ich sie und zog mich an ihn heran. So motiviert ich beim Surfen gewesen war, so abgekämpft und müde fühlte ich mich plötzlich. Ich legte beide Arme um Connors Hals und hielt mich an ihm fest.

»Du hast mich reingeschubst«, sagte ich und schlang auch meine Beine um seinen Körper. »Nun sieh zu, wie du mich wieder herausbekommst. Ich kann nicht mehr.«

Er legte seinen linken Arm um meine Taille und zog mich enger an sich heran, damit er uns beide mit seinen kräftigen Beinbewegungen – und der Bewegung seines freien Arms – über Wasser halten konnte.

»Eigentlich gefällt es mir ganz gut, dass du dich so für mich abrackern musst«, kommentierte ich und umklammerte ihn fester.

Er drehte den Kopf zu mir, sodass unsere Gesichter nur noch wenige Zentimeter voneinander entfernt waren. Kleine Wassertropfen hingen in seinen langen Wimpern, und seine braunen Augen wirkten dunkler als sonst. Mein Blick fiel auf seine leicht geöffneten, feuchten Lippen.

Wie sich wohl ein *echter* Kuss mit Connor anfühlen würde?, schoss es mir durch den Kopf. Was, wenn er mich nicht nur küssen würde, um jemanden davon zu überzeugen, dass wir ein Paar waren, sondern weil er es wollte? Weil er *mich* wollte? Wie wäre es, von Connor gewollt zu werden?

»Woher hast du eigentlich diese Narbe an der Unterlippe?«, fragte ich schnell und versuchte, das heftige Kribbeln in meinem Bauch zu ignorieren.

Er zog mit der freien Hand sein Board zu uns heran, damit wir uns daran fest- und über Wasser halten konnten. Als ich einen Arm über das Brett gelegt hatte, ließ er mich los. Sofort fehlte mir seine Berührung.

»Von einem schweren Surfunfall in Portugal, bei dem ich fast gestorben wäre«, antwortete er ernst. »Damals bin ich beim Versuch, eine fünfundzwanzig Meter hohe Monsterwelle zu reiten, vom Brett geschleudert und von den herabstürzenden Wassermassen auf ein Riff gedrückt worden.«

Meine Augen weiteten sich vor Schreck. Das hörte sich ja furchtbar an! Ein Glück, dass er nicht wirklich gestorben war!

»Echt?«, fragte ich etwas atemlos.

»Nein.« Ein leichtes Lächeln umspielte seine Lippen. »Ich bin mit drei Jahren kopfüber vom Bobby-Car gestürzt und auf eine Bordsteinkante geknallt.« Jetzt grinste er sogar. »Aber die Story mit dem Surfunfall hört sich einfach so viel cooler an, oder?«

»Du bist echt unmöglich!«, rief ich und versuchte, ihn aus Rache ins Wasser zu schubsen.

Natürlich schaffte ich es nicht einmal, seinen durchtrainierten Körper auch nur vom Brett zu lösen. Erschöpft gab ich auf.

»Lass uns rausgehen. Mir wird langsam kalt, und Snips wartet schon ungeduldig auf uns.«

Tatsächlich hatte Snips gesehen, dass wir mit dem Surfen fertig waren, und nun sprang er, aufgeregt bellend, im flachen Wasser umher, um uns zum Herauskommen aufzufordern. Connor zog mein Board heran, umfasste meine Hüfte und hob mich mit Leichtigkeit aufs Brett. Obwohl ich einen Neoprenanzug trug, hatte ich das Gefühl, seine Hände direkt auf meiner Haut zu spüren.

Verflixt, was war nur los mit mir?

Wir paddelten die letzten Meter an den Strand zurück, und ich war dankbar dafür, dass Connor mir im knietiefen Wasser das Brett abnahm, die Leine um meinen Fußknöchel löste und es für mich zu unseren Handtüchern zurücktrug. Snips begrüßte uns begeistert und sprang schwanzwedelnd um uns herum, während ich mich, völlig erledigt, aus meinem nassen Neoprenanzug schälte und im Bikini auf das Handtuch fallen ließ. Die Vormittagssonne hatte an Kraft gewonnen und wärmte meine ausgekühlte Haut. Ich streckte die Beine aus und stöhnte auf, weil mir jeder einzelne Muskel wehtat.

Connor zog ebenfalls seinen Wetsuit aus und setzte sich in seiner Badehose neben mich auf das zweite Handtuch. »Hast du Schmerzen?«

»Nur da, wo das Brett voll gegen meinen Oberschenkel geknallt ist«, antwortete ich stöhnend. »Und an so ziemlich jeder anderen Stelle meines Körpers.«

»Zeig mal her.«

Ich streckte ihm mein rechtes Bein hin, und er tastete es vorsichtig ab. Seine Berührungen waren angenehm und taten gut – bis er genau an der Stelle ankam, wo es richtig wehtat.

»Au!«, rief ich und zog mein Bein weg.

Er wischte sich die nassen Haare aus den Augen und legte sich neben mir auf den Rücken. »Das wird einen blauen Fleck geben, aber das gehört dazu. Man kriegt am Anfang dauernd das Brett irgendwohin … und später auch noch ab und zu.«

»Das hättest du mir ruhig mal vorher sagen können«, knurrte ich, konnte aber nicht verhindern, dass sich ein Lächeln auf mein Gesicht schlich. »Um ehrlich zu sein, hat es wirklich Spaß gemacht. Auch wenn du ein gnadenloser Menschenschinder bist.«

»Das hat Nick auch gesagt, als ich letztens mit ihm im Fitnessstudio war.« Connor grinste und rollte sich auf die Seite, sodass er mich ansehen konnte. »Hast du in der Zwischenzeit noch mal mit Emma gesprochen? Haben sie sich denn jetzt für die Hochzeit im *Mortimer* entschieden?«

»Ja, haben sie. Wir haben gestern telefoniert.« Ich zog die Nase kraus. »Aber ich befürchte, ganz tief in ihrem Innern ist sie ein bisschen enttäuscht darüber, dass die Hochzeit nicht ganz so sein wird, wie sie es sich vorgestellt hat. Sie wollte ja eigentlich immer schon am Meer heiraten, mit einer Trauung am Strand, Abendessen und Tanzen unterm Sternenhimmel … Darum hatten sie sich ja ihre ursprüngliche Location ausgesucht. Das *Mortimer* ist auch toll, aber eben sehr kühl und modern und nicht hundertprozentig das, was sie sich gewünscht hat. Und das Essen wird drinnen stattfinden.«

»Verstehe«, erwiderte Connor. »Dann bleibt uns wohl nichts anderes übrig, als all unsere Energie darauf zu verwenden, dass es trotzdem der schönste Tag ihres Lebens wird, oder?«

Ich drehte mich ebenfalls auf die Seite und stützte meinen Kopf in die Hand. »Wie kann es sein, dass ein so unsensibler Klotz wie du manchmal solche netten und einfühlsamen Dinge sagt?«

Er grinste schief. »Ich habe doch gesagt, dass ich ein netter Kerl bin.«

»Das versteckst du nur meistens ziemlich gut.«

Wir schwiegen einen Moment, dann nahm ich, plötzlich neugierig geworden, seine Hand in meine und drehte seinen Arm, bis ich das Tattoo auf der Innenseite seines rechten Oberarms besser sehen konnte.

»*La mer, une fois qu'elle vous a jeté son sort, vous tient dans son filet pour toujours*«, las ich laut vor und runzelte die Stirn. »Mit meinem Akzent hört sich das schrecklich an. Was heißt das?«

»Wenn das Meer dich erst einmal in seinen Bann gezogen hat, hält es dich für immer in seinem Netz gefangen«, übersetzte Connor. »Habe ich mir mit Mitte zwanzig in Frankreich stechen lassen. Ein Zitat von Jacques-Yves Cousteau, dem Meeresforscher.«

»Und die Welle zwischen deinen Schulterblättern?«

Er sah mich gespielt erstaunt an. »Summers, du checkst mich heimlich ab?«

Ich verdrehte die Augen, musste aber trotzdem lachen. »Ich bitte dich, darf ich das etwa nicht? Als deine feste Freundin? Und davon abgesehen sind deine Tattoos nun wirklich schwer zu übersehen.«

»Netter Versuch. Du hast mich tatsächlich abgecheckt.« Er grinste. »Das war mein erstes Tattoo, habe ich mir mit sechzehn bei einem Schulausflug nach San Francisco heimlich stechen lassen. Meine Eltern sind völlig ausgeflippt. Ich glaube, ich hatte hundert Jahre Hausarrest und Surfverbot. Nicht weil meine Eltern generell etwas gegen Tattoos hätten, sondern weil ich die Unterschrift meines Vaters gefälscht hatte.« Er sah mich an. »Hast du welche?«

»Tattoos? Kein einziges.«

»Kann ja noch kommen.«

»Ich glaube nicht. Ich stehe nicht so auf Tattoos.«

Zumindest nicht bei mir selbst. Ich hatte höllische Angst vor Nadeln. Aber das musste er ja nicht wissen. Sollte er mich ruhig für spießig halten.

Ich deutete auf seinen linken Arm, auf dem sich vom Handgelenk, über die Schulter und die Brust sein riesiges Tribal-Tattoo mit schwarzen Schlangenlinien, Wellenmuster, Zacken und Kreisen zog. Die Ausläufer der Schlangenlinien reichten bis zu seiner linken Brustwarze. »Und das?«

»Das ist ein Maori-Tattoo. Das habe ich mir Stück für Stück auf Hawaii stechen lassen. Jedes Mal wenn ich dort war, kam ein Teil dazu. Aber jetzt ist es fertig.« Er deutete auf die schwarzen Flächen. »Das hier ist das Symbol für die Sonne – es steht für Reichtum und Herrschaft. Die Wellenmuster sind das Meer und stehen für Leben, Fruchtbarkeit, Standhaftigkeit und Ausdauer.«

»Fruchtbarkeit, Standhaftigkeit und Ausdauer? Ist das ein Wunsch?«, neckte ich ihn. »Oder eine Feststellung?«

Er zog eine Augenbraue hoch. »Willst du es herausfinden, Isy?«

Ich imitierte ihn und hob ebenfalls eine Augenbraue. »Willst du es mir zeigen, Connor?«

Er beugte sich ein Stück vor, bis sein Gesicht nur noch wenige Zentimeter von meinem entfernt war. »Ich weiß nicht, ob du für die ehrliche Antwort bereit bist.«

Etwas an diesem Satz traf mich direkt in die Magengrube. Es war, als wären seine Stimme von einem Moment auf den anderen tiefer und seine Augen plötzlich dunkler geworden. Die Luft zwischen uns begann zu knistern, als Connor sich auf seinen Unterarm stützte und mit seiner Hand in meinen Nacken fuhr. Unwillkürlich senkte ich meinen Blick auf seine weichen, leicht geöffneten Lippen. Mein Herz pochte wie verrückt gegen meine Rippen, als er sich langsam über mich beugte.

Seine nackte, warme Haut streifte meine, und ich schloss unwillkürlich die Augen. Tausend unkontrollierte Gedanken flogen durch meinen Kopf, ohne dass ich einen von ihnen festhalten konnte. Das, was wir da gerade taten, war keine gute Idee. Wir begaben uns auf gefährliches Terrain. Wir sollten zurück zum Haus gehen. Ich musste mich um Kathy kümmern. Ich …

Mein Gedankenkarussell fand ein jähes Ende, als Snips – klitschnass und sandig – zwischen uns sprang. Ich schrie auf und fuhr zurück, aber Snips wälzte sich, von mir unbeeindruckt, auf meinem Handtuch, um sein Fell zu trocknen. Dann stürzte er sich auf sein Herrchen und begann japsend, Connors Gesicht abzuschlecken. Connor versuchte, den verspielten jungen Hund abzuhalten, was in einer unkontrollierten Rangelei endete. Ich konnte nicht anders, als zu lachen, und Connor erging es nicht anders. Irgendwann schaffte er es, sich hervorzukämpfen und Snips auf den Rücken zu drehen. Schwanzwedelnd und mit heraushängender Zunge streckte dieser in einer Geste der Unterwerfung alle viere von sich.

Connor nutzte seinen Sieg, stand schnell auf und schüttelte den Sand ab.

»Snips, wenn du so weitermachst, schicken wir dich ins Hundeinternat.« Er warf mir einen langen Blick zu, bevor er sich nach unseren Brettern bückte und sagte: »Komm, lass uns zum Haus gehen.«

Am Abend übernahm ich es, die Mädchen ins Bett zu bringen. Ich liebte es, ihnen etwas vorzulesen und mit ihnen zu kuscheln, bis ihnen die Augen zufielen. Während ich noch in New York gelebt hatte, hatte ich viel zu wenig Gelegenheit dazu gehabt, doch jetzt genoss ich die gemeinsame Zeit mit meinen Nichten in vollen Zügen.

Nachdem sie eingeschlafen waren, blieb ich noch eine Weile

neben ihren Matratzen sitzen und betrachtete die beiden. Sie sahen so süß aus, die Gesichtszüge entspannt wie die zweier kleiner Engel, ihre Puppen und Kuscheltiere fest in die kleinen Ärmchen geklemmt.

Als ich schließlich herunterkam, saßen Connor und Kathy auf der Terrasse und unterhielten sich.

»Sie schlafen beide«, verkündete ich und ließ mich bäuchlings auf eine der weichen Liegen fallen. »Ich habe jetzt schon den Muskelkater des Jahrtausends.«

Kathy stand auf und kam zu mir herüber. »Rutsch ein Stück und zieh dein T-Shirt aus. Ich massiere dich.«

Als ausgebildete Physiotherapeutin gab Kathy die besten Massagen der Welt, und wenn sie mir eine anbot, lehnte ich niemals ab. Bereitwillig zog ich mein T-Shirt über den Kopf, unter dem ich ein Bikini-Oberteil trug, und machte ihr Platz, damit sie sich zu mir auf die Liege setzen konnte. Genießerisch schloss ich die Augen, während Kathy vorsichtig mit dem perfekten Druck ihrer Daumen über meine Beine strich und dabei genau die Punkte drückte, die wehtaten. Stück für Stück arbeitete sie sich nach oben, und ich konnte spüren, wie sich meine Muskeln immer mehr lockerten.

»Hey, Connor«, sagte Kathy, als sie in meinem Nacken angekommen war und ich mich in einem Zustand der absoluten Tiefenentspannung befand. »Soll ich dir zeigen, wie du Isy am besten massierst?«

»Nein, ist schon gut«, entfuhr es mir, bevor ich mich zurückhalten konnte. Hastig setzte ich mich auf.

»Du willst dich nicht von deinem Freund massieren lassen?«, fragte Kathy ungläubig und lachte auf. »Dann bist du wahrscheinlich die einzige Frau auf der Welt, die das nicht mag.«

Connor musterte mich einen Augenblick, dann stand er auf und kam zu uns herüber. »Klar. Zeig mir, was ich machen soll.«

Mir entging nicht, dass ein Lächeln seine Lippen umspielte, und ich kniff die Augen zusammen, um ihm zu zeigen, was ich von der ganzen Sache hielt. Kathy bemerkte nichts von unserem stummen Austausch, denn sie war ganz in ihrem Element.

»Los, leg dich wieder hin, Isy«, forderte sie mich auf. »Ich erkläre Connor, wie er dich so richtig locker macht.«

Connor schnaubte kurz, und ich strafte ihn noch einmal mit einem vernichtenden Blick, bevor ich mich schicksalsergeben wieder auf den Bauch legte. Kathy begann, Connor fachkundig zu erklären, wo welche Muskeln und Nerven entlangliefen, wo er mit flachen Händen oder den Fingerknöcheln massieren musste und wo er mehr oder weniger Druck ausüben sollte.

Als Connor schließlich seine warmen Hände auf meinen Rücken legte, stellten sich die Härchen an meinen Armen auf. Ganz langsam fuhr er mit den Daumen rechts und links der Wirbelsäule nach oben, bis er in meinem Nacken angekommen war. Dann wanderten seine Hände zu meinen Schultern, die sich nach dem vielen Paddeln steinhart anfühlten, und kneteten sie sanft.

Ich konnte nicht verhindern, dass mir ein wohliges Seufzen entfuhr. Kathy mochte der Profi für Massagen und Krankengymnastik sein, aber Connor wusste genau, wo es wehtat, wenn man den halben Tag mit Surfen verbracht hatte.

Kathy murmelte noch ein paar leise Anweisungen, dann erhob sie sich von der Liege.

»Ich sehe kurz nach den Kindern«, sagte sie, dann war sie im Haus verschwunden.

Doch auch nachdem sie weg war, nahm Connor seine Hände nicht von meinem Rücken, und ich war meinerseits nicht in der Lage aufzustehen. Connors Berührungen fühlten sich einfach zu gut an. Seine Hände glitten von den Schultern über meinen Rücken, und er unterbrach den Kontakt nur, um an dem Verschluss meines Bikinis vorbeizukommen. Mit kreisenden Daumen massierte er mein Kreuzbein, bevor er mit den Handballen an beiden Seiten der Wirbelsäule entlang nach oben glitt. Als er wieder in meinem Nacken angekommen war, fuhr er mit den Fingern in meine Haare. Beinahe hätte ich aufgestöhnt.

»Du beißt dir auf die Lippe«, stellte Connor fest, und etwas in seiner Stimme ließ mich aufsehen.

Ich rollte mich auf die Seite und stützte meinen Kopf in die Hand. Seine Augen waren dunkel, und für einen winzigen Moment senkte er seinen Blick auf meine Brüste, die von meinem Bikinioberteil gerade so bedeckt wurden. Ein Kribbeln breitete sich in meinem Körper aus.

»Ich habe mir nicht auf die Lippe gebissen«, widersprach ich, doch ich hörte selbst, dass meine Verteidigung etwas lahm klang.

»Doch, das hast du, Summers«, murmelte er und beugte sich vor.

Dann presste er einen sanften Kuss auf mein Schlüsselbein. Als ich nicht protestierte, sondern den Kopf ein wenig nach hinten streckte, ließ er seine Lippen langsam zu meinem Ohr wandern. Ich konnte gerade noch verhindern, dass mir ein lustvolles Stöhnen entfuhr.

»Hör auf, mich zu ärgern«, sagte ich, wenig überzeugend.

»*Ich* ärgere dich nicht«, murmelte er nah an meinem Ohr. »*Du* ärgerst dich darüber, dass dich das anmacht.«

Verflixt. Er hatte recht. Es machte mich an.

Er richtete sich wieder auf, und unsere Blicke verhakten sich ineinander. Mein Atem stockte.

O Gott, ich hatte Lust auf ihn. Ich hatte Lust auf Sex mit Connor Knightley.

Er ließ mich nicht aus den Augen, und es war, als könnte er geradewegs meine Gedanken lesen.

Er grinste. »Siehst du?«

Ein gequältes Lachen entfuhr mir, und ich schlug ihm mit der flachen Hand auf die Schulter. »Hör sofort auf damit.«

»Womit …?«, fragte er unschuldig.

»Mich anzubaggern.« Aus dem Augenwinkel sah ich, dass Kathy wieder die Treppe herunterkam. »Deine Sexy-Connor-Tour funktioniert bei mir nicht«, behauptete ich mit leiser Stimme.

Um meinen Worten Nachdruck zu verleihen, zog ich meine Augenbrauen hoch und sah ihn eindringlich an, dann stand ich auf. Auf meinem Weg nach drinnen drehte ich mich noch mal zu ihm um. Connor hatte sich auf die Liege fallen lassen, auf der ich eben noch gelegen hatte, und die Arme hinter dem Kopf verschränkt. Ich versuchte zu ignorieren, wie gut diese Pose seinen Bizeps zur Geltung brachte – und dass der Anblick dieses großen, muskulösen, unverschämt frechen Mannes ein lustvolles Ziehen in meinem Bauch auslöste.

Genauso wie sein selbstzufriedener Gesichtsausdruck, als er erwiderte: »Du hast ›Sexy-Connor‹ gesagt, Isy.«

16.

Am darauffolgenden Freitag fuhr ich zusammen mit Ruby zum *Surf for Charity* nach San Diego, um Connor bei seiner Teilnahme zu unterstützen. Außerdem war es eine gute Gelegenheit, mich als seine Freundin in der Öffentlichkeit zu zeigen und der Presse die Möglichkeit zu geben, uns zusammen zu fotografieren.

Connor war bereits im Morgengrauen aufgebrochen. Er hatte sich sehr leise fertig gemacht, um mich nicht zu wecken, aber spätestens, als sein altes Team in die Einfahrt gefahren kam und er lauthals und jubelnd begrüßt wurde, war ich wach gewesen.

Als Ruby und ich am Cardiff Reef ankamen, war der Strand bereits mit einigen Hundert Zuschauern gefüllt, aber wir schafften es, uns einen Platz weit vorne zu ergattern. Ich konnte kaum glauben, wie hoch die Wellen waren, die da an den Strand brandeten. Kein Vergleich zu den Mini-Wellen, auf denen ich bisher gesurft war. Wenn man das, was ich tat, überhaupt »surfen« nennen konnte. Ich hatte in dieser Woche noch zweimal ohne Connor geübt, und es hatte schon besser geklappt, auch wenn es mir immer noch nicht gelang, mich stehend auf dem Surfbrett zu halten.

Ein paar Wettkämpfe waren schon gelaufen, und es schien gerade Pause zu sein. Suchend blickte ich mich um, ob Connor irgendwo in der Nähe war, konnte ihn aber nirgendwo entdecken.

»Kennst du die Regeln dieses Charity-Turniers?«, fragte Ruby, als wir uns zwischen den anderen Zuschauern in den warmen Sand fallen ließen.

Ich nickte und zog am Strohhalm meiner Cola Light, die ich mir bei unserer Ankunft gekauft hatte. »Die Regeln sind ein bisschen anders als bei einem normalen Wettkampf. Zum einen sind sehr gute Freizeitsportler in einem Team mit den Profis, und zum anderen sind Frauen und Männer in den Teams gemischt. Ansonsten ist es wie bei allen Wettkämpfen: Es treten immer zwei Konkurrenten gegeneinander an, und die gezeigten Sprünge und Tricks werden von den Richtern bewertet, wobei zehn Punkte die Höchstwertung ist. Am Ende werden die besten Wellen jedes Teilnehmers eines Teams zusammengezählt, und das Team mit den meisten Punkten gewinnt.«

Es kam Bewegung in die Menge, und wir reckten unsere Köpfe. Zwei Surferinnen waren ins Wasser gelaufen, und die Sirene ertönte – das Zeichen, dass der Wettkampf losging. Weil Connor nicht dabei war, blieben wir sitzen.

»Und warum kennst du dich plötzlich so gut mit alldem aus?«, fragte Ruby und grinste mich an. »Du bist ein richtiges Surferbabe geworden, Isy!«

Ich musste lachen. »Tja, weißt du, Connor und ich streiten uns nicht nur. Manchmal unterhalten wir uns auch wie ganz normale Menschen.«

Wenn ich nicht gerade davon träume, mich von ihm besinnungslos küssen zu lassen … Schnell schob ich den Gedanken zur Seite und trank einen Schluck Cola.

Ruby sah mich prüfend von der Seite an. »Ich finde gar nicht, dass ihr euch so viel streitet. Eigentlich versteht ihr euch mittlerweile sogar ziemlich gut.«

Nachdenklich richtete ich den Blick aufs Meer, wo eine der beiden Surferinnen gerade anfing zu paddeln, um eine der Wellen mitzunehmen. Dann riss sie das Board hoch, drehte sich einmal um die eigene Achse und ballte die Faust, als sie den Sprung stand.

Ich sah wieder zu Ruby. Sie hatte natürlich recht. Connor und ich verstanden uns mittlerweile wirklich gut. Wenn Kathy und die Mädchen morgens aus dem Haus waren, tranken wir oft noch einen Kaffee oder gingen mit Snips eine Runde spazieren, wenn die Zeit es erlaubte. Abends aßen wir zusammen, was Ruby vorbereitet hatte, oder bestellten Essen. Danach schauten wir Serien auf *Netflix* oder saßen auf der Terrasse und unterhielten uns über Gott und die Welt. Manchmal war Kathy dabei, manchmal ging sie auch früher als wir ins Bett.

Es war wirklich grotesk: Aller Welt – meine Familie und Freunde eingeschlossen – musste ich vorspielen, verrückt nach Connor zu sein, aber wenn Ruby mich darauf ansprach, versuchte ich, so zu tun, als ob da rein gar nichts zwischen uns wäre. Kein Knistern. Keine Funken. Kein Kribbeln in meinem Bauch, wenn er mich ansah.

Ich seufzte und ersparte mir eine Reaktion auf ihren Kommentar.

»Wollen wir uns ein Sandwich holen?«, wechselte ich das Thema. »Ich sterbe vor Hunger.«

Wir standen auf, liefen zu einem der Foodtrucks und stellten uns in die Schlange. Während wir warteten, kamen wir mit einigen anderen Zuschauern ins Gespräch und fanden heraus, dass Connor mit seinem Team im Finale stand und sich gerade entschied, welches der anderen Teams gegen seins antreten musste. Mit den Sandwiches in der Hand schlenderten wir wieder zurück zu unserem Platz.

In der nächsten Stunde verfolgten wir den spannenden Wettstreit zweier Teams um den Einzug ins Finale. Das Team, das von Connors ehemaligem Konkurrenten, dem brasilianischen

Surfer Joao Olivera, angeführt wurde, schaffte es schließlich, sich gegen die anderen durchzusetzen. Im Finale schlugen sich beide Teams – auch die Hobby-Surfer – wacker und lieferten sich ein spannendes Kopf-an-Kopf-Rennen. Der letzte Wettkampf, bei dem Joao Olivera gegen Connor antreten würde, war das Highlight des Tages und würde über Sieg oder Niederlage entscheiden.

»Schau mal, da ist Connor«, rief Ruby, und ihre Worte reichten aus, um mein Herz einen Schlag aussetzen zu lassen. »Es geht los!«

Es war seltsam surreal, dabei zuzusehen, wie Connor, gemeinsam mit seinem Konkurrenten, ins Wasser rannte und sich aufs Board warf. Sie paddelten in Richtung Brandung, tauchten darunter hindurch und trieben dann Seite an Seite draußen im Wasser, wie zwei schwarze Punkte, die auf und ab hüpften und immer wieder hinter den riesigen Brechern verschwanden. Die Sirene ertönte.

Connor erwischte die erste Welle, zeigte einen *Aerial* – einen Sprung über den Wellenkamm – und kassierte dafür eine gute 7,1 von den Richtern. Sein Konkurrent, Joao Olivera, der – anders als Connor – immer noch in der *World Surf League* aktiv war, nahm erst die übernächste Welle und zeigte einen *Bottom Turn* und einen einfacheren Sprung, für die er eine 6,8 bekam. Die nächsten Wellen schienen weniger gut zu sein, denn beide Kontrahenten warteten ab, aber dann schaffte es Olivera, mit einem weiteren sauberen Sprung eine 8,3 zu erzielen, und ging damit in Führung.

Ich begann, von einem Bein aufs andere zu springen, weil ich meine Nervosität nicht mehr unterdrücken konnte. Es waren nur noch fünf Minuten Wettkampfzeit übrig, und Connor musste aufholen, sonst ging der Sieg an Olivera. Die Uhr tickte unaufhaltsam.

Olivera nahm eine Welle und versuchte einen Sprung, stand ihn aber nicht.

Noch drei Minuten.

Connor saß auf dem Brett und lauerte auf die nächste gute Welle. Dann begann er zu paddeln, immer schneller. Mit einer fließenden Bewegung stand er auf und stand auf dem Brett. Und die Welle war gut. Die Welle war sogar sehr gut! Connor raste den Wellenkamm hinunter, dann wieder hinauf. Er katapultierte sich mit dem Board in die Luft, griff mit beiden Händen ans Brett und machte einen Salto. Einige der Zuschauer schrien auf. Das musste die Höchstwertung geben, wenn er den Sprung stand.

Ich krallte meine Finger in Rubys Arm und brüllte aus vollem Hals Connors Namen. Dann kam er auf und schoss, sicher stehend, durch das weiß schäumende Wasser. Er riss beide Arme hoch und jubelte.

Gespannt warteten wir auf das Urteil der Richter. Es war eine glatte 10,0! Die Zuschauer jubelten, denn einen solch schwierigen Sprung bekam man nicht häufig live zu sehen. Dann ertönte die Sirene, und der Wettkampf war beendet. Connors Team hatte gewonnen und durfte damit bestimmen, für welche wohltätigen Zwecke das Preisgeld gespendet werden sollte. Wir hatten am Abend zuvor darüber gesprochen, und ich fand es toll, dass Connor seinen Anteil einem kleinen, eher unbekannten Verein in Los Angeles spenden wollte, der Kindern aus schwierigen familiären Verhältnissen ein gesundes Frühstück, ein warmes Mittagessen und Hausaufgabenbetreuung am Nachmittag anbot.

Nur wenige Minuten später kamen die beiden Surfer aus dem Wasser. Alle Anwesenden wollten Connor beglückwünschen und ihm auf die Schulter klopfen. Es erstaunte mich, wie freundlich und geduldig er mit jedem einzelnen Fan war. Er wirkte total entspannt und schien ganz in seinem Element zu sein, völlig anders als damals mit dem Paparazzo vor dem Restaurant – oder auf seiner Geburtstagsfeier, als wir uns kennenlernten. Je länger ich ihn beobachtete, desto besser verstand ich, was seine Fans an ihm fanden. Und ja, es schadete sicher auch nicht, dass er so verdammt gut aussah. Er trug einen kurzärmligen Surfanzug mit Trikot, und die Wassertropfen glitzerten auf seinen Tattoos und seiner braun gebrannten Haut.

Er sprach mit einer jungen Frau, die neben ihm stand und ihm ihr Handy hinhielt. Ich konnte nicht hören, was er sagte, sah aber, dass sie in Lachen ausbrach und ihn mit strahlenden Augen ansah, bevor er den Arm ausstreckte und ein Selfie von ihnen beiden machte. Während er einem Mann mit einem Edding ein Autogramm auf den Rücken seines Kapuzenpullis schrieb, sah er in meine Richtung. Als er mich in der Menge entdeckte, hob er die Hand und verzog seinen Mund zu einem Lächeln, das nur mir allein galt. Es schlug bei mir irgendwo in der Magengegend ein und löste ein heftiges Kribbeln aus.

Holy moly. Das war der Mann, mit dem ich jede Nacht das Bett teilte!

Nachdem Connor, so gut es ging, alle Selfie- und Autogrammwünsche erfüllt hatte, kam er auf uns zu, seinen Blick fest auf mein Gesicht geheftet. Nur am Rande nahm ich zwei Fotografen wahr, die ihre Kameras auf mich gerichtet hatten. Connors dunkle Augen blitzten, und seine nassen, langen Haare standen wild von seinem Kopf ab. Es fühlte sich merkwürdig an, ihm jetzt gegenüberzutreten. Nicht dem Zu-Hause-in-Malibu-Connor, sondern dem Internationalen-Surf-Star-Connor in voller Aktion. Der öffentlichen Person. Dem Promi-Connor. Bei seinem Anblick schien mein Herz einen Schlag auszusetzen, und mir wurde plötzlich ganz heiß.

Als er endlich vor mir stand, zog er mich in seine Umarmung, ohne darauf zu achten, dass er mich dabei völlig durchnässte. Ich quietschte erschrocken auf, aber er umfasste einfach mein Gesicht mit beiden Händen und erstickte den Laut, indem er seinen heißen, feuchten Mund auf meinen presste. Ich war völlig überrumpelt, aber mein Körper reagierte, ohne dass mein Kopf daran beteiligt war. Ich stellte mich auf die Zehenspitzen, schlang meine Arme um seinen Hals und presste mich mit allem, was ich hatte, an ihn. Seine Lippen schmeckten nach Salz und fühlten sich so verdammt gut auf meinen an. Es war, als ob die anderen Menschen um uns herum nicht mehr existierten. Ich spürte nur noch Connor.

Erst als das Klatschen und Johlen langsam in mein Bewusstsein drang, landete ich wieder im Hier und Jetzt.

»Tut mir leid, wenn das etwas viel war«, murmelte er so leise, dass nur ich es hören konnte. »Das sind das Adrenalin und die Endorphine vom Wettkampf.«

»Herzlichen Glückwunsch, Superstar«, sagte Ruby neben uns, und Connor ließ mich los, um sich von ihr umarmen zu lassen. »Du hast es also doch noch drauf, alter Mann.«

»Für diesen unverschämten Spruch sollte ich dich eigentlich feuern!« Connor wuschelte Ruby freundschaftlich durch die Haare. »Ich muss jetzt noch zur Siegerehrung und ein paar Interviews geben.«

Er gab mir einen schnellen Kuss auf die Wange, bevor er sich einen Weg durch die Menge zurück zu seinem Team bahnte. Etwas verwirrt und irgendwie aufgewühlt blieb ich zurück.

»Ist alles okay mit dir, Isy?« Ruby sah mich prüfend an.

»Ja, natürlich. Warum?«, erwiderte ich und musste mich zwingen, meinen Mund wieder zu schließen.

»Dieser Kuss gerade …«, sagte sie mit aufgerissenen Augen, »… war verdammt heiß!«

»Keine Ahnung, was du meinst«, behauptete ich und fuhr

mit leiser Stimme fort: »Du weißt doch genau, dass das nicht echt ist.«

Ruby lachte auf. »Ich bitte dich, Isy«, flüsterte sie kopfschüttelnd. »Wenn das gespielt war, werdet ihr beide für den nächsten Oscar nominiert – und gewinnt ihn auch.«

Am späten Nachmittag kamen wir wieder in Malibu an. Es regnete in Strömen, als ich Ruby bei ihrer Wohnung absetzte, wo sie in ihr eigenes Auto wechselte, um Noah pünktlich von der Babysitterin abholen zu können.

Als ich in die Einfahrt von Connors Villa einbog, verabschiedete er sich gerade von den Mitgliedern seines Teams, die ihm mit den Surfbrettern und dem restlichen Equipment geholfen hatten. Nachdem sie abgefahren waren, kam er zu mir herübergejoggt und öffnete mir die Autotür. Er war klitschnass: Die Tropfen hingen in seinen Haaren, und das T-Shirt klebte an seinem Oberkörper. Allerdings schien ihm das nicht sonderlich viel auszumachen, denn er lachte mich an. Offensichtlich waren die Endorphine und das Adrenalin noch nicht ganz verschwunden.

»Soll ich dir einen Regenschirm aus dem Haus holen?«, fragte er, aber ich winkte ab.

»Ach was. Die drei Meter zum Haus werde ich schon überleben.«

Er machte einen Schritt zurück, damit ich aussteigen konnte, und ich bereute meine Entscheidung sofort. Der Text eines bekannten Liedes besagte: *It never rains in California. It pours.* In Kalifornien regnet es nie. Es *schüttet.* Und der Songtext bewahrheitete sich gerade. Ich hatte kaum einen Fuß auf den Boden gesetzt, da war ich bis auf die Haut durchnässt. Ich quietschte auf und hielt schützend die Arme über den Kopf, was natürlich wenig half. Aber nun war es ohnehin zu spät.

Connor ergriff meine Hand, und zusammen rannten wir in

Richtung Haustür. Unter dem Glasvordach kamen wir zum Stehen und schauten uns an. Wir sahen aus wie zwei begossene Pudel. Wasser tropfte von Connors Nase, und seine Haut glänzte feucht. Ein paar Tropfen hatten sich in seinen Wimpern verfangen.

»Scheiße«, sagte ich lachend und strich mir die nassen Haare aus dem Gesicht. »Das war keine gute Idee.«

Connor hielt immer noch meine Hand, und ich senkte meinen Blick auf unsere ineinander verschränkten Finger. Etwas lag zwischen uns in der Luft, und ich wusste, dass Connor es auch spürte, denn als ich wieder aufsah, war sein Blick auf meine Lippen geheftet. Seine Brust hob und senkte sich schneller als sonst – und das lag ganz sicher nicht an den paar Metern, die wir gerannt waren.

Er wollte mich küssen.

Und ich wollte geküsst werden.

Mir entwich ein frustrierter Laut, dann überwand ich die letzte Distanz zwischen uns. Unsere Lippen prallten aufeinander, und es fühlte sich an wie ein Funkenschlag. Seine Hände fuhren in meine Haare, und er bog meinen Kopf zurück, während mein Mund mit seinem verschmolz. Ich stellte mich auf die Zehenspitzen und schlang beide Arme um seinen Hals, denn plötzlich konnte ich ihm nicht nah genug sein. An unserem Kuss war nichts mehr zögernd oder abwartend. Er war wild und hungrig, leidenschaftlich und voller Verlangen. Es war der Kuss zweier Menschen, die sich nicht länger widerstehen konnten. Ich wollte dem Drang endlich nachgeben, ich wollte ihn küssen, ich wollte ihn spüren.

Normalerweise behielt ich gern die Oberhand, wenn ich einen Mann küsste, denn ich mochte das Gefühl von Kontrollverlust nicht so sehr. Besser, man behielt selbst die Zügel in der Hand, als sie einem Mann zu übergeben.

Aber Connor … Connor war der Chef bei diesem Kuss.

Himmel!

Fast willenlos öffnete ich meinen Mund, und seine Zunge umspielte meine, bis ich aufstöhnte und mich mit meinem Körper gegen ihn sinken ließ. Seine Hände wanderten zu meiner Taille und unter mein nasses Shirt. Als er sich langsam von mir löste, entfuhr mir ein Laut des Protests, aber er gab nur den Code für die Haustür ein, ohne mich loszulassen. Als das Summen ertönte, fielen wir beinahe ins Haus.

»Du musst dringend aus deinen nassen Klamotten raus«, sagte Connor, während er die Tür mit dem Fuß hinter uns zuknallte.

»Dringend«, bestätigte ich.

Snips sprang an uns hoch und wollte uns begrüßen, doch Connor schickte ihn mit einer Handbewegung in seinen Korb zurück. Der Hund gab ein unzufriedenes Brummen von sich, das mich zum Lachen brachte, und legte sich brav wieder an seinen Platz.

Ich streifte mir die Schuhe ab und zog Connor hinter mir her die Treppe hoch bis in sein Schlafzimmer. Ohne eine Sekunde Zeit zu verlieren, hob er mich hoch und legte mich aufs Bett. Ich zog ihn einfach mit mir, und er fing sich mit den Unterarmen ab, sodass er nicht auf mich fiel. Mit beiden Händen glitt ich unter sein nasses Shirt. Seine Haut spannte sich warm und samtweich über seinen durchtrainierten Oberkörper.

Plötzlich konnte ich es nicht mehr abwarten, ihn ganz zu spüren, und zerrte an seinen Kleidern. Ich spürte, wie sein Mund sich zu einem Schmunzeln verzog. Eine Sekunde später hatte er sich das Hemd über den Kopf gezogen und auf den Boden neben uns geworfen. Ich nahm mir einen Moment, um ihn zu betrachten. In dem fahlen Licht, das durch die Fenster hereindrang, zeichnete sich jeder einzelne Muskel ab, und seine Haut glänzte feucht. Er sah aus wie eine antike griechische Statue – nur in lebendig und heiß.

Fast andächtig legte ich beide Hände auf seine tätowierte Brust und ließ sie langsam nach unten gleiten, genau so, wie ich es mir schon häufiger vorgestellt hatte, als ich es mir eingestehen wollte.

Connor schob seine rechte Hand in meinen Nacken und zog mich zu sich heran, bis unsere Lippen wieder aufeinanderlagen. Seine Zunge fuhr in meinen offenen Mund, und er presste mich mit dem Gewicht seines Unterkörpers in die Matratze. Als ich spürte, wie hart er war, entfuhr mir ein leises, sehnsüchtiges Wimmern. Langsam strichen seine Hände über mein Gesicht, meinen Hals, meine Schultern. Dann löste er seine Lippen von meinen und folgte dem Weg seiner Hände mit dem Mund, bis er bei meinem Hals angekommen war.

»Du hast keine Ahnung, wie sehr ich dich will, Isy.«

Er schob mein feuchtes T-Shirt hoch, und ich hob meinen Oberkörper an, sodass er es mir über den Kopf ziehen konnte. Als ich nur noch im BH vor ihm lag, wanderten seine Hände zu meinen Brüsten und umfassten sie. Als er meine Brustwarzen zwischen die Finger nahm und leicht zudrückte, stöhnte ich auf.

»Diese kleinen Geräusche, die du immer machst, wenn dich irgendetwas anmacht …«, murmelte er, seine Stimme tief und rau, »… die bringen mich noch um den Verstand.«

Erstickt lachte ich auf und setzte an zu protestieren, doch dann ließ ich es. Wem wollte ich etwas vormachen? Ich wusste, dass er recht hatte. Mein Körper hatte von Anfang an ein Eigenleben geführt, wenn es um Connor ging, unabhängig von dem, was mein Kopf in der Sache zu sagen hatte. Jedes Mal, wenn er mich berührt oder geküsst hatte, war ein Teil von mir in Flammen aufgegangen, auch wenn ich mir eingeredet hatte, dass da nichts – nichts! – zwischen uns war.

Mit einer quälend langsamen Bewegung schob Connor die Träger meines BHs herunter und leckte eine feucht-heiße Spur bis zu meiner Schulter. Ich hielt mich mit beiden Händen an seinem Nacken fest und drückte das Kreuz durch, als er langsam mit seinem Mund zu meinem Hals fuhr und mein Schlüsselbein mit Küssen bedeckte. Atemlos ließ ich den Kopf zurückfallen, um ihm besseren Zugang zu geben, und er setzte den Weg seiner Lippen zu meinem Dekolleté fort. Mein Puls raste, und das Blut rauschte in meinen Ohren. Am liebsten hätte ich ihm die restlichen Klamotten vom Leib gerissen, weil es mir nicht schnell genug ging. Alles in mir pulsierte, und ich hatte noch nicht mal meine Hose ausgezogen!

»Du bringst mich um den Verstand, Isy«, wiederholte er, und sein Atem auf meiner feuchten Haut verursachte mir eine Gänsehaut.

Er schob seine Hand unter meinen Rücken, öffnete meinen BH und streifte ihn mir von den Armen. Dann beugte er sich über mich und saugte eine Brustwarze in seinen heißen Mund, ohne mich dabei aus den Augen zu lassen. Ein Wimmern entfuhr mir, und ich griff mit meinen Händen in seine Haare, zog sein Gesicht näher an mich heran. Hauptsache, er hörte nicht auf. Er sollte nie mehr aufhören mit dem, was er da gerade tat. Ich wollte ihn. So sehr. Ich wollte, dass er nackt war. Ich wollte ihn in mir. Jetzt, sofort!

Ich presste meinen Unterleib gegen seinen. Er verstand die stumme Aufforderung und öffnete die obersten Knöpfe meiner Shorts. Seine Hand fuhr unter den Hosenbund und dann tiefer zwischen meine Beine. Mein Atem kam nur noch stoßweise, als er meinen Slip zur Seite schob und mit einem Finger in meine feuchte Mitte glitt.

»O Gott, Connor!«, keuchte ich, als er begann, die empfindliche Stelle zu massieren, und meine eigene Stimme hörte sich fremd an.

Ich hatte das Gefühl, kurz vor einem Orgasmus zu stehen,

und das, obwohl er nicht einmal in mir war. Meine Haut fühlte sich plötzlich zu heiß, zu eng für meinen Körper an. Alles in mir pulsierte und pochte. Aber es war nicht genug, und ich drängte mit meinem Unterleib seiner Hand entgegen. Ich wollte mehr von ihm spüren.

»Fuck, du fühlst dich so gut an«, fluchte Connor zwischen zusammengebissenen Zähnen.

Er zog seine Hand hervor und schob mir die Hose von den Hüften. Ich strampelte sie mir von den Beinen. Dann lag ich fast völlig nackt vor ihm, nur noch mit meinem Slip bekleidet.

»Du bist perfekt, Isy.«

Bei seinen Worten spürte ich einen leisen Stich in der Brust, aber ich schaffte es, das Gefühl beiseitezuschieben.

»Es ist nicht nötig, mir zu schmeicheln, um mich ins Bett zu bekommen, Connor«, sagte ich mit einem schiefen Lächeln. »Da hast du mich ja schon.«

Er strich mit seinen Händen über meine erhitzte Haut. »Nimm es einfach so, wie ich es gesagt habe: Ich finde dich wunderschön.«

Wieder war da dieser schmerzhafte Stich in meinem Herzen. Aber da war auch der Hauch eines anderen Gefühls. Wärme.

Ich ignorierte beides und presste meine Hände gegen Connors Schultern, damit er von mir herunterrollte und sich neben mich legte. Lange genug hatte er mich verwöhnt und um den Verstand gebracht. Jetzt war er dran.

Ich beugte mich über ihn und küsste seine Brust. Seine Haut war warm und roch himmlisch. Nach Connor. Nach Meer und Salz und frischer Luft und Mann. Dann tat ich das, wovon ich insgeheim schon lange träumte: Langsam fuhr ich mit der Zunge über die schwarzen Linien des Tribal-Tattoos auf seinem Oberkörper. Ein leises Stöhnen entwich mir, während meine Zunge seine harte Brustwarze umspielte.

»Aber du stehst nicht auf Tattoos, oder wie war das noch mal?«, murmelte Connor mit einem heiseren Lachen.

Ich stehe auf *dich*, schoss es mir durch den Kopf. Zum Glück konnte ich es mir gerade noch verkneifen, das laut zu sagen. Stattdessen ließ ich meinen Mund über die dunklen Linien tiefer Richtung Bauchnabel wandern.

Connor hörte auf zu lachen, und ich spürte, wie sich jeder Muskel in seinem Körper anspannte. Langsam knöpfte ich seine Jeans auf und zog sie, zusammen mit den Boxershorts, so weit herunter, dass er sie sich von den Beinen streifen konnte. Und dann war er derjenige, der nackt vor *mir* lag. Ich wollte mir jedes einzelne Detail einprägen, damit ich bis an mein Lebensende von diesem Moment träumen konnte. Niemals würde etwas besser sein als das hier. Ich würde für immer und alle Ewigkeit und für jeden anderen Mann verdorben sein. Von Connor. Er war perfekt. Alles an ihm war perfekt.

Ich wäre schon zufrieden und glücklich gewesen, wenn ich ihn noch stundenlang hätte anstarren dürfen, aber Connor zog mich an sich und drehte uns beide, sodass ich wieder auf dem Rücken lag. Dann hakte er beide Daumen in meinen Slip und zog ihn herunter.

Connors Gewicht drückte mich in die Matratze, als er sich über mich beugte und die Nachttischschublade öffnete. Ich versuchte, meine Atmung zu beruhigen, während er ein Kondom herausholte. Dann kniete er sich über mich und riss mit den Zähnen die Packung auf. Mit angehaltenem Atem sah ich ihm dabei zu, wie er sich das Kondom überstreifte. Der Anblick allein war extrem sexy und wahrscheinlich das Heißeste, was ich in meinem Leben je gesehen hatte. Oder noch einmal zu sehen bekommen würde.

Dann legte Connor sich zwischen meine Beine. Ich schloss die Augen und ließ meine Hände in seine Haare gleiten, um ihn näher an mich heranzuziehen. Ich begegnete seinen Lippen mit offenem Mund und drängte mit meiner Zunge gegen seine. Seine Erektion presste sich gegen meine Hüfte, und ich wölbte stöhnend den Rücken durch, um ihm näher zu sein.

»Sieh mich an, Isy«, flüsterte er gegen meinen Mund. »Ich will, dass du mich ansiehst.«

Unsere Blicke trafen sich, und er keuchte auf, als er mit einer fließenden Bewegung in mich glitt, ohne unseren Blickkontakt dabei zu unterbrechen.

»Connor …!«

Ich hatte noch nie etwas so Intensives erlebt oder gespürt. Er fühlte sich so gut in mir an, dass ich befürchtete, sofort zu kommen.

Connor legte seine Stirn an meine und bewegte sich nicht, fast so, als brauchte auch er einen Moment, um sich zu sammeln. Ich spürte seinen rasenden Herzschlag an meiner Brust, und sein heißer Atem strich über meine Haut.

Als ich es nicht länger aushielt, veränderte ich die Position meiner Hüfte. Er murmelte meinen Namen und zog sich langsam aus mir zurück. Und glitt wieder in mich hinein. Jetzt war ich diejenige, die keuchte. Es fühlte sich gut an. So gut!

Seine Hände umgriffen meine Pobacken, und ich kam ihm mit meiner Hüfte entgegen. Immer wieder glitt er in mich, abwechselnd quälend langsam und zart, dann schneller und leidenschaftlicher.

Wir fanden unseren Rhythmus, und jedes Mal, wenn er in mich stieß, stöhnte ich auf. Unser Atem kam nur noch stoßweise. Ich merkte, wie mein Orgasmus sich wie eine gewaltige Welle aufbaute. Auch Connor schien das zu spüren, denn er packte mich an der Hüfte und zog mich ein Stück hoch, um den Winkel zu verändern und noch tiefer in mich zu stoßen als zuvor. Ich krallte meine Finger in seine Schulter und warf den Kopf zurück. Es fühlte sich an, als würde der Himmel über uns explodieren, und ich schrie seinen Namen. Alles in mir zog sich zusammen. Als hätte er nur auf meine Erlösung gewartet, stöhnte Connor laut auf und kam fast gleichzeitig mit mir. Trotzdem hörte er nicht auf, sich in mir zu bewegen, sondern verlängerte meinen Orgasmus weiter und weiter, bis ich das Gefühl hatte, in tausend Teile zerspringen zu müssen. Es schien eine Ewigkeit zu dauern, bis die letzte Welle, das letzte Beben verebbt war.

17.

Eine Weile waren wir beide nicht in der Lage, uns zu bewegen. Schließlich rollte Connor von mir herunter und setzte sich auf, um das Kondom abzustreifen. Obwohl ich in solchen Situationen üblicherweise nicht schüchtern oder unsicher war, befürchtete ich einen winzigen Moment, dass er aufstehen und gehen würde. Doch die Sorge war unbegründet. Er drehte sich sofort wieder zu mir, zog mich an sich und legte die Bettdecke über unsere verschwitzten Körper. Erschöpft schmiegte ich den Kopf in seine Armbeuge und schloss die Augen.

»Das war …«, fing Connor an, konnte den Satz aber nicht zu Ende bringen.

Ich lachte und vergrub mein Gesicht an seiner Brust. »Ja, das war es wirklich.«

»Das hätten wir schon viel früher machen sollen«, fuhr er fort, und ich musste noch heftiger lachen. »Viel, viel früher.«

Wie recht er hatte. Wenn ich nur geahnt hätte, dass es so gut sein würde! Ich konnte mich nicht erinnern, jemals in meinem Leben so heftig gekommen zu sein. Meine Beine zitterten immer noch.

»Das ist allein deine Schuld«, sagte ich mit hochgezogenen Augenbrauen. »Warum hast du mich auf deiner Geburtstagsparty auch so unfreundlich behandelt?«

»Ich habe, ehrlich gesagt, keine Ahnung mehr.«

Mit seiner Hand fuhr er unter die Decke und strich langsam über meinen nackten Arm. Dann küsste er meine Schläfe und zog mich noch ein bisschen fester an sich. Ich hatte nicht geahnt, dass man so nah an einem anderen Menschen liegen konnte. Es war fast, als würden wir zu einer Person verschmelzen. Ich wusste nicht mehr, wo mein Körper aufhörte und seiner begann.

»Meine Güte«, murmelte ich an seinem Hals. »Bad Boy und Sexgott Connor Knightley ist ein Kuschler. Hast du keine Angst um deinen Ruf?«

»Hm?«, machte er. »Ich habe nur *Sexgott* gehört, sonst nichts. Wolltest du noch irgendetwas anderes sagen?«

Ich grinste. »Nein, lieber nicht. Ich kann nicht verantworten, dass dein Ego noch größer wird und womöglich explodiert. Deine Fans würden es mir nie verzeihen, wenn dir etwas zustößt.«

Er lachte leise.

Eine Weile lagen wir nur da, und ich lauschte dem steten Schlag seines Herzens.

»Ich wollte dich etwas fragen, aber du musst ehrlich antworten«, sagte er irgendwann. »Ich bin dir nicht böse, wenn du es nicht machen willst.«

»Schieß los«, ermunterte ich ihn.

»Okay«, sagte er und hob den Kopf. »Am nächsten Wochenende hat meine Mutter Geburtstag. Es wird eine kleine Feier geben. Nur meine Schwestern mit ihren Familien, meine Eltern und ich. Und … alle fragen, ob du mit nach Eureka kommst.«

»Du willst mich deiner Familie vorstellen?«, sagte ich mit gespieltem Entzücken. »Oh, *Babe*. Das ist *so süß* von dir.«

»Hör auf, mich auf den Arm zu nehmen«, sagte er, grinste aber dabei. »Das Thema ist todernst. Obwohl ich ihnen nicht allzu viel erzählt habe, wissen sie natürlich von dir. Nun wollen sie unbedingt meine Freundin kennenlernen, und glaub mir: Vor allem meine Mutter und meine Schwestern können sehr nachdrücklich sein. Wenn du die Idee schrecklich findest, kannst du es ehrlich sagen.«

Aus unerfindlichen Gründen fand ich die Vorstellung, Connors Familie und sein Elternhaus kennenzulernen, gar nicht so schrecklich. Im Gegenteil. Ich war ein wenig neugierig. Neugierig auf seine Eltern und Schwestern, aber auch gespannt darauf, wie sein Verhältnis zu ihnen war und wie er sich im Kreise seiner Familie verhielt. Andererseits konnte ein solches Wochenende auch anstrengend werden. Schließlich waren wir kein echtes Paar.

»Ich dachte, du stellst deine Freundinnen zu Hause nicht mehr vor, weil deine Schwestern sie nur vergraulen?«, sagte ich, um etwas Zeit zu gewinnen.

»Ich weiß nicht, warum …«, sagte er und strich mir eine Haarsträhne aus dem Gesicht. »… aber irgendetwas sagt mir, dass du es mit Leichtigkeit mit ihnen aufnehmen kannst.«

Das brachte mich zum Grinsen. »Okay! Wenn du mich dabeihaben möchtest, bin ich dabei.«

»Ich möchte dich dabeihaben, Isy«, sagte er, ohne zu zögern.

Einen Moment lächelten wir uns an, dann stemmte ich mich auf einen Unterarm und senkte meinen Kopf über seinen Oberkörper, um jeden Zentimeter seiner Brust mit kleinen Küssen zu bedecken. Ich spürte, wie sich sein Pulsschlag beschleunigte.

»Ich hoffe, du weißt, was du tust, Summers«, sagte er, und seine Stimme war eine Spur tiefer als sonst.

»Ich weiß immer, was ich tue, Knightley.«

Connors Handy klingelte, und wir erschraken beide etwas, weil der Ton so laut war. Er sah mich an, und als ich mit den Schultern zuckte, beugte er sich mit dem Oberkörper über die Bettkante und zog das Telefon aus der Gesäßtasche seiner Hose.

»Miguel«, stellte er fest. »Schon das dritte Mal. Habe ich gar nicht gehört.«

»Geh doch kurz ran. Wahrscheinlich ist es wichtig«, sagte ich und wickelte mir die Bettdecke um den Körper. »Aber vergiss nicht, wo wir aufgehört haben.«

Er zwinkerte mir einmal zu, als er sich auf die Bettkante setzte und das Handy ans Ohr nahm.

»Miguel? Was gibt's?« Fasziniert beobachtete ich das Spiel seiner Rückenmuskeln, während er ein paarmal sagte: »Was? – Ja. – Ja. – Ja.«

Dann warf er mir einen Blick über die Schulter zu, der mich frösteln ließ. Verwirrt setzte ich mich auf, das Laken immer noch um den Körper geschlungen.

»Was ist los?«, fragte ich, sobald er aufgelegt hatte.

Sein Gesichtsausdruck wirkte plötzlich so emotionslos und kalt, dass ich mich nicht einmal traute, meine Hand nach ihm auszustrecken. Ohne zu antworten, tippte er auf seinem Smartphone herum, dann schien er etwas zu lesen. Ich wollte gerade fragen, was zur Hölle eigentlich los war, da hielt er mir das Handy hin.

»Kannst du mir das erklären?«

Ich kniete mich neben ihn und nahm das Telefon in die Hand. Mein Herz blieb fast stehen, als ich sah, dass ein Artikel auf der Internetseite von vip-newsflash.com aufgerufen war. Ein beklemmendes Gefühl machte sich in mir breit. Hatte ich ein Déjà-vu? Was hatten die denn jetzt schon wieder ausgegraben? Wahrscheinlich nichts Gutes.

Mit klopfendem Herzen las ich den Titel des Artikels:

»Lucas Mortimer oder Connor Knightley – Doppeltes Spiel mit den Promiherzen?«

Direkt unter der Überschrift gab es eine Bildergalerie. Und in dieser Bildergalerie waren Fotos von Lucas und mir. Davon, wie wir uns küssten. Vor der *Infinity*.

»Fuck«, sagte ich tonlos, legte das Handy weg und ließ mein Gesicht in die Hände sinken.

»Das kannst du laut sagen.«

Ich traute mich nicht, Connor anzusehen. Was für ein Riesenschlamassel! Und ich konnte rein gar nichts zu meiner Verteidigung vorbringen. Nicht dass es notwendig gewesen wäre, mich vor Connor zu rechtfertigen, weil ich einen anderen Mann getroffen und geküsst hatte – schließlich waren wir nicht wirklich ein Paar. Aber ich hatte den Deal und alles, was damit zusammenhing, gefährdet.

Ich zwang mich, ihm in die Augen zu sehen. »Es tut mir leid, Connor. Lucas und ich haben den Tag zusammen verbracht und in alten Erinnerungen geschwelgt und … irgendwie ist es am Ende zu diesem Kuss gekommen. Er hat mich geküsst, und ein paar Sekunden später war es auch schon wieder vorbei.«

Connor stand auf und streifte sich seine Boxershorts über.

»Du hast mir noch nicht mal erzählt, dass du dich mit ihm triffst. Was soll die Heimlichtuerei?« Er starrte mich an. »Ich weiß, wir sind kein echtes Paar, aber trotzdem muss ich dir vertrauen können, Isy.«

»Ich habe selbst keine Ahnung, warum ich dir nichts davon erzählt habe«, murmelte ich. »Irgendwie hatte ich nicht das Gefühl, dass du ihn besonders gut leiden kannst, daher dachte ich wohl, ich sage lieber nichts.«

»Hast du dich wieder in ihn verliebt?«, fragte er und ließ mich dabei nicht aus den Augen. »Willst du den Deal beenden?«

»Nein!«, antwortete ich sofort. »Nein, zu beidem! Es hatte nichts zu bedeuten.« Ein gequältes Lachen entfuhr mir. »Dass ich diesen Satz in meinem Leben jemals sagen würde, hätte ich auch nicht gedacht.« Als er nicht auf meinen Scherz einging, fügte ich hinzu: »Willst *du* den Deal beenden?«

Er betrachtete mich einen Moment und schüttelte dann den

Kopf. »Nein. Das würde den bereits angerichteten Schaden nur vergrößern.«

Aus einem unerfindlichen Grund trafen mich seine Worte und seine nüchterne Haltung. Was völlig absurd war, denn schließlich ging es hier nicht darum, unsere Beziehung zu retten, sondern um den Deal. Was hatte ich erwartet? Dass er vor Eifersucht ausrasten würde?

Connor streifte sich ein T-Shirt über den Kopf. Dann griff er nach einer Jeans. Ich biss mir auf die Innenseite meiner Wange und rutschte zur Bettkante, um meinen Slip vom Boden zu angeln.

»Miguel hat vorgeschlagen, das Ganze zu dementieren.« Connors Tonfall war geschäftsmäßig. Nichts deutete mehr darauf hin, dass wir noch vor wenigen Minuten eng umschlungen im Bett gelegen hatten. »Er wird sich mit Lucas in Verbindung setzen und das weitere Vorgehen mit ihm absprechen. Der Vorschlag ist, dass wir behaupten, es handele sich um alte Fotos, die in einer Zeit entstanden sind, als wir uns noch nicht gekannt haben.«

Ich atmete tief durch und nickte dann. »Das klingt glaubwürdig.«

Connor blieb neben mir stehen, und ich musste den starken Impuls niederkämpfen, seine Hand zu nehmen und ihn zu mir zu ziehen. Ich hasste es, dass er so kalt und abweisend war. Aber ich wusste, dass ich mir das selbst eingebrockt hatte.

»Soll ich dann am nächsten Wochenende lieber doch nicht mit zu deinen Eltern nach Eureka kommen?«, fragte ich und biss mir auf die Unterlippe.

Er streifte sich Boxershorts und dann seine Jeans über.

»Doch«, sagte er dann. »Wenn es für dich okay ist, komm bitte mit. Meine Familie wird den Artikel über Lucas und dich ohnehin lesen und mich das ganze Wochenende damit nerven, wenn du nicht dabei bist.«

»Natürlich komme ich mit«, erwiderte ich schnell.

Er ging zur Tür und verharrte einen Moment mit der Klinke in der Hand. »Okay. Wir sehen uns, Isy.«

Die kühle Verabschiedung fühlte sich wie eine Ohrfeige an. Ich hörte, dass Snips unten aufsprang und Connor folgte. Dann fiel die Haustür ins Schloss.

Ich blieb noch eine ganze Weile auf der Bettkante sitzen und starrte nachdenklich in die dunklen Regenwolken vor dem Terrassenfenster. Erst als Kathy mit den Mädchen nach Hause kam, fand ich die Energie, um aufzustehen und zu duschen. Aber auch das heiße Wasser schaffte es nicht, das kalte Gefühl in meinem Inneren zu vertreiben.

18.

»Mit dem Flugzeug wären wir schon da«, murmelte ich müde, als Connor mich das erste Mal beim Fahren ablöste.

Die Fahrt von Malibu nach Eureka dauerte insgesamt elf Stunden, Pausen nicht eingerechnet. Wir hatten vereinbart, uns alle paar Stunden am Steuer abzuwechseln.

Ich gähnte und streckte mich ausgiebig, bevor ich mich auf den Beifahrersitz fallen ließ und die Schuhe auszog, um es mir für die Weiterfahrt bequem zu machen. Snips hatte sich schon wieder im Fußraum zusammengerollt und die Augen geschlossen, und ich schob meine nackten Füße unter seinen warmen, weichen Bauch.

Wir waren morgens um vier Uhr losgefahren, in der Hoffnung, irgendwann nachmittags in Eureka anzukommen, trotz des regen Verkehrs, der insbesondere um San Francisco und die Golden Gate Bridge heftig sein konnte. Wir waren bisher gut durchgekommen und schon kurz vor dem Küstenstreifen Big Sur. Der Highway war auf diesem Streckenabschnitt einspurig und wand sich kurvenreich direkt an der Steilküste entlang. Rechts von uns ragte das kalifornische Küstengebirge steinig und karg auf, und zu unserer Linken erstreckte sich tief unter uns das azurblaue Meer. Die Morgensonne glitzerte auf dem Wasser, und ich wünschte mir, ich hätte mir irgendwo einen Strand suchen und ins kühle Nass springen können, um meine Müdigkeit zu vertreiben. Die Landschaft um uns herum war malerisch und mit ein Grund dafür, dass man den Highway 1 als eine der schönsten Straßen der Welt bezeichnete.

»Wenn wir geflogen wären, hätten wir Snips nicht mitnehmen können«, entgegnete Connor und nahm seinen Energydrink aus dem Becherhalter in der Mittelkonsole. »Ich stecke ihn nicht in eine Kiste, damit er dann wie ein Gepäckstück verladen wird und zwei Stunden Todesängste im Flugzeugbauch ausstehen muss.«

Als er seinen Namen hörte, klopfte Snips kurz mit dem Schwanz auf die Fußmatte, ohne die Augen zu öffnen. Ich lächelte und strich ihm mit einer Hand über den Kopf und seine weichen Schlappohren. Anfangs hätte ich es nie für möglich gehalten, wie sehr mir dieser Hund ans Herz wachsen würde. Und nein, auch ich hätte ihn nicht in eine Transportbox verfrachtet und nach Eureka geflogen. Lieber fuhr ich elf Stunden Auto. Auch wenn ich gerne einen etwas besser gelaunten Mitfahrer gehabt hätte.

Ich warf Connor einen Seitenblick zu. Sein Fahrstil war so wie alles, was er tat: selbstbewusst, ruhig und entspannt. Er trug ein Hoodie der L. A. Lakers, eine Basecap und eine dunkle Sonnenbrille. Wie üblich war er unrasiert und hatte einen Dreitagebart. Er sah müde aus … und gleichzeitig sexy. War es möglich, müde und sexy auszusehen? Für Connor Knightley offensichtlich kein Problem.

Seit unserem Streit in der vergangenen Woche sprachen wir nur noch das Nötigste miteinander. Die Situation fühlte sich extrem merkwürdig an, denn erstens wohnten wir zusammen in einem Haus und sahen uns täglich, und zweitens hatten wir miteinander geschlafen. Und jetzt wechselten wir kaum mehr Worte als »Guten Morgen« und »Gute Nacht« miteinander.

Geghostet zu werden, während man gleichzeitig im selben Bett schlief? Das war mir neu. Wie sollte man da mit der ganzen Sache abschließen?

Dass wir jetzt auf dem Weg nach Nordkalifornien waren, um seiner Familie ein glückliches Paar vorzuspielen, war dabei auch nicht gerade hilfreich. Oder dass der Sex mit Connor mit Abstand der beste meines Lebens gewesen war und ich jetzt noch zitterige Knie bekam, wenn ich nur daran dachte.

Ich seufzte, nahm mein Smartphone aus der Seitenablage und entsperrte es. Dann öffnete ich die letzte Nachricht, die Lucas mir geschrieben hatte:

»Können wir uns sehen? Wir müssen über die Fotos reden.«

Ich kaute auf meiner Unterlippe herum und überlegte, was ich antworten sollte. Letztendlich war alles genau so gelaufen, wie Miguel es vorgeschlagen hatte: Wir hatten behauptet, es habe sich um alte Fotos gehandelt, die entstanden waren, bevor Connor und ich uns kennengelernt hatten, in einer Zeit, als auch Lucas und Jessica noch nicht zusammen gewesen waren. Sicherlich glaubte uns nicht jeder diese Version, aber es war alles, was wir zum jetzigen Zeitpunkt tun konnten.

Nach kurzem Nachdenken tippte ich:

»Ich bin über das Wochenende nicht in L. A. und erst Montag wieder da.«

Lucas' Antwort ließ nicht lange auf sich warten:

»Passt dir Freitagabend um 8 im Beverly Wilshire?«

Ich antwortete nur: »Okay«, und legte das Handy zurück in die Seitenablage.

Hätte mich zu diesem Zeitpunkt jemand gefragt, wie meine

Gefühle für Lucas waren, wäre meine ehrliche Antwort gewesen: Ich weiß es nicht. Der Tag mit ihm auf der Jacht war schön gewesen und der Kuss danach … irgendwie seltsam vertraut. Wobei ich mir nicht wirklich sicher war, warum Lucas mich überhaupt geküsst hatte. War auch er einfach von den alten Gefühlen überrascht worden? Oder wollte er mehr?

Ich seufzte noch einmal und drehte mich zu Connor. »Wollen wir auch die nächsten sechs Stunden schweigend verbringen?«

Er warf mir einen Blick zu. »Worüber möchtest du denn reden?«

Wow, er hatte mich nicht gleich abgebügelt. Das war doch schon mal ein guter Anfang.

»Du könntest mir mehr über deine Familie verraten«, sagte ich und zog ein Bein unter den Po. »Ein paar mehr Details wären schön.«

»Von meinen Eltern habe ich dir schon erzählt.«

»Dann erzähl mir von deinen Schwestern!«, erwiderte ich ungeduldig.

Er nahm die Kappe vom Kopf, fuhr sich einmal durchs Haar und setzte sie verkehrt herum wieder auf. »Also gut, ich gebe dir eine Kurzzusammenfassung: April ist meine älteste Schwester. Ihr Mann heißt Paul. Die beiden haben zwei Söhne, Benny und Jacob. Meine mittlere Schwester ist Theresa. Sie ist mit Tom verheiratet, und die beiden haben einen Sohn, Ayden, und eine Tochter, Hazel.«

»Okay«, sagte ich gedehnt. »Das sind jetzt doch ein bisschen viele Informationen auf einmal. Kann ich mir das aufschreiben?«

Connor ignorierte mich und fuhr fort: »Meine Schwester Jessy ist die Jüngste der drei Mädels, Single, hat keine Kinder und ist der Wirbelwind der Familie.« Er sah kurz zu mir herüber, bevor er sich wieder auf die kurvenreiche Straße konzentrierte. »Ich glaube, mit ihr wirst du dich gut verstehen.«

»Keine Ahnung, was du meinst«, erwiderte ich mit Unschuldsmiene. »Ich bin die Ruhe und Ausgeglichenheit in Person.«

»Ja, sicher«, spottete er. »Jessy steht mir am nächsten, vielleicht, weil sie nur ein Jahr älter ist als ich und die beiden anderen immer ›die Großen‹ und wir ›die Kleinen‹ waren. Jessy ist lustig, liebenswert und ziemlich locker drauf. Vor ihr musst du keine Angst haben. Wenn dich jemand wegen unserer Beziehung grillen wird, dann April und Theresa.«

»Oh, wie sehr ich mich darauf freue«, murmelte ich.

»Wird schon nicht so schlimm werden. Ich bin ja auch noch da.«

»Du?«, erwiderte ich und verschränkte die Arme. »Du redest doch kaum mit mir!«

»Wundert dich das etwa?«, schoss er zurück.

Ich gab einen genervten Laut von mir. Was erwartete er denn von mir? Dass ich mich noch tausend Mal entschuldigte? Ja, die Sache mit Lucas und dem Paparazzo war dumm gelaufen, aber konnten wir nicht langsam mal drüber hinwegkommen?

Snips setzte sich auf, winselte und legte mit flehendem Blick seine Schnauze auf mein Bein. Offensichtlich musste er mal für kleine Labradore. Bei der nächsten Haltebucht verließ Connor die Straße und parkte den Wagen direkt an der Leitplanke. Sicherheitshalber nahm ich Snips an die Leine, bevor ich mit ihm ausstieg, damit er nicht auf die vielbefahrene Straße lief.

Die Luft war herrlich frisch, und ich lief mit ihm bis zur Kliffkante, wo er begann, aufgeregt im Gras herumzuschnüffeln. Wahrscheinlich war er nicht der erste Hund, der an dieser Stelle sein Geschäft verrichtete. Hinter uns goss Connor währenddessen Wasser in einen Hundenapf.

»Weißt du, Connor«, nahm ich den Gesprächsfaden wieder auf. »Ich kann die Sache mit Lucas nicht ungeschehen machen.

Ich habe dir erklärt, wie es dazu gekommen ist, und mich dafür entschuldigt, dass ich so unvorsichtig gewesen bin.«

»Du warst ›unvorsichtig‹? Das ist alles?«, fragte er und blieb direkt vor mir stehen, die Arme vor der Brust verschränkt.

Offensichtlich war er mit meiner Antwort nicht zufrieden. Er wirkte fast ein bisschen enttäuscht … oder verletzt? Was wollte er von mir? Wollte er, dass ich mich dafür entschuldigte, dass ich einen anderen Mann geküsst hatte? Natürlich verstand ich, dass er sauer war, weil ich den Deal gefährdet hatte, und auch, dass er keine weiteren Skandale gebrauchen konnte. Alles andere – nicht.

»Lass uns die Sache doch nicht unnötig verkomplizieren«, fuhr ich so nüchtern, wie ich konnte, fort. »Lass uns einfach wieder normal miteinander umgehen und den Deal bis zum Ende durchziehen, ohne dass wir uns streiten. Das müssen wir doch irgendwie hinkriegen.«

Ich machte einen Schritt auf ihn zu und legte eine Hand auf seinen angespannten Unterarm.

»Okay?«, fragte ich, und als er nichts erwiderte, fügte ich hinzu: »Bitte?«

Bildete ich es mir nur ein, oder wurden seine Gesichtszüge tatsächlich etwas weicher? Sein Blick wanderte über mein Gesicht, als suche er nach irgendeiner Antwort.

»Ach, Isy«, sagte er schließlich seufzend. »Was mache ich nur mit dir?«

Dann ergriff er meine Hand und zog mich an sich. Ohne zu zögern, machte ich einen Schritt in seine Arme, legte beide Hände auf seinen Rücken und presste mein Gesicht an seine Brust.

Warum nur fühlte ich mich in Connors Umarmung immer so geborgen? Als könnte mir nichts und niemand etwas anhaben. Als würde alles gut werden. Ich genoss die Wärme seines Körpers und seinen Herzschlag an meiner Wange. Sein Hoodie war weich und roch nach ihm. Unwillkürlich schloss ich die Augen und atmete tief ein. Seine Hände strichen über meinen Rücken und blieben kurz über meinem Po liegen. Sofort breitete sich ein Kribbeln in meinem Bauch aus, und ich verlagerte mein Gewicht auf das andere Bein. Meine Hüfte streifte seine, und plötzlich fühlte es sich nicht mehr wie eine harmlose Versöhnungsumarmung an. Unsere Körper verschmolzen förmlich miteinander, und ich wollte mich nicht mehr nur an ihn schmiegen. Ich wollte meine Hände unter seinen Hoodie gleiten lassen und seine warme, weiche Haut unter meinen Fingern spüren. Ich wollte mich an ihn pressen. Ich wollte den Kopf heben und seine Lippen mit meinen finden. Ich wollte seine Zunge in meinem Mund, seine Hände auf meiner Haut. Ich wollte …

Verdammt. Ich räusperte mich, löste mich aus seiner Umarmung und machte einen Schritt zurück. Connors Gesichtsausdruck konnte ich nicht deuten, aber seine Augen wirkten etwas dunkler als sonst.

»Alles klar! Und jetzt lass uns weiterfahren!«, sagte ich betont fröhlich. »Sonst kommen wir nie an.«

Sehr gut, Isy. Das klang doch genau richtig: freundlich und neutral. Jetzt musst du nur noch ruhig und gelassen bleiben.

Und wenn ich mich ganz stark konzentrierte, würde ich es vielleicht auch schaffen zu ignorieren, wie heftig mein Körper auf Connor reagiert hatte – und dass mein Herz ein wenig schneller geschlagen hatte als sonst, während er mich in seinen Armen gehalten hatte.

»Herzlich willkommen!«

Kaum dass wir aus dem Auto ausgestiegen waren, wurde die Haustür aufgerissen, und eine zierliche, attraktive Frau in ihren Sechzigern trat heraus.

»Onkel Connor ist da!«

Vier Kinder kamen über den Rasen auf uns zugerannt und hätten Connor mit ihrer stürmischen Begrüßung fast umgerissen. Lachend hob er eins nach dem anderen hoch. Dann wirbelte er seine Nichte und die Neffen im Kreis, bis sie vor Freude quietschten.

Unwillkürlich breitete sich ein Lächeln auf meinem Gesicht aus. Es war ziemlich eindeutig, dass die Kinder »Onkel Connor« abgöttisch liebten.

Snips begann zu bellen, und ich leinte ihn ab, damit er herumtollen konnte. Schließlich hatte er lange genug im Auto gelegen, ohne sich bewegen zu können. Lärm, Kinder, Aufregung – das war doch genau sein Ding.

Ich holte meine Handtasche aus dem Auto und lief den gepflasterten Weg zum Haus hinauf, um Connors Mutter zu begrüßen, die immer noch in der Tür stand und die herzerwärmende Szene in ihrem Vorgarten mit einem Lächeln betrachtete. Ich war erstaunt darüber, wie selbstverständlich sie mich in den Arm nahm und drückte.

»Isy! Ich bin Judy. Ich freue mich so, dich kennenzulernen. Connor hat schon viel von dir erzählt.«

Ähm. Echt?

Ich sah mich Hilfe suchend nach ihm um. Connor war hinter mir den Weg heraufgekommen – das einzige Mädchen der Kinderschar auf dem Rücken, umringt von den drei lärmenden Jungs und Snips. Judy drückte ihren Sohn fest an sich und gab ihm einen Kuss auf die Wange, bevor sie sich zu ihrem Mann umdrehte, der nun ebenfalls in der Tür erschienen war.

»Jeff, das ist Isy, Connors Freundin!«, sagte sie mit einem strahlenden Lächeln, als wäre ich das beste verfrühte Geburtstagsgeschenk, das sie sich vorstellen konnte.

Ich schüttelte Jeff – der aussah wie eine ältere Version von

Connor – die Hand und war froh, ihm nach drinnen folgen zu können, denn draußen war es kühler, als ich das von Malibu gewohnt war.

Connors Elternhaus war ein großes, fast kanadisch anmutendes Haus aus dunklen Holzbalken, wie man es im Norden von Kalifornien häufig fand. Durch einen geräumigen Eingang mit unzähligen Fotografien an den Wänden gelangte man in ein Wohnzimmer mit einem riesigen Kamin. Eine große Fensterfront bot eine wunderschöne Aussicht auf die Terrasse, den Garten und den dahinterliegenden Wald.

Im Wohnzimmer warteten die anderen Familienmitglieder, die ich dank Connors Beschreibungen im Auto sofort erkannte. Da waren April mit Paul, die in Vancouver lebten, Theresa und Tom, die aus Portland angereist waren, und Jessy aus Chicago.

April und Theresa begrüßten mich zwar freundlich, aber ich spürte eine gewisse Zurückhaltung, während Jessy mich – ebenso wie ihre Mutter vor ihr – direkt in die Arme zog.

»Ich freue mich riesig, dich kennenzulernen, Isy!«, sagte sie herzlich, und ihre Augen strahlten dabei.

Connor hatte recht gehabt: Sie war mir auf Anhieb sympathisch.

Nachdem die Vorstellungsrunde, auch mit den Kindern, erfolgreich überstanden war, folgte ich Connor und Judy zurück in den Eingangsbereich, wo unsere Taschen standen, die Jeff hereingebracht hatte.

»Connor zeigt dir sein altes Zimmer, Isy«, sagte Judy und fügte hinzu: »Wenn du irgendetwas brauchst, lass es mich wissen.«

»Wo schlafe ich?«, fragte Connor und nahm eine Tasche in jede Hand.

»Was meinst du?« Seine Mutter sah ihn mit großen Augen an. »Auch in deinem Zimmer, wo sonst?«

Connor räusperte sich. »Ich dachte, ich schlafe im Gästezimmer.«

Judy lachte und strich sich eine Haarsträhne aus dem Gesicht. »Unsinn. Wir sind doch nicht so altmodisch.«

Connor zog eine Augenbraue hoch. »Seit die Mädels und ich Partner mit nach Hause bringen, predigst du, dass unter deinem Dach nur verheiratete Paare in einem Bett schlafen. Letztes Jahr an Weihnachten musste Jessys Freund im Hotel übernachten!«

Sie warf mir einen Blick zu. »Der war mir auch nicht sympathisch. Außerdem … ändern sich die Zeiten. Schließlich wohnt ihr auch in Malibu zusammen, oder nicht? Meinst du, ich denke, ihr hättet dort keinen Sex?«

O Gott, wo war das Loch, in das ich versinken konnte? Führten wir diese Unterhaltung gerade wirklich?

Connor schien denselben Gedanken zu haben, denn er verzog das Gesicht, als würde er unter körperlichen Schmerzen leiden. »Könntest du bitte in meinem Beisein das Wort Sex nicht in den Mund nehmen, Mom? Und davon abgesehen: Das Bett in meinem alten Kinderzimmer ist ein Einzelbett!«

Sie zuckte mit den Schultern und lächelte dasselbe einnehmende Lächeln, das ich von ihrem Sohn nur allzu gut kannte. »Ich dachte, ihr seid frisch verliebt? Da kann es doch gar nicht eng genug sein, oder?« Sie zwinkerte mir zu. »Außerdem gibt es kein anderes freies Zimmer, denn die vier Kinder haben das Gästezimmer schon für ihre Übernachtungsparty belegt und sich eine Höhle gebaut.«

Connor seufzte schicksalsergeben, und ich folgte ihm die breite Treppe nach oben in den ersten Stock. Sein altes Zimmer war ein großer Raum mit Blick auf den Wald. An den Wänden hingen Poster von Kelly Slater und anderen berühmten Surfern, und in dem Hängeregal über dem Bett standen unzählige

Pokale, die Connor offensichtlich als Jugendlicher gewonnen hatte. Dann fiel mein Blick auf das schmale Bett.

»In diesem Bett ist nicht mal genug Platz für dein Ego«, spottete ich und stellte meine Handtasche auf dem alten Holzschreibtisch am Fenster ab. »Geschweige denn für dich, dein Ego und mich.«

»Witzig«, erwiderte Connor und warf unsere Taschen auf das Bett. »Ich kann auch im Wohnzimmer auf der Couch schlafen.«

»Wie würde das denn aussehen?« Ich trat neben ihn. »Du hast doch nur Angst, dass du die Finger nicht von mir lassen kannst, wenn du dir mit mir so ein enges Bett teilen musst.«

Er drehte sich zu mir und legte den Kopf schief. »Wer kann hier die Finger nicht von wem lassen?«

Sein Blick löste ein Kribbeln in meinem Bauch aus, und ich musste mich zwingen, mich nicht abzuwenden.

»Keine Ahnung, wovon du sprichst«, erwiderte ich mit Unschuldsmiene. »Ich habe damit keinerlei Probleme.«

»Ist das so?«, fragte er leise und machte einen Schritt auf mich zu, sodass er direkt vor mir stand.

Ich spürte die Hitze, die sein Körper ausstrahlte, und hielt den Atem an. Ohne dass ich es verhindern konnte, senkte sich mein Blick auf seinen Mund. Seine Lippen waren leicht geöffnet, und ich starrte wie hypnotisiert auf die feine weiße Narbe, die seine Unterlippe teilte.

»Connor! Isy!«, rief da jemand von unten. Theresa? »Kommt ihr runter? Es gibt Essen, und die Kinder fangen an zu quengeln!«

Wir bewegten uns beide nicht, unsere Blicke waren tief ineinander verhakt. Erst als Theresa ein zweites Mal rief, schafften wir es, den Augenkontakt zu unterbrechen. Mit klopfendem Herzen und auf wackeligen Beinen lief ich hinter Connor die Treppe ins Erdgeschoss hinunter, wo die anderen auf uns warteten.

Das Abendessen war ein wahres Fest mit mehreren Gängen, und alles, was Judy gekocht hatte, schmeckte köstlich. Die Unterhaltung am Tisch war ungezwungen und fröhlich. Judy und Jeff fragten mich nach meinem Studium und meinem Job in der Kanzlei, und Jessy wollte alles über meine Zeit in New York wissen. Mit Theresa sprach ich über meine beiden Nichten, mit April und Paul – die beide Anwälte waren – über meine bevorstehende Zulassungsprüfung.

Immer wieder wanderte mein Blick zu Connor, der neben mir saß und so gelöst und entspannt wirkte, wie ich ihn selten erlebt hatte. Er trug Jeans und einen hellgrauen Kaschmirpulli mit V-Ausschnitt, der ihm viel zu gut stand und der den Impuls in mir auslöste, meine Hand auszustrecken und ihm über die Brust zu streichen. Er scherzte mit den Kindern und beantwortete geduldig alle ihre Fragen zu seinem aufregenden Surferleben.

Nach dem Essen verschwanden die Kinder mit Snips nach oben, um ihr Übernachtungslager vorzubereiten, und die Erwachsenen verteilten sich mit ihren Weingläsern in der Hand auf die Sofaecke und die Sessel vor dem Kamin, in dem mittlerweile ein heimeliges Feuer loderte. Ich war verwundert darüber, wie sehr sich die Temperaturen in Nordkalifornien von denen in L. A. unterschieden. Connor hatte mir erzählt, dass es selbst im Sommer nachts ziemlich kalt werden konnte.

Jetzt nahm er auf einem der Sessel seitlich vom Kamin Platz und überraschte mich damit, dass er wie selbstverständlich die Hand nach mir ausstreckte und mich zu sich zog. Als ich mich setzen wollte, dirigierte er meine Hüfte so, dass ich genau auf seinem Schoß landete. Ich stützte mich mit einer Hand an seiner Brust ab und sah ihn fragend an. In dem dämmerigen Licht konnte ich den Ausdruck in seinen Augen nicht lesen, aber seine plötzliche Nähe verursachte ein Kribbeln in meinem Bauch, das schnell tiefer wanderte, als er mich mit beiden Armen umschlang und an seine Brust zog. Sein Körper war warm und sein Pullover so weich, dass es nicht lange dauerte, bis ich mich entspannte. Ich legte meinen Kopf an seine Schulter und blickte ins Feuer. Seine Brust hob und senkte sich regelmäßig, und das Gemurmel der Unterhaltung war so beruhigend, dass ich bald schon gegen die Müdigkeit ankämpfen musste.

Meine Gedanken schweiften zu unserem Kuss im Regen und dem leidenschaftlichen Sex, den wir gehabt hatten. Ich wusste noch genau, wie es sich angefühlt hatte, Connor in mir zu haben. Ich dachte daran, wie wir danach eng umschlungen und nackt im Bett gelegen, uns unterhalten und gelacht hatten.

Was wohl passiert wäre, wenn Miguel nicht angerufen hätte? Wir wären wohl den Rest des Tages nicht mehr aus dem Bett gekommen. Und die nächsten Tage wahrscheinlich auch nicht.

Connor sprach mit seinem Vater und Jessy über die anstehenden Präsidentschaftswahlen und strich mir dabei gedankenverloren über den Oberschenkel. Offensichtlich machte es ihm rein gar nichts aus, mich so nah bei sich und sogar auf seinem Schoß sitzen zu haben. Vielleicht erinnerte er sich nicht mehr so lebhaft an unseren Sex wie ich? Vielleicht war es für ihn doch nicht so aufregend gewesen?

Nein, das war Quatsch. Ich wusste, dass es ihm auch gefallen hatte.

Vielleicht hatte er es zwar genossen, aber mittlerweile einfach abgehakt?

»Alles okay?«, fragte Connor und blickte mich fragend an.

Wieso fragte er das ausgerechnet jetzt? Hatte er eine Veränderung an meiner Körperhaltung gespürt?

Ich sah auf, und plötzlich waren sich unsere Gesichter ganz nah. So nah, dass sich unsere Lippen fast berührten.

»Ja«, erwiderte ich schnell und biss mir auf die Unterlippe. »Nein. Doch. Alles in Ordnung.«

Verdammt, ich wollte wissen, woran ich war. Kurz entschlossen legte ich meinen Kopf in den Nacken und presste einen zarten Kuss auf die weiche Haut direkt unter seinem Ohr. Sein Atem stockte. Ermutigt durch seine Reaktion, wanderte ich mit meinen Lippen zu seinem Kinn und dann zu seinem Mundwinkel. Die anderen nahmen keine Notiz von dem, was wir da taten. Und warum hätte sich auch jemand darüber wundern sollen, dass ich kurz meine Zuneigung für den Mann zeigte, mit dem ich angeblich zusammen war?

Connor blickte mich an, aber wieder einmal konnte ich den Ausdruck in seinen dunklen Augen nicht lesen. Dann schob er mich von seinem Schoß, stand auf und nahm meine Hand. Ich war so verdattert, dass ich kurz um mein Gleichgewicht kämpfen musste.

»Wir sind müde. Wenn es okay ist, gehen Isy und ich noch in den Whirlpool«, sagte er, als wäre es das Selbstverständlichste auf der Welt, »und danach ins Bett.«

Der Whirlpool lag seitlich der Terrasse direkt am Waldrand. Er war beleuchtet und dampfte einladend in der Dunkelheit, als wir – barfuß, mit zwei Gläsern, einer Flasche Rotwein und zwei Handtüchern unter den Armen – über den kalten, feuchten Rasen liefen. Bereits von den paar Metern durch die Kälte fühlte ich mich völlig durchgefroren, und so ließ ich mich dankbar in das heiße, blubbernde Wasser gleiten, nachdem ich den Bademantel, den Connor mir gegeben hatte, abgestreift hatte. Ich setzte mich so, dass ich in den Wald schauen konnte.

Connor schenkte uns Wein ein und reichte mir ein Glas, bevor er mir gegenüber ins Wasser sank, den Kopf zurück auf den Beckenrand lehnte und seufzend die Augen schloss. Wassertropfen glitzerten auf seinem nackten Oberkörper und seinen Schultern. Als Connor die Augen wieder öffnete, trank ich schnell einen Schluck Wein, damit er nicht merkte, dass ich ihn hemmungslos abgecheckt hatte.

»Und? Was denkst du über meine Familie?«, fragte er, ohne den Kopf zu heben. »Das ist doch heute schon mal erstaunlich reibungslos gelaufen, oder?«

»Deine Familie ist toll«, erwiderte ich, und das meinte ich ganz ehrlich. »Alle waren total nett zu mir, selbst deine Schwestern haben überhaupt keine unangenehmen Fragen gestellt.«

»Abwarten«, sagte Connor. »Das kann alles noch kommen.«

Ich legte ebenfalls den Kopf in den Nacken. Über uns leuchteten tausend kleine Lichter am nachtschwarzen Himmel. Ich hatte noch nie in meinem Leben so viele Sterne gesehen! Wahrscheinlich war es in New York und Los Angeles einfach zu hell dafür.

»Apropos Familie«, wechselte ich dann das Thema. »Es wird dich vermutlich freuen zu hören, dass Kathy und die Mädels Anfang der Woche ausziehen werden.«

»Oh«, sagte Connor und fuhr sich mit einer Hand über das feuchte Gesicht. »Hat sich so schnell etwas ergeben?«

Ich nickte. »Eine Freundin von ihr, die ebenfalls frisch getrennt und alleinerziehend ist, hat eine Wohnung gefunden, in die sie gemeinsam einziehen können. Dann können sie sich gegenseitig bei der Kinderbetreuung unterstützen, wenn Kathy in ihren alten Job als Physiotherapeutin zurückkehrt.«

»Das freut mich für sie«, erwiderte Connor. »Aber ich werde Kathy und die Mädchen tatsächlich ein wenig vermissen.«

Ich schmunzelte, denn mir ging es genauso.

Wir schwiegen eine Weile. Es war nichts zu hören außer dem leisen Blubbern des Whirlpools, hin und wieder rief eine Eule im Wald.

Irgendwann setzte ich mich wieder auf und sah Connor an, der den Blick in die Ferne gerichtet hatte.

»Woran denkst du gerade?«, wollte ich wissen.

Er hob den Kopf und grinste. »Das willst du nicht wissen, Summers.«

»Sind deine Gedanken etwa so schmutzig, Knightley?«, fragte ich und grinste zurück. »Dann will ich sie erst recht hören.«

Er betrachtete mich noch einen Augenblick nachdenklich. Dann stellte er sein Glas auf dem Boden hinter ihm ab und glitt wortlos durch das Wasser zu mir herüber, ohne mich dabei auch nur eine Sekunde aus den Augen zu lassen. Er ließ sich neben mir nieder und küsste mich auf die feuchte Schulter. Obwohl ich im heißen Wasser saß, breitete sich Gänsehaut auf meinem Körper aus.

Ich wollte etwas sagen, wusste aber plötzlich nicht mehr, was. Mein Gehirn war wie leer gefegt.

Wir befanden uns in einer merkwürdigen Grauzone, in einem Niemandsland zwischen Anziehung und Vernunft. Wir wussten beide, dass es besser wäre, unsere Beziehung neutral und unverbindlich zu halten. Gleichzeitig schien es, als würden wir magnetisch voneinander angezogen, sosehr wir uns auch dagegen wehrten.

Oder vielleicht wehrten wir uns auch gar nicht so sehr?

Unsere Blicke verhakten sich ineinander, und mein Herz begann, schneller zu schlagen. Connor beugte sich zu mir herüber, umfasste meine Hüfte und zog mich auf sich, sodass ich rittlings auf seinem Schoß saß. Ich schlang die Beine um seinen Körper und senkte meine Lippen langsam auf seine. Er begegnete mir auf halber Strecke, und ich seufzte, als seine Zunge in meinen Mund glitt. Unsere Haut war nass und heiß. Langsam fuhr ich mit meinen Händen über seine Oberarme zu seinen Schultern, einfach nur, weil ich ihn spüren wollte. Er legte eine

Hand in meinen Nacken, um mich näher an sich zu ziehen, und ich presste mich instinktiv an ihn. Als ich seine Erektion durch seine Badeshorts hindurch spürte, stöhnte ich leise auf.

»Ich liebe diese kleinen Geräusche, die du machst, Isy«, murmelte Connor gegen meine Lippen und ließ seine Hand in mein Bikinihöschen gleiten. »Es gibt wenig, was mich so sehr anmacht.«

Aus den Augenwinkeln sah ich eine Bewegung und zuckte zusammen.

»Hey, ihr zwei Turteltäubchen!«, rief Jessy aus dem dunklen Garten. »Was dagegen, wenn wir dazukommen?«

Connor zog seine Hand zurück, als hätte er sich verbrannt.

Ich starrte ihn erschrocken an, während seine drei Schwestern – barfuß und in Bademäntel gehüllt, jede ein Glas Wein in der Hand – auf uns zugelaufen kamen. Als ich von Connors Schoß herunterrutschen wollte, packte er mich mit beiden Händen und hielt mich in der Position, in der ich war.

»Du kannst jetzt nicht von meinem Schoß runter«, zischte er und warf mir einen bedeutungsvollen Blick zu.

Oh ja. Ich musste kichern und blieb, wo ich war, drehte mich aber so, dass ich den Schwestern entgegenblicken und winken konnte. Connor ächzte bei meiner Bewegung, was mich noch mehr zum Lachen brachte.

Jessy stellte ihr Weinglas und eine weitere Flasche Rotwein am Beckenrand ab. Dann füllte sie uns allen die Gläser auf, bevor sie ihren Bademantel auszog und sich die langen braunen Haare zu einem Dutt hochband.

»Ich hoffe, wir stören euch nicht bei *irgendwas*«, sagte April mit hochgezogenen Augenbrauen und legte ebenfalls den Bademantel ab.

»Ihr stört nicht«, sagte Connor und grinste mich an, während ich einen Arm um seinen Hals legte. »Wir können auch später im Zimmer mit *irgendwas* weitermachen.«

Jessy lachte über seinen Scherz und stieg neben uns ins Wasser, gefolgt von ihren beiden Schwestern.

»O Gott, ich will auch einen Whirlpool«, murmelte Theresa und schloss genießerisch die Augen, als sie sich bis zum Hals in das warme Nass sinken ließ.

»Ich will eine Nanny«, erwiderte April trocken. »Und einen Personal Trainer.«

»Ich will Justin Bieber in meinem Bett«, ergänzte Jessy. »Nackt.«

Ich prustete los, und Jessy grinste mich verschwörerisch an. Dann nahm sie ihr Glas und stieß damit gegen meins.

»Darauf trinke ich«, sagte ich, und als ich Connors hochgezogene Augenbraue sah, fügte ich schnell hinzu: »Auf die Nanny natürlich, nicht auf den nackten Bieber.«

Jessy lachte auf und sah ihren Bruder an. »Ich verstehe, was du an ihr findest, Connor. Sie ist lustig.«

April richtete sich etwas auf und trank einen Schluck Wein.

»Erzähl doch mal, Isy«, sagte sie und fixierte mich mit ihrem Blick. »Wo hast du Connor noch mal kennengelernt? Auf einer Party?«

Oha. Jetzt war also der Zeitpunkt für die Inquisition gekommen? Dabei war bisher alles so herrlich entspannt gewesen.

»April«, sagte Connor mahnend. »Sei lieb.«

»Keine Ahnung, was du meinst«, behauptete April mit Unschuldsmiene. »Ich darf deine neue Freundin doch wohl mal fragen, wo und wie ihr euch kennengelernt habt?«

Connor seufzte und sah mich an. »Willst du es erzählen, *neue Freundin*? Oder soll ich?«

Ich schmunzelte und sah April an. »*Neue Freundin* erzählt die Geschichte gern. Wir sind uns auf seiner Geburtstagsparty begegnet. Connors bester Freund Nick ist der Verlobte meiner besten Freundin Emma, und die beiden hatten mich mitgenommen. Connor und ich haben uns dort unterhalten, ohne dass ich wusste, dass er das Geburtstagskind ist. Und davon, dass er Profi-Surfer und ziemlich bekannt ist, hatte ich auch keine Ahnung.«

Connor sah mich an, und wir lächelten beide bei der Erinnerung an diesen merkwürdigen Abend. Unglaublich, dass wir schon einen so langen gemeinsamen Weg hinter uns hatten.

»Und das sollen wir dir glauben?«, fragte April, und ich riss meinen Blick von Connor los.

»Wie bitte?«, fragte ich verwirrt.

April stellte ihr Glas am Beckenrand ab. »Na, dass du nicht gewusst hast, dass er Connor Knightley ist. Dass er prominent – und nebenbei auch ziemlich reich – ist.«

Oh wow. Das nannte ich mal einen Frontalangriff. Plötzlich wusste ich, wie sich Meghan Markle gefühlt haben musste, als ihr alle Welt vorwarf, es von Anfang an nur darauf abgesehen zu haben, einen Prinzen zu heiraten. Oder Kate Middleton.

»Hör auf damit, April«, sagte Connor und richtete sich auf, ohne mich loszulassen. »Ich weiß, dass du dir Sorgen machst. Aber wenn du andeuten willst, dass Isy lügt, geht das zu weit. Erstens ist Isy angehende Anwältin und hat mein Geld überhaupt nicht nötig. Und zweitens kann ich dir versichern, dass sie auf der Party damals nicht wusste, wer ich bin.«

»Wäre ja nicht das erste Mal, dass dein Urteilsvermögen in Bezug auf Frauen nicht ganz zuverlässig funktioniert«, erinnerte ihn April ungerührt.

»April!«, rief Jessy und sah ihre Schwester böse an. »Jetzt hör aber auf!«

Die Ältere sank wieder ins Wasser zurück und strich sich eine feuchte Haarsträhne aus dem Gesicht. »Ich sag's ja nur. Ich finde es verwunderlich, dass jemand, der selbst aus Kalifornien kommt, Connor Knightley angeblich nicht kennt.«

»Nicht jeder interessiert sich fürs Surfen, April«, sagte Jessy kopfschüttelnd.

Bevor ich etwas erwidern konnte, fragte Theresa mit hochgezogenen Augenbrauen: »Und nachdem ihr zusammengekommen seid, bist du direkt zu Connor in die Villa gezogen?«

Himmelherrgott noch mal. Die beiden waren ja wirklich … erbarmungslos! Ich rutschte von Connors Schoß und setzte mich neben ihn.

»Ja, ich bin zu ihm gezogen«, bestätigte ich. Obwohl ich mich bemühte, freundlich zu bleiben, hörte ich selbst, dass ich genervt klang. »Ich arbeite in einer Kanzlei in Malibu und hätte andernfalls pendeln müssen. Das hätte keinen Sinn gemacht.« Ich dachte kurz nach und fügte dann hinzu: »Außerdem ist euer Bruder so unfassbar verrückt nach mir, dass er am liebsten keine Sekunde ohne mich sein möchte.«

»Amen«, sagte Connor trocken und stand auf. »Und weil ich so verrückt nach Isy bin, gehe ich jetzt mit ihr aufs Zimmer, um noch ein bisschen Zeit in Ruhe mit ihr zu verbringen. Hoffentlich hat sie bis morgen auf wundersame Weise vergessen, dass meine unglaublich anstrengenden Schwestern offensichtlich keinerlei Filter haben.« Er nahm meine Hand und zog mich ebenfalls hoch. »Gute Nacht allerseits.«

Als Connor aus dem Bad kam, lag ich bereits im Bett. Er trug lange, karierte Pyjamahosen und ein eng anliegendes weißes T-Shirt. War mir der Rotwein so zu Kopf gestiegen, oder waren lange, karierte Pyjamahosen tatsächlich noch nie so sexy gewesen? Wenn er jetzt noch das Shirt ausziehen würde, wäre ich im siebten Himmel.

»Willst du an der Wand schlafen oder lieber vorne?«, fragte er und setzte sich auf die Bettkante.

»Lieber an der Wand«, sagte ich und rutschte zurück, um ihm

neben mir Platz zu machen. »Sonst habe ich die ganze Nacht Angst, aus dem Bett zu fallen, und mache kein Auge zu.«

Die Matratze senkte sich unter seinem Gewicht, als er es sich neben mir gemütlich machte und sich die Decke über die Beine zog.

»Nettes Gespräch mit deinen Schwestern«, sagte ich ironisch und legte mich auf die Seite, um ihn ansehen zu können.

»Es tut mir wirklich leid«, entschuldigte er sich und drehte sich mir ebenfalls zu. »Im Grunde meinen sie es gut, aber das ging wirklich zu weit.«

»Hm«, machte ich und biss mir auf die Unterlippe. »Und was meinte April damit, als sie gesagt hat, dass dein Urteilsvermögen bei Frauen in der Vergangenheit nicht immer ganz zuverlässig war?«

Ich wusste, dass Connor sehr zurückhaltend war und ungern über Privates sprach, aber ich musste es trotzdem wissen.

Er rieb sich übers Kinn. »Das ist eine lange Geschichte.«

Ich stützte meinen Kopf in die Hand. »Ich habe zufälligerweise gerade keine anderen Termine.«

Seufzend rollte er sich auf den Rücken. »Sag bloß, du hast mich nicht gegoogelt?«

»Doch, schon«, gab ich zu. »Aber ich habe mich auf die ersten paar Dutzend Treffer beschränkt, statt so lange in den letzten Untiefen des Internets zu suchen, bis ich eine Sehnenscheidenentzündung bekomme, falls du das meinst.«

»Erfreulich, dass das, worauf April angespielt hat, offenbar nicht mehr unter den Top-Treffern zu finden ist«, sagte er düster.

»Die Top-Treffer zeigen nur noch dich mit deiner megaheißen neuen Freundin«, erwiderte ich, um ihn aufzumuntern, und tatsächlich entlockte ihm das ein kleines Lächeln. »Also, schieß schon los.«

»Okay.« Er fuhr sich mit der Hand über den Dreitagebart auf seiner Wange. »Es ist eigentlich keine große Sache, und ich habe keine Ahnung, warum April jetzt wieder damit angefangen hat. Vor ein paar Jahren hatte ich einen One-Night-Stand mit einer Frau, nachdem ich einen Surfwettbewerb gewonnen hatte. Ich war happy über den Sieg und habe mit meinem Team in irgendeinem Club gefeiert. Wir hatten alle schon recht viel getrunken. Diese Frau hat mich angesprochen und ziemlich heftig mit mir geflirtet. Sie war attraktiv und sexy, und ich habe sie am Ende des Abends mit ins Hotel genommen. Wir hatten Sex, und als ich am nächsten Morgen aufwachte, war sie weg. Ich habe mir nichts weiter dabei gedacht, schließlich flog ich am selben Tag nach Hause, und es war von Anfang an klar gewesen, dass es nur eine einmalige Sache sein würde.«

Er atmete tief durch.

»Als ich in L. A. gelandet bin und mein Handy angeschaltet habe, hatte ich gefühlt tausend Anrufe und Nachrichten. Die Frau hatte, während ich geschlafen habe, ein Selfie mit mir gemacht und es bei Instagram hochgeladen.« Er machte eine Pause. »Mit den Worten ›*Das glaubt ihr nicht: Ich habe gerade Connor Knightley gevögelt.*‹ Das Foto ging absolut viral.«

Sprachlos starrte ich ihn an. Das konnte nicht sein Ernst sein! Wer machte denn so was? Ich konnte mir kaum eine grausamere Art vorstellen, die Privatsphäre eines Menschen zu verletzen. Eines Menschen, der in der Öffentlichkeit stand. Connor musste sich völlig ausgeliefert und nackt gefühlt haben, im wahrsten Sinne des Wortes.

Bevor mir etwas Tröstendes einfiel, was ich sagen konnte, redete er auch schon weiter. »Versteh mich nicht falsch. Es war nicht so, dass ich mir irgendwie leidgetan hätte, weil mich diese Frau nur benutzt hatte. Letztendlich hatten wir unverbindlichen Sex, mehr nicht. Das war für beide Seiten klar und auch völlig okay. Aber dieses Eindringen in meine Intimsphäre, das Offenlegen meines Privatlebens, das war … schockierend.«

Er zog die Augenbrauen zusammen.

»Weißt du, wer einer der Ersten war, die das Foto gesehen haben?«, fragte er dann. »Benny, mein damals siebenjähriger Neffe. Er hat das Foto von einem älteren Mitschüler auf dem Handy gezeigt bekommen und zu Hause April davon erzählt.«

»Kein Wunder, dass sie so misstrauisch ist«, murmelte ich. »Sie hat einfach Angst um dich. Genau wie Theresa.«

Wahrscheinlich gingen die beiden nicht ernsthaft davon aus, dass ich dieselbe oder eine ähnliche Nummer mit Connor abziehen würde wie diese Frau. Doch offensichtlich saß die Angst, dass Connor noch einmal von jemandem ausgenutzt werden könnte, der es nicht gut mit ihm meinte, sehr tief.

»Ich hoffe, du lachst nicht, aber weißt du, was ich am schlimmsten fand?«, fragte er.

Ich schüttelte den Kopf.

»Dass mich die ganze Welt *schlafend* gesehen hat. Ich glaube, mir wäre es lieber gewesen, wenn irgendein Sextape von mir aufgetaucht wäre. Das ist doch völlig absurd, oder?«

»Nein, ich verstehe dich. Schlafend ist man irgendwie … verletzlich, und so dürfen einen nur bestimmte Menschen sehen. Menschen, die einem nahestehen, nicht die halbe Welt. Ist das der Grund, warum du nie Frauen mit zu dir nach Hause nimmst?«

Connor nickte. »Meine Mom hat sich mir gegenüber nicht anmerken lassen, wie sehr sie die Sache getroffen hat. Aber Jessy hat mir erzählt, dass sie am Telefon deswegen geweint hat.« Er lachte bitter auf. »Für die Paparazzi war das Ganze natürlich ein Fest. Bad Boy Connor Knightley hat mal wieder für Schlagzeilen gesorgt. Damals ist bei mir irgendwie ein Schalter umgelegt worden. Ich mochte den Kontakt zu meinen Fans nach wie vor, aber ich habe begonnen die Presse zu meiden. Plötzlich war es das Wichtigste auf der Welt für mich, mein Privatleben zu schützen.«

Zögernd legte ich eine Hand auf seine Brust. Connor bedeckte meine Hand mit seiner, und wir verschränkten unsere Finger ineinander.

Ich verstand auf einmal einige Dinge so viel besser. Connors Abneigung gegenüber den Paparazzi. Connors Zurückhaltung gegenüber Fremden, die ihm häufig als Unfreundlichkeit ausgelegt wurde. Sein Misstrauen mir gegenüber und seine abweisende Haltung, als wir uns kennengelernt haben. Und nicht zuletzt seine Enttäuschung über die Fotos von mir und Lucas. Er musste das Gefühl gehabt haben, dass ich ihn hintergangen hatte. Anders hintergangen als diese Frau, aber nichtsdestotrotz war es ein Vertrauensbruch gewesen.

Shit.

Bevor ich die zahllosen, in meinem Kopf umherwirbelnden Gedanken in Worte fassen konnte, hatte sich Connor auf seine Unterarme gestemmt und über mich gebeugt. Ich hatte das Gefühl, in seinen braunen Augen versinken zu müssen. Mein Gott, ich liebte diese Augen. Sie wirkten so warm und waren mir mittlerweile so vertraut.

Sanft strich er mit seiner Hand über meine Wange, bevor er seinen Mund auf meinen senkte. Ich grub meine Finger in seine Schultern und spürte die harten Muskeln unter seinem Shirt. Ein Schauer der Erregung jagte durch meinen Körper, und ich öffnete meinen Mund, hungrig nach mehr.

Doch Connor schien nicht in Eile zu sein, denn seine Zunge leckte langsam und aufreizend über meine. Seine Hand glitt unter mein Schlafshirt und strich über meinen Bauch. Ich bekam eine Gänsehaut, und mein Atem beschleunigte sich. Hastig zog ich ihm das Shirt über den Kopf und schlang meine Arme um ihn, um ihn näher an mich heranzuziehen.

Seine Haut war warm und weich, und ich strich mit meinen Fingernägeln seinen Rücken hinab, bis meine Hände auf seinem Po zum Liegen kamen. Verlangend presste ich meinen Unterleib an seinen und stöhnte auf, als ich seine Härte an meinen Beinen spürte.

Ich wollte ihn. So sehr.

Aber da war noch etwas anderes. Es fühlte sich an, als wäre mein Herz plötzlich zu groß für meinen Brustkorb. Als würde es sich ausdehnen und wachsen und schneller pochen und aus der Brust springen wollen.

»Connor …«, flüsterte ich und hob die Arme, damit auch er mir das T-Shirt über den Kopf ziehen konnte.

Nachdem er es mir ausgezogen hatte, schob er mir die Schlaf-Shorts von den Beinen. Kaum war ich nackt, verschmolzen unsere Lippen wieder miteinander. Seine Hand umfasste meine Brust, und er begann, mit dem Daumen über die Brustwarze zu kreisen, während er mir erst sanft, dann fester in die Unterlippe biss. Ich stöhnte auf und streckte mich seiner Berührung entgegen. Sein Mund war nun heiß und hungrig, sein Kuss fordernd.

Plötzlich hatte ich das Gefühl, es nicht mehr aushalten zu können, und schob seine Pyjamahose nach unten. Kaum hatte er sie sich von den Beinen gestreift, beugte er sich wieder über mich und nahm einen Nippel in seinen heißen Mund. Seine Zunge umspielte abwechselnd mit seinen Zähnen meine Brustwarze, während er gleichzeitig mit einer Hand über meinen Rücken, meinen Po, meine Hüfte und zwischen meine Beine glitt. Ich stöhnte auf, als er mich zu streicheln begann.

»O Gott, Connor«, stöhnte ich. »Hör nicht auf damit.«

»Wie leise kannst du sein, wenn du kommst, Isy?«

Ich lachte erstickt auf. »Mit dir kann ich auf keinen Fall leise sein.«

Mit einer schnellen Bewegung drehte er mich so, dass ich mit dem Rücken zu ihm lag. Ich spürte seine Erektion über meine Haut streichen und streckte ihm den Po entgegen. Sein Gewicht auf der Matratze verlagerte sich, und ich hörte, wie er eine Schublade öffnete und eine Packung aufriss. Dann streifte er sich ein Kondom über und positionierte sich hinter mir. Mein Atem ging plötzlich nur noch flach und schnell. Die Anspannung war kaum auszuhalten.

Erst als ich flehend seinen Namen murmelte, drang er mit einer kraftvollen Bewegung in mich ein. Ich stöhnte auf, aber Connor hatte schon seine Hand auf meinen Mund gelegt und den Laut erstickt. Einen Moment blieben wir regungslos liegen, und ein irrationales, hemmungsloses Lachen stieg in mir auf. Ich wusste, dass die anderen noch unten waren und die Kinder am anderen Ende des Flures schon längst schliefen. Trotzdem … jederzeit konnte jemand hochkommen und uns hören.

»Pssst …«, machte Connor, aber das ließ mich nur noch mehr lachen.

Er zog sich ein Stück aus mir zurück und stieß wieder zu.

Aus meinem Kichern wurde ein Stöhnen. »O Gott, das ist so gut. Ich kann nicht leise sein!«

»Reiß dich zusammen, Isy«, forderte er, aber ich hörte das Schmunzeln in seiner Stimme. »Sonst höre ich auf.«

»Nein, hör nicht auf!«, bettelte ich, und er lachte.

Ich streckte ihm mein Becken entgegen, und als er das nächste Mal in mich glitt, war er es, der ein tiefes Stöhnen von sich gab.

»Du fühlst dich so verdammt gut an, Isy.«

Ein Wimmern entfuhr mir, als er mit seiner Hüfte kreiste und sich schnell und hart in mir versenkte. Er legte seine Hand wieder über meinen Mund, und ich biss in seinen Daumen, bevor ich ihn in den Mund nahm und daran saugte. Connor entfuhr ein Knurren, und er begann, das Tempo zu beschleunigen. Meine Finger krallten sich in das Bettlaken, und ich vergrub mein Gesicht im Kopfkissen. Jede seiner Bewegungen fühlte sich so gut an, dass ich das Gefühl hatte, innerlich zerbrechen zu müssen. Gott, dieser Mann würde mein Ende sein.

Connor schlang einen Arm um meinen Körper und fasste mir zwischen die Beine. Mein Atem wurde zu einem verzweifelten Keuchen. Jeder Nerv in meinem Körper vibrierte. Sein Daumen kreiste über meine empfindlichste Stelle, und das war alles, was nötig war, um mich zum Kommen zu bringen.

»O Gott, Connor!«

Das Kissen schluckte meinen Schrei, als mein Unterleib zu zucken begann. Mein Orgasmus fühlte sich an wie eine Explosion in meinem Inneren. Wie eine Welle, die mich mitriss. Ich sah Sterne. Ich befand mich im freien Fall.

Alles in mir pulsierte, und mein Körper erschlaffte. Ich fühlte mich, als wären meine Glieder aus flüssigem Wachs, und obwohl ich wusste, dass Connor noch nicht gekommen war, war es unmöglich für mich, auch nur noch eine Sekunde meine Körperspannung zu halten.

Er packte meine Hüfte mit beiden Händen und stieß noch zwei Mal in mich, bevor auch er kam.

»Isy«, keuchte er. *»Fuck.«*

Er presste seine verschwitzte Brust an meinen Rücken und legte seine Stirn an meinen Nacken. Ich spürte, wie sehr sein Herz raste und wie schnell sein Brustkorb sich hob und senkte. Wir verharrten noch lange in dieser Position, seine Arme um mich gelegt, und warteten darauf, dass unsere Atmung sich beruhigte. Irgendwann zog er sich aus mir zurück und kümmerte sich um das Kondom. Kraftlos und erschöpft, wie ich war, schaffte ich es gerade noch, mich auf den Rücken zu drehen und ihn anzusehen.

Er hatte sich wieder auf die Seite gerollt und erwiderte meinen Blick. Dann streckte er eine Hand aus und streichelte mir zuerst über die Wange und dann über die Unterlippe. Ich drückte ihm einen zarten Kuss auf die Fingerkuppe, und er lächelte.

»Connor?«, flüsterte ich.

»Hm?«, machte er.

»Ich bin froh, dass es kein Sextape von dir gibt.«

Er schmunzelte und schloss die Augen, als ich ihm langsam mit dem Zeigefinger über die erhitzte Haut auf seiner Brust strich, über die Schulter bis hin zu dem tätowierten Wellenmuster auf seinem Unterarm.

»Das mit der Standhaftigkeit und der Ausdauer hat sich übrigens bestätigt«, sagte ich, und er schmunzelte.

»Gib mir fünf Minuten, und ich zeige dir, was Ausdauer wirklich ist.«

»Auf das Angebot komme ich definitiv zurück«, sagte ich lachend und drückte ihm einen Kuss auf den Mund. »Aber zuerst muss ich aufs Klo.«

Seine Hand fuhr in meinen Nacken, und er hielt mich an Ort und Stelle, sodass ich nicht aufstehen konnte. Sein Kuss wurde intensiver, und ich musste mich zwingen, mich aus Connors Umarmung zu winden und aufzustehen.

Schnell zog ich mir Shorts und T-Shirt an und öffnete die Tür einen Spaltbreit. Als ich sah, dass niemand auf dem Flur war, huschte ich ins gegenüberliegende Badezimmer und schloss hinter mir ab. Kurz darauf hörte ich April und Theresa plaudernd die Treppe hochkommen und atmete erleichtert auf. Glück gehabt! Ich war zwar angezogen, aber den beiden mit Post-Orgasmus-Glow über den Weg zu laufen wäre mir unangenehm gewesen.

Mein Blick fiel auf meine Reflektion im Badezimmerspiegel. Meine Haut glänzte, meine Lippen waren geschwollen, und mein Gesicht war gerötet von Connors Bart. Aber ich sah gut aus. Irgendwie … lebendig. Glücklich.

Ich grinste mein Spiegelbild an, denn genauso fühlte ich mich auch.

Glücklich.

19.

Als ich am nächsten Morgen aufwachte, lag Connor nicht mehr neben mir. Ich kuschelte mich noch etwas unter die warme Decke, bevor ich aufstand und heiß duschte. Anschließend zog ich Connors Hoodie über und lief gut gelaunt die Treppe nach unten. Es roch herrlich nach Kaffee und frisch gebackenem Kuchen.

»Guten Morgen!«, begrüßte mich Judy fröhlich, als ich die Küche betrat. »Kaffee?«

»Sehr gerne«, sagte ich und umarmte sie. »Herzlichen Glückwunsch zum Geburtstag!«

»Vielen Dank, Isy. Ich kann gar nicht glauben, dass ich schon wieder ein Jahr älter bin.«

»Du siehst keinen Tag älter aus als fünfzig«, versicherte ich, und sie lachte, als würde sie mir kein Wort glauben.

Ich setzte mich auf die Eckbank an dem großen Eichenholztisch und zog einen Fuß unter den Po. Die Küche war ein gemütlicher Raum im Landhausstil. Ich konnte fast bildlich vor mir sehen, wie Connor und seine Schwestern hier gefrühstückt oder zu Mittag gegessen hatten, umhüllt von einem Kokon aus Lärm, Lachen und Liebe.

»Wo sind denn alle anderen?«

Judy goss mir einen Kaffee ein und stellte einen Teller mit einem Croissant und Marmelade vor mir auf den Tisch. »Die Männer suchen mit den Kindern im Wald nach Bärenspuren.«

Sie zwinkerte mir zu. »Jessy und Theresa sind in die Stadt gefahren, um ein paar Besorgungen zu machen. Und April ist beim Frisör, weil sie schwört, dass in ganz Vancouver niemand so gute Strähnchen macht wie ihre alte Frisörin in Eureka.«

»Sie sind alle schon unterwegs?«, fragte ich verwundert und sah auf die Uhr. Es war gerade mal kurz nach neun. »Ich habe doch gar nicht so lange geschlafen!«

Judy lachte. »Kinder … Egal ob Wochentag oder Wochenende, sie sind früher wach, als es irgendwem lieb ist, aber man gewöhnt sich daran. Und ich habe die Zeit genutzt, um einen Kuchen zu backen.«

»Wie sieht denn dein Plan für heute aus?«, erkundigte ich mich und trank einen Schluck des heißen, starken Kaffees.

Genau das, was ich nach dieser Nacht brauchte. Connor und ich hatten nicht gerade viel Schlaf bekommen. Es war fast ein bisschen so gewesen, als hätten wir das aufholen müssen, was wir in den letzten Tagen verpasst hatten.

»Ein paar Freundinnen haben es sich nicht ausreden lassen, heute Nachmittag vorbeizukommen, um mir zu gratulieren«, sagte sie, doch dem Strahlen in ihren Augen entnahm ich, dass sie sich eigentlich darauf freute. »Aber keine Sorge, ihr müsst nicht dabeisitzen, wenn ich mit ihnen Kaffee trinke und Kuchen esse. Connor kann dir in der Zwischenzeit ein bisschen die Gegend zeigen, wenn du möchtest. Heute Abend fahren wir nach Eureka und gehen in einem Fischrestaurant direkt am Hafen essen. Du hast noch nie so leckeren Lobster gegessen wie den nordkalifornischen, das kann ich dir versichern.«

»Das hört sich ganz fabelhaft an«, erwiderte ich und biss in das Croissant. »Ich freue mich darauf.«

Judy blieb neben mir stehen.

»Und ich freue mich, dass du hier bist«, sagte sie und legte eine Hand auf meine Schulter. »Ich muss gestehen, dass ich etwas skeptisch war, als Connor mir von dir erzählt hat. Er muss immer besonders vorsichtig sein, verstehst du? Und als dann noch dieses Foto von dir und diesem anderen Mann in der Presse aufgetaucht ist …« Sie ließ den Rest des Satzes unausgesprochen.

Ich senkte den Blick und sagte: »Die Fotos waren alt.«

Die Lüge kam mir alles andere als leicht über die Lippen, denn ich mochte Judy. Aber was blieb mir anderes übrig? Ich konnte nicht mal beginnen, an der Wahrheit zu kratzen, ohne das ganze Lügengebilde zum Einsturz zu bringen.

Sie drückte meinen Arm. »Ich weiß, Liebes. Connor hat es mir erzählt. Und jetzt, wo wir dich kennengelernt haben, sind unsere Sorgen auch zerstreut. Wir sehen, dass ihr glücklich seid und dass du Connor guttust.«

»Ach ja?«, murmelte ich verlegen.

Peinlich berührt schob ich das letzte Stück des Croissants auf dem Teller hin und her. Plötzlich schien mein Appetit verschwunden zu sein.

»Ja«, bekräftigte sie und kehrte zum Ofen zurück, um den Kuchen herauszuholen. »Connor kann manchmal sehr angespannt und ernst sein. Das kommt vom Profisport und von dem Kontakt mit den Medien. Er muss immer konzentriert und auf der Hut sein, das ist mit den Jahren zu seinem zweiten Ich geworden. Aber mit dir ist er so … locker und fröhlich. Wieder mehr er selbst.«

Glücklicherweise lärmte es in diesem Moment vor der Haustür, sodass mir eine Antwort erspart blieb. Nur eine Minute später kamen die vier Kinder mit Snips hereingestürmt, gefolgt von Tom, Paul, Jeff und – Connor.

Er kam als Letzter herein und blieb im Türrahmen stehen, während er sich in der Küche umsah. Als sich unsere Blicke begegneten, breitete sich ein Lächeln auf seinem Gesicht aus, das nur mir galt, und mein Herz begann, schneller zu pochen. Ich lächelte zurück, und unerklärlicherweise fühlte ich mich plötzlich … schüchtern. Ich konnte mich nicht erinnern, wann es mir jemals so ergangen war.

»Guten Morgen, Isabella«, sagte er mit Betonung auf meinen vollen Namen.

Die förmliche Anrede brachte mich zum Lachen, und sofort war meine Unsicherheit wie weggeblasen. Connor schlenderte zu mir herüber, und weil ich mit dem Frühstück ohnehin fertig war, stand ich auf. Als er vor mir stand, senkte sich sein Mund auf meinen. Der Kuss war ganz und gar unschuldig, dennoch brachte er mich dazu, mich auf die Zehenspitzen zu stellen, um näher bei ihm zu sein.

»Wie lief die Bärenjagd?«, fragte ich ihn scherzhaft, als sich unsere Lippen voneinander lösten, und versuchte, mir nicht anmerken zu lassen, dass sein Kuss mein Herz noch mehr aus dem Takt gebracht hatte als sein Auftauchen in der Küche.

»Ganz hervorragend«, antwortete er, ergriff meine Hände und zog mich langsam in eine Umarmung. »Onkel Connor hat einen Grizzly mit bloßen Händen erlegt. Ist doch klar.«

»Hattest du denn dazu nach letzter Nacht noch die Kraft?«, neckte ich ihn leise, aber es beachtete uns ohnehin niemand.

»Selbstverständlich«, antwortete er, und Lachfältchen bildeten sich um seine braunen Augen. »Ich fühle mich heute Morgen irgendwie ganz besonders … stark und energiegeladen.«

Er vergrub sein Gesicht in meinen Haaren, und ich spürte, wie er tief einatmete. Die Küche war voll, die Kinder rannten herum, und Snips bellte, dennoch fühlte es sich plötzlich an, als wären wir völlig allein auf der Welt. Seine Hände strichen über meinen Rücken.

»Du hast meinen Hoodie an«, stellte er fest und küsste mich auf die Schläfe.

»Mir war so kalt heute Morgen«, sagte ich und schloss unwillkürlich meine Augen.

»Du darfst meinen Hoodie tragen, wann immer du willst«, murmelte er, und sein Atem an meinem Hals verursachte mir Gänsehaut. »Er steht dir besser als mir.«

Lächelnd legte ich meinen Kopf an seine Brust und genoss das Gefühl der Nähe. Seinen ganz eigenen, vertrauten Geruch, gemischt mit dem Duft von frischer Luft, Harz und Erde, den er aus dem Wald mitgebracht hatte. Einen Moment wünschte ich mir, wir wären allein, in seinem Zimmer. Aber das waren wir nicht, und viel zu schnell ließ er mich wieder los, allerdings nicht ohne mir noch einen Kuss auf die Haare zu drücken.

Es dauerte einen Moment, bis ich mich von unserem intimen Moment erholt hatte, und als ich wieder in die Realität zurückgefunden hatte, bemerkte ich, dass Judy uns lächelnd ansah.

Ihr Blick sagte: Siehst du? *Genau das* meinte ich.

Nach dem gemeinsamen Mittagessen half ich Judy, alles für das Geburtstags-Kaffeekränzchen mit ihren Freundinnen vorzubereiten. Als wir fertig waren, setzten Connor und ich uns ins Auto, um zum Strand zu fahren. Snips blieb zu Hause bei den Kindern, die ihn nach Strich und Faden verwöhnten und kaum von ihm abließen, also waren wir ausnahmsweise allein unterwegs.

»Es ist wunderschön hier, Connor«, sagte ich, als wir auf einer endlos wirkenden Landstraße an der Küste entlang in Richtung Norden fuhren. »Es ist so anders als in Südkalifornien. Kaum zu glauben, dass wir uns noch im selben Bundesstaat befinden.«

Links von uns lag das Meer hinter Sanddünen und Strandgras im Nebel, rechts von uns wechselten sich wettergegerbte Farmhäuser und Rinderweiden ab, dahinter erhoben sich sanfte sattgrüne Hügel. Dann fuhren wir eine Weile nur noch durch

Tannenwälder. Fast hätte man das Gefühl bekommen können, man wäre schon in Kanada angekommen, doch dann lichteten sich die Bäume, und wir passierten mehrere Lagunen, die sich hinter dem kilometerweiten Sandstrand gebildet hatten.

Ich hätte ewig so weiterfahren können, eingemummelt in Connors Hoodie. Doch leider bog er viel zu schnell ab und parkte das Auto auf einem sandigen Parkplatz direkt am Meer.

»Komm, ich will dir etwas zeigen«, sagte er und stieg aus.

Wir schnappten uns die mitgebrachte Decke und seinen Rucksack und liefen Hand in Hand das kurze Stück zum Strand. Als wir am Wasser angekommen waren, wendeten wir uns Richtung Norden. Obwohl es nebelig und feucht war, fror ich nicht, denn wir marschierten in strammem Tempo. Irgendwann kamen wir an ein paar Felsen, die wir hochkletterten. An einer geschützten Stelle breiteten wir unsere Decke aus.

»Da vorne mündet der Redwood Creek ins Meer«, sagte Connor, als er mich auf seinen Schoß zog und die Arme um mich schlang.

»Und was wolltest du mir zeigen?«, fragte ich neugierig und kuschelte mich an ihn.

Ich hörte das Lächeln in seiner Stimme, als er antwortete: »Das hier ist der Ort auf der Welt, an dem ich am besten nachdenken kann. Es ist der Ort, an dem ich das allererste Mal auf einem Surfbrett gestanden habe.«

»Wirklich?« Ich blickte aufs Meer hinaus. »Mit fünf?«

»Ja«, antwortete er. »Mein Vater hat mir versprochen, dass ich ein eigenes Board bekomme und er mir das Surfen beibringt, wenn ich richtig schwimmen kann. Wie du dir vorstellen kannst, hatte ich ab diesem Zeitpunkt nichts anderes im Kopf, als schwimmen zu lernen. Als es so weit war, ist mein Vater mit mir hierhergefahren und hat mich das erste Mal auf ein Surfbrett gestellt.«

»Ist das ein guter Ort dafür?«, fragte ich skeptisch und blickte auf die grauen Brecher, die an den Strand rollten.

Vielleicht lag es auch daran, dass es wolkig und nebelig war, aber ich konnte mir nicht vorstellen, dass es sonderlich einfach war, an diesem Strand surfen zu lernen. Doch Connor zuckte nur mit den Schultern.

»So gut wie jeder andere, denke ich mal. Das Schlimmste sind übrigens nicht die Wellen, sondern die Haie.«

»Die *Haie*?«, wiederholte ich entsetzt und drehte mich in seinem Arm, um ihn anzusehen.

Er nutzte die Gelegenheit, um mir einen Kuss auf die kalte Nase zu geben. Ich hob mein Gesicht, sodass unsere Lippen sich trafen. Der Kuss vertiefte sich, als Connor mit seiner Zunge über meine strich und mit seinen Händen in meine Haare fuhr. Ich spürte sein Lächeln an meinem Mund, und als wir den Kuss beendeten, waren wir beide atemlos.

Wo waren wir noch mal stehen geblieben? Ach ja. Haie.

»Halb so wild«, behauptete er. »Haie gibt es fast überall, wo man surfen kann. Das ist Teil des Sports. Wenn's passiert, passiert's. Altes Surfer-Sprichwort.«

Ungläubig schüttelte ich den Kopf. »Und hattest du schon mal ein Zusammentreffen mit einem Hai?«

»Ich habe schon oft Haie gesehen, aber glücklicherweise hat mich nie einer erwischt. Wahrscheinlich bin ich einfach zu schnell.« Er sah mich verschmitzt an, und ich musste lachen. »Aber mal im Ernst: Surfer oder Schwimmer stehen eigentlich nicht auf dem Speiseplan von Haien. Sie greifen nur an, wenn sie sich bedroht fühlen. Ansonsten sind sie vor allem neugierig. Junge Haie wollen wissen, was das für unbekannte Wesen sind, die sich da im Meer tummeln, und um das herauszufinden, benutzen sie eben ihre Zähne. Oder sie verwechseln Surfer mit Robben, weil sie von unten fast genauso aussehen.«

»Ich weiß nicht, ob ich es sonderlich tröstlich fände zu wissen, dass der Hai es eigentlich gar nicht böse meint, wenn er mich zwischen die Zähne nimmt«, sagte ich skeptisch.

Connor schmunzelte. »Nein, das macht dann tatsächlich keinen Unterschied. Aber im Grunde sind wir es ja, die in ihren Lebensraum eindringen, nicht umgekehrt, oder? Davon abgesehen muss der Hai sich viel mehr vor den Menschen fürchten als andersherum. Wusstest du, dass ein Drittel aller Haiarten vom Aussterben bedroht ist?«

»Nein, das wusste ich nicht.«

»Schuld daran ist vor allem die Überfischung der Meere. Dabei gibt es Haie schon seit vierhundert Millionen Jahren. Und jetzt sind wir Menschen kurz davor, sie ein für alle Mal auszurotten. Eigentlich müssten viel mehr Gebiete unter Naturschutz gestellt werden und der kommerzielle Fischfang dort untersagt werden.«

Er machte eine kurze Pause, als würde er überlegen, ob er weitersprechen sollte.

»Ich denke darüber nach, eine Stiftung zu gründen, die Organisationen unterstützt, die sich für den Schutz der Meere engagieren«, sagte er dann. »Es geht ja nicht nur um die Haie, sondern auch um andere Tierarten wie Wale, Delfine oder Rochen. Um die Verschmutzung der Ozeane mit Plastik und sonstigem Müll. Ich habe mein halbes Leben im Meer verbracht, und nun habe ich das Gefühl, dass es an der Zeit ist, etwas zurückzugeben. Jetzt, wo ich in Rente bin.«

Obwohl er scherzte, merkte ich, dass ihm das Thema sehr wichtig war. Ich drehte mich so, dass ich im Schneidersitz vor ihm saß und ihn ansehen konnte.

»Ich finde die Idee hervorragend. Du könntest deine Popularität dazu nutzen, die Aufmerksamkeit der Menschen auf diese wichtigen Themen zu lenken.« Er strich mir eine Haarsträhne aus dem Gesicht, während ich sprach. »Und was hast du sonst noch so für Pläne für deine *Rente*?«

»Außer meinen Werbedeals, die dank dir so gut laufen wie lange nicht?« Er grinste mich an. »Vielleicht mache ich eine Surfschule auf.«

»Wirklich?«, fragte ich begeistert. »Eine super Idee! Du bist ein hervorragender Surflehrer, das weiß ich aus eigener Erfahrung.«

»Na ja, ich werde wohl eher nicht von neun bis fünf Surfstunden geben, sondern ein paar Surflehrer anstellen, die das übernehmen«, räumte er ein. »Aber ich hätte schon auch Lust darauf. Surfstunden für Kinder fände ich spannend. Oder Spezialkurse für vielversprechende Talente.«

Ich klimperte mit den Wimpern. »So wie mich zum Beispiel?«

»So wie dich zum Beispiel«, wiederholte er. »Du hast bis an dein Lebensende Surfstunden bei mir gut, Isy.«

Wir sahen uns einen Moment an, dann beugte er sich vor und küsste mich auf den Mund. Ich genoss das warme, kribbelnde Gefühl, das sich in mir ausbreitete.

»Mir wird langsam kalt«, gestand Connor nach einer Weile und hauchte noch einen Kuss auf meinen Mundwinkel. »Hast du Lust auf Kaffee und warme Waffeln? Ich kenne da ein nettes kleines Strandcafé nicht weit von hier.«

»Mir ist zwar auch so gerade richtig warm geworden«, erwiderte ich lächelnd und strich mit einer Hand über seine Wange. »Aber zu Waffeln kann ich nicht Nein sagen.«

Als wir an diesem Abend mit Connors Familie am Hafen von Eureka entlangspazierten, war es noch hell. Die Kinder waren bei einer Babysitterin zu Hause geblieben und aßen Pommes und Würstchen, von denen Snips wahrscheinlich die Hälfte abbekam.

Connor und ich liefen Hand in Hand hinter den anderen her. Das kleine Städtchen war malerisch, und am Hafen herrschte eine ruhige und entspannte Atmosphäre. Immer wieder kamen Boote hereingeschippert und machten an den Stegen fest, die Eigentümer spritzten sie mit Süßwasser ab, ein Bier in der Hand, scherzten mit Freunden oder anderen Bootseigentümern. Die Fischerboote und Segelschiffe schimmerten im orangeroten Licht der tiefer sinkenden Sonne.

Das kleine Restaurant lag direkt am Hafen, war mit Holz getäfelt und gemütlich eingerichtet. Wir wurden herzlich und mit Handschlag empfangen, und es war offensichtlich, dass Connors Eltern häufiger hierherkamen.

Während der Unterhaltung und auch während des Essens nahm Connor immer wieder meine Hand, strich über meinen Rücken oder küsste meine Wange. Mir war bereits aufgefallen, dass Connor ein Mensch war, der ständig Körperkontakt brauchte und suchte. Als wir das erste Mal miteinander geschlafen hatten, hatte ich ihn damit geneckt, dass er ein Kuschler sei. Es war ein Scherz gewesen, aber ich hatte recht behalten: Er suchte permanent meine Nähe. Und ich liebte es, im Zentrum seiner Aufmerksamkeit zu stehen. Immer wieder ertappte ich mich dabei, wie auch ich seine Nähe suchte, meine Finger mit seinen verwob, meine Arme um ihn schlang und meinen Kopf an seine Brust legte.

Es war erschreckend, wie viel Spaß es machte, Zeit mit Connor zu verbringen, wie gut wir uns verstanden. Mit ihm war alles so einfach. Nie ging uns der Gesprächsstoff aus, und wir hatten immer etwas zu lachen. Es würde sich merkwürdig anfühlen, wieder getrennte Wege zu gehen. Schon in ein paar Wochen würde ich mir eine eigene Wohnung suchen und ausziehen. Dann würden wir uns nicht mehr jeden Tag sehen.

»Alles in Ordnung mit dir?«, raunte Connor mir zu und sah

mich aufmerksam an, fast so, als hätte er gespürt, dass mich etwas beschäftigte.

Ich war so tief in meine Gedanken versunken gewesen, dass ich unwillkürlich zusammenzuckte, als er mich ansprach.

»Klar!«, sagte ich etwas lauter als notwendig und schob mir eine große Portion Lobster und Zucchini in den Mund. »Alles in Ordnung, Knightley!«

Alles in allerbester Ordnung.

20.

Das altehrwürdige *Beverly Wilshire Hotel*, erbaut im Jahre 1928, lag mitten im Zentrum von Beverly Hills. Die Hotelbar *THE-Blvd* hatte nur wenige, dafür aber sehr begehrte Tische vor dem eindrucksvollen Portal, und es wunderte mich nicht, dass ich Lucas an einem von ihnen antraf. Es gab wahrscheinlich kein Restaurant in L. A., in dem Lucas nicht ohne große Diskussionen den besten Tisch bekam.

Es war Freitagabend, und die Bar war sowohl drinnen als auch draußen überfüllt mit gut gelaunten Menschen, die auf ihren Feierabend und das kommende Wochenende anstießen. Der Rodeo Drive, der direkt auf der anderen Straßenseite begann und auf dem man die teuersten und exklusivsten Luxusgeschäfte der Stadt finden konnte, leuchtete und glitzerte einladend in der einsetzenden Dämmerung.

Lucas trug eine Sonnenbrille, obwohl es nicht mehr sonnig war. Als ich an den Tisch kam, stand er auf und begrüßte mich mit einem seiner obligatorischen Wangenküsschen.

»Du hättest dich ruhig mal bei mir melden können«, sagte er leise, als er sich wieder setzte und mir den Stuhl zurechtschob. »Hast du überhaupt eine Ahnung, was hier los war? Warum hast du nicht mal zurückgerufen?«

»Ich war am Wochenende verreist«, sagte ich vage. »Und ich habe angenommen, du hättest mit Connors Manager bereits alles besprochen. Es wurde doch alles dementiert.«

Die Kellnerin kam an unseren Tisch und erkundigte sich, was wir trinken wollten.

»Zwei Sauvignon blanc?«, fragte Lucas in meine Richtung. »Wie immer?«

Nachdenklich sah ich ihn an, dann schüttelte ich langsam den Kopf.

»Um ehrlich zu sein: Ich hätte lieber einen Gin Tonic«, sagte ich zu der Kellnerin. »Mit Indian Tonic Water und einer kleinen Gurkenscheibe. Danke.«

Verwundert starrte Lucas mich an, fing sich aber schnell wieder. »Dann nehme ich einen Whisky. Möchtest du etwas essen, Bella? Die Austern hier sind hervorragend.«

»Nein danke«, erwiderte ich, und wir warteten schweigend, bis sich die Kellnerin entfernt hatte.

»Trotzdem hättest du dich bei mir melden können«, nahm Lucas unser Gespräch wieder auf.

»Mir war nicht klar, dass du deswegen so großen Redebedarf hast, Lucas«, entgegnete ich ruhig.

Ich konnte mir selbst nicht erklären, warum, aber das Gespräch – das ganze Treffen mit Lucas – war mir unangenehm. Die Vertrautheit, die ich auf der Jacht gespürt hatte, war verflogen.

Lucas musterte mich nachdenklich, und auch sein durchdringender, forschender Blick löste ein merkwürdiges Gefühl in meinem Bauch aus. Ich fühlte mich unwohl.

»Jessica war nicht begeistert, als sie die Fotos gesehen hat«, sagte er und strich das Revers seines Jacketts glatt. »Ich bin mir bis heute nicht sicher, ob sie die Geschichte, dass die Fotos alt sind, wirklich glaubt. Im Moment herrscht jedenfalls Eiszeit zwischen uns.«

»Das kann ich mir gut vorstellen«, erwiderte ich und bemühte mich, verständnisvoll zu wirken.

Unsere Getränke kamen, und die Kellnerin stellte eine Schale mit Chips auf den Tisch. Ich zog den Drink zu mir heran und rührte mit dem Cocktailstäbchen darin herum, hauptsächlich, um meinen Händen etwas zu tun zu geben.

Lucas hob sein Glas und sah mich an. »Auf uns, Bella.«

Ich wiederholte seinen Trinkspruch nicht, stieß aber mit meinem Glas gegen seins und nahm einen Schluck. Als ich es wieder abstellte, legte Lucas seine Hand auf meine. Ich blickte erst auf unsere Hände, dann in seine Augen. Ich sah ihm an, dass er mich küssen wollte.

»Das ist keine gute Idee«, murmelte ich mit belegter Stimme und zog meine Hand weg. »Oder willst du morgen das nächste Skandalfoto im Internet finden?«

»Es ist mir egal, ob es ein weiteres Kussfoto von uns gibt, Bella«, sagte er und klang plötzlich hitzig.

»Es ist dir egal?«, wiederholte ich ungläubig. »Wie kann dir das egal sein?«

»Das ist es ja, worüber ich mit dir reden will«, sagte er und setzte sich wieder aufrecht hin. »Ich muss dir etwas sagen, und ich bitte dich, mich erst aussprechen zu lassen, bevor du antwortest.«

Als ich nickte, faltete er die Hände vor sich auf dem Tisch und sah mich ernst an. Es erinnerte mich ein bisschen an die Pose, die viele meiner Anwaltskollegen einnahmen, wenn sie in einer wichtigen Verhandlung saßen. Innerlich musste ich schmunzeln.

Lucas atmete ein paar Mal tief durch, bevor er sprach.

»Ich spüre immer deutlicher, dass es ein Fehler war, mich damals von dir zu trennen, Bella«, sagte er dann langsam und leise. »Damals hatte ich das Gefühl, das Richtige zu tun, aber inzwischen habe ich erkannt, dass du immer die Eine für mich gewesen bist.«

Ich wollte etwas erwidern, hatte ihm aber versprochen zuzuhören, also schwieg ich.

»Als wir uns am Hafen geküsst haben, wurde alles nur noch klarer und deutlicher für mich«, fuhr er fort. »Ich will wieder mit dir zusammen sein.«

Fast hätte ich den Kopf geschüttelt. Was Lucas da sagte … hätte er es doch damals gesagt. Vor vier Jahren. Warum hatte er da nicht, ebenso wie ich, daran geglaubt, dass wir zusammengehörten? Damals, als er mein Ein und Alles gewesen war?

»Und was ist mit Jessica?«, brachte ich mühsam hervor.

Lucas' Gesichtszüge wurden hart und entschlossen. »Gib mir nur ein Zeichen, dass es mit uns noch mal was werden könnte, und ich trenne mich sofort von ihr.«

Ich starrte ihn an. Das, was er da sagte, war auf so vielen Ebenen falsch.

»Entweder du liebst Jessica und ihr bleibt zusammen, oder du liebst sie nicht und ihr trennt euch. Das alles hat nichts, aber auch gar nichts mit mir zu tun.«

»Alles hat mit dir zu tun. Alles.« Er beugte sich vor und ergriff wieder meine Hand. »Ich liebe dich immer noch, verstehst du das nicht? Ich will dich wiederhaben, mit dir zusammen sein. Damals waren wir dumme Kinder. Jetzt sind wir erwachsen und können unsere Träume wahr werden lassen, Bella.«

Mein Gehirn konnte die vielen Informationen in diesem Moment überhaupt nicht verarbeiten. Also sagte ich das Allererste, was mir in den Sinn kam.

»Kannst du bitte aufhören, mich Bella zu nennen?« Es klang heftiger, als ich es beabsichtigt hatte. »Ich bin *Isy.*«

Wenn Lucas über meinen unerwarteten Ausbruch verwundert war, so ließ er es sich nicht anmerken. »Ich habe dich immer Bella genannt.«

»Ich weiß, aber Bella gibt es nicht mehr«, sagte ich etwas ruhiger als zuvor, aber nicht weniger bestimmt. »Bella war ich für dich, als wir noch zusammen waren, doch das sind wir nicht mehr. Und ich bin nicht mehr das junge, naive und verliebte Mädchen von damals.«

Ich stellte das leere Glas auf den Tisch. Als die Kellnerin sofort herbeieilte und fragte, ob ich einen zweiten Drink haben wollte, lehnte ich dankend ab. Ich wollte nicht länger bleiben als unbedingt nötig.

»In Ordnung«, sagte Lucas beschwichtigend. *»Isy.«*

»Danke.« Ich atmete tief durch. »Und um auf das zurückzukommen, was du zuvor gesagt hast: Wir können nicht wieder zusammen sein, Lucas. Es ist einfach zu viel zu Bruch gegangen.«

»Scherben kann man kleben«, beharrte er.

Ich schüttelte den Kopf. »Ich bin mir nicht sicher, ob man etwas, was so heftig zersprungen ist wie unsere Liebe, noch reparieren kann.«

Er lächelte, fast schüchtern, und ich musste daran denken, wie er früher, als Teenager, gelächelt hatte. Merkwürdigerweise löste diese Erinnerung nichts in mir aus.

»Doch, kann man. *Kintsugi* nennt man das.« Als ich ihn nur fragend ansah, fuhr er fort: »Das ist die japanische Kunst, zerbrochenes Porzellan zu reparieren. Anstatt zu versuchen, Scherben so zusammenzukleben, dass man die Bruchstellen nicht mehr sieht, werden die Risse mit Gold hervorgehoben. So werden aus Scherben Kunstwerke, die schöner sind als das Original.«

»Und was hat das mit uns zu tun?«

»Nur wenn wir es versuchen, können wir herausfinden, ob nicht vielleicht etwas entstehen kann, was viel schöner ist als das, was damals war.«

Mein Handy, das ich auf den Tisch gelegt hatte, vibrierte. Auf dem Display sah ich, dass eine Nachricht von Jessy eingegangen war, und nur deshalb öffnete ich sie.

»Hey, Schwester Nr. 4!«, schrieb sie, und trotz meiner inneren Anspannung breitete sich sofort ein warmes Gefühl in meinem Bauch aus.

Schwester Nummer 4 nannte sie mich, seit wir den Männern am letzten Abend in Eureka gezeigt hatten, wie man richtig Poker spielte – und sie dabei besiegt hatten. Danach hatte Jessy mich offiziell in der Familie Knightley willkommen geheißen. Selbst April und Theresa, obwohl immer noch etwas zurückhaltender als ihre kleine Schwester, waren mir gegenüber etwas aufgetaut.

Ich scrollte die Nachricht nach unten und las den ganzen Text:

»Schau mal, was ich beim Durchsehen meiner Fotos gefunden habe. Ihr seid wirklich die Süßesten! Ich freue mich, dass mein unerträglicher kleiner Bruder so eine tolle Freundin hat.
Dicker Schmatz & bis ganz bald, Jessy xx«

Kurz darauf kam ein Bild an, auf dem Connor und ich zu sehen waren. Offensichtlich hatten wir beide nicht einmal gemerkt, dass wir fotografiert worden waren. Es war an dem Abend von Judys Geburtstag am Hafen von Eureka aufgenommen worden. Ich stand mit dem Rücken zu ihm da und hatte mich an seine Brust gelehnt, Connor hielt mich eng umschlungen in den Armen. Er hatte das Kinn auf meinem Kopf abgelegt, und wir blickten beide aufs Meer hinaus. Es sah aus, als wären wir eine Einheit. Es sah aus … als gehörten wir zusammen.

Schnell schloss ich die App und legte das Handy zurück auf den Tisch.

Lucas beobachtete mich immer noch aufmerksam. »Bel … Isy. Was denkst du?«

Dass du meine Vergangenheit bist, nicht meine Zukunft.

Die Klarheit dieser Erkenntnis erschreckte mich fast ein bisschen, hatte aber auch gleichzeitig etwas Befreiendes, denn es entsprach der Wahrheit. Ich hatte keine Gefühle mehr für Lucas. Ich spürte nicht einmal mehr den Groll gegen ihn, der mich jahrelang begleitet hatte, und ich fühlte mich auch nicht mehr traurig.

Auch wenn zwischenzeitlich kurz unsere alte Vertrautheit wieder aufgekeimt war, Lucas war nicht mehr derselbe wie vor vier Jahren. Er hatte sich verändert, genau wie ich mich verändert hatte. Sosehr ich ihn jahrelang geliebt und sosehr ich auch bei unserer Trennung gelitten hatte: Es gab keine gemeinsame Zukunft für uns.

»Es tut mir leid, Lucas«, sagte ich mit fester Stimme. »Ich liebe dich nicht mehr. Und ich kann nicht mit dir zusammen sein.«

Einen kurzen Moment entglitten ihm die Gesichtszüge, und es war offensichtlich, dass er mit einer anderen Antwort gerechnet hatte.

»Bedeutet dir das, was wir einmal hatten, gar nichts mehr?«, fragte er fassungslos.

Kopfschüttelnd blickte ich ihn an. »Mir hat das, was wir hatten, alles bedeutet, Lucas. Alles! Aber wir hatten unsere Chance, und wir haben sie vertan. Wir können nicht in der Zeit zurückreisen und noch mal von vorne anfangen. Und selbst wenn wir es könnten … ich würde es nicht wollen.«

»Ist es wegen diesem Surfer?«, wollte er wissen, und seine Stimme hatte sich verändert. »Ist das wirklich was Ernstes mit ihm?«

Die Frage war völlig lächerlich, und er hatte sie nur aus verletztem Stolz gestellt. Es war klar, dass ich darauf nicht antworten musste, und das würde ich auch nicht tun. Dennoch warf sie mich für einen kurzen Augenblick aus der Bahn.

Natürlich war es nichts Ernstes mit Connor – es war ja nicht mal was Echtes. Wir hatten nur eine Abmachung. Wir führten ein Theaterstück für die Öffentlichkeit auf, und dieses Theaterstück würde in ein paar Wochen beendet sein.

Ja, wir schliefen miteinander. Ja, mit Connor hatte ich den besten Sex meines Lebens. Aber auch das hatte letztlich nichts zu bedeuten. Wir fühlten uns stark voneinander angezogen und hatten dieser Anziehung nachgegeben – was vielleicht auch kein Wunder war, wenn man bedachte, dass wir zusammenwohnten und viel Zeit miteinander verbrachten. Aber irgendwann würde auch das ein Ende haben, und ich würde wieder eigene Wege gehen. So, wie ich es immer tat. Und Connor ebenso.

Lucas räusperte sich. »Also ist es nichts Ernstes. Dein Zögern ist mir Antwort genug, Isy.« Entgeistert sah ich ihn an, aber er sagte nur: »Wenn dieser Surfer-Typ deine große Liebe wäre, hättest du es doch gleich gesagt. Ohne langes Zögern.«

»*Connor.* Er heißt Connor«, rief ich und griff nach meiner Handtasche. »Hör zu, Lucas, ich will nicht im Streit auseinandergehen, aber ich glaube, alles, was gesagt werden musste, ist gesagt. Connor hin oder her – ich liebe dich nicht, und ich will nicht mit dir zusammen sein. Wir hatten unsere gemeinsame Zeit, und glaube mir, ich werde sie – und dich! – immer in guter Erinnerung behalten. Du warst meine erste große Liebe, und unsere gemeinsame Zeit hat einen Platz in meinem Herzen. Aber all das ist Vergangenheit. Es ist vorbei.«

Ich legte einen Zwanzigdollarschein auf den Tisch und stand auf. Lucas ergriff meine Hand und hielt mich fest.

»Überleg doch nur, was für ein Leben du an meiner Seite führen könntest, Isy«, sagte er, und der Blick seiner blauen Augen bohrte sich in meine. »Ich würde dir die Welt zu Füßen legen. Du hättest nie mehr eine einzige Sorge, das verspreche ich dir. Und wenn ich erst mal Gouverneur bin, kannst du in jeder Kanzlei arbeiten, in der du es dir wünschst. Oder du lässt es bleiben und gehst deinen Hobbys nach, verbringst deine Zeit auf der *Infinity*.«

O Gott, wie wenig kannte mich dieser Mann, wenn er glaubte, dass mich das umstimmen würde. Ich machte mich von ihm los und nahm mir die Zeit, ihn ein letztes Mal richtig anzusehen. Dann wandte ich mich zum Gehen.

»Leb wohl, Lucas.«

21.

Zu Hause in der Villa wurde ich von einem aufgeregten Snips begrüßt, der sogar sein Abendessen kurz unterbrach, um mir schwanzwedelnd entgegenzuspringen. Ich fühlte mich geehrt und tätschelte kurz seinen Kopf, bevor er sich wieder umdrehte und schmatzend zu seinem Napf zurücktrabte.

Connor stand in der Küche und schenkte gerade ein zweites Glas Weißwein ein, das offenbar für mich bestimmt war.

»Hey, Babe«, sagte er und küsste mich auf den Mund, noch bevor ich meine Tasche abgestellt hatte.

»Selber *Babe*«, neckte ich ihn.

Mein Blick fiel auf den riesigen Blumenstrauß, der auf dem Küchentresen stand. »Was ist das denn? Hast du etwa eine heimliche Verehrerin?«

Er grinste. »Nicht direkt … Den hat deine Schwester geschickt. Als Dankeschön dafür, dass wir sie aufgenommen haben. Und das hier kam auch.«

Er schob mir zwei Bilder hin, die offensichtlich Skylar und Faith gemalt hatten. Eins davon zeigte ein großes Haus mit zwei Frauen, einem Mann, einem braunen Hund und zwei kleinen Mädchen – offenbar unsere temporäre Wohngemeinschaft. Auf dem zweiten war ein Mann mit langen Haaren zu sehen, der auf einem Einhorn ritt.

»Du bist fantastisch getroffen, Connor, und das Einhorn steht dir wirklich gut!« Lachend setzte ich mich auf einen der

Barhocker und schlang einen Arm um seine Hüfte. »Wie war dein Tag?«

»Anstrengend. Ich war trainieren. In drei Wochen habe ich diesen Drehtermin für einen meiner Werbepartner. Weißt du noch? Der Uhrenhersteller, der so kritisch war wegen meines …«, er wackelte anzüglich mit den Augenbrauen, und ich musste wieder lachen, »… skandalösen Lebenswandels.«

»Ich erinnere mich«, sagte ich und zog das Weinglas zu mir heran.

Der Werbepartner, der damals Bedenken geäußert hatte, nachdem unsere Kussfotos in der Presse aufgetaucht waren, hatte ein großes Shooting geplant, von dem Connor mir schon erzählt hatte. Der Termin stand noch nicht sicher fest, weil das Wetter mitspielen und die Wellen eine bestimmte Höhe erreichen mussten, damit der Werbefilm und die Fotos die gewünschte Wirkung erzielten.

»Die wollen einen ganz bestimmten Sprung sehen. Einen, den ich seit einem Jahr nicht mehr gemacht habe.«

»Hält deine Schulter das aus?«, fragte ich besorgt.

»Wird schon gehen. Ich trainiere ja nicht mehr so regelmäßig wie früher und nehme nicht mehr an Wettkämpfen teil. Daher beschwert sich die Schulter auch nicht mehr so oft.« Er drehte meinen Barhocker in seine Richtung. »Möchtest du dabei sein?«

»Bei dem Werbedreh?«, fragte ich und hob eine Augenbraue. »Du willst wohl einen ganz besonders guten Eindruck machen?«

»Klar.« Er grinste. »Die Presse wird dabei sein und ein paar Bilder machen, und meinen Werbepartner wird es besänftigen, wenn er uns zusammen sieht. Aber in erster Linie will ich dich an meiner Seite haben. Du bist mein Glücksbringer. Wenn du dabei bist, schaffe ich den Sprung sicher. Den Wettkampf, bei dem du zugesehen hast, habe ich schließlich auch gewonnen.«

Ich dachte kurz nach. »In zwei Wochen ist meine Anwaltsprüfung. Danach habe ich alle Zeit der Welt, um mitzukommen und dich anzufeuern.«

Er stellte sich zwischen meine Beine, und als ich ihm mein Gesicht entgegenreckte, senkte er seinen Mund willig auf meinen. Er schmeckte nach dem Schluck Wein, den er schon getrunken hatte, und … nach Connor. Himmlisch!

Ich legte meine Hände auf seinen Rücken und presste meinen Körper an ihn, als der Kuss intensiver und leidenschaftlicher wurde. Leider knurrte genau in diesem Moment mein Magen, und Connor beendete den Kuss, obwohl ich einen Laut des Protests von mir gab.

»Hast du Hunger?«, fragte er und löste sich vollends von mir, um zum Kühlschrank zu gehen. »Ruby hat einen Gemüseauflauf gemacht, den kann ich dir aufwärmen. Wo warst du überhaupt? Hast du nichts gegessen?«

Ich räusperte mich und trank einen Schluck Wein, bevor ich antwortete. »Ich habe mich mit Lucas im *Beverly Wilshire* getroffen. Aber nur kurz.«

Connor war Vertrauen wichtiger als alles andere, diesbezüglich hatte ich meine Lektion gelernt. Auf keinen Fall würde ich ihn noch einmal belügen oder ihm irgendetwas verschweigen, besonders nicht, was Lucas anbelangte. Außerdem hatte ich ja auch nichts zu verbergen.

Trotzdem erstarrte Connor förmlich bei meinen Worten, die Hand an der geöffneten Kühlschranktür.

»Du hast dich mit Lucas getroffen?«, wiederholte er ungläubig und schloss die Tür mit mehr Schwung als notwendig.

Hoppla. Es sah nicht so aus, als wüsste Connor meine Ehrlichkeit sonderlich zu schätzen.

»Ja«, sagte ich gedehnt und drehte den Stiel des Weinglases zwischen meinen Fingern. »Er hatte mich um ein Treffen gebeten, weil er mit mir über die Fotos sprechen wollte, die man von uns gemacht hat. Es war völlig harmlos, und es gibt nichts, worüber du dir Sorgen machen müsstest, glaub mir. Es sind weder Kussfotos entstanden noch ist sonst etwas passiert, was den Deal gefährden oder deinem Image schaden könnte.«

»Darum geht es doch gar nicht, Isy«, sagte Connor und stellte sich auf die andere Seite des Küchenblocks.

»Worum geht es denn dann?«, fragte ich verständnislos.

Er fuhr sich mit beiden Händen durch die Haare. »Darum, dass du dich überhaupt mit ihm getroffen hast.«

»Ich bitte dich, Connor«, sagte ich und schüttelte irritiert den Kopf. »Wir haben uns nur getroffen, um über diese Fotos zu sprechen. Und um einen Abschluss deswegen zu finden. Ich sage es noch einmal: kein Kuss, kein Paparazzo, kein Skandal. Du musst dir um dein Image wirklich keine Sorgen machen.«

Connor ging nicht auf meinen letzten Kommentar ein. »Und dann was? Hat er dir seine unsterbliche, immerwährende Liebe gestanden?«

»Ja, hat er, wenn du es genau wissen willst«, bestätigte ich, etwas hitziger als beabsichtigt. »Aber ich habe ihm gesagt, dass ich ihn nicht liebe und keine Zukunft für uns sehe. Warum regst du dich überhaupt so darüber auf, Connor?«

Mein Herz klopfte plötzlich schneller. Worüber stritten wir hier eigentlich? Connor konnte mir doch nicht ernsthaft einen Vorwurf daraus machen, dass ich mich mit Lucas getroffen hatte. Seine Anschuldigungen vermittelten mir das Gefühl, etwas falsch gemacht zu haben, aber das hatte ich nicht! Ich hatte nichts getan, was den Deal gefährdete oder Connor auf eine andere Art schaden konnte.

Außerdem war Connor nicht mein Freund. Er konnte also nicht darüber bestimmen, was ich tat oder nicht tat – ganz abgesehen davon, dass ich mir das auch nicht vorschreiben lassen würde, wenn wir wirklich zusammen wären. Ich war eine eigenständige Person und ließ mir kein schlechtes Gewissen einreden wegen … nichts!

Ich atmete tief durch. »Solange wir nicht knutschend oder in irgendeiner anderen kompromittierenden Situation erwischt und fotografiert werden, kannst du kaum etwas dagegen haben, dass ich mit Lucas etwas trinken gehe – oder mit irgendeinem anderen Mann, wenn wir schon beim Thema sind.«

Er stützte beide Hände auf den Küchentresen. Seine Armmuskeln waren angespannt, genauso wie seine Kiefermuskeln.

»Ich habe aber etwas dagegen.«

»Warum?«

Er sah mir in die Augen und sagte dann mit absolut ruhiger Stimme: »Weil ich mich in dich verliebt habe, Isy.«

Ich starrte ihn an.

Mein erster Gedanke war: Wow. Der Mann hat Eier. Das einfach so zu sagen.

Dann sickerte die Bedeutung seiner Worte in meinen Kopf. Und in mein Herz. Das konnte doch nicht sein Ernst sein! Connor und ich fühlten uns voneinander angezogen und hatten eine gute Zeit – und ja, auch tollen Sex. Aber das hatte doch nichts mit Liebe zu tun! Liebe war etwas für Träumer und Romantiker, nichts für uns.

Ich spürte Panik in mir aufsteigen und lachte auf, hörte aber selbst, wie hohl das klang. »Das sagst du doch zu allen Frauen, mit denen du schläfst.«

Was für ein bescheuerter Spruch, nach allem, was ich mittlerweile über ihn wusste. Ich bereute ihn, sobald er aus meinem Mund war.

Connor stand da, ohne sich zu rühren, und sah mich nur an. Eine lange Pause entstand.

»Mach das nicht«, sagte er dann. »Mach keinen Witz daraus.«

Ich blickte auf meine Hände und sah, dass ich sie unbewusst

zu Fäusten geballt hatte. Ich zwang mich, sie zu öffnen, und rieb meine Handflächen an meinen Unterarmen. Sie waren feucht und kalt.

»Isy?«

Langsam sah ich wieder zu ihm hoch. Er erwiderte meinen Blick ruhig und unverwandt.

»Liebst du mich auch?«, wollte er wissen.

»Nein!« Ja.

Oh verdammt!

Ich zwang mich, vorsichtig ein- und wieder auszuatmen, und versuchte, die aufkeimende Panik zu unterdrücken. Kontrolle. Ich musste mich kontrollieren. Ich musste die Situation in den Griff bekommen. Ich musste ihm diese absurde Vorstellung ausreden, dass er sich in mich verliebt hatte. Dass das, was wir hatten, über etwas Körperliches hinausging. Keine Frage, es war etwas Schönes, Aufregendes, Leidenschaftliches, Süchtigmachendes. Aber keine Liebe.

Auf gar keinen Fall war es Liebe!

»Du weißt doch, dass ich mich nicht verliebe«, erinnerte ich ihn, doch meine Stimme klang wie die einer Fremden. »Das habe ich dir von Anfang an gesagt.« Als er schwieg, fuhr ich fort: »Und du bist doch auch nicht der Typ, der sich verliebt.«

Er richtete sich auf und nahm seine Hände von der Arbeitsfläche. Seine Bewegungen wirkten steifer und mechanischer als sonst. »Menschen ändern sich eben. Man wird älter, reifer. Will andere Dinge.«

Und jetzt willst du *mich*? Ich hätte aufgelacht, wenn ich nicht so erstarrt gewesen wäre. Das war doch völlig verrückt! Die Regeln waren klar gewesen: Wir hatten einen Deal, und wir hatten Sex, mehr nicht. Und es war gut gewesen, wie es war! Locker, unkompliziert. Ohne Verpflichtungen. Ohne echte Gefühle. Ohne die Gefahr, dass einer von uns verletzt wurde. Ohne die Gefahr, dass *ich* verletzt wurde!

»Ich glaube, es ist besser, wenn ich ausziehe«, sagte ich mit belegter Stimme.

Wie konnte ich noch hier wohnen bleiben? Connor hatte mir seine Liebe gestanden, und ich hatte ihm gesagt, dass ich seine Gefühle nicht erwiderte. Selbst ein Umzug ins Gästezimmer war nicht mehr möglich. Wir konnten unmöglich weiter unter einem Dach wohnen bleiben. Connor würde es verletzen, und ich …

Nun, ich war ohnehin schon verwirrt genug.

Connor umrundete den Küchenblock und blieb direkt neben mir stehen, jedoch ohne mich zu berühren. Ich musste ein Zittern unterdrücken, so stark war der Drang, meine Arme um ihn zu schlingen und mein Gesicht an seine Brust zu drücken.

»Wenn es das ist, was du willst«, erwiderte er ruhig. Einen Moment schien er mit sich zu ringen, doch dann sagte er: »Ich weiß, dass Lucas dein Herz gebrochen hat.«

Ich hielt die Luft an, als er seine Hand ausstreckte und mir mit den Fingern über die Wange strich. Unwillkürlich schloss ich die Augen, aber die Berührung dauerte nur eine Sekunde.

»Ich weiß, dass du glaubst, dass du niemandem dein Herz anvertrauen kannst. Aber nicht jeder Mann wird dich verletzen, Isy.«

Noch eine sehr lange Zeit, nachdem die Haustür hinter Connor und Snips ins Schloss gefallen war, saß ich bewegungslos in der Küche und versuchte das, was gerade geschehen war, zu verarbeiten. Ich war so aufgewühlt wie noch nie zuvor in meinem Leben. Mein gesamtes Inneres war in Aufruhr. Es dauerte eine ganze Weile, bis ich das Gefühl hatte, wieder normal atmen zu können. Und plötzlich wollte ich nur noch eins: Emma mein Herz ausschütten. Und mich von ihr in den Arm nehmen lassen.

Mit zitternden Fingern kramte ich mein Smartphone aus der Handtasche und wählte ihre Nummer. Sie meldete sich nach dem zweiten Klingeln.

»Emma?«, murmelte ich mit erstickter Stimme.

»Alles okay?«, fragte meine beste Freundin sofort. »Du hörst dich … anders an.«

»Ich brauche dich.« Meine Nase kribbelte, als ich hinzufügte: »Und ich muss dir etwas sagen.«

22.

Als Emma klingelte, war ich gerade dabei, meine Klamotten wahllos in meine Reisetaschen zu stopfen. Die paar Kisten mit meinen Büchern und den wenigen persönlichen Dingen hatte ich bereits an die Tür geschoben. Ich checkte kurz die Videoüberwachung, bevor ich meine beste Freundin ins Haus ließ.

Das Erste, was sie tat, nachdem sie das Zimmer betreten hatte, war, mich in den Arm zu nehmen.

»Was ist los? Warum packst du?« Sanft, aber bestimmt drückte sie mich aufs Bett und setzte sich neben mich. »Du siehst grauenhaft aus. Hast du dich mit Connor gestritten?«

Ich musste ein paarmal tief durchatmen, bevor ich mich zu sprechen traute. »Emma, ich muss dir was sagen. Und ich fürchte, du wirst mich dafür hassen und danach nichts mehr mit mir zu tun haben wollen.«

Emma nahm meine eiskalte Hand in ihre warme. »Man könnte fast glauben, du hättest mit Nick geschlafen.« Sie lächelte schief, als sie meinen Blick sah. »Keine Sorge, das denke ich nicht wirklich. Dafür kenne ich dich – und ihn – zu gut. Also, was willst du mir beichten? Es kann nicht so schlimm sein, dass ich nichts mehr mit dir zu tun haben will, glaub mir. Du bist meine beste Freundin, und das wirst du für immer bleiben. Und wenn du jemanden umgebracht hast, dann helfe ich dir, die Leiche zu beseitigen, das ist doch klar.«

Mir war nicht nach Scherzen zumute, aber ihre Worte waren

irgendwie tröstlich, sodass ich zumindest den Mut aufbrachte weiterzusprechen. »Es ist so, Emma: Ich habe dich belogen. Connor und ich sind gar nicht wirklich zusammen. Wir haben nur so getan, als ob wir ein Paar wären.«

»Ihr habt *was*?«

Unglücklich sah ich sie an und umfasste ihre Hand fester, damit sie meine nicht losließ. »Als damals die Fotos von Connor und mir in der Presse aufgetaucht sind, war das ein großes Problem für sein Image. Er wird schon seit so langer Zeit als Frauenheld und Bad Boy dargestellt. Die Paparazzi tun so, als hätte er jede Woche eine andere am Start, aber so ist das gar nicht! Na ja, früher war er vielleicht mal so drauf, aber das ist lange her, und …«

Ich merkte, dass ich mich bei meinen Erklärungsversuchen verrannte, und versuchte, meine Gedanken zu sortieren.

»Auf jeden Fall kam sein Manager auf die Idee, dass ich für ein paar Monate Connors Freundin spiele und wir damit sein Image aufpolieren«, kam ich zum Punkt. »Im Gegenzug hat Connor mich auf Lucas' Geburtstagsfeier begleitet und … Geld gezahlt.«

»O mein Gott«, murmelte sie. »Das glaub ich nicht.«

»Nicht mir«, erklärte ich schnell. »Er hat vorgeschlagen, eurem Verein die fünfzigtausend Dollar zu spenden, die ihr damals so dringend brauchtet. Und ich habe verlangt, dass er weitere fünfzigtausend spendet, wenn wir den Deal beendet haben.«

»O mein Gott«, sagte Emma noch mal. »Warum hast du mir von alldem nichts erzählt? Ich dachte, wir wären Freundinnen und hätten keine Geheimnisse voreinander!«

»Ich musste eine Verschwiegenheitsvereinbarung unterzeichnen. Niemand durfte darüber Bescheid wissen. Niemand außer Miguel und Ruby wissen davon.«

»Und ihr habt uns die ganze Zeit nur etwas vorgespielt?« Emma schüttelte ungläubig den Kopf und ließ meine Hand los. »Das kann doch alles nicht wahr sein …«

»Es tut mir so leid, dass ich dich belogen habe, Em«, sagte ich, und Tränen stiegen mir in die Augen. »Aber ich durfte nichts sagen. Und jetzt … ich kann verstehen, wenn du wütend und verletzt bist. Aber ich brauche dich, Em. Du bist meine allerbeste Freundin.«

Emma stand auf und ging zu einem der Fenster, die ich vollständig geöffnet hatte. Es war mittlerweile dunkel draußen, nur die Terrasse und der Pool unter uns waren hell erleuchtet. Lange Zeit sprach keine von uns, und es war nichts zu hören als das Rauschen des anbrandenden Meeres und der Wind in den Palmen in Connors Garten.

Als ich es nicht mehr aushielt, murmelte ich: »Kannst du bitte etwas sagen?«

»Ich weiß nicht, was ich sagen soll.« Sie drehte sich um und kam zum Bett zurück, wo ich immer noch saß.

»Ich kann verstehen, wenn du nichts mehr mit mir zu tun haben willst«, sagte ich schwach.

Emma zu verlieren wäre das Schlimmste, was ich mir vorstellen konnte. Nein, ich konnte und wollte es mir nicht einmal vorstellen! Zum Glück setzte sie sich wieder neben mich und schlang einen Arm um mich.

»Ich bin immer für dich da«, sagte sie bestimmt, und ein zaghaftes Lächeln umspielte ihre Lippen. »Unsere Freundschaft ist stärker als alles auf der Welt, und es gibt nichts, was uns auseinanderbringen könnte.«

Ein Gefühl der Erleichterung durchströmte mich, und ich ließ mich in ihre Umarmung fallen. Wir schnieften beide ein paarmal und mussten dann über uns selbst lachen.

»Die Geschichte ist völlig verrückt, und ich kann sie auch immer noch kaum glauben.« Emma wischte sich eine Träne aus dem Augenwinkel. »Aber dass du damit dem Verein geholfen hast … das werde ich dir nie vergessen.«

Ich lächelte schwach, doch ihre Worte gaben mir nicht wirklich ein besseres Gefühl.

»Willst du mir jetzt noch erzählen, warum du hier mit bleichem Gesicht und wirrem Haar herumrennst und packst?«, fügte Emma hinzu.

»Ich habe mich mit Connor gestritten«, erwiderte ich und stockte, weil ich nicht einmal wusste, wo ich anfangen sollte, um Emma das ganze Ausmaß des Chaos begreiflich zu machen.

»Und jetzt willst du eure Vereinbarung nicht mehr weiter fortführen?«, hakte Emma nach.

»Nein. Doch. Ach, verdammt, ich bin so verwirrt.«

»Inwiefern?«

Ich fuhr mit einer Hand über die weiße Bettdecke und strich ein paar Falten glatt. »Dass wir unsere Beziehung nur gespielt haben, ist bloß die halbe Wahrheit.« Ich atmete tief durch. »Connor und ich haben miteinander geschlafen. Also in echt.«

Sie sah mich einen Moment an und lachte dann. »Ja, natürlich ›in echt‹. Wie soll man auch anders miteinander schlafen?« Als sie meinen Blick sah, fügte sie schnell hinzu: »Entschuldige, ich wollte nicht unsensibel sein. Aber inwiefern bist du deswegen verwirrt? Connor ist ein heißer Typ, und du stehst auf heiße Typen. Du hast in New York bestimmt hundert Männer gedatet und hattest eine gute Zeit mit ihnen.«

»Hundert ist ja wohl etwas übertrieben«, sagte ich leicht gekränkt, aber sie grinste nur. »In New York war das auch was anderes. Da war ich frei und ungebunden, konnte tun und lassen, was ich wollte. Aber mit Connor ist es … kompliziert.«

»Warum?«, hakte sie nach. »Ich kenne Connor zwar nicht so gut, wie Nick ihn kennt, aber ich halte ihn nicht wirklich für einen komplizierten Mann.«

»Das meine ich auch nicht, sondern die Situation an sich: Connor und ich haben einen Deal, und wir wohnen zusammen.

Da war es eigentlich keine gute Idee, was miteinander anzufangen. *Das* ist kompliziert. Und wie du weißt, geht ›kompliziert‹ gegen meine Prinzipien.«

»Dann beende es doch. Also, das Miteinanderschlafen. Ihr könnt den Deal ja noch wie geplant bis zum Ende durchziehen, halt nur ohne Sex.«

»Das kann ich nicht.«

»Warum nicht?«

»Weil …« Ich suchte nach Worten. »Ich weiß auch nicht. Es fühlt sich einfach gut an mit Connor. Der Sex ist … wirklich, wirklich gut. So ungefähr das Beste, was ich je erlebt habe. Und auch alles andere mit ihm ist … irgendwie schön.«

Ihre Augen weiteten sich. »O Gott, Isy. Hast du dich in ihn verliebt?«

Erschrocken sah ich sie an. »Was? Nein! So ein Quatsch. Ich verliebe mich nie, das weißt du doch.« Sie sah nicht sonderlich überzeugt aus, also fügte ich hinzu: »Es würde sich einfach merkwürdig anfühlen, jetzt wieder alles auf Anfang zu drehen und so zu tun, als wäre nie etwas zwischen uns gewesen. Das ist alles.«

»Ich verstehe das Problem immer noch nicht.« Emma hob die Augenbrauen. »Ihr habt den Deal, und den möchtet ihr auch beide bis zum Ende durchziehen. Ihr habt Sex und fühlt euch gut dabei. Also mach es doch einfach wie bei all den Typen vorher: Hab Spaß mit ihm, bis es aufhört, Spaß zu machen, und dann beendet ihr es.«

Das war der Moment, in dem ich Emma von Connors Liebesgeständnis hätte erzählen können. Aber ich brachte die Worte einfach nicht über die Lippen. Stattdessen gab ich einen frustrierten Laut von mir und ließ mich rücklings aufs Bett fallen. Die Bettdecke roch nach Connor, stellte ich fest, und etwas in mir zog sich zusammen.

»Ich weiß auch nicht«, murmelte ich und rieb mir mit beiden Händen übers Gesicht. »Es verwirrt mich, dass ich verwirrt bin. Macht das Sinn?«

Emma streckte sich neben mir aus. »Nein, nicht wirklich.«

»Vielleicht hat meine Verwirrung auch etwas mit Lucas zu tun.« Emma drehte den Kopf und sah mich fragend an. »Lucas hat mich gefragt, ob ich wieder mit ihm zusammen sein will«, verriet ich.

»Oh wow«, sagte Emma. »Ich könnte jetzt natürlich sagen: ›Habe ich es doch gewusst!‹, aber das spare ich mir. Was hast du denn geantwortet?«

»Ich habe ihm gesagt, dass ich ihn nicht mehr liebe und dass wir uns nicht mehr treffen sollten.« Schnell fügte ich hinzu: »Außer natürlich bei den Hochzeitsvorbereitungen. Ich verspreche dir, dass diese Situation zwischen uns eure Hochzeit nicht betreffen wird. Das ist ausschließlich mein Problem, und es soll dich nicht belasten. Ihr sollt ja eine schöne Hochzeit in seinem Hotel haben.«

»Tja«, sagte sie und hob die Augenbrauen. »Das *Mortimer* hat vor einer Stunde angerufen und die Hochzeit abgesagt.«

»Was?«, rief ich entsetzt und rollte mich auf die Seite, um sie ansehen zu können. »Lucas hat die Hochzeit abgesagt?«

Sie deutete ein Schulterzucken an. »Lucas hat nicht selbst angerufen, sondern irgendjemand von der Rezeption. Angeblich müssen Renovierungsarbeiten durchgeführt werden.«

Dieser … miese Typ! Nur weil ich ihn nicht zurückwollte, ließ er meine beste Freundin hängen. Was für eine armselige, schäbige Rache!

»Ich weiß nicht, was ich sagen soll, Em!«, rief ich zornig. »Du bist bestimmt am Boden zerstört!«

Sie biss sich auf die Unterlippe. »Um ehrlich zu sein … das bin ich eigentlich nicht. Ich weiß auch nicht, warum, aber ich sehe es eher als Wink des Schicksals. Wie du weißt, war ich dir wahnsinnig dankbar dafür, dass du das möglich gemacht hast. Aber das Hotel war nicht meine Traumlocation. Ich hatte mich damit abgefunden, dass es meine Strandhochzeit nicht geben würde, aber als wir jetzt die Absage bekommen haben, war die Enttäuschung nicht so groß, wie man meinen könnte. Ich dachte vielmehr: Siehst du, Emma? Es sollte nicht sein.«

»Und was macht ihr jetzt? Die Hochzeit ist in sechs Wochen!«

»Nick und ich hatten noch keine Gelegenheit, ausführlich darüber zu sprechen, aber ich denke darüber nach, ob wir nicht einfach bei uns zu Hause feiern sollten. Sicher, wir werden ein paar Gäste ausladen müssen, aber das müssen wir ja sowieso. Wir könnten Drinks auf der Terrasse nehmen und ein Barbecue am Strand machen. Dann haben wir zwar kein Hotel mit Hochzeitssuite, und die Gäste können nicht vor Ort übernachten, aber irgendeinen Kompromiss muss man schließlich immer eingehen, oder?«

»Ich finde es toll, wie du mit der Situation umgehst«, sagte ich beeindruckt. »Du bist immer so optimistisch.«

Emma lachte und drehte sich ebenfalls auf die Seite. »Das habe ich von dir gelernt, Isy. Ich kenne niemanden, der so fröhlich und positiv ist wie du.«

Ich hörte, wie unten die Haustür aufgeschlossen wurde. Abrupt setzte ich mich auf. Kam Connor etwa zurück? Mein Herz schlug plötzlich so schnell, dass ich dachte, es würde mir aus der Brust springen.

»Jemand da?«, erklang da Rubys Stimme von unten. »Ich habe mein Handy hier irgendwo liegen gelassen!«

Ohne dass ich so richtig verstand, woher es kam, machte sich ein Gefühl der Enttäuschung in mir breit. Einen Moment befürchtete ich, loszuweinen zu müssen. Was war nur los mit mir?

»Wir sind oben«, rief Emma, und kurz darauf hörten wir Ruby die Treppe heraufkommen.

Im Türrahmen blieb sie stehen und betrachtete verwundert das Chaos um uns herum. »Was ist denn hier los?«

»Ich habe Emma gerade alles von unserem Deal erzählt«, antwortete ich mit schwacher Stimme.

»Oh«, machte Ruby und nickte mit dem Kinn in Richtung der vollgestopften Reisetaschen und herumstehenden Bücherkisten am Boden. »Ich meinte eigentlich das da.«

»Ich packe«, antwortete ich und biss mir auf die Unterlippe.

»Und warum?«, fragte Ruby und verschränkte die Arme vor der Brust.

Ich sah sie an. »Ich habe es total verbockt, Ruby.«

»Was? Die Sache mit Connor?« Sie kam herüber und setzte sich neben uns aufs Bett. »Und? Kannst du es nicht wieder geradebiegen?«

»Ich glaube nicht.« Ich atmete ein paarmal tief durch, bis ich meiner Stimme wieder traute. »Er hat mir gesagt, dass er sich in mich verliebt hat.«

Emma und Ruby zogen gleichzeitig scharf die Luft ein und schlugen sich synchron beide Hände vor den Mund. Es war ein lustiger Anblick, über den ich sicher gelacht hätte, wenn ich mich nicht so schlecht gefühlt hätte.

Ruby fing sich als Erste wieder. »Und hast du ihm gesagt, dass du ihn auch liebst?«

»Nein!«

»Warum nicht?«

Ja, warum nicht, Isy, du Genie?

Ich legte den Kopf in den Nacken und stöhnte auf. Am liebsten hätte ich meine Frustration laut herausgeschrien.

»Weil ich mich nicht verliebe, das wisst ihr doch!«, beharrte ich.

»Das ist doch Quatsch, Isy«, widersprach Ruby ungeduldig.

»Ich glaube, das ist schon längst passiert …«, ergänzte Emma vorsichtig.

Bei den Worten meiner Freundinnen bildete sich ein Kloß in meinem Hals.

»Ihr irrt euch«, entgegnete ich störrisch und stand auf. »Kommt, lasst uns den Rest der Sachen zusammenpacken und dann verschwinden, sonst platzt mir noch der Kopf. Ich weiß genau, was ich jetzt brauche: Ablenkung.«

Der Bass wummerte so heftig, dass ich ihn in meinem ganzen Körper spürte. Ich hob die Arme in die Luft und ließ mich von der Musik und den Körpern der anderen Tanzenden um mich herum mitreißen. Der Alkohol in meinem Blut tat sein Übriges dazu, mich Connor vergessen zu lassen.

Connor. Er hatte sich in mich verliebt.

Emma hatte ich an der Bar zurückgelassen. Als ich beschlossen hatte, ins *1 OAK*, eine bekannte Disco in Downtown L. A., zu fahren, war sie zwar aus Solidarität mitgekommen – und wahrscheinlich auch, weil sie Angst hatte, dass ich etwas Dummes anstellen würde, wenn ich allein unterwegs war –, doch leider schien sie nicht in der Stimmung zu sein, zu tanzen oder sich mit mir zu betrinken.

Vorher hatten wir zusammen meine Taschen und Kisten in Emmas Auto geschleppt und die Sachen zu ihr nach Hause gebracht. Nick war nicht da gewesen, und ich hatte nicht verhindern können, mich zu fragen, ob er wohl mit Connor unterwegs war. Vielleicht betrank er sich auch gerade irgendwo und schüttete seinem besten Freund das Herz aus?

Ich vermisste ihn so.

Fuck.

Während ich versuchte, mir die Gedanken aus dem Kopf zu

tanzen, stieß ich mit dem Rücken gegen jemanden und drehte mich um. Vor mir stand ein Mann, groß, blond, gut aussehend, charmantes Blitzen in den Augen. Solche Typen gab es in Hollywood wie Sand am Meer. Vielleicht war er Schauspieler in einer Daily Soap oder einer Telenovela?

»Ich bin …«, rief er, aber der Rest des Satzes ging im Lärm unter, und ich verstand seinen Namen nicht.

Ehrlich gesagt interessierte es mich auch nicht, wie er hieß. Wahrscheinlich Colin. Oder Brad. In meinem Kopf nannte ich ihn Brad. Brad, der Schauspieler.

Ich beugte mich zu ihm vor, um näher an sein Ohr zu kommen. »Ich bin Isy.«

Seine blonden Haare kitzelten meine Nase, und ich musste lachen. Offensichtlich fühlte er sich dadurch ermutigt, denn er legte beide Hände an meine Taille. Die Musik war nicht gerade für Paartanz gemacht, dennoch gelang es uns erstaunlich gut, uns miteinander in ihrem Rhythmus zu bewegen. Die anderen Tanzenden schoben uns immer enger zusammen, bis meine Hände auf seiner Brust zu liegen kamen und unsere Körper sich berührten. Langsam ließ er seine Hände auf meinen Po gleiten, und als ich nicht dagegen protestierte, presste er seine Lippen auf meine. Ich ließ mich gegen ihn sinken, sein Mund wanderte über meinen, seine Hände strichen über meinen Rücken … und es fühlte sich falsch an. So falsch!

Connor. Verdammt.

Ich schüttelte den Kopf und schob »Brad« sanft, aber bestimmt von mir. Kurz befürchtete ich, er würde es noch einmal versuchen und aufdringlich werden, doch dann zuckte er nur mit den Schultern und verschwand in der tanzenden Menge, wahrscheinlich auf der Suche nach einer Frau, die weniger wankelmütig war als ich. Ich hob die Hand und winkte ihm hinterher. Mach's gut, Brad.

Gott, ich war betrunken!

Erschöpft und mit einem leeren Gefühl in meinem Innern kehrte ich zu Emma an die Bar zurück.

»Und?« Sie reichte mir eine Flasche Wasser, die ich dankend annahm. »Genug Ablenkung gehabt?«

Statt ihr zu antworten, zog ich die Nase kraus.

»Funktioniert wohl nicht?«, fragte sie und schüttelte resigniert den Kopf. »Was für eine Überraschung. Ich bringe dich jetzt nach Hause, Isy.«

Schicksalsergeben nickte ich und ließ zu, dass sie einen Arm um mich legte und mich in Richtung Ausgang dirigierte. Es war ohnehin egal, wo ich war.

Connor war die ganze Zeit in meinen Gedanken.

23.

»Hey! Wie ist es gelaufen?«, rief Emma ins Telefon, als ich Nicks Auto, das er mir netterweise geliehen hatte, vorsichtig rückwärts aus der Parklücke des *Hilton* in Culver City fuhr.

Ich hatte gerade den letzten Teil meiner Anwaltsprüfung absolviert. Zwei Tage Prüfungen lagen hinter mir, davon fünf Textaufgaben, ein Performance-Test, bei dem ich eine Anklage in einem fiktiven Fall hatte schreiben müssen, und zum Abschluss zweihundert Multiple-Choice-Fragen.

»Super!«, antwortete ich betont gut gelaunt. »Eigentlich hatte ich mit keiner der Aufgaben ein Problem. Ich bin echt happy!«

Ich setzte den Blinker und reihte mich in den zäh fließenden Feierabendverkehr in Richtung Malibu ein.

»Feiern wir heute Abend?«, fragte ich dann. »Ich habe am letzten Wochenende ein paar Leute kennengelernt, die einen Club in West Beverly eröffnet haben. Und: Wir stehen für heute Abend auf der Gästeliste!«

»Ich habe mir morgen Abend für unseren Mädelsabend mit Kathy und Ruby freigehalten. Ich dachte, wir feiern dann deine Prüfung. Heute Abend habe ich einen Termin«, sagte Emma bedauernd.

»Dann sag ihn ab!«, rief ich. Auf keinen Fall würde ich mir meine Feierlaune verderben lassen.

Es entstand eine kurze Pause, bevor Emma sagte: »Ich würde wahnsinnig gern, Isy … aber wir sind heute Abend bei Connor.« Bevor ich etwas erwidern konnte, fuhr sie fort: »Ich habe es dir noch nicht gesagt, weil ich wollte, dass du dich erst mal voll und ganz auf dein Examen konzentrierst, aber Connor hat uns angeboten, unsere Hochzeit bei ihm in der Villa zu feiern.«

»Oh … Okay«, stammelte ich und versuchte, den Stich in meinem Herzen und das irrationale Gefühl des Ausgeschlossenseins zu ignorieren. »Das ist nett von ihm.«

»Warum kommst du nicht mit?«, fragte sie und hörte sich plötzlich viel munterer an. »Wir wollen ein paar Dinge besprechen, und du bist schließlich meine Trauzeugin! Außerdem wäre es doch eine tolle Gelegenheit für Connor und dich … na ja, mal miteinander zu reden. Es kann doch nicht ewig so weitergehen.«

Wir hatten den Deal zwar nicht offiziell für beendet erklärt, aber es waren zwei Wochen vergangen, seitdem Connor mir seine Liebe gestanden hatte. Nach unserem Streit war ich erst einmal zu Emma und Nick aufs Sofa gezogen, doch jetzt, wo ich das Examen hinter mir hatte, würde ich mir eine nette WG suchen. Am besten irgendwo in der Innenstadt von Los Angeles, wo viel los war und ich jeden Abend ausgehen konnte, und in der Nähe all der gut zahlenden Großkanzleien, bei denen ich mich bewerben würde, sobald ich die Prüfungsergebnisse hätte.

»Schon in Ordnung«, sagte ich und bemühte mich, meiner Stimme einen leichten und sorglosen Klang zu verleihen. »Ich glaube nicht, dass Connor mich sehen oder mit mir sprechen möchte. Ich werde einfach Kathy und Ruby fragen, ob sie heute Abend Zeit haben.«

Ich wusste genau, dass keine von beiden so schnell einen Babysitter würde organisieren können, aber egal. Dann würde ich eben im Club irgendwelche netten Menschen kennenlernen. Kontakte zu knüpfen war mir noch nie sonderlich schwergefallen.

»Isy«, sagte Emma zögernd, und ich ahnte fast, was nun kommen würde. »Wie soll es denn weitergehen? Connor hat dir gesagt, dass er sich in dich verliebt hat, und du … bist einfach abgehauen, ohne dass ihr danach noch ein einziges Mal miteinander gesprochen habt. Du kannst ihn doch nicht bis in alle Ewigkeit ignorieren.«

»*Er* war derjenige, der abgehauen ist«, stellte ich klar.

»Ich weiß«, sagte sie ungeduldig. »Wundert es dich, dass er erst mal gegangen ist, nachdem du ihm vor den Latz geknallt hast, dass du seine Gefühle nicht erwiderst? Nachdem du sein Herz einmal durch den Fleischwolf gedreht und ihm dann die unschönen Überreste vor die Füße geworfen hast?«

»Ich wusste ja gar nicht, dass du so melodramatisch sein kannst, Em«, spottete ich und wechselte die Spur.

»Und ich wusste nicht, dass du so kaltherzig sein kannst, Isy«, schoss sie zurück.

Wow. Das hatte gesessen.

Ich öffnete den Mund, um etwas zu erwidern, aber sie kam mir zuvor. »Es tut mir leid, wenn das hart klingt, aber ich finde dein Verhalten … total daneben. Du ziehst bei Connor aus und sprichst kein Wort mehr mit ihm. Du gehst auf eine Party nach der anderen, obwohl du wichtige Prüfungen hast, stürzt dich ins Nachtleben, küsst sogar einen anderen Typen. Du tust so, als ob dir all das gar nichts ausmacht – ja, als ob es dich nicht mal betrifft. Wenn du mich fragst: Du läufst davon!«

»So ein Quatsch«, schnaubte ich. »Erstens war ich in der Zwischenzeit nur auf ein paar Partys, und dass ich diesen Typen geküsst habe, war ein Fehler, das habe ich ja auch zugegeben. Und zweitens hat Connor sich auch nie mehr bei mir gemeldet.« Wieder dieser Stich in meinem Herzen. Ich schluckte den Kloß in meinem Hals hinunter. »Scheint nicht so, als würde er mich sonderlich vermissen.«

»Was erwartest du denn? Dass er dir hinterherläuft? Er hat seine Karten doch mehr als offen auf den Tisch gelegt. Du bist dran, Isy!« Ich presste die Kiefer aufeinander, und sie fuhr fort: »Wenn du schon nicht über seine oder deine Gefühle nachdenken willst, hast du dir dann vielleicht wenigstens überlegt, wie es mit dem Deal weitergehen soll?«

Himmel, Emma war heute in Schwung. Offenbar hatte sich all das in den letzten Tagen bei ihr aufgestaut. Vermutlich hatte sie geschwiegen, um mich nicht von meinen Prüfungsvorbereitungen abzulenken, und jetzt sprudelte es nur so aus ihr heraus. Ich fühlte mich, als würde eine Riesenwelle über mich hinwegfegen. Das war der reinste Emma-Tsunami.

Natürlich hatte ich über den Deal nachgedacht, doch ich war nicht wirklich zu einem Ergebnis gekommen. Connor und ich hatten uns seit einiger Zeit nicht mehr öffentlich sehen lassen und auch nichts auf Instagram gepostet. Das war an sich noch nicht verdächtig, und die Öffentlichkeit vermutete noch nichts. Aber das würde sich bald ändern, und dann würde die Presse anfangen, über eine Trennung zu spekulieren. Sollten wir also noch weiterspielen? Oder war jetzt der Zeitpunkt gekommen, unsere Trennung zu verkünden? Das war ja ohnehin von Anfang an der Plan gewesen. Aber um das zu entscheiden, mussten wir … miteinander sprechen. Und dazu war ich einfach noch nicht bereit.

Etwas ruhiger fuhr Emma fort: »Isy, letzte Woche ist eine weitere anonyme Spende in Höhe von fünfzigtausend Dollar auf unserem Vereinskonto eingegangen. Das kann doch nur Connor gewesen sein, oder?«

Mir wurde ganz kalt ums Herz. Natürlich war das Geld von Connor, daran hatte ich keine Zweifel. Aber was hatte es zu bedeuten, dass er den Rest des vereinbarten Betrages gespendet hatte? Dass er den Deal als beendet ansah? Hatte er seinen Teil der Vereinbarung erfüllt, damit uns nun nichts mehr miteinander verband?

»Ich weiß es nicht, Emma«, antwortete ich schwach.

»Bullshit!«, rief sie. »Wir wissen beide, dass es von ihm ist. Ihr müsst miteinander sprechen!«

Meine Hände umklammerten das Lenkrad so fest, dass meine Knöchel weiß hervortraten. Ich konnte nicht mit Connor sprechen. Ich konnte es einfach nicht.

»Die Verbindung wird schlecht, Em«, schwindelte ich, als mir nichts einfiel, was ich noch hätte erwidern können. »Warte nicht auf mich heute Abend. Es könnte spät werden. Wir reden morgen!«

Bevor sie noch etwas sagen konnte, beendete ich das Gespräch, obwohl ich selbst wusste, wie feige ich mich verhielt.

Die ganze Zeit hatte ich versucht, jeden Gedanken an Connor zur Seite zu schieben, um mich auf mein Examen konzentrieren zu können. Dass ich diese Prüfung bestand, war schließlich Voraussetzung dafür, dass ich überhaupt anfangen konnte, als Anwältin zu arbeiten. Männer kamen und gingen schließlich, und es gab Wichtigeres.

Aber jetzt war das Examen geschafft, und ich hatte keine Ausrede mehr. Und plötzlich schien alles, was ich in den letzten zwei Wochen verdrängt hatte, mit doppelter Wucht wieder zurückzukommen.

Als vor mir das Schild auftauchte, das die Abzweigung zum Paradise Cove Beach anzeigte, setzte ich kurz entschlossen den Blinker. Ich brauchte dringend frische Luft, um wieder einen klaren Kopf zu bekommen.

Wenige Minuten später parkte ich das Auto auf der Straße direkt vor dem *Paradise Cove Beach Café*, um die Gebühren auf dem Strandparkplatz zu sparen. Dann holte ich mir einen Latte macchiato und lief mit dem Becher in der Hand in Richtung Pier.

Ein ausgeblichenes Holzschild verkündete: »*Welcome to beautiful Paradise Cove. Sea the view, bring the kids, have a seat. Enjoy Malibu.*« Leider war ich gerade so gar nicht in Urlaubsstimmung.

Ich betrat den Pier und lief die gut fünfzig Meter bis nach ganz vorne, wo ich mich im Schneidersitz auf die Holzplanken setzte, den Ozean direkt vor meinen Füßen. Die Luft schmeckte salzig, über mir drehten einige Möwen kreischend ihre Runden, und unter mir brach sich der Ozean an den Stelzen des Piers. Links und rechts neben mir saßen ein paar ältere Männer auf ihren Klappstühlen, ihre Angeln in den Händen. Erschöpft schloss ich die Augen.

Ich wusste, dass Emma recht hatte: Ich musste mit Connor reden. Wir mussten besprechen, wie es mit dem Deal weitergehen sollte. Außerdem waren wir Nicks und Emmas Trauzeugen. Dass Connor und ich uns auf ihrer Hochzeit eisern anschwiegen und passiv-aggressiv ignorierten, konnte ich Emma nicht antun.

Und dann war da noch die Spende. Ich verstand selbst nicht, warum, aber dass Connor den zweiten Teil der Vereinbarung erfüllt hatte, machte mich irgendwie traurig. Es fühlte sich ein bisschen so an, als hätte er das letzte Band, das es noch zwischen uns gegeben hatte, zerschnitten. Hatte er dadurch nicht irgendwie mit dem Deal abgeschlossen – und damit auch mit mir?

Gleichzeitig rührte es mich ein wenig, dass er das Geld überwiesen hatte, obwohl ich ausgezogen war. Schließlich hätte er sich ja ohne weiteres auf den Standpunkt stellen können, dass ich mit meinem vorzeitigen Auszug wortbrüchig geworden war – und damit hätte er nicht ganz unrecht gehabt.

War ich es ihm jetzt nicht schuldig, meinen Teil der Abmachung zu erfüllen? Ich wusste, dass der nächste Termin, der anstand, der Werbedreh mit seinem Sponsor, dem Uhrenhersteller, war. Der Termin war wichtig für Connor, und er hatte mich gebeten, dabei zu sein. Musste ich ihm diesen einen Gefallen nicht noch tun? Zum einen war es Teil des Deals, und zum anderen … war Connor nicht so etwas wie ein Freund? Und einen Freund hängen zu lassen kam nicht infrage.

O Gott, hatte ich das gerade tatsächlich gedacht? Connor war kein *Freund*. Connor war der Mann, der meine Beine mit nur einem Blick in Wachs verwandeln konnte.

Trotzdem. Wir mussten darüber sprechen, wie es mit dem Deal weitergehen sollte. Und darüber, wie er unsere »Trennung« bekanntgeben wollte.

Entschlossen nahm ich mein Handy und tippte eine Nachricht an Ruby:

»Kannst du mir sagen, wann das Werbeshooting für den Uhrenhersteller stattfindet?«

Dann fügte ich hinzu:

»Bitte sag Connor nichts. Ich will ihn überraschen.«

Ich starrte eine gefühlte Ewigkeit auf die blinkenden drei Punkte unter meiner Nachricht, bevor ihre Antwort erschien:

»Der Dreh ist morgen ab 10 Uhr. Ich freue mich so, dass du das machst, Isy. Ich hoffe, dass ihr euch aussprechen könnt! Die Stimmung hier ist miserabel!!!«

Dann schickte sie noch einen Smiley mit verdrehten Augen und heraushängender Zunge hinterher.

Trotz allem musste ich schmunzeln. Ich konnte zwar nicht leugnen, dass ich ein mulmiges Gefühl in der Magengrube hatte, wenn ich daran dachte, Connor wiederzusehen. Aber ich wusste, dass ich das Richtige tat.

Schon von weitem sah ich das Filmteam. Der Strand war abgesperrt, aber als ich meinen Namen sagte und meinen Ausweis vorzeigte, wurde ich ohne Probleme durchgelassen.

Mein Herz pochte schneller vor Aufregung, als ich durch den nassen, tiefen Sand in Richtung des Filmsets stapfte. Es hatte am Morgen immer wieder geregnet, der Himmel war grau, und dichte Wolken türmten sich bedrohlich am Horizont auf.

Ich entdeckte Connor, bevor er mich sah. Er trug bereits einen schwarzen Neoprenanzug und hatte sich mit einem Mann und einer jungen Frau über einen Campingtisch gebeugt. Sein Board lag ein paar Meter weiter im Sand.

»Es soll alles dunkel und düster wirken«, sagte der Mann neben ihm gerade, als ich mich näherte. »Die Gewalt des Meeres, der dunkle Himmel, der Mann, der es mit der Natur aufnimmt. Bei den Nahaufnahmen ganz wichtig: nicht lächeln.«

Connor verschränkte die Arme vor der Brust. »Keine Sorge, ich werde nicht lächeln.«

Die trockene Bemerkung hätte mich zum Schmunzeln gebracht, wenn er nicht in genau diesem Moment aufgeblickt und mich entdeckt hätte. Ich sah, wie er erstarrte.

»Isy«, sagte er mit hörbarem Erstaunen in der Stimme, und mein Herz machte einen Salto. »Was machst du denn hier?«

Ich ging einen Schritt auf ihn zu. »Ich wollte dich überraschen.«

Meine Stimme war kaum mehr als ein Krächzen, und ich räusperte mich.

Er starrte mich immer noch an, fing sich dann aber. »Das ist die CEO von *Durand Fine Watches*, Katherine Durand, und das ist der Regisseur, Martin Eisman. Das ist … meine Freundin. Isabella Summers«, machte er uns miteinander bekannt.

Während ich beiden die Hand schüttelte, musste ich mich zwingen, sie überhaupt anzusehen, und auch mein Lächeln geriet sehr verkrampft. Sicherlich wirkte ich furchtbar unhöflich, aber ich hatte nur Augen für Connor.

O Gott, wie hatte ich ihn vermisst!

Wir stellten uns ein wenig abseits, während die beiden anderen sich wieder über den Tisch beugten, um das Shooting zu besprechen.

»Was machst du hier?«, fragte Connor noch einmal, leiser diesmal, sodass die anderen uns nicht hören konnten.

Sanft legte ich meine Hand auf seinen Arm. Ich musste ihn einfach anfassen.

»Na ja … ich wusste, wie wichtig dir der Termin heute ist, und es war vereinbart, dass ich dabei bin.« Ich brach ab. »Alle gucken uns an, weil wir uns so merkwürdig benehmen, und dahinten stehen zwei Fotografen …«

»Was soll ich tun, Isy?« Er sah mir in die Augen. »Dich küssen?«

Obwohl seine Stimme kühl und distanziert klang, kribbelte mein ganzer Körper bei seinen Worten. Es gelang mir zu nicken.

Ein tiefes Seufzen drang aus seiner Brust, und er machte einen Schritt auf mich zu. Seine Hände fuhren in meine Haare, und er bog sanft meinen Kopf zurück, bevor er seine Lippen auf meine senkte. Das erste Mal seit so langer Zeit wieder seinen Mund zu spüren, reichte aus, um mich jede Zurückhaltung vergessen zu lassen. Ein sehnsüchtiger Laut entfuhr mir, und ich schlang meine Arme um seinen Hals. Ich öffnete meinen Mund und fühlte Connors Zögern, bevor er sanft mit seiner Zunge über meine strich. Die intime Berührung schlug wie ein Blitz in meinen Körper ein. Ich stellte mich auf die Zehenspitzen und presste mich an ihn.

»Connor«, flüsterte ich gegen seine Lippen. All meine Sehnsucht, mein Verlangen, mein Bedauern lag in diesem einen Wort.

Sein Körper versteifte sich, dann ließ er mich los und trat

einen Schritt zurück. Ich ballte meine Hände zu Fäusten, um sie davon abzuhalten, unkontrolliert zu zittern. Alles in mir fühlte sich plötzlich leer und kalt an.

»Vielen Dank, dass du gekommen bist«, sagte er, doch es klang nüchtern. »Der Termin ist wirklich wichtig für mich.«

Ich nickte stumm und wünschte mir nichts mehr, als dass er mich wieder in seine Arme ziehen und küssen würde. Doch er sah mich nur noch einmal lange an, bevor er sich umdrehte und zum Tisch zurückkehrte. Dort wechselte er ein paar Worte mit dem Regisseur und der CEO, bevor er sein Surfboard nahm und in Richtung Wasser lief, ohne mich noch eines Blickes zu würdigen. Ich schluckte das Gefühl hinunter, losweinen zu müssen.

Hatte ich wirklich erwartet, dass er sich freuen würde?

Hey Isy, klasse, dass du da bist, und schön, dich zu sehen!

Ernsthaft? Es war doch klar gewesen, dass wir nicht da würden anknüpfen können, wo wir aufgehört hatten. Und – wo war das überhaupt? Als Freunde? Geliebte? Er hatte mir gesagt, dass er sich in mich verliebt hatte, und ich hatte ihn abgewiesen, verdammt. Einen Freudentanz zu erwarten war wohl etwas übertrieben gewesen.

Warum war ich überhaupt hergekommen?

Ach ja. Weil ich Connor unterstützen und ihm zur Seite stehen wollte. Weil er mir wichtig war.

Ich schlang meine Arme fröstelnd um den Körper, ohne den Blick auch nur für eine Sekunde von Connor zu lösen, der an der Wasserlinie stand und mit konzentriertem Gesichtsausdruck den Worten der beiden Kameramänner lauschte. Die Wolken waren noch dunkler geworden, und es sah nach Regen aus. Der Wind blies ungewöhnlich heftig über den Strand, und die grauen Wellen waren zu regelrechten Brechern geworden. Das Wetter eignete sich perfekt für das, was der Regisseur plante.

Ohne sich noch einmal umzudrehen, lief Connor ins Wasser

und warf sich aufs Brett. Zwei Männer auf einem Jetski zogen ihn aufs Meer hinaus, die Kamerateams folgten ihnen auf zwei weiteren Jetskis.

»Mit dir hätte ich gar nicht gerechnet«, sagte da eine Stimme hinter mir, und ich drehte mich um.

Miguel.

»Wieso?«, fragte ich vorsichtig und zog den Reißverschluss meiner Jacke ein Stück höher.

»Connor hat mir erzählt, dass es nicht sicher ist, ob der Deal noch steht.« Er zog die Augenbrauen hoch. »Gilt eure Vereinbarung noch, Isy?«

Keine Ahnung, wäre die ehrlichste Antwort gewesen.

»Connor hat den zweiten Teil der Spende bezahlt«, sagte ich stattdessen und sah auf meine Füße.

»Ich weiß«, knurrte Miguel. »Ich habe versucht, ihm das auszureden, aber der Sturkopf wollte nicht auf mich hören. Dabei sieht es im Moment nicht so aus, als würdest du dich an deinen Teil der Abmachung halten. Schließlich bist du ausgezogen …«

»Vielleicht *wollte* Connor das Geld ja spenden. Unabhängig von unserem Deal«, sagte ich trotzig und drehte mich wieder zum Meer hin.

Connor war durch die sich brechenden Wellen getaucht und saß hinter der Brandung abwartend auf seinem Brett. Der nächste riesige Brecher rollte heran, stürzte mit spritzender Gischt in sich zusammen und lief am Strand aus.

»Ist das nicht gefährlich?«, fragte ich, einen Hauch von Panik in meiner Stimme.

Die Wellen waren wirklich verdammt hoch!

»Es kann immer was passieren«, erwiderte Miguel nüchtern.

Na, danke für die beruhigenden Worte – ich fühle mich gleich so viel besser, schoss es mir durch den Kopf. Doch bevor ich etwas Entsprechendes erwidern konnte, begann Connor zu paddeln. Ich hielt den Atem an. Mittlerweile hatte ich selbst ein wenig Erfahrung mit dem Surfen, und das reichte, um zu sehen, dass er etwas zu spät dran war.

Connor kam aufs Board und raste den Wellenkamm entlang, bevor er nach unten lenkte, um in den Tunnel zu gelangen. Die Welle brach genau über ihm.

Unwillkürlich griff ich nach Miguels Arm. Für einen Moment schaffte Connor es noch in die Tube, aber dann traf ihn die meterhohe, aufspritzende weiße Welle, und er wurde vom Board geschleudert. Das Wasser, von dem ich wusste, dass es mehrere Tausend Tonnen wog, wenn es auf einen Surfer herunterkam, begrub ihn unter sich. Die wenigen Zuschauer, die sich am Strand versammelt hatten, schrien kollektiv auf.

Connor!

Ich sah ihn nicht auftauchen, er kam nicht hoch. Die Welle lief aus, und die nächste brach. Connors Brett wurde in Richtung Land getrieben, in zwei Teile zerbrochen.

»Mein Gott! Wo ist er? Wo ist er?«, schrie ich, meinen Blick immer noch auf das aufgepeitschte Meer geheftet. »Ich sehe ihn nicht!«

Die drei Jetskis kreisten um die Stelle, an der Connor verschwunden war, und sowohl die Fahrer als auch die Kameramänner suchten das Wasser ab. Zwei Rettungsschwimmer rannten über den Strand.

Und dann sah ich ihn: einen Körper, der leblos im Wasser trieb, hin und her geworfen von den Wellen, wie ein Stück Treibholz. Ich schrie auf und schlug mir die Hände vors Gesicht, um das schreckliche Bild nicht mehr sehen zu müssen. Aber ich hatte es gesehen, und ich würde es vermutlich nie wieder in meinem Leben aus dem Kopf bekommen.

»Da ist er«, rief Miguel neben mir. »Sie holen ihn raus. Sie haben ihn!«

Kopflos rannte ich los, bis ich am Wasser ankam. Es schien schier endlos zu dauern, bis Connor an Land gebracht wurde, wo die Rettungsschwimmer bereits auf ihn warteten. Vorsichtig wurde er in den Sand gelegt. Er war bewusstlos und hatte die Augen geschlossen. Mit einem Schluchzen ließ ich mich neben ihm auf die Knie fallen, allerdings ohne ihn zu berühren. Ich hatte Angst, noch mehr Schaden anzurichten, wenn ich ihn anfasste. Blut sickerte aus seinem Haar. Wie erstarrt beobachtete ich, wie einer der Rettungsschwimmer zwei Finger an Connors Hals legte und dann nickte. Das war ein gutes Zeichen, oder? Wenn er nickte, war das doch ein gutes Zeichen? Wenn er keinen Puls hätte, würde der Rettungsschwimmer doch nicht nicken?

Hinter uns ertönte eine Sirene. Jemand musste einen Krankenwagen gerufen haben. Kurze Zeit später kamen die Sanitäter an die Unfallstelle.

Miguels Hand legte sich wie ein Schraubstock um meine Schulter, und ich drehte mich zu ihm um. Ein Blick in sein kreidebleiches Gesicht sagte mir, wie ernst die Lage wirklich war.

»Er muss ins Krankenhaus, Isy. Komm zur Seite. Lass die Leute ihre Arbeit machen.«

Ich stand mit zittrigen Beinen auf und trat zurück. Mir war schwindelig, aber Miguel hielt mich fest, als Connor auf eine Trage gelegt wurde. Er trug jetzt eine Halsmanschette, die seinen Kopf und seinen Rücken stabilisierte.

»Wo wird er hingebracht?« War das meine Stimme?

Ich verstand die Antwort der Sanitäter nicht, so sehr dröhnte es in meinen Ohren, aber Miguel führte mich mit Nachdruck in Richtung Parkplatz.

»Du kannst jetzt nicht fahren. Ich nehme dich mit.«

Die Fahrt schien eine halbe Ewigkeit zu dauern. Im Krankenhaus angekommen, zeigte uns eine Schwester den Aufenthaltsraum der neurologischen Station, zu Connor durften wir nicht. Wie ein Roboter setzte ich mich auf einen der harten Plastikstühle. Mein Kopf fühlte sich an, als wäre er in Watte gepackt, und gleichzeitig war ich mir unzähliger Details um mich herum übermäßig deutlich bewusst. Da war dieser beißende Geruch, eine Mischung aus fadem Krankenhausessen, Putzmitteln und Desinfektion. Die Blase, die sich unter dem hässlichen lindgrünen Linoleumboden gebildet hatte. Der Sand, der aus meinen Chucks rieselte. Das ferne Donnergrollen, das durch das gekippte Fenster zu uns hereindrang.

Ich wusste nicht, wie lange wir dort gesessen hatten, als die Tür aufging und Kathy hereinkam.

Was machte sie hier? Woher wusste sie …? Ich war zu benommen, um Fragen zu stellen.

»Ich habe es durch Zufall im Radio gehört«, sagte sie, stürzte auf mich zu und nahm mich in den Arm. »Dass Connor einen Unfall hatte und auf dem Weg ins *Cedars-Sinai* ist.«

Ich spürte, wie steif ich war, und konnte ihre Umarmung nicht erwidern. Als meine Schwester sich von mir löste, wischte sie sich eine Träne von der Wange. Einen Moment wünschte ich mir, auch weinen zu können, alles einfach rauszulassen. Aber ich konnte nicht. Ich war zu sehr damit beschäftigt, nichts zu fühlen.

Da wir keine Angehörigen waren, durfte keiner von uns zu Connor. Niemand informierte uns über irgendwelche Details, wir wussten nur, dass er am Leben war. Miguel verabschiedete sich kurz vor Mitternacht, und die Krankenschwestern versuchten, auch Kathy und mich zu überreden, nach Hause zu gehen. Doch nichts auf der Welt hätte mich dazu bringen können, Connor hier allein zu lassen, und Kathy wollte bei mir bleiben. Die Mädchen hatte sie bei Mom untergebracht. Irgendwann in den frühen Morgenstunden legten wir uns quer über die harten

Stühle, um etwas zu schlafen, aber keine von uns machte ein Auge zu.

Morgens um sieben Uhr betraten Judy, Jeff und April den Warteraum. Ich sprang so schnell auf, dass das Zimmer sich zu drehen begann. Erschrocken griff ich nach Kathys Arm und hielt mich fest, bis mein Kreislauf sich wieder stabilisiert hatte.

Alle drei sahen blass und übernächtigt aus, was auch kein Wunder war. Sie mussten sich sofort auf den Weg gemacht haben, um so schnell wie möglich bei Connor zu sein.

»O Gott, Isy!« Judy stürzte sich schluchzend in meine Arme. »Wie geht es ihm?«

»Wir wissen es nicht«, antwortete ich, und meine Stimme war kratzig und rau. »Sie sagen uns nichts.«

Es dauerte eine weitere halbe Stunde, bis die Ärztin endlich kam. Nachdem sie Connors Familie gebeten hatte, sich zu setzen, sprach sie lange mit den dreien. Durch die Dunstglocke, die meinen Kopf umgab, hörte ich nur Wortfetzen wie »… nach wie vor bewusstlos …«, »…Kopfverletzung …«, »… gebrochene Rippen …«, aber auch: »Es ist ein gutes Zeichen, dass er die Nacht überlebt hat.«

Als die Ärztin gegangen war, ging Jeff, um ein paar Formalitäten zu erledigen. Judy ließ sich, bleich und erschöpft, neben mir auf einem der Plastikstühle nieder.

»Ich bin so froh, dass du bei ihm warst, Isy«, flüsterte sie und schlug sich schluchzend die Hände vors Gesicht. »Wenn er stirbt, dann …«

Sie brach ab, weil sie den Satz nicht zu Ende sprechen konnte. Aber das war auch nicht nötig, denn ich wusste auch so, was sie hatte sagen wollen: Wenn er sterben würde, wäre ich die Letzte, die bei ihm gewesen war, der letzte geliebte Mensch, den er gesehen hatte.

Nicht Jeff oder Judy, nicht eine seiner Schwestern oder

irgendein Freund, sondern ich. Ausgerechnet ich! Die Frau, die nicht seine echte Freundin war. Die Frau, die ihm gesagt hatte, dass sie seine Gefühle nicht erwiderte.

Ein Zittern überfiel meinen ganzen Körper, und ich presste meine Hände zusammen. Sie waren schweißnass und eiskalt. Ich ahnte, dass ich unter Schock stand.

»Wir … wir haben euch angelogen«, stotterte ich. »Alles, alles war eine einzige Lüge.«

»Was?«, fragte Kathy und starrte mich an.

Ich senkte den Blick, konnte aber den Wortschwall nicht mehr aufhalten, der aus meinem Inneren drängte.

»Wir haben nur so getan, als wären wir ein Paar. Es ging nur darum, dass er … dass *wir* in einem besseren Licht dastehen. Als unsere Kussfotos in der Presse aufgetaucht sind, haben wir vereinbart, dass ich bei ihm einziehe und wir allen weismachen, dass wir zusammen sind.« Tränen liefen mir über die Wangen, und ich wischte sie weg. »Es tut mir leid.«

»Ich habe es gewusst.« Ich blickte auf und begegnete Aprils kaltem Blick. »Mir war von Anfang an klar, dass an dieser Sache irgendetwas faul ist. Dass du nicht ehrlich bist.«

Ich konnte ihr nicht einmal widersprechen.

»Es tut mir leid«, murmelte ich noch einmal und schaffte es nicht, Judy dabei anzusehen. »Es tut mir so schrecklich leid.«

Als niemand etwas sagte, stand ich auf, griff blind nach meiner Tasche und stürmte aus dem Wartezimmer.

Kopflos und völlig aufgelöst rannte ich die Treppen nach unten. Vor dem Klinikeingang angekommen, sah ich mich hektisch um. Wo waren die Taxis? Ich brauchte ein Taxi, um zu Emmas Auto zu kommen, und ich brauchte Emmas Auto, um …

Ich wusste nicht, wofür ich das Auto brauchte. Ich wusste ja nicht mal, wohin ich sollte.

In dem Moment bog ein Taxi um die Ecke. Ich hob den Arm und wollte losrennen, da packte mich jemand an der Schulter und riss mich zurück. Nur wenige Zentimeter von mir entfernt raste ein Krankenwagen vorbei.

»Bist du völlig verrückt geworden?«, schrie Kathy, die mich gerettet hatte. »Willst du dich umbringen?«

Ich schüttelte ihre Hand ab. »Lass mich! Bitte. Ich kann mir deine Vorwürfe nicht anhören. Das ertrage ich jetzt einfach nicht.«

Sie nahm mich an den Schultern und drehte mich so zu sich, dass ich sie ansehen musste.

»Quatsch! Meinst du, ich mache dir Vorwürfe, während Connor schwer verletzt da drin liegt?« Sie deutete mit einem Daumen hinter sich auf das Krankenhaus. »Wenn du gelogen hast, finde ich das nicht toll, aber ich nehme an, du hattest deine Gründe! Allerdings habe ich, verdammt noch mal, was dagegen, wenn du dich völlig aufgelöst vor ein Auto wirfst!«

»Er stirbt vielleicht!«, flüsterte ich.

Meine Unterlippe begann zu beben, und ihre Gesichtszüge wurden weich.

»Komm her, Mini«, murmelte sie und zog mich in ihre Arme. »Ich bin für dich da.«

Ich sackte gegen sie und wäre in die Knie gegangen, wenn sie mich nicht gehalten hätte. Ich fühlte mich so kraftlos und verzweifelt wie noch nie zuvor in meinem Leben. Irgendwann schlang Kathy einen Arm um meinen Körper und schob mich sanft, aber bestimmt auf eine der Bänke vor dem Krankenhauseingang. Dankbar setzte ich mich und nahm das Taschentuch, das sie mir hinhielt.

»Da kommen Emma und Ruby«, sagte sie, und ich blickte hoch. »Ich habe ihnen eine Nachricht geschrieben.«

Emma und Ruby, die Snips an der Leine führte, rannten über

die Straße auf uns zu. Bei uns angekommen, schlangen beide ihre Arme um mich und drückten mich in einer Gruppenumarmung an sich, bevor ich auch nur ein Wort sagen konnte. Als sie mich wieder losließen, drängte sich Snips nach vorne und leckte mir winselnd die Tränen weg. Ich lachte schluchzend auf und presste mein nasses Gesicht an sein weiches Fell. Auch ihn hatte ich schrecklich vermisst.

»Wir sind gekommen, so schnell es ging«, sagte Ruby etwas atemlos und ging vor mir in die Hocke, während Emma sich neben mich auf die Bank setzte. »Aber wir mussten erst noch Snips abholen. Er war seit gestern allein und hat ein ziemliches Chaos angerichtet. Er konnte ja nicht raus.« Sie schüttelte den Kopf. »Aber viel wichtiger: Wie geht es Connor?«

Weil ich nicht sprechen konnte, fasste Kathy die Geschehnisse in knappen Worten zusammen. Sie berichtete, wie es zu dem Unfall gekommen war und was die Ärztin über Connors Zustand gesagt hatte.

Betroffen hörten die beiden zu. Selbst Snips hatte aufgehört herumzuspringen. Mit schief gelegtem Kopf sah er Kathy an, fast so, als würde er den Ernst der Lage begreifen und sich um sein Herrchen sorgen.

»Ich habe Kathy und Connors Familie von dem Deal erzählt« war das Einzige, was ich herausbrachte, als Kathy geendet hatte.

»O Gott, und wie haben sie reagiert?«, fragte Emma, und ihr Blick ging zu meiner Schwester. »Ich war anfangs auch geschockt, Kathy. Aber Isy durfte uns wegen einer Verschwiegenheitserklärung nichts sagen!«

Beinahe lächelte ich, weil es so lieb war, wie sie versuchte, mich zu verteidigen.

Kathy drückte meine Hand. »Ich verstehe es, ehrlich gesagt, auch immer noch nicht so ganz. Ich habe mehrere Wochen mit euch zusammengelebt. Ihr habt so verliebt gewirkt. Wie kann es sein, dass das alles nur gespielt war?«

Ich holte tief Luft. »Anfangs ging es nur um den Deal. Da haben wir uns irgendwie zusammengerissen, um miteinander klarzukommen und allen den Eindruck zu vermitteln, dass wir ein total verliebtes Paar sind. Aber dann haben wir uns immer besser kennengelernt, uns immer besser verstanden und viel miteinander gelacht.« Mein Herz krampfte sich schmerzhaft zusammen, als ich mit erstickter Stimme weitersprach. »Niemand bringt mich so zum Lachen wie Connor. Hinter seiner Fassade steckt so viel mehr, als es den Anschein macht. Er ist intelligent, warmherzig, tiefgründig und fürsorglich. Es gibt keinen Ort auf der Welt, an dem ich mich so wohlfühle wie in seinen Armen. Wenn er mich küsst, habe ich das Gefühl, dort angekommen zu sein, wo ich hingehöre … und dass ich nie wieder jemand anderen küssen will.«

Ich schloss die Augen und sah Connor vor mir. Sein Lachen, seine blitzenden dunklen Augen, seine Lachfältchen, seine zerzausten und nassen Haare, wenn er vom Surfen aus dem Wasser kam. Ich spürte seine Umarmung, schmeckte seine Küsse, atmete seinen Geruch ein. Allein die Erinnerung an ihn ließ mein Herz schneller schlagen.

Als ich die Augen wieder öffnete, starrten mich alle drei erwartungsvoll an.

»Ich liebe ihn«, stammelte ich. »O Gott! Ich liebe ihn. Ich liebe Connor!«

Die Worte auszusprechen fühlte sich an, als würde mir ein schweres Gewicht von der Brust genommen. Es war, als würde ich endlich wieder aufatmen können. Ich liebte Connor! Warum hatte ich mir das nicht früher eingestehen können?

Ein Schluchzen stieg in meiner Kehle auf. Ich hatte alles kaputt gemacht. Ich hatte ihm seine Worte, seine Liebe um die

Ohren gehauen, ihn lächerlich gemacht, ihn verletzt und gehen lassen. Und jetzt würde er vielleicht sterben!

Ich wollte mich bei ihm entschuldigen und ihm so viele Dinge sagen. Dass ich ihn mehr liebte als irgendeinen Mann vor ihm. Dass ich mit ihm zusammen sein wollte und dass ich ein Feigling gewesen war, der sich seine eigenen Gefühle nicht hatte eingestehen können. Ein Feigling, der Angst gehabt hatte, verletzt zu werden.

Aber dazu würde ich jetzt vielleicht nie die Gelegenheit bekommen.

Ich war so dumm gewesen.

24.

Meine Familie und meine Freunde kümmerten sich rührend um mich.

Als wir zu Hause bei Emma ankamen, ließ sie mir als Erstes ein Schaumbad ein und brachte mir einen widerlich schmeckenden Kräutertee, während ich in der Wanne lag und darauf wartete, dass mir langsam wieder warm wurde. Skylar und Faith schickten mir eine Videobotschaft, die mich erst zum Lachen und dann zum Weinen brachte. Nick holte Emmas Auto vom Strandparkplatz, und meine Mom brachte eine Auflaufform mit Lasagne vorbei, von der ich nichts anrühren konnte. Um mich abzulenken, suchte Nick eine spannende Serie aus, aber ich schaffte es nicht, mich darauf zu konzentrieren. Meine Gedanken waren nur bei Connor.

Am Abend hielt ich es nicht mehr aus und nahm mein Handy in die Hand. Ich kaute an meinem Daumennagel herum, während ich mir überlegte, was ich schreiben könnte. Dann begann ich zu tippen:

»Liebe Jessy, ich kann mir gut vorstellen, dass du sauer auf mich bist, aber kannst du mir bitte schreiben, wenn es etwas Neues von Connor gibt? Wir können auch telefonieren. Ich würde dir gern alles erklären. Isy x«

Es dauerte eine Weile, bis ich den Text zustande gebracht hatte, weil ich die Sätze immer wieder löschte und neu formulierte. Obwohl mein Herz zum Zerspringen klopfte, drückte ich am Ende auf *Senden*. Mein Puls beschleunigte sich weiter, als die drei Pünktchen unter meiner Nachricht zu blinken begannen. Jessy schrieb zurück! Ungeduldig wartete ich darauf, dass die Antwort endlich ankam.

»Ich will nicht mit dir sprechen. Aber falls es dich WIRKLICH interessiert: Connor ist heute Nachmittag aufgewacht, und es geht ihm – den Umständen entsprechend – gut. Er kann sich nur nicht an den Unfall erinnern.«

»Connor ist aufgewacht!«, rief ich so laut, dass Nick und Emma vor Schreck fast vom Sofa fielen. »Es geht ihm gut!«

Nick begann im selben Moment, laut zu lachen, in dem Emma in Tränen ausbrach. Wir fielen uns in die Arme und schluchzten und jubelten gemeinsam. Als wir uns voneinander lösten, hatte sogar Nick feuchte Augen. Schnell nahm ich das Handy wieder zur Hand und tippte:

»Kann ich ihn sehen?«

Ungeduldig wartete ich auf ihre Antwort und ließ enttäuscht das Handy sinken, als sie schrieb:

»Im Moment darf nur die Familie zu ihm, und morgen wird er in eine Spezialklinik nach San Francisco verlegt. Wenn es dir wichtig ist, kann ich dich auf dem Laufenden halten.«

Ich versuchte, mich zusammenzureißen. Connor lebte, er war wach, und anscheinend ging es ihm gut. Es war jetzt erst mal das Wichtigste, dass er wieder ganz gesund wurde. Alles andere war zweitrangig. Früher oder später würde ich ihn sehen und mit ihm sprechen können.

Ich musste nicht lange darüber nachdenken, was ich auf Jessys Nachricht antworten sollte:

»Danke. Es ist mir sehr wichtig.«

Die nächsten Tage vergingen wie im Nebel. Ich dachte darüber nach, mich in der Kanzlei krankzumelden, aber die Vorstellung, den ganzen Tag zu Hause zu sitzen und nichts zu tun, war unerträglich für mich. Also überschminkte ich meine Augenringe, zog meine Pumps an und stürzte mich in die Arbeit. Ich hatte mit Jeremy einige wichtige Gerichtstermine, die meine volle Aufmerksamkeit beanspruchten, und das war gut so. Ununterbrochen an Connor zu denken hätte mich verrückt gemacht.

Emma und Nick hatten beschlossen, ihre Hochzeit auf das nächste Jahr zu verschieben. Erst die Probleme mit der Location, jetzt Connors schwerer Unfall. Es schien, als würde das Fest unter keinem guten Stern stehen. Zumindest nicht in diesem Jahr.

Ich hatte Connor eine Nachricht geschrieben, um ihn zu fragen, wie es ihm ging. Wenig überraschend hatte ich keine Antwort bekommen. Ich wusste, dass er vielleicht noch nicht in der Verfassung war, über sein Handy zu kommunizieren, war mir aber auch der Möglichkeit bewusst, dass er einfach keinen Kontakt mit mir wollte. Doch auch Nick und Ruby hörten nichts von ihm.

Erst eine weitere Woche später traf die nächste Nachricht von Jessy ein:

»Hallo, Isy. Connor wurde gestern entlassen. Jessy«

Ich sprang vom Sofa hoch, auf dem ich es mir mit einer Zeitschrift bequem gemacht hatte. Emma und Nick waren einkaufen gefahren.

Connor war gestern entlassen worden? Dann musste er doch längst zu Hause sein! Ich wollte sofort zu ihm! Ich rannte in den Flur und schlüpfte in meine Turnschuhe. Gerade als ich die Tür öffnete, klingelte mein Handy. Beinah hätte ich einen Herzinfarkt bekommen. Es war Nick.

»Nick!«, rief ich ins Handy. »Connor wurde gestern entlassen!«

»Ich weiß«, sagte er, und es hörte sich an, als wäre er im Auto. »Darum rufe ich dich an!«

»Danke, das ist lieb von dir.« Ich klemmte das Handy zwischen Ohr und Schulter und zog die Tür hinter mir zu. »Ich bin gerade auf dem Weg zu ihm.«

»Nach Eureka?«, fragte Nick erstaunt.

Ich hielt in meiner Bewegung inne, den Schlüssel in der Hand.

»Wieso Eureka?«, fragte ich, und mir klopfte das Herz bis zum Hals.

»Connor ist bei seinen Eltern«, antwortete Nick. »Wir haben eben telefoniert. Es geht ihm gut, aber er will sich in Ruhe auf seine Reha konzentrieren. Er wird erst in ein oder zwei Monaten wieder in Malibu sein.«

Der Flug von Los Angeles nach Arcata, dem Flughafen in der Nähe von Eureka, dauerte zwei Stunden.

Verdammt. Lange. Zwei. Stunden.

Ich war so nervös, dass mich mein Sitznachbar nach der Hälfte des Fluges höflich, aber bestimmt bat, nicht mehr ununterbrochen mit dem Fuß zu wippen. Daraufhin drehte ich mich zum Fenster, setzte meine Kopfhörer auf, tippte auf meinem Smartphone das neue Album von Adele an und zwang mich mit aller Kraft zur Ruhe.

Auch die Taxifahrt vom Flughafen zu Connors Elternhaus kam mir unendlich lang vor. Erst als ich den Fahrer bezahlt hatte und mit meiner kleinen Tasche auf dem Bürgersteig vor dem Haus stand, holte mich die Realität mit einem Schlag wieder ein.

Die ganze Zeit über hatte ich mich auf praktische Dinge konzentriert. Das Flugticket zu kaufen, ein Uber zu bestellen, den Flug zu überleben, ein Taxi zu finden. Aber jetzt stand ich hier. Ich war kurz davor, Connor wiederzusehen – und ihm zu sagen, dass ich ihn liebte.

O Gott!

Mein Herz klopfte bis zum Hals, als ich den Weg durch den Vorgarten zum Haus hinauflief. Schon bevor ich oben angekommen war, öffnete sich die Tür, und Judy trat heraus.

»Isy!«, rief sie erstaunt. »Was machst du denn hier?«

»Ich muss Connor sehen«, sagte ich, und meine Stimme kam mir seltsam hoch vor.

Sie musterte mich einen Augenblick, dann breitete sich ein Lächeln auf ihrem Gesicht aus. »Das ist schön, Isy. Aber Connor ist nicht zu Hause. Er ist heute Vormittag mit Snips aufgebrochen, ›um nachzudenken‹, wie er meinte. Ich weiß leider nicht, wo er ist, aber du kannst gerne hier warten, bis er wiederkommt.«

Nachdenklich sah ich sie an. »Ist er zu Fuß unterwegs?«

Sie schüttelte den Kopf. »Nein, er hat Jeffs Wagen genommen.«

»Danke. Ich glaube, ich weiß, wo er ist.« Ich kramte mein Handy aus der Tasche. »Ich muss mir ein Taxi rufen.«

»Warte.«

Judy verschwand kurz im Haus, und als sie wieder vor der Tür erschien, hatte sie einen Schlüssel in der Hand.

»Du kannst mein Auto nehmen«, sagte sie.

Dankbar lächelte ich sie an und nahm den Schlüssel. »Danke, Judy.«

Ich drehte mich um und rannte in Richtung des dunkelgrünen Geländewagens, der in der Einfahrt parkte. Ich wusste selbst nicht, warum ich es so eilig hatte. Es war ja nicht so, als würde sich Connor in den nächsten zehn Minuten in Luft auflösen. Und selbst wenn er nicht da wäre, wo ich ihn vermutete, würde er ja spätestens abends nach Hause kommen. Trotzdem! Ich hatte so lange gebraucht, um zu erkennen, dass ich ihn liebte – nun wollte ich einfach keine Zeit mehr verschwenden!

Gleichwohl blieb ich noch einmal stehen und drehte mich um. »Judy?« Sie stand immer noch im Türrahmen und sah mir hinterher. »Mir tut alles ganz furchtbar leid. Die ganze Lügerei … Entschuldigung.«

Judy lächelte mich an. »Es muss dir nicht leidtun, Isy. Alles wird gut, glaub mir.«

Auf dem Strandparkplatz standen mehrere Dutzend Autos. Ich erinnerte mich nicht an Jeffs Wagen, weshalb ich mir nicht sicher sein konnte, dass Connor wirklich am Strand war. Ich würde ihn suchen müssen. Ich schloss den Jeep ab und lief zum Meer hinunter, dann wandte ich mich in Richtung der Flussmündung des Redwood Creek. Die Sonne schien, aber es war windig, und die Wellen waren hoch und schäumten, als sie am Strand ausliefen.

Vielleicht hatte ich mich auch völlig verrannt? Vielleicht war Connor gar nicht hier, sondern ging irgendwo im Wald spazieren. Je weiter ich lief, desto unsicherer wurde ich. Ich hätte doch bei Judy warten sollen, bis er wieder nach Hause kam.

Aber dann sah ich die beiden. Zuerst waren es nur zwei kleine Punkte, genau an der Stelle zwischen den Felsen, an der auch Connor und ich damals gesessen hatten.

Snips entdeckte mich zuerst. Er sprang auf und erstarrte, fast so, als traue er seinen eigenen Sinnen nicht. Sein Körper war vom Kopf bis in die Schwanzspitze angespannt, die Ohren gespitzt. Dann bellte er freudig auf und rannte los, direkt auf mich zu.

Es dauerte eine Weile, bis er mich erreicht hatte und an mir hochsprang. Lachend ging ich in die Hocke und schlang meine Arme um ihn. Er riss mich in seiner Freude fast zu Boden und versuchte wie üblich, mir das Gesicht abzulecken.

Als er endlich genug hatte und von mir abließ, richtete ich mich auf und klopfte mir den Sand von der Hose. Ich sah, dass auch Connor aufgestanden war, doch er kam mir nicht entgegen. Reglos stand er zwischen den Felsen und beobachtete mich, wie ich auf ihn zukam. Ich hatte irgendeine Reaktion erwartet – Überraschung oder Freude darüber, mich zu sehen –, aber sein Gesichtsausdruck verriet nicht das Geringste.

Was, wenn er mich gar nicht sehen wollte? Was, wenn seine Gefühle sich geändert hatten? Es war so viel Zeit vergangen, und es war viel passiert. Sein schwerer Unfall hatte *mir* die Augen geöffnet, aber dasselbe konnte ja auch bei ihm der Fall gewesen sein. Vielleicht hatte er erkannt, dass ich nicht die Richtige für ihn war? Vielleicht hatte ich ihn zu sehr verletzt. Der Gedanke löste ein schmerzhaftes Ziehen in meiner Brust aus.

Verunsichert setzte ich meinen Weg fort. Was auch immer es war, ich war nicht hierhergekommen, um jetzt wieder umzukehren. Ich würde sagen, was ich zu sagen hatte, und mich dann schlimmstenfalls mit gebrochenem Herzen in den nächsten Flieger in Richtung L. A. setzen. Aber darüber durfte ich jetzt nicht nachdenken.

Snips lief schwanzwedelnd neben mir her, als ich mir zögerlich meinen Weg zu Connor bahnte. Mit etwas Abstand zwischen uns blieb ich vor ihm stehen. Er hatte die Arme vor der Brust verschränkt und sah mich an, regungslos.

»Hallo, Connor«, sagte ich und schluckte.

Das war keine sonderlich geistreiche Eröffnung. Jetzt hatte ich Stunden – eigentlich Tage – Zeit gehabt, mir zu überlegen, was ich ihm sagen wollte, und das Einzige, was ich herausbrachte, war »Hallo, Connor«? Innerlich verfluchte ich mich dafür, dass ich mir nichts zurechtgelegt hatte und mir nun die richtigen Worte fehlten.

Ich räusperte mich und tätschelte Snips' Kopf, um mich zu beruhigen und um meinen Händen etwas zu tun zu geben. »Wie geht es dir?«

Connor verlagerte sein Gewicht vom einen auf das andere Bein. »Ganz okay. Die Kopfschmerzen sind manchmal noch ziemlich heftig. Und ich fühle mich schwächer als sonst. Aber die Reha wird das sicher schnell beheben. Ich hatte Glück, dass nicht mehr passiert ist.«

Ich senkte den Blick. »Ich weiß.«

Der Gedanke, dass Connor bei dem Unfall hätte sterben können, schnürte mir den Hals zu.

Er räusperte sich. »Meine Mom sagte mir, dass du im Krankenhaus warst?«

»Ich war da, bis deine Familie ankam. In der Nacht dachte ich …« Meine Stimme brach, und ich musste ein paar Mal tief durchatmen, bevor ich weitersprechen konnte. »Ich hatte solche Angst, dass du es nicht schaffen würdest. Niemand hat mir etwas gesagt, und ich wusste nichts, außer dass dein Zustand kritisch ist.«

»Jessy erwähnte, dass du ihr geschrieben und dich nach mir erkundigt hast?«

Ich nickte. »Ich musste wissen, wie es dir geht. Und du hast nicht auf meine Nachricht geantwortet …«

»Ich benutze mein Handy kaum«, sagte er. »Es macht die Kopfschmerzen schlimmer.«

»Es ist schon gut, Connor«, erwiderte ich schnell. »Du musst dich nicht rechtfertigen. Ich verstehe, dass du nicht mit mir sprechen oder mir schreiben wolltest.«

Er stand immer noch mit verschränkten Armen vor mir. Ihm so nah zu sein und ihn dennoch nicht anfassen oder umarmen zu können, fühlte sich schrecklich an. Ich wollte ihm so viel sagen, so vieles erklären, wusste aber nicht wie. Da war diese Distanz zwischen uns, und ich hatte keine Ahnung, wie ich sie überwinden konnte. Und daran war niemand anderes schuld als ich selbst.

Eine Pause entstand, in der nichts zu hören war außer dem Wind, dem Anbranden des Ozeans und dem Kreischen einer einzelnen Möwe über uns.

»Was machst du hier, Isy?«, fragte Connor schließlich leise und suchte das erste Mal meinen Blick.

Allein die Art, wie er die Frage stellte, ließ mir die Tränen in die Augen steigen. Es schwang Verwunderung darin mit, aber auch etwas anderes. Zuneigung – und Sehnsucht? Oder bildete ich mir das nur ein?

Ich musste all meinen Mut zusammennehmen, um einen Schritt auf ihn zuzumachen.

»Ich wollte mich bei dir entschuldigen, Connor«, sagte ich mit belegter Stimme und zwang mich, ihm in die Augen zu sehen. »Ich habe mich schrecklich verhalten, als du mir gesagt hast, dass du dich in mich verliebt hast.«

Er erwiderte meinen Blick ruhig, ohne etwas zu sagen.

»Und ich wollte dir sagen, dass du recht hattest«, fuhr ich fort. »Ich konnte mir meine Gefühle für dich nicht eingestehen, weil ich Angst hatte, wieder verletzt zu werden.«

»Und jetzt hast du keine Angst mehr?«, fragte er und zog eine Augenbraue hoch, fast so, als würde er mir nicht glauben.

Erstickt lachte ich auf, und zu meinem Erschrecken hörte es sich mehr wie ein Schluchzen an. »Du hast ja keine Ahnung! Ich mache mir in die Hosen vor Angst! Es ist ein grauenhaftes Gefühl, sich verletzlich zu machen.« Zögernd streckte ich eine Hand nach ihm aus. »Aber die Vorstellung, noch einen weiteren Tag ohne dich zu sein, ist noch viel grauenhafter.«

Connor sah auf meine ausgestreckte Hand, dann ergriff er sie, und unsere Finger verwoben sich miteinander. Langsam zog er mich zu sich heran, und ich machte einen Schritt auf ihn zu, bis unsere Fußspitzen sich berührten.

»Lucas hat mein Herz gebrochen, und ich hatte deswegen so schrecklichen Liebeskummer«, fuhr ich fort. »Danach wollte ich mich nie wieder in einen Mann verlieben, denn das hätte bedeutet, ihm die Macht zu geben, mir wehzutun. Stattdessen habe ich meine Beziehungen an der Oberfläche gehalten, und bevor Gefühle entstanden sind oder es kompliziert werden konnte, habe ich mich aus dem Staub gemacht.«

»Ich habe nicht vor, dich zu verletzen, Isy«, sagte Connor. »Niemals.«

Eine Träne rollte mir über die Wange, als ich nickte. Er wischte sie mit einem Daumen weg, aber die nächste fiel sofort.

»Und?«, fragte er, und ein winziges, hoffnungsvolles Lächeln umspielte seine Mundwinkel. »Hattest du noch weitere weltbewegende Erleuchtungen, während ich im Krankenhaus lag?«

»Nichts Weltbewegendes«, flüsterte ich und hielt mich an ihm fest, weil das, was ich im Begriff war zu sagen, so unglaublich war, dass ich einen sicheren Halt brauchte, um es auszusprechen. »Außer, dass ich dich liebe.«

Er atmete laut aus, fast so, als hätte er die ganze Zeit die

Luft angehalten. Ein wunderschönes Lächeln ließ sein Gesicht erstrahlen.

»Dass du mich liebst, Isabella Summers …«, sagte er und zog mich an sich, »… ist für mich etwas sehr Weltbewegendes. Denn ich liebe dich auch. Aber das habe ich dir ja schon gesagt.«

Ja, das hatte er. Trotzdem ließen seine Worte einen ganzen Schwarm Schmetterlinge in meinem Bauch losflattern. Er beugte sich zu mir herunter, und ich schloss die Augen, als sich unsere Lippen berührten. Sein Mund war so warm und weich. Ich atmete seinen vertrauten Geruch ein, schlang meine Arme um seinen Körper und spürte seinen Herzschlag an meiner Brust. Gott, wie hatte ich es nur einen einzigen Tag ohne ihn ausgehalten?

»Und damit du das alles endlich erkennst, musste ich mir den Schädel anhauen und die Rippen brechen?«, murmelte er irgendwann und strich mir eine Haarsträhne aus dem Gesicht. »Hätten wir das nicht einfacher haben können?«

Als ich auflachte, drängte sich Snips zwischen unsere Beine und bellte freudig. Glücklich presste ich mich an Connor, ließ ihn aber sofort wieder los, weil er aufstöhnte.

»Tut mir leid!«, rief ich erschrocken. »Hast du starke Schmerzen?«

»Schon«, antwortete er und rieb sich die Brust. »Ich will nicht dauernd Schmerzmittel nehmen. Die Ärzte sagen, es wird noch eine Weile dauern, bis ich wieder fit bin. Deine nächste Surfstunde wird also noch etwas warten müssen.«

Ich schmunzelte. »Keine Sorge, ich werde mir in der Zwischenzeit schon keinen anderen Surflehrer suchen, Connor. Auch wenn du noch eine Weile in Eureka bleibst.«

Er legte den Kopf schief. »Ich hatte eigentlich gerade beschlossen, für die Reha doch nach Malibu zurückzukommen.«

»Wirklich?«, fragte ich erstaunt und gleichzeitig begeistert.

»Ich dachte, du bist extra hierhergekommen, um dich ganz auf deine Genesung konzentrieren zu können.«

Er lächelte und gab mir einen Kuss auf die Nasenspitze. »Sagen wir es mal so: Als ich den Entschluss gefasst habe, meine Reha in Eureka anzugehen, schien mir das eine gute Idee zu sein. Aber inzwischen ist mir klar geworden, dass es hier nicht alles gibt, was ich brauche.«

Ich zog eine Augenbraue hoch. »Was fehlt denn? Eiweißomelettes und grüne Smoothies?«

Sein Lächeln vertiefte sich, als er antwortete: »Du, Isy. Was sonst?«

EIN JAHR SPÄTER

»Isy, ich weiß nicht, ob ich das kann!«, murmelte Emma über ihre Schulter hinweg und warf mir einen ängstlichen Blick zu. »Ich hasse es, wenn mich alle anstarren.«

Wir standen auf der Terrasse von Connors festlich mit weißen Blumen, Girlanden und Luftballons geschmückter Villa. Das türkisblaue Meer erstreckte sich unter uns, und über uns wölbte sich ein wolkenloser Himmel. Es war nichts zu hören außer dem Rauschen der Palmen im Wind und der leisen Musik, die vom Garten zu uns hochdrang.

Meiner Meinung nach war es die richtige Entscheidung gewesen, an Connors Villa als Hochzeitslocation festzuhalten, obwohl auch die andere Location in diesem Jahr wieder freie Termine gehabt hätte. Aber für Emma und Nick war das Hotel, das sie im vergangenen Jahr so hängen gelassen hatte, keine Option mehr. Und außerdem: Konnte es einen schöneren Ort geben, um zu heiraten, als diesen hier?

Emma trug das lange, fließende weiße Kleid mit schmalen Spitzenträgern, das wir zusammen in einem kleinen Brautmodengeschäft in Malibu ausgesucht hatten. Als sie damit das erste Mal aus der Umkleidekabine getreten war, waren wir beide in Tränen ausgebrochen.

Ihre langen braunen Haare waren am Hinterkopf zusammengesteckt und mit kleinen weißen Blumen geschmückt. In sanften Wellen fielen sie über ihren Rücken. Sie sah einfach zauberhaft aus. Wenn sie doch nur endlich aufhören würde, nervös auf ihrer Unterlippe herumzukauen, damit noch etwas von dem zartrosa Lipgloss übrig war, wenn sie Nick gegenübertrat!

Ich machte einen Schritt nach vorne, um ihr einen Kuss auf die Wange geben zu können, ohne dass sie den Arm ihres Vaters loslassen musste, der neben ihr stand und von einem Bein aufs andere trat. Wie ich wusste, war Mr Meyer in Deutschland ein erfolgreicher Anwalt, aber seine Tochter zu ihrem zukünftigen Ehemann zu führen, schien auch an seinen Nerven zu zerren.

»Du musst nicht aufgeregt sein, Em«, sagte ich mit einem aufmunternden Lächeln. »Es sind doch nur Verwandte und ein paar enge Freunde da. Am Ende des Weges wartet Nick auf dich! Und ich werde die ganze Zeit direkt hinter dir sein, okay? Wenn du in Ohnmacht fällst, fange ich dich auf.«

Sie nickte zögerlich und richtete den Blick wieder nach vorne. Ich bückte mich, um ihre Schleppe zu richten. Als ich mich wieder aufrichtete, hörte ich den Beginn des Hochzeitsmarsches, doch weder Emmas Vater noch sie selbst machten Anstalten loszugehen. Behutsam legte ich meine Hand auf ihre Schulter und schob sie sanft, aber bestimmt vorwärts. Emma atmete tief durch, dann setzte sie sich gemeinsam mit ihrem Vater in Bewegung und lief langsam die Treppen zum Garten hinunter. Wie versprochen blieb ich die ganze Zeit hinter ihr, mein Bouquet aus bunten Wildblumen in beiden Händen vor meinem Körper und ein breites Lächeln im Gesicht.

Ein verzücktes Aufseufzen ging durch die Reihen der anwesenden Gäste, als die Braut das erste Mal ins Sichtfeld kam. Auf der Rasenfläche unter den Palmen waren mehrere Stuhlreihen aufgebaut, die einen Gang in der Mitte freiließen. Ich entdeckte meine Mom und Trevor, Kathy mit Skylar und Faith, Jeremy, Ruby mit Noah, Susanne – Emmas Stiefmutter –, Nicks Eltern Monika und Leo aus New York, seinen Bruder und seine

Schwester mit ihrer Lebensgefährtin. Ich erkannte auch einige von Nicks Freunden und Basketballkumpels, Miguel mit seiner Frau und zwei Arbeitskolleginnen von Emma. Mein Blick wanderte weiter zu dem mit weißen Rosen geschmückten Bogen, zu der amerikanischen Traurednerin und der deutschen Pfarrerin, die gemeinsam die Trauung vornehmen würden. Neben ihnen stand Nick, dessen ganzes Gesicht erstrahlte, als er Emma erblickte. Hastig wischte er sich über die Augen.

Und neben Nick stand … Connor.

Er trug einen dunklen Anzug mit weißem Hemd. Die oberen beiden Knöpfe waren geöffnet, sodass nur der Ansatz seines Tattoos auf der Brust zu erkennen war. Im Knopfloch seines Anzugs steckte eine weiße Blume, die zu dem Strauß in meiner Hand passte. Zur Feier des Tages war er ordentlich rasiert und hatte seine Haare am Hinterkopf zusammengebunden. Zu seinem Outfit hatte er … rote Chucks kombiniert.

Ich musste grinsen, und als ich hochsah, trafen sich unsere Blicke. Ein aufregendes, warmes Kribbeln breitete sich in meinem Körper aus, als er mir ein Lächeln schenkte.

In dem Moment setzten sich Emma und ihr Vater wieder in Bewegung, und ich schritt langsam hinter ihnen her, ohne meinen Blick auch nur einen Augenblick von meinem Freund abzuwenden.

Wir wohnten jetzt seit fast einem Jahr zusammen. Sobald wir aus Eureka zurückgekommen waren, war ich – wieder – bei ihm eingezogen. Connor hatte seine Reha erfolgreich absolviert und war mittlerweile wieder ganz der Alte. Vor zwei Monaten hatte er eine heruntergekommene Tauchschule zwischen Zuma Beach und dem Point Dume State Beach erworben, die er seitdem renovierte und zu einem modernen Surfcenter umbaute. Bisher gab es nicht viel mehr als eine Baustelle und eine Homepage, aber die Anmeldelisten für die ab Herbst geplanten Kurse waren bereits voll. Connor war mit Feuereifer bei der Sache, und es war geplant, dass ein Drittel der Einnahmen an Vereine zum Schutz der Meere und ihrer Bewohner gespendet werden würde, genau wie er es sich vorgenommen hatte.

Unter dem Rosenbogen angekommen, ließ Emmas Vater ihren Arm los. Der Bogen stand genau an der Stelle, an der Nick Emma vor über einem Jahr den Heiratsantrag gemacht hatte. Vor uns lagen nur die Palmen, die steil abfallenden Klippen und das Meer. Ein leichter Wind war aufgekommen und spielte mit Emmas Schleier. Mr Meyer umarmte zuerst Nick herzlich und klopfte ihm ein paar Mal auf die Schulter, bevor er Emma einen liebevollen Kuss auf die Stirn gab. Dann setzte er sich mit feuchten Augen neben seine Frau, die ihm mit einem nachsichtigen Lächeln ein Taschentuch reichte.

Connor nutzte den Moment, machte einen Schritt auf mich zu und presste mir einen Kuss auf den Mund. Ein paar der Gäste hinter uns lachten amüsiert auf, und ich warf ihm einen strengen Blick zu, den er gelassen und zufrieden grinsend erwiderte. Lächelnd und mit einem warmen Gefühl im Bauch schüttelte ich den Kopf, während wir uns auf unsere Plätze neben Nick und Emma stellten. Dann begann die Trauzeremonie …

»Und, wie fühlt man sich als verheiratete Frau?«

Nach der Trauung standen Emma und ich an der Glasbrüstung der Terrasse, jede mit einem Champagnerglas in der Hand. Mit einem seligen Lächeln betrachtete meine beste Freundin den glänzenden Ehering an ihrem Finger.

»Ehrlich gesagt: nicht so anders als noch vor einer Stunde. Oder gestern. Oder vor einer Woche.«

»Es war eben schon immer klar, dass ihr zusammengehört.« Ich hob mein Glas. »Auf Nick und dich, Emma. Auf dass ihr glücklich und gesund bleibt. Und viele süße Babys bekommt.«

»Darauf trinke ich.« Lachend stieß sie mit ihrem Glas an meins. »Und auf dich und Connor. Darauf, dass ihr immer so verliebt bleibt, wie ihr es jetzt seid, und auch in dreißig Jahren nicht die Finger voneinander lassen könnt.«

Lächelnd sah ich in Richtung Garten, wo der Fotograf gerade ein paar Fotos von Nick und seinem Vater schoss. Connor stand daneben, und als hätte er meinen Blick gespürt, hob er den Kopf und sah in meine Richtung. Er schenkte mir ein Lächeln, das nur mir galt, und wie immer, wenn er mich so ansah, breitete sich ein warmes Gefühl in meinem Bauch aus. Connor machte mich so glücklich, wie ich es niemals für möglich gehalten hätte. Jeder Tag mit ihm war ein Abenteuer, und gleichzeitig gab er mir die Sicherheit, die ich brauchte.

»Bist du zufrieden mit deinem großen Tag?«, wendete ich mich wieder Emma zu, nachdem wir einen Schluck getrunken hatten. »Ist alles so, wie du es dir vorgestellt hast?«

Sie nickte. »Es ist einfach perfekt. Unter freiem Himmel, am Meer, unter Palmen … Und alle Menschen, die ich liebe und die mir etwas bedeuten, um mich herum.«

Ich legte einen Arm um ihre Schultern und gab ihr einen Kuss auf die Wange. »Das freut mich so sehr.«

Ich winkte dem Kellner, bestellte für Emma ein Wasser und schnappte mir einen Teller, voll mit leckeren Canapés. Schließlich war ich als Trauzeugin für die Braut verantwortlich. Da konnte ich nicht riskieren, dass sie dehydrierte oder unterzuckert war!

»Ich hätte nicht gedacht, dass du Jeremy einlädst«, sagte ich, während Emma folgsam kaute, und warf einen Blick in Richtung Haus, wo meine Schwester und mein Chef sich gerade angeregt unterhielten, während Skylar und Faith in ihren reizenden puderfarbenen Kleidchen um den Pool herum Fangen spielten.

Die beiden kannten sich durch mich, denn ich hatte Kathy empfohlen, sich an Jeremy zu wenden, damit er sich um die Einzelheiten ihrer Scheidung kümmern konnte. Mittlerweile arbeitete ich Vollzeit als Anwältin in seiner Kanzlei. Sobald ich meine Anwaltszulassung in der Tasche gehabt hatte, hatte Jeremy mir das Angebot gemacht, bei ihm zu bleiben. Er brauchte meine Unterstützung dringend, und die Arbeit bei ihm war mir inzwischen so wichtig geworden, dass ich bereitwillig darauf verzichtete, mich in einer der schicken Großkanzleien in der Innenstadt zu bewerben, wie ich es ursprünglich vorgehabt hatte.

»Oh, ich habe ihn nicht direkt eingeladen«, erwiderte Emma amüsiert und trank einen Schluck aus ihrem Champagnerglas. »Er ist Kathys ›Plus eins‹.«

Ich verschluckte mich fast an meinem Lachsblini. »Er ist *was*?«

Jeremy beugte sich zu meiner Schwester vor und sagte etwas, was sie zum Lachen brachte. Sie sah anders aus. Das erste Mal seit der Trennung von John wirkte sie irgendwie … fröhlich und gelöst.

»Ja, sie hat mich gestern angerufen und gefragt, ob sie noch jemanden mitbringen darf«, erklärte Emma.

Als hätte sie meinen Blick gespürt, sah Kathy hoch, und ich hätte schwören können, dass sie etwas rot wurde. Dann lachte sie mir zu, hakte sich bei Jeremy unter und schlenderte mit ihm in Richtung Bar. Kathy, die alte Geheimniskrämerin! Ich musste sie unbedingt ausquetschen, sobald ich sie einen Moment allein erwischte. Die beiden wirkten richtig süß miteinander.

»Du meine Güte«, sagte ich und stellte mein Glas ab. »Zusammen hätten sie *vier* Mädchen. Da würde ja einiges los sein, wenn die beiden wirklich ein Paar werden sollten.«

»Stimmt.« Emma lachte und nahm sich einen Avocado-Toast vom Teller. »Und, freust du dich schon auf deinen Urlaub?«

April hatte uns zur Taufe ihrer im Juni geborenen Tochter nach Vancouver eingeladen, und – unglaublich, aber wahr – ich sollte Patentante der kleinen Lara werden. Nachdem Connor und ich im letzten Jahr zusammengekommen waren, hatte ich mich mit allen drei Schwestern ausgesprochen und versöhnt. Obwohl wir sie belogen hatten, war ihnen mittlerweile klar, dass Connor und ich uns wirklich liebten.

Nach der Taufe in Vancouver hatten wir eine zweiwöchige Rundreise durch British Columbia mit einem Camper geplant.

»Und wie!«, antwortete ich glücklich. »Endlich mal ein bisschen Ruhe und Zeit für uns. Ich denke darüber nach, mein Handy einfach zu Hause zu lassen.«

»Kommt nicht infrage«, sagte Emma bestimmt. »Wem soll ich denn romantisch-kitschige Fotos meiner Flitterwochen auf Hawaii schicken, wenn du plötzlich offline bist?«

Bevor ich darauf antworten konnte, sah ich Connor und Nick über den Rasen auf uns zuschlendern, ihre Gläser in der Hand. Als sie bei uns angekommen waren, zog Connor mich in seine Arme und küsste mich auf die Stirn.

»Und? Bist du auf den Geschmack gekommen?«, fragte er leise, sodass nur ich es hören konnte.

»Wie meinst du das?«, erwiderte ich und schlang beide Arme um seinen Hals.

»Na, heiraten. Möchtest du auch?«

Ich grinste ihn an und stellte mich auf die Zehenspitzen, um ihm einen Kuss auf den Mund geben zu können. »Verlockender Gedanke, aber ich glaube, wir sind auch ohne Trauschein glücklich, oder?«

Connor schmunzelte und zog eine Augenbraue hoch. »Sag mir Bescheid, wenn du deine Meinung änderst. Mich wirst du ohnehin nicht mehr los.«

Mein Lächeln wurde noch breiter, als ich mein Gesicht an

seine Brust schmiegte und er einen Kuss auf meine Haare drückte. »Ich will ja auch gar nicht weg.«

»Na, ihr zwei Turteltäubchen«, sagte Nick da, und wir drehten uns zum Brautpaar um. »Wollen wir anstoßen?«

Ich löste mich von Connor, um mein Glas zu nehmen. Emma legte ihren Arm um Nick, und ich lächelte sie an. Dann ergriff ich Connors Hand.

»Auf die Freundschaft«, sagte ich feierlich und hob mein Glas.

Connor sah mir in die Augen, als er hinzufügte: »Und auf die Liebe.«

Danksagung

»Das zweite Buch ist das schwierigste.« Wie oft habe ich das in den vergangenen zwei Jahren gehört? Sehr, sehr oft. Und ja, es ist wahr, insbesondere, wenn noch eine Pandemie dazukommt, die unser aller Leben gehörig durcheinanderbringt. Darum bin ich umso glücklicher, dass ich es trotz dieser Widrigkeiten geschafft habe, Isys und Connors Geschichte zu Papier zu bringen. Und das wollte ich, seitdem Isy sich in NEW YORK DREAMS mit ihrer coolen, lustigen und gleichzeitig liebevollen Art in mein Herz geschlichen hat und mir klar wurde: Auch Isy muss ihre Liebe finden.

Ohne ein paar ganz besondere Menschen hätte ich es aber nicht geschafft. Mein besonderer Dank gilt:

Meiner Lektorin Maria Runge – ohne dich würde es dieses Buch nicht geben. Oder es würde zumindest ganz anders aussehen. Vielen Dank, dass du so hartnäckig warst und mich angetrieben hast, es noch besser zu machen. Ein herzliches Dankeschön auch an das ganze Goldmann-Team, das im Hintergrund wirbelt, um meinen Geschichten (und denen so vieler anderer wunderbarer Autor*innen) ein Zuhause zu geben.

Meiner Redakteurin Beate DeSalve – ich bin dir gleichermaßen dankbar für deine so wertvolle Arbeit am Manuskript wie für deine ruhige und positive Art. Du warst genau die Redakteurin, die ich an meiner Seite brauchte!

Meiner Agentin Simone Hasselmann – vielen Dank für deine Unterstützung, deine Motivation und – nicht zu vergessen – unser legendäres Facetime-Brainstorming! Du bist einfach super. Mein Dank geht natürlich auch an das ganze Team meiner wunderbaren Agentur Lianne Kolf, die sich um all meine Belange kümmert.

Meiner Autorenkollegin, Verlagsschwester und Freundin Emilia Schilling – vielen Dank für all deine wertvollen Tipps, deine Aufmunterungen, deinen einmaligen Humor – und deine Nachtschichten beim Testlesen! Ohne dich und deine Textnachrichten würde das Schreiben zwar schneller gehen, aber viel, viel weniger Spaß machen.

Den tollsten Cheerleaderinnen und besten Freundinnen, die man sich wünschen kann – Kaja, Bea, Anne, Kornelia, Michi. Ihr seid für mich da, wenn ich einen Tiefpunkt habe und wenn es was zu feiern gibt. Und bei allem, was dazwischen passiert. Danke euch. Ja, auch für den Kuchen.

Meiner Patentante Erika und meiner Cousine Nadja – ihr könnt gar nicht glauben, wie sehr ich mich über eure Unterstützung und Begeisterung für meine Bücher freue! Vielen Dank dafür, das bedeutet mir so viel.

Meinen Eltern … für einfach alles – Mama, du bist meine Kommafehler-Queen! Danke dir für die Stunden und Stunden, die du meine Manuskripte liest, und für deine unvergleichlich lustigen Kommentare (»Überall Bizeps und Muskeln … muss das sein?!«). Papa, schon wieder passiert in meinem Buch kein Mord, es tut mir leid! Aber wenigstens fließt diesmal etwas Blut. We are getting there … Vielen Dank euch beiden, dass ich permanent von meinen Büchern und/oder meinen Ideen für neue Bücher quatschen darf, auch wenn ihr euch sicherlich gerne ab und an mal über was anderes unterhalten würdet. Ich hab euch lieb.

Meinem Mann – Kai, du hast eine Anwältin geheiratet und eine Autorin bekommen. Ich weiß, es ist nicht immer einfach mit mir (und manchmal sogar schwer). Aber ich liebe dich und die Kinder so sehr und bin euch so dankbar für alles. Was würde ich ohne euch machen?

Mein letzter und allergrößter Dank gilt wieder euch, liebe Leser*innen, dafür, dass ihr mich nach Malibu begleitet habt. Ich hoffe, ich konnte euch mit diesem Buch für ein paar schöne Lesestunden in eine Welt voll Sonne, Palmen, Strand und Herzklopfen entführen. Eure ausführlichen Rezensionen, Beiträge, lieben Nachrichten, Kommentare und wunderschönen Fotos von meinen Büchern bedeuten mir so unsagbar viel. Danke, dass ihr mich begleitet, unterstützt, mit mir mitfiebert. Ihr seid einfach die Besten!

Autorin
Nadine Kerger, 1980 in Kalifornien geboren, ist in Mainz und Paris aufgewachsen. Heute arbeitet sie als Anwältin in einer internationalen Wirtschaftskanzlei in Frankfurt am Main, wo sie mit ihrem Ehemann und ihren zwei Kindern lebt.

Nadine Kerger im Goldmann Verlag:
New York Dreams. Roman
Malibu Love. Roman

(beide auch als E-Book erhältlich)